Mara Altman
Danke fürs Kommen

Buch

Neueste Studien behaupten: Über 90 Prozent aller Frauen haben »ihn« schon mal vorgetäuscht – dabei ist er doch im Wortsinn der Höhepunkt der schönsten Nebensache der Welt: der Orgasmus. Woran liegt's also, dass so viele Frauen nicht kommen, und wie kann man das ändern? Eine Frage, die auch Mara Altman beschäftigte. Und die zu dieser ebenso persönlichen wie gründlich recherchierten Orgasmus-Odyssee einer Frau führte, die auszog, das Kommen zu lernen…

Irritiert von dem ganzen Gerede über diese angeblich himmelstürmende Erfahrung begibt sich die junge, erfolgreiche und auch sexuell aktive Journalistin auf eine Forschungs- und Entdeckungsreise, um dem Phänomen »O« selbst auf die Spur zu kommen. Sie sucht Tantraspezialisten auf, nimmt an Orgasmuskursen teil, konsultiert Ärzte und Therapeuten und macht sogar ein Orgasmuslabor ausfindig. Von Sexshows zu Sexmessen, von der Therapeutencouch bis ins eigene Bett führt Mara Altman uns durch die Höhen und Tiefen der Sexualität. Humorvoll, ehrlich und äußerst informativ richtet sie den Blick auch auf die Besessenheit und die Angst, die viele Frauen mit dem Orgasmus verbinden, und kommt zu ungewöhnlichen Erkenntnissen…

Autorin

Mara Altman hat in Indien, Südamerika und Thailand als Reporterin gearbeitet. Seit ihrer Rückkehr nach New York schrieb sie für *Village Voice*, das *New York Magazine* und die *New York Times*. Zurzeit unterrichtet sie Journalismus an der Columbia University und schreibt an ihrem nächsten Buch.

Mara Altman

Danke fürs Kommen

Meine Orgasmus-Odyssee

Aus dem Amerikanischen
von Melanie Meyer

blanvalet

Die Originalausgabe erschien 2009
unter dem Titel »Thanks for Coming«
bei Harper Perennial, HarperCollins Publishers, New York.

FSC
Mix
Produktgruppe aus vorbildlich
bewirtschafteten Wäldern und
anderen kontrollierten Herkünften

Zert.-Nr. SGS-COC-001940
www.fsc.org
© 1996 Forest Stewardship Council

Verlagsgruppe Random House FSC-DEU-0100
Das FSC-zertifizierte Papier *Holmen Book Cream* für dieses Buch
liefert Holmen Paper, Hallstavik, Schweden.

1. Auflage
Deutsche Erstausgabe August 2010 bei Blanvalet,
einem Unternehmen der Verlagsgruppe
Random House GmbH, München.

Umschlaggestaltung: HildenDesign, München
unter Verwendung eines Motivs von Xtremer/Shutterstock
TKL/MD · Herstellung: sam
Satz: KompetenzCenter, Mönchengladbach
Druck und Einband: GGP Media GmbH, Pößneck
Printed in Germany
ISBN: 978-3-442-37544-8

www.blanvalet.de

Für meine Eltern

TEIL EINS

WO IST DER SCHLÜSSEL ZU MEINER KLI-TAURUS?

Ich telefonierte mit Dr. Barry Komisaruk und schilderte ihm mein Problem. »Kein Orgasmus!?«, meinte er halb fragend, als ich ihm erzählte, dass meine Orgasmusfunktion – dieser ganze Kram »da unten« – einfach nicht in die Gänge käme. Bestimmt merkte er mir schon am Telefon an, dass ich damit ein Riesenproblem hatte, denn der in New Jersey ansässige Neurobiologe versprach, sich demnächst mit mir in New York zu treffen. Bevor wir das Gespräch beendeten, machte er sich noch ein paar Notizen. »Wie alt sind Sie? Haben Sie noch Geschwister? Haben Sie versucht…«

Dr. Komisaruk hatte mit zwei weiteren Autoren vor Kurzem das Buch *The Science of Orgasm* publiziert. Meiner Meinung nach war er eine Koryphäe auf seinem Gebiet, und ich hoffte, er könnte mir weiterhelfen, denn ich konnte ausprobieren, was ich wollte: Es klappte nicht. Natürlich war ein wesentlicher und kontraproduktiver Teil meines Problems, dass ich gewisse Praktiken unberücksichtigt ließ. Ich hatte nämlich nie probiert, mich selbst zu befriedigen.

Aber dazu später mehr.

Schauen Sie, ich bin sechsundzwanzig und kann nicht einen einzigen Höhepunkt vorweisen. Selbst die drei Katzen – Buddy, Sika und Lucy –, die durch mein Apartment in Brooklyn tollen, machen mir vor, dass es auch anders geht. Sie würgen ihre Haarbällchen raus, putzen sich hingebungsvoll, kratzen fröhlich an allem herum und treiben es vor meinen Augen. Da frage ich mich, wieso wir Menschen und nicht zuletzt ich das Instinktive total ausblenden? So was wie ein Triebleben ist bei mir anscheinend nicht existent oder aber völlig verkümmert, weil ich es regelmäßig vernachlässigt habe. Soll ich etwa ein Sofakissen vernaschen und mir dafür anerkennend auf die Schulter klopfen? Ich schaff es ja nicht mal, meine Klitoris zu streicheln, und das mit dem Sofakissen vergessen wir besser. Vermutlich bin ich sexuell gehemmt oder hab irgendeine Blockade im Kopf, die sich durch einen gewissen Libido-Zynismus verschlimmert.

Ich hab mir die Statistiken angeschaut. 43 Prozent der Frauen räumen ein, dass sie an einer sexuellen Dysfunktion leiden, folglich steh ich nicht allein, aber je mehr ich über mein Problem nachdenke, desto panischer werde ich. Als ich mich einer Freundin anvertraute, fiel die fast in Ohnmacht. »Das darf nicht wahr sein, oh Gottchen!« Sie fuchtelte mit den Händen wie zum stummen Gebet – und das bei einer bekennenden Atheistin.

Dr. Komisaruk willigte ein, sich mit mir in einem indischen Restaurant in der Bleecker Street im Village zu treffen. Ich hatte zunächst ein äthiopisches Lokal vorgeschlagen, aber das kam gar nicht gut. Die Küche sei ihm zu gewöhnungsbedürftig, meinte der Doc. Das letzte Mal habe er sich mit einem Brotfladen die Schweißperlen von der Stirn gewischt – er habe ihn irrtümlich für ein heißes Handtuch gehalten. Das krümelige Gefühl im Gesicht müsse er nicht noch einmal haben. Tja, auch Neurobiologen haben bisweilen einen kleinen Schaden.

Es ist ja nicht so, dass ich noch nie Sex gehabt hätte.

Ich hatte. Mit sechs Männern (eigentlich fünf, Nummer sechs zählt nicht wirklich, aber dazu später mehr). Um wieder auf die Orgasmen zurückzukommen – oder besser auf deren Nichteintreten: Also – ich hatte noch nie einen. Ein Orgasmus scheint mir mit Selbstbefriedigung genauso illusorisch wie mit meinen fünfeinhalb Männern, und das möchte ich ändern. Ich bin viel herumgereist – ich habe in Spanien, Indien, Thailand und Peru gelebt und unterwegs einen Haufen Leute getroffen –, aber meinen Körper habe ich dabei nicht besser kennen gelernt. Bei der Reise, zu der ich mich jetzt entschlossen habe und derentwegen ich Kontakt mit Dr. Komisaruk aufnahm, will ich endlich über meinen Schatten springen, Hemmungen ignorieren und mein prüdes unbefriedigtes Dasein beenden. Das hab ich mir jedenfalls fest vorgenommen, es lässt sich jedoch schleppend an.

Mein Projekt hatte keinen besonders fulminanten Start. Vor ein paar Wochen hatte ich einen Termin mit einer Sexologin. Ich schlich wie ein geprügelter Hund in Mirandas Büro. Und schwitzte, als hätte ich gerade eine Dschungelexpedition hinter mir – unter meinen Achseln malten sich wahre Seen, von meiner Oberlippe stürzten die Niagarafälle.

Melinda bat mich, es mir auf ihrer blumenbedruckten Couch gemütlich zu machen. Die Ausmaße der Couch waren bombastisch, leider. Zuerst versuchte ich, mich vorn auf die Kante zu setzen, dann baumelten meine Füße in der Luft. Lehnte ich mich vor das Sitzpolster, hingen meine Beine über den Rand, so ähnlich wie bei einem Kleinkind in einem Minivan. Unmöglich, in dieser Haltung ein Gespräch über Sex zu führen. Da hätte ich ja noch mehr Komplexe bekommen! Folglich setzte ich mich in den Lotussitz und versuchte Zen zu spielen.

Sie hatte Ähnlichkeit mit Bette Midler, nur mopsiger. Stellen Sie sich die Schauspielerin einfach in einer Footballuniform und mit längeren Haaren vor. Und statt auf der Bühne herumzuwirbeln und irgendwelche romantischen Hits zu trällern, hockt sie auf dem Sofa gegenüber und löchert *dich,* damit du dein unbefriedigtes Sexualleben ausposaunst.

»Ich hatte noch nie einen Orgasmus«, gestand ich.

Ich begann, mich über meine Theorien auszulassen. Womöglich rebellierte ich gegen meine Eltern, beide sexhungrige Hippies; vielleicht wollte ich mich damit von meiner Freundin abgrenzen, die auf multiple Orgasmen steht; vielleicht lag es auch an dem Dumpfbeutel, den ich in Indien gedatet hatte und der nicht mal wusste, wie man es mit der Hand macht oder … Melinda unterbrach mich und holte zu einem Vortrag aus, was im Körper während der Erregungsphase passiert.

»Die Genitalien werden stärker durchblutet, und es kitzelt angenehm.«

»Halt, stopp«, rief ich. »Nochmal ganz von vorn!« Ich konnte mich des Eindrucks nicht erwehren, dass ich immer noch bei null war und sie erheblich übers Ziel hinausschoss.

»Gehen Sie nach Hause, und streicheln Sie Ihre Klitoris«, fuhr sie fort.

KLI-toris – aha, so spricht man das aus? Ich hab immer Kli-Taurus gesagt, als wäre das ein Autotyp, für den man einen Spezialschlüssel braucht, um ihn anzulassen und eine kleine Spritztour zu machen.

Klar wusste ich, dass ich einen dieser Turbovibratoren reinschieben und es mir damit besorgen könnte. Ich sah es jedoch nicht bloß als physischen Vorgang: Ich hätte zu gern gewusst, warum ich noch nie einen Vibrator benutzt hatte, obwohl ich dauernd welche geschenkt bekam.

Um das Thema zu wechseln, räumte ich ihr gegenüber ein, dass ich ein Buch über die Sache zu schreiben plante. Bisher hatte ich mich selbst mit Arbeit zugeschüttet; besessen von der Idee, meine Karriere anzuschieben, und wäre mir die Pussi abgefallen – ich hätte es nicht mal gemerkt. Folglich beschloss ich, den Orgasmus zum Mittelpunkt meiner Arbeit zu machen und meine Odyssee zum Broterwerb als Schriftstellerin und Journalistin.

»Die Idee find ich gar nicht gut«, wiegelte sie ab.

In der Tat erzählte sie mir, über Orgasmen zu schreiben wäre das Schlimmste, was man tun könnte, wenn man selbst noch nie einen gehabt hatte.

»Sie dürfen nicht mal das Wort Orgasmus denken«, sagte sie. »Je mehr Sie einen Orgasmus erzwingen wollen, desto unwahrscheinlicher ist es, dass Sie einen bekommen. Sie müssen sich gehen lassen.«

Mit anderen Worten, sie betete ihr Mantra herunter: *Streicheln Sie einfach Ihre Klitoris, und die Sache ist geritzt!*

Melinda beharrte hartnäckig auf ihrem Standpunkt. »Ich will nicht lange darum herumreden. Haben Sie zu Hause ein Zimmer, wo Sie sich ungestört streicheln können?«

Ich stopfte mir vorsichtshalber ein Sofakissen zwischen die Beine und zuckte mit den Schultern. »Meine Wohnung hat Türen wie jede andere auch – wenn Sie das meinen.«

Unsere Stunde war um. Als ich kurz ihr Bad benutzte, entdeckte ich dort keinerlei Hinweis auf irgendwelche orgiastischen Ausschweifungen, nur ein angeranztes Stück Seife und einen verknösten Deostift. Ehrlich gesagt hätte ich mich lieber einem Hairstylisten, der Frisuren à la Ernie aus der *Sesamstraße* zaubert, anvertraut als Melinda. Als sie mich zur Tür brachte, meinte sie, sie freue sich schon auf unsere nächste Therapiesitzung. Und riet mir schwer vom Schreiben ab: »Wenn Sie dauernd an das Eine denken, bekommen Sie nie einen Orgasmus.«

Irgendwie nahm ich ihren Rat nicht ernst. Vielleicht lag es an dem gerahmten Foto vom Vatikan, das in ihrem Büro an der Wand hing. Sie wirkte wie ein Anti-gasmus.

Nach Melinda Anti-gasmus probierte ich es mit Google. Ich fand eine interessante Website von der Vulva University. Sie ist in San Francisco ansässig. Dorrie Lane, die Direktorin, erzählte mir, dass sie die nächste Generation der Vulvalutionäre heranbilde. Ihr Outfit sprach Bände: Sie trug ein knallrotes T-Shirt – in der Art wie das schon legendär gewordene mit Che Guevaras dunkler Silhouette, aber auf ihrem war ein Venushügel aufgedruckt, der ein Barett trug. Jippiiee, ich wollte eine Vulvalutionärin sein. Vulvalutionärin zu werden schien mir die ideale Voraussetzung für ein Mädchen, das unbedingt kommen wollte so wie ich. Dorrie meinte, das sei kein Problem. Ich bräuchte bloß eine Vulva.

»Tut es auch eine dysfunktionale Vagina?«, wollte ich wissen.

Prompt krittelte sie an meiner genitalen Semantik herum. Sie erklärte mir, der Begriff »Vagina« beziehe sich ausschließlich auf den inneren Kanal und damit auf die weibliche Penetrationsfähigkeit, wohingegen »Vulva« alles Mögliche umfasse, unter anderem auch die freudenspendende Klitoris. Ohne Luft zu holen, erzählte sie mir von ihrer Wunder wirkenden Vulvapuppe. Die sie wohl hobbymäßig bastelt. Diese Puppen hätten eine anatomisch korrekt geformte, seidengefütterte Möse. Wenn man die Hand reinsteckt, kann man die Muschi zum Sprechen bringen, indem man die kleinen Schamlippen auf- und zuklappt.

Die seidengepolsterten Vulvas sahen auf den Onlinefotos richtig niedlich aus, wie extravagante Baseballhandschuhe. Wahrscheinlich hab ich mir auch deshalb eine bestellt, weil ich, als ich mir die anderen Accessoires für echte Vulvalutionäre anschaute, eine mittlere Krise bekam: silberne Vulvaringe und Halskettenanhänger, die wie lang gestreckte Austern aussahen, mit einer dunkel eloxierten Perle in der Mitte.

Als das Päckchen mit meiner Vulvapuppe eintraf – ich hatte das Modell Picchu bestellt, *Picchu* wohl wegen der peruanisch inspirierten, knallbunten Stofflabien –, hoffte ich, dass sie mir dabei helfen könnte, meine unterdrückten und verdrängten vaginalen Gedanken zu verbalisieren, aber Fehlanzeige. Die Stoffmöse, die mein erotisierender Talisman hätte werden können, blieb stumm wie ein Fisch. Sie steckte in einem Seidenbeutel mit Schmuckkordeln, den ich dekorativ an meine Türklinke hängte.

Und dann rief ich in meiner Verzweiflung Dr. Komisaruk an.

Wir sitzen bei meinem Lieblingsinder, und Dr. Komisaruk bestellt eine Flasche Wein. Sobald er loslegt, ahne ich, dass er mein Retter ist. Er schaut mich intensiv an, und ich realisiere, dass er das Thema ernst nimmt. Er ist der Meinung, dass jeder Mensch ein Recht auf seine Orgasmen hat.

Dr. Komisaruk ist über sechzig, mit einer gebräunten Halbglatze, eingefasst in einen störrisch gewellten grauen Haarkranz. Er trägt bequeme Chinos und dazu ein jeansblaues Oberhemd mit geknöpftem Kragen. Sein Spezialgebiet ist die Orgasmusforschung. Er und sein Forschungsteam machen mit Frauen fMRI-Experimente, das heißt, sie stecken die Probandinnen in irgendwelche Apparate, in denen sie sich selbst stimulieren sollen, und dann machen sie Fotos von den Stimulationszentren im Gehirn. Sein Forschungsteam hat unter anderem entdeckt, dass

Orgasmen natürliche Schmerzblocker sind. Während das Schmerzempfinden um bis zu 50 Prozent reduziert wird, bleibt die Sensibilität gleich hoch oder erhöht sich, so dass Zärtlichkeiten umso intensiver empfunden werden.

Ich weiß nicht, ob es an dem scharfen Curry liegt oder an unserer Unterhaltung, jedenfalls schwitze ich. Es dauert nicht lange, und Dr. Komisaruk leuchtet das Thema wissenschaftlich aus.

Niemand weiß genau, wie sich der weibliche Orgasmus entwickelt hat. Manche Wissenschaftler gehen davon aus, dass er ein evolutionäres Überbleibsel ist, eine Reaktion auf die Ejakulation beim Mann, so wie die männlichen Brustwarzen und die Mammae der Frau. Andere, wie Dr. Komisaruk, vertreten die Überzeugung, dass die leidenschaftliche Ekstase der Frau einem ganz bestimmten Zweck dient, der Doc ist sich indes nicht hundertprozentig sicher, welchem genau. Es kann durchaus sein, dass die Kontraktionen des Uterus während des Orgasmus dabei helfen, das Sperma schneller zum Ei zu befördern, von wegen Schwangerschaft und so. Möglich ist auch, dass die empfundene Wollust die Sexualpartnerin dazu motiviert, wieder und wieder zu vögeln, oder dass der Orgasmus eine wohlige Entspannung von Muskelverkrampfungen bewirkt – oder auch eine Mischung von allem.

Sexuell aktive Menschen sind weniger stressanfällig als andere, sagt Dr. Komisaruk.

»Barry«, reiße ich mich aus dem Hemd und falle fast vornüber in die Curryschälchen, »glauben Sie, ich bin gestresst? Ich meine, mal ganz ehrlich, wirke ich auf Sie gestresst?«

Dr. Komisaruk antwortet, er würde mich gern zu einem Experiment in sein Labor einladen. Er müsse aber noch auf Fördergelder warten. Er warte ständig auf Fördergelder.

»Die Orgasmusforschung hat in unserer Gesellschaft keinen hohen Stellenwert«, erklärt er.

Er sagt, sobald die Fördergelder eingetrudelt sind, kann er mich auch so einer fMRI unterziehen, und wenn ich meine Gehirnaktivität beobachte, während ich mir mit seinem Stimulator einheize, kann ich wohl bewusst Teile meines Gehirns aktivieren, die normalerweise während des Orgasmus heißlaufen. Durch Neurofeedback kapieren meine grauen Zellen, welche Lustreaktion mir vorschwebt.

Ich erzähle ihm, dass die höchste Erregung bei mir bislang in einem sanften Kitzeln besteht, das ich verspüre, wenn ich mir mit Q-tips die Ohren saubermache. Und dann läuft mir ein Schauer über den Rücken.

»Was Sie sagen, stimmt!«, versetzt er, als wäre es das Selbstverständlichste auf der Welt. »Ein Ohrgasmus! Aber seien Sie vorsichtig, dass Sie sich den Gehörgang nicht verletzen.«

»Den was?«, brülle ich und tu so, als hätte ich meine Ohren bis zur Taubheit masturbiert.

Der Scherz läuft ins Leere. »Vorsichtig! Sie müssen vorsichtig sein!«, warnt er.

Er nimmt noch ein Stück *naan* und taucht es in seinen *saag*. Für ihn ist ein Orgasmus durch den sukzessiven Aufbau von Spannung definiert, einen Höhepunkt und die anschließende Entspannungsphase. Nach seinem wissenschaftlichen Ermessen können viele Dinge orgiastisch sein: ein ordentlicher Nieser, Mückenstichekratzen, Lach- oder Weinkrämpfe und sogar Brechattacken.

»Man merkt, dass einem übel wird, die Magensäure kommt hoch, und dann …«

»Barry, das ist nicht die Art von Orgasmus, die mir vorschwebt«, kontere ich.

Unvermittelt entsteht das Bild in meinem Kopf, wie ich

mir meinen Orgasmus vorstelle, den ich irgendwann haben werde. Die Welt verblasst; sie ist in milchig weißes Licht getaucht, ähnlich wie bei den Typen mit den Grenzerfahrungen, wenn es am Ende des Tunnels mucksmäuschenstill wird und sie wie magisch angezogen weiterwollen. Ein fantastischer Sonnenaufgang erhebt sich über meinen Labialfalten, schiebt sich hinter meine Klitoris. Ich verliere die Kontrolle über meinen Körper und vergesse, wo ich bin. Wäre ich mit jemandem zusammen, würden wir uns in Zeit und Raum verlieren. An diesem Punkt wird es heikel. Ich verwandle mich in Scarlett Johansson. Meine Minimöpse schwellen auf die dreifache Cupgröße an, und ich biege lasziv mein Rückgrat zurück. Öffne mein Schmollschnütchen gerade so weit, um die Spitze einer in Schokolade getauchten Erdbeere abzubeißen, dann erscheint die rubinrote Frucht darunter. Ich glaube fast schon, leicht auf den Wellen zu schwanken, und meine Haut glänzt von dem dünnen, perfekt aufgetragenen Schweißfilm, sie glitzert wie das Meer bei Sonnenuntergang, aber nicht so doll, dass der Schweiß wirklich fließt. Dann beginne ich, diese echt merkwürdigen Geräusche von mir zu geben, so ähnlich wie beim Sashimi-Essen, bloß lauter und mit einem kehligrauchigen Timbre. Ich habe einen Orgasmus, und es fühlt sich so an, als würden meine Genitalien von einer Lanze der Lust durchbohrt und meine Schwellkörper den Gipfel der Glückseligkeit anpeilen …

»Mara«, sagt Dr. Komisaruk, »möchten Sie noch ein bisschen von dem *navratan korma*?«

»Oh«, antworte ich, »oh ja, jaaa.«

Ich mache mich wieder über das Essen her, währenddessen gibt der Doc gute Ratschläge. »Haben Sie einen Vibrator?«, will er wissen. »Sie brauchen unbedingt einen von diesen Hochleistungsvibratoren.«

Ich lasse das Brot fallen, denn mir ist der Appetit gründlich vergangen. Dieser renommierte Wissenschaftsheini, von dem ich mindestens erwartet hatte, er könnte mir orgastische Stammzellen einpflanzen oder irgendwas Vergleichbares, kocht auch bloß mit Wasser: Ein Vibrator muss her.

»Weil – zu schwache Geräte, tja … Wissen Sie, das Ding muss ordentlich abgehen«, führt er aus. »Es sollte kräftig massieren, so richtig mit Schmackes, und nicht bloß ein bisschen kitzeln.«

Er legt sein Besteck weg und macht ein Stück Tisch frei, indem er den Teller beiseiteschiebt. »Er sollte so abgehen«, sagt er, während er mit der Faust auf die Tischplatte einhämmert, dass die Gläser wackeln.

Ich blicke unbehaglich zu unseren Nachbarn hinüber, schwer in Sorge, dass sie unsere Diskussion aufschnappen könnten. Folglich wechsle ich hastig das Thema.

Bei einer Megaportion Mangoeis, die aufs Haus geht, beteuert er nochmals, dass er mich kontaktieren wird, sobald neue Forschungsgelder fließen. Er brennt förmlich darauf, mich in diese frankensteinmäßige Mensch-Maschine zu stecken und meine Gehirn-Genitalien-Vernetzung zu checken. Ich will bloß noch nach Hause, wo ich mich im Bett verkriechen kann. Ich fühle, es ist noch ein langer, dorniger Weg bis zum Orgasmus. Soll Dr. Komisaruk sich seinen experimentellen Apparateorgasmus meinetwegen sonst wohin schieben!

NERVIGER BALLAST

Ich wohne in Brooklyn, im obersten Stockwerk eines alten Backsteinhauses. Und genieße den umwerfenden Blick über Manhattan. Die Gebäude recken sich in den Himmel; der Sonnenuntergang verschattet die Skyline; die letzten Sonnenstrahlen reflektieren von den Fenstern und tauchen mich in ein radioaktives Pink, denn ich sitze auf der Feuertreppe und lasse die Beine baumeln. Ich betrachte die flackernden Lichter und frage mich, wie viele Frauen in der City zum Orgasmus kommen – bei acht Millionen Menschen ist das ein geschätztes Potenzial von vier Millionen Vulvabesitzerinnen. Ich höre zwar ausschließlich den Lärm der unten vorbeirauschenden Autos, bin mir jedoch sicher, dass diese Riesenmetropole jede Menge Gestöhne erzeugt. Wenn ich mir selbst nicht grün bin, hab ich immer eine Antenne dafür, was andere machen.

Wie bei Carl, dem Sammler. Er wohnt im Tiefparterre und ist ein Messie; er hebt alles auf, weil er sich von nichts trennen kann. Von meinem Fenster aus zähle ich die prallen bunten Plastiktragetaschen, die sich in seinem Patio stapeln. Wenn der Berg bis zum ersten Stock angewachsen ist, kommt ein Lkw vorgefahren und entsorgt den ganzen Krempel. Dann fängt Carl wieder von vorne an, indem er eine volle Tüte diskret und vermeintlich unsichtbar in einer Ecke abstellt. Wäre schön, wenn sein Lkw auch mal ein bisschen von dem Müll mitnehmen könnte, der sich in meinem Hirn stapelt.

Alle drei Mädchen, die vorher in diesem Apartment wohnten, fanden innerhalb eines Jahres ihren Traummann, feierten Verlobung und zogen zusammen. Das Apartment hatte anscheinend magische Männerfindungskräfte – mmh, bis ich einzog. Am ersten Jahrestag meines Einzugs feierte ich mein Talent, den magischen Männerfindungszauber zu brechen, ganz stilvoll mit einem billigen Cabernet aus dem Weinladen an der Ecke. Dahin geh ich gelegentlich gerne, um mir die Typen anzuschauen, die dort arbeiten. Sie sind alle nett, süß und stylisch. Und bestimmt alle schwul.

Ich brauche sowieso keinen Typen. Ich bin schwer beschäftigt.

Schon mal gesehen, was bei Paaren abgeht? Erst flirten sie, dann vögeln sie, und nachher gehen sie fremd. Fiona, meine beste Freundin, kann von den diversen Stationen einer Partnerschaft ein Lied singen. Als wir sechs Jahre alt waren, hatte sie ihre erste Turbobeziehung – für die Dauer eines Federballspiels. Sie hat vor Kurzem geheiratet, nachdem sie ihren Pedro knapp zwei Monate kannte. Ihre Orgasmen mit ihm seien das Schärfste, was ihr je passiert sei, beteuert sie, und sein Penis sei bombastisch. Als sie mich um meinen Segen bat, bemerkte ich trocken: »Kein Problem. Du kannst dich ja jederzeit wieder scheiden lassen.« Sie meinte, das sei der beste Tipp, den sie je bekommen habe. Ich hatte bloß ein paar Beziehungen, aber zum Glück hatte Fiona genug für uns beide – Beziehungen und das ganze Drum und Dran kosten eine Menge Zeit, und ich hab bloß ein Leben, um dorthin zu kommen, wohin ich will. Und ich bemühe mich redlich!

Obwohl ich nicht wirklich eine Beziehungskiste suche,

muss ich gestehen, dass ich Earl, meinen Plüschelefanten, mit ins Bett nehme. Wenn ich nachts aufwache, stelle ich öfter fest, dass ich seinen Fellrüssel mit der Hand umklammert halte. Ich überlege ernsthaft, ob mein Unterbewusstsein mir damit etwas sagen will.

Wenn ich ein Typ wäre, wäre ich wahrscheinlich auch schwul. Ein bisschen gezielte Handarbeit bringt den Penis auf Touren – dann müsste ich mich nicht mit dem verdammt komplizierten Kram abgeben, der zwischen zwei Frauenbeinen lauert. *Meinen Beinen.*

Männer sind so unkompliziert, dass sie ihr Ding auf Spielplätzen und in Parks rausholen können und am Strand – mit einer Portion Nervenkitzel extra. Als ich zehn Jahre alt war und am Strand von La Jolla in Kalifornien spielte, holte irgendein Idiot seinen Dödel raus und streichelte ihn vor meinen Augen, so ähnlich wie ein Mädchen seinen schimmernden Pferdeschwanz streicheln würde. Ich war mit Recht sauer. Der Penis war ein Monstergerät, das auch andere kleine Mädchen verschreckt hätte.

»Ich hab den Pipimax von einem fremden Mann gesehen!«, regte ich mich bei meinen Eltern auf.

Sie klopften mir begütigend auf den Rücken.

Beim Abendessen kritzelte ich pausenlos Leuchttürme: große, zylindrische Bauten mit spitz zulaufenden Dächern. Mein Dad lehnte sich über die phallischen Skizzen und meinte: »Du verarbeitest es unterbewusst, hm?«

Möglich, dass ich noch immer dran zu knabbern habe, wie unkompliziert Männer sind; eine meiner wiederkehrenden Kritzeleien ist seltsamerweise eine Palme, flankiert von zwei Kokosnüssen.

Ich habe meine zwei Mitbewohnerinnen durch *Craigslist* gefunden. Die beiden sind Anfang dreißig. Leigh ist Designerin und sucht einen Mann. Wir diskutieren häufiger über Dicksein – dass wir bestimmt zu fett seien und abnehmen müssten –, und das am liebsten, während wir fettige Fritten oder Chips und so in uns reinstopfen. Meine andere Mitbewohnerin, Ursula, war früher Investmentbankerin und dreht heute Dokumentarfilme. Sie hat die drei Katzen angeschleppt, die ich schon erwähnte: Buddy, Sika und Lucy. Muschis und ich kommen für gewöhnlich nicht miteinander klar (in mehrfacher Hinsicht), doch bei den dreien war es anders. Ich bin ein echter Katzenfan geworden. Und verbringe mehr Zeit mit ihnen als mit Männern.

Ursula ist die wahre Katzennärrin, und komischerweise hat sie trotzdem einen festen Typen. Sie überlegt krampfhaft, ob sie mit ihm zusammenziehen soll. Ich halte ihr zum Vergleich meine Eltern Ken und Deena entgegen. Sie sind seit mittlerweile vierunddreißig Jahren verheiratet und kommen mir zuweilen wie eine Person vor: Keena. Sie reden dauernd in der Wir-Form. Wenn Ursula bereit ist, sich in zwei Hälften zu teilen – in Urs- und -ula –, dann soll sie meinetwegen mit ihrem Lover zusammenziehen.

Fiona bringt sich am liebsten mit dem bereits erwähnten Rammelvibrator in Fahrt. Leigh beteuert, am besten mit reichlich Wein intus zum Orgasmus zu kommen. Ursula behauptet, dass sie total abschalten und sich voll auf ihre Genitalien konzentrieren kann, bis sie spontan kommt, sogar direkt hier auf dem Stuhl.

Ich muss gestehen, ich bin ziemlich neugierig und nicht zuletzt auch skeptisch.

Fiona tutet in dasselbe Horn wie meine Mutter und zig andere und erzählt mir dauernd, dass ich zuerst meinen eigenen Körper entdecken müsse, bevor ich mich auf einen Orgasmus mit irgendeinem Lover einlasse. Ich hoffe halt immer noch, dass irgendein Typ das Klassenziel erreicht und mir das Los der Selbsterkundung erspart. Zumal es auf dieser Welt genügend anderes zu entdecken gibt.

Beispielsweise der Job als Cocktailkellnerin, den ich vorübergehend angenommen habe. Ich arbeite in zwei Bars, der ACE Bar und der Bleecker Bar, und hab meine journalistische Karriere in Sachen Orgasmus und so erst mal auf Eis gelegt. Beide Bars haben was von Spielplätzen für Erwachsene: mit Flippergeräten, Darts, Poolbillard. Das heißeste Spiel jedoch ist die allabendliche Anmache. Wer geht heute Nacht mit wem in die Falle? Das geht mir dermaßen am Arsch vorbei wie ein Discovery Channel Special über die Aufreißpraktiken der Primaten. So ähnlich ging es mir auch bei meinem letzten Job. Ich hab ein Jahr lang für die *Village Voice* geschrieben. Irgendwie fühlte ich mich zwanghaft von erotischen Themen angezogen – Pornogami (pornografisches Origami), Cunnilingus mit den dritten Zähnen oder das Sexleben eines lernbehinderten Dreißigjährigen –, bis ich gefeuert wurde. Der Grund: Differenzen in Geschmacksfragen.

Schon mal eine Gruppe retardierter Leute beobachtet? Irgendwie beneide ich die; sie bleiben permanent auf dem Level von Fünftklässlern. Sie dürfen einen anzüglich begaffen, pupsen, sich in der Öffentlichkeit im Schritt kratzen – kurzum: ihr inneres Tier rauslassen, ohne dass man sie dafür behelligt. Sie denken sich nichts dabei, sondern handeln aus dem Bauch heraus.

Die Leute, die bei uns an der Bar rumstehen, erreichen dieses Level, indem sie sich die Kante geben. Nach entsprechendem Alkoholkonsum versinken sie vorübergehend in einem Zustand geistiger Umnachtung und wissen nicht mehr, was sie tun. Man sollte meinen, dass der Verstand den Menschen klüger macht, aber wohl nur insoweit, als Mensch sein Vernunft-Ego geschickter auszuschalten weiß.

Möglich, dass ich deswegen ein Faible für Rotwein habe – ein Glas am Abend baut mich mental auf, zwei (und mehr) helfen mir, mein Problem zu verdrängen.

In der Bar läuft brandaktueller Hardrock, und die Typen kippen sich harte Drinks hinter die Binde, bis bei ihnen die Lampen angehen und sie ihren Impulsen freien Lauf lassen. Und die Mädchen, die ihren Verstand vermutlich an der Garderobe abgegeben haben, klimpern mit den Wimpern, das Signal für die Jungs, ihnen fleißig Cocktails zu spendieren. Alle wollen sie unvernünftig sein, weil sie im Vollbesitz ihrer geistigen Kräfte bestimmt keinen wildfremden Kerl oder irgendeine bescheuerte Tussi abschleppen würden. Zumal unser gesunder Menschenverstand uns bei so ziemlich jeder Gelegenheit ein mehr oder weniger definitives »Nein« auf die Zunge legt.

Ich bin ganz gut, wenn ich die Sexualität anderer Leute erforsche – an der Bar und in Zeitungsartikeln –, aber ich bin lausig in sexueller Selbstanalyse. Ich führe das unter anderem darauf zurück, dass meine Ratio meinen Orgasmus blockiert.

Der knallpinke Himmel wird allmählich violett. Ich muss blinzeln, weil ich bestimmt zu lange ins Licht gestarrt habe und ein unangenehm trockenes Kratzen auf der Bindehaut fühle. Meine Cousine, sie ist Augenärztin, beruhigte mich, das sei ganz normal und die meisten Leute hätten damit zu tun. Für mich ist das spinnwebartige Sternchenmosaik vor meinen Augen so einleuchtend wie ein angestrahltes Straßenschild. Es demonstriert mir auf anschauliche Weise, dass alle Menschen unterschiedliche Perspektiven von derselben Welt haben können. Während ich den Horizont betrachte, zucken wilde Lichtblitze hinter meinen Augäpfeln. Ich kreuze die Finger und hoffe inständig, dass es bei mir bald mal in einer anderen Region wild zucken wird.

VERSALIEN

Irgendwann kam ich meiner Familie mit meiner Buchidee. Die Reaktionen waren zwar durchweg unterschiedlich, aber grundsätzlich positiv. Meine Lieben sind in sexuellen Dingen sehr offen.

Meine Eltern waren erst mal vollkommen erstaunt über meine Orgasmusprobleme.

»Irgendwie haben wir es immer gespürt. Du bist eben ein Spätentwickler«, sagte meine Mom. Mein Dad nickte bekräftigend. Sie sind sich fast immer einig. Sie sind Keena, wie gesagt.

Das mit dem Spätentwickler hängt mir ehrlich gesagt zum Hals raus. Mir wurde noch mit achtzehn lieb über den Kopf gestreichelt oder zärtlich in die Wangen gekniffen. Wissen Sie, was Fiona mit achtzehn machte? Sie hatte Orgasmen.

Die Reaktion meiner Eltern schockte mich nicht besonders; sie meinten es bestimmt nur gut und wollten mich motivieren. Bisweilen denke ich, dass *ebendiese* Motivation die Wurzel meines Problems ist. Im Herzen sind meine Eltern Blumenkinder geblieben, die die freie Liebe propagieren. Dafür haben sie in den 60er Jahren sogar protestiert und Sit-ins auf dem Campus von Berkeley veranstaltet.

Anders gesagt: Meine Mom und mein Dad waren tendenziell anders gestrickt als andere Eltern. Wenn andere Mütter ihre Kinder vom Spielplatz winkten, hatten sie gepflegte glatte Achselhöhlen. Bei meiner Mutter dagegen spross undurchdringbarer Dschungel unter den Armen. Ich versuchte sie davon zu überzeugen, mir diskreter zuzuwinken, den angewinkelten Ellbogen dicht an den Rippenbogen gepresst, woraufhin sie mir verklickerte, dass alle Frauen Haare unter den Armen hätten und sie gefälligst auch da lassen sollten. Ihre Überzeugung mochte ich nicht teilen. Als ich elf war und sich mein Babysitter vor meinen Augen seelenruhig die Achselhöhlen rasierte, schwante mir, dass es auch anders ging.

Heute haben meine Eltern eine Baumschule, aber eigentlich ist mein Vater Doktor der Psychologie mit Schwerpunkt Sexualtherapie. Früher fand ich das total cool, ich hab allerdings nie nachgebohrt, was er im Einzelnen machte, weil ich nebenher genügend Informationen aufschnappte. So erfuhr ich beispielsweise, dass meine Eltern in jüngeren Jahren als Akteure bei einer Aufklärungsserie mitgemacht hatten. Mit dieser umfassenden Diaserie demonstrierten sie den Studienanfängern ausgefallene Stellungen beim Sexualverkehr. Ich wollte es gar nicht so genau wissen, aus Angst, sie würden mir ebenfalls diesen Vortrag reindrücken.

Sie erzählten meinen beiden Brüdern und mir alles über Sex. Ich wusste mithin schon verdammt früh, dass die Babys nicht der Klapperstorch bringt. Und war stolz auf mein Wissen, von dem gleichaltrige Kinder keinen Schimmer hatten. Folglich hingen die anderen kleinen Pfadfinderinnen an meinen Lippen, als ich mich am Lagerfeuer über die Feinheiten der Fortpflanzung ausließ, obwohl wir eigentlich »Kumbaya, My Lord« hätten singen sollen. Ich mochte das Lied sowieso nicht. Mir reichte das tägliche Morgengebet in der Schule. Wir waren Juden und lebten in einer großen konservativen christlichen Gemeinde. Nach

Auffassung meiner Eltern bestand meine einzige religiöse Pflicht darin, in der Schule immer genügend blaue und weiße Kreide dabeizuhaben – die Chanukka-Farben – und nicht rote und grüne, die üblichen Farben, um den Weihnachtsbaumschmuck zu bemalen (damit bezeugte meine Mutter den Lehrern auf ihre Weise ihre Kompromissbereitschaft). Aber zurück zu den Girlscouts und der Zeugungsdiskussion.

»Deine Mom hat Mist erzählt«, beharrte ich. »Dein Dad steckt sein Dings in ihr Dings.«

Ich demonstrierte es mit einem Holzstöckchen und einem Marshmallow. Danach war Funkstille. Die Mädchen schwiegen verlegen, und die Gruppenleiterin funkelte mich entgeistert an.

Wenn man mal genauer darüber nachdenkt – so wie ich –, verdienen meine Eltern ihre Brötchen mit den Obsessionen der Botanik. Vermutlich haben sie die Baumschule eröffnet, weil sie sich dort den lieben langen Tag mit Fortpflanzung beschäftigen können und auch noch Geld damit verdienen. In meiner Jugend kreisten unsere Gespräche beim Essen um Vermehrung, Fruchtbarkeit, Besamung, Keimung und Bewässerung (und nicht immer ging es dabei um Pflanzen).

Meine Theorie ist, dass Keena zu freizügig in puncto Sex waren und ich dagegen rebellierte. So ähnlich wie bei den Leuten, die als Kinder keine Süßigkeiten essen durften und sich später damit vollstopfen. Vielleicht ist meine Furcht vor meiner eigenen Sexualität auch so eine Trotzreaktion.

Und da liegt der Widerspruch bei mir: Ich kann locker flockig mit der Sexualität anderer Leute umgehen – aber bei meiner eigenen bin ich völlig überfordert. Wahrscheinlich musste ich als Kind so oft darüber diskutieren, dass ich mit Sex zwangsläufig etwas verbinde, was im Kopf passiert, und folglich die körperlichen Aktivitäten nicht wahrhaben will.

Als ich meinen Eltern das mit der Buchidee verklickerte, waren sie hellauf begeistert. Mein Vater erbot sich spontan, mir bei der Recherche zu helfen. Er kopierte mir alles zum Thema Erotik, was er in den Printmedien fand. Einer der letzten Artikel stammte aus seiner lokalen Tageszeitung, der *North County Times* in San Diego, und beschäftigte sich mit Objektophilen, also Menschen, deren Libido sich auf Dinge richtet. Darin ging es um eine Frau, die in ihre Hammondorgel verknallt war. Als das alte Schätzchen neu gestimmt werden musste, wollte sie den Techniker nicht ranlassen aus Angst vor einem Seitensprung. Dad schickte mir außerdem den Katalog eines Erotikversenders, in dem Aufklärungsfilme beworben wurden. Danke, Dad.

Meine Mutter wiederum schwärmte von meinem Projekt, als wäre es der nächste große amerikanische Roman. Dabei wird es überhaupt kein Roman. Immerhin motiviert sie mich, wo sie kann. Sie hofft inständig, dass ich meine orgastischen Falten entknittere und sie endlich Enkelkinder bekommt.

Sie hatten nur eine Warnung für mich: Schreib Orgasmus nicht in Versalien.

Bloß nicht: ORGASMUS.

Keena erzählen mir dauernd und mit wachsender Begeisterung, dass ich nichts in Versalien setzen soll. Ich vermute mal, das soll ein Perspektivenfinder sein. Im übertragenen Sinne: »Bausch den Kleinkram nicht unnötig auf.« Für sie ist alles Kleinkram. Mein Vater sieht schlecht, und wenn er seine dicke Brille aufsetzt, verwandelt sich die Welt in einen einzigen großen, steilen Hügel wie die in San Francisco. Ich frage mich, ob seine Lockerheit auf dieser Perspektive gründet. Sorge dich nicht, lebe, lautet seine

Maxime. Jeder sollte den steilen Hügel des Lebens hinunterrutschen und Spaß haben, denn unten am Ende ist sowieso bloß ein dunkles Loch in der Erde. Irgendwelche profanen Dinge aufzubauschen würde aus der angenehmen Rutschpartie letztlich eine Zitterpartie machen.

Ich bin nicht immer Keenas Meinung.

ORGASMUS – sehen Sie?

Ich habe meinen eigenen Perspektivenfinder: das Ameisentattoo auf meinem Unterarm. Wenn ich in Katastrophenstimmung bin, betrachte ich es und fühle mich gleich entspannter. Wenigstens brauche ich nicht zu befürchten, von einem Schuh zertreten zu werden, denke ich dann. Aber neuerdings denke ich bei der Tätowierung an Ameisen *und* Sex. Sie sind so winzig – wie funktioniert das bei ihnen?

Meine beiden älteren Brüder hatten natürlich ihre eigene Meinung zu meinem Projekt. Logan, der nur ein Jahr älter ist als ich, meinte aufbauend: »Los, Schwesterherz, geh und hol dir das O!«

Matt, der Älteste von uns und ein Naturtalent im Provozieren seiner jüngeren Geschwister, stichelte gehässig an mir herum. »Alle werden dich für eine Nutte halten«, meinte er gedehnt. »Hey, das soll jetzt keine Beleidigung sein. Ich wollte dich bloß nett und freundlich darauf hinweisen.«

UNERWIDERTE ORGASMEN

Meine Eltern gehen nicht bloß offen mit ihrer Sexualität um, sie benehmen sich wie zwei Frischverliebte. Keena lernten sich an der Venice Highschool in Los Angeles kennen und hatten in meinem Alter schon ihr erstes Baby.

Sie sind unzertrennlich. Keena arbeiten zusammen. Keena schlafen zusammen, Keena essen zusammen. Morgens, mittags, abends. Wenn meine Mom duschen will, bittet Dad sie, auf ihn zu warten, damit Keena zusammen duschen können. Ich wuchs in der festen Überzeugung auf, Erwachsene dürften nicht allein duschen. Ernsthaft.

Als ich neulich mit meiner Mutter telefonierte und das Thema Beziehungen anschnitt, schwärmte sie in den höchsten Tönen von meinem Vater, als wäre er ihr neuester Lover. Sie erzählte mir fröhlich, dass er ihr vor dem Sex treppauf, treppab nachstellen würde.

»Meinst du, ich wüsste das nicht?«, gab ich zurück.

Sie schwieg nachdenklich.

»Mom, ich hab siebzehn Jahre bei euch gewohnt, schon vergessen?«, sagte ich. »Die Treppe ist direkt neben meinem Zimmer. Ich konnte alles mithören.«

»Huch, stimmt ja.« Sie lachte verkrampft.

Als wirklich verantwortungsbewusste Eltern hätten sie ein Beispiel gewählt, das realistischer rüberkommt. Wissen die beiden überhaupt, wie hoch meine romantischen Erwartungen gesteckt sind? Ihre Beziehung scheint für mich unerreichbar. *Seid normal! Andere Leute lassen sich scheiden oder streiten miteinander. Werft euch wenigstens gelegentlich mal einen Teller an den Kopf.*

Einmal konfrontierte ich sie mit ihrer unerreichbaren Perfektion.

»Setz unsere Beziehung nicht in Versalien«, sagten Keena gleichzeitig.

Mit diesem Musterbeispiel groß geworden, gelangte ich zunehmend zu der Auffassung, dass es nichts Vergleichbares gebe – auch meine Freunde fanden Keenas Partnerschaft unvergleichlich harmonisch. Ich dachte, Liebe und Orgasmus gehörten untrennbar zusammen – Orgasmen basierten auf Liebe und ließen sich nicht beeinflussen –, das schien mir so einleuchtend, dass ich die Logik nie anzweifelte. Als ich mit siebzehn das erste Mal verliebt war, war ich demnach überzeugt, ich würde jetzt bestimmt zu meinem ersten Orgasmus kommen. Evan und ich waren im letzten Jahr an der Highschool und gaben uns gegenseitig den Titel »erste Liebe«. Ich fand ihn umwerfend: olivfarbene Haut, die sich wie angerauter Samt anfühlte; Grübchenkinn, ein hochgewachsener athletischer Körper, mit dem ich gern kuschelte, und ein offener Strahleblick, selbst wenn er sauer war.

Wir planten unser erstes erotisches Date sehr sorgfältig, sogar die Hintergrundmusik: »Satellite« von der Dave Matthews Band. Ich fummelte an der Playtaste herum, er an seinem Kondom. Unsere einzigen Zeugen waren die Insektensticker, die ich überall an die Decke geklebt hatte – und Velcro, meine Echse, eine Bartagame, die stumm in ihrem Terrarium hockte.

Am nächsten Tag erzählte ich meiner Mutter stolz, was passiert war. Daraufhin drückten mir meine Eltern ihr eselsohriges Exemplar des Kamasutra in die Finger. Und meinten, ich solle den Sex genießen und nicht in Versalien denken. Eine so große Sache sei das nun auch wieder nicht. Ich fand schon, denn ich war VERLIEBT.

In den folgenden Monaten fieberte ich auf das O – dieses Großes-O-Erlebnis, von dem alle erzählten. Weil ich irgendwie davon ausging, dass Evan für mein Kommen verantwortlich wäre, trieb ich ihn zu olympischen Höchstleistungen an. Wir verbrauchten schachtelweise Präser – und trotzdem klappte es nicht. Er hatte Orgasmen beim Sex, wieso ich nicht? Wir waren schließlich gleichberechtigt, oder? Hatte die Emanzipationsbewegung uns Frauen das nicht immer wieder vorgebetet? (Nach unserer Trennung, als ich supermasochistisch sein wollte, stellte ich mir Evan mit einer Nymphomanin vor, die Kondome in Vorteilsgroßpackungen kaufte, wie ein Pornostar stöhnte und ihr Rückgrat wie ein ekstatischer Yogi durchbog – in dieser Stellung hatte sie multiple Orgasmen. Seine Augen und sein Mund strahlten dabei um die Wette.)

Evan und ich hatten Spaß am Experimentieren. Ich war dabei auch erregt, aber rein kopfmäßig, und wunderte mich, dass *da unten* tote Hose war. Ich wäre auch nie darauf gekommen, dass man eine Jungfrau allein in ihr Schlafzimmer einsperren und sie trotzdem Orgasmen haben kann, weil sie zehn gesunde Finger hat. Für mich war Liebe gleich Orgasmus, alles andere schien mir ein Oxymoron.

Im Rückblick erinnert mich meine damalige Beziehung an die meiner Eltern. Ich war besessen von der Vorstellung, dass ich meinen Traummann gefunden hatte und wir das ultimative Traumpaar abgeben würden. Wie meine Eltern wurden wir eins – Marvan oder Evra. Wir verloren unsere Identität und genossen jede Sekunde davon. Ich ließ meine Freundinnen sausen, weil ich lieber mit ihm zusammen sein wollte. Und meine Freundschaften, weil ich mit Evan neue, gemeinsame Freundschaften aufbauen wollte. Ich ließ alles sausen, um sein Ein und Alles zu werden. Weil ich glaubte, das wäre das einzig Wahre.

Wir gingen dann auf unterschiedliche Colleges, ich aufs UCLA und er auf eines im Norden, acht Stunden Fahrt entfernt. Er versprach mir, mich zu besuchen, und bemühte sich sogar um einen Studienplatzwechsel. Als es mit dem Studienplatztausch klappte, beendete ich Knall auf Fall unsere Beziehung, bevor er bei mir einziehen konnte. Ich hatte mit einem Mal Bedenken, meine Identität zu verlieren. Und fand, es brächte nichts, wenn sich zwei Menschen auf das totale Cocooning fixierten. In meinen Augen hatte einer der beiden Partner dabei immer die schlechteren Karten. Heiraten und kleine Klone von mir in die Welt setzen, das konnte ich später immer noch.

Ich weiß nicht, ob es was Symbolisches hat, aber meine Beziehungen halten meist nie lange. Das ist so ähnlich wie mit den Pflanzen, die meine Eltern mir schenken: Ich vergesse dauernd, sie zu gießen, und dann gehen sie ein.

FRÜHREIFE UND SPÄTENTWICKLER

Fiona weiß so ziemlich alles über meine Beziehungen – die letzte ging vor drei Monaten in die Brüche (nach gerade einmal sechs Wochen). Meine Beziehungen halten nie länger als zwei, drei Monate. Fiona meint, daran sei ich nicht ganz unschuldig. Mag sein, aber kann ich was dafür, dass mein letzter Typ die eklige Angewohnheit hatte, sich im Bett tütenweise Pepperidge Farm Cookies reinzuziehen? Die Hälfte des Inhalts landete als Krümel verstreut zwischen meinen Laken. Das Zeug piekst wie Hölle. Irgendwann hab ich ihn in die Wüste geschickt. Was hätten Sie mit so einem Krümelmonster gemacht?

Auf Fiona lasse ich nichts kommen, auch wenn wir häufig unterschiedliche Ansichten haben. Wir lernten uns kennen, als wir sechs Jahre alt waren – ich war damals ein laufender Gartenzwerg. Damit ich aus dem Wasserspender trinken konnte, hob sie mich über das Becken. Wenn das andere versuchten, scheuchte sie sie weg. Als die ältere Dame von der Essensausgabe mir in die Wangen kniff und meinte, sie würde mich nachmittags heimfahren, zerrte Fiona mich aufgebracht am Arm weg, um mich vor einer vermeintlichen Entführung zu retten. Zwanzig Jahre später kümmert sie sich noch immer rührend um mich.

Wir wohnten beide in der Buena Creek Road, ungefähr zwei Meilen voneinander entfernt. Ihre Eltern waren praktizierende Katholiken, und Fiona durfte keinen Jungen bei sich übernachten lassen. Meine Eltern wiederum hatten nichts dagegen, dass ich meinen ersten Freund nach Hause einlud und er bei uns schlief. Auf die Idee wäre ich damals selbst gar nicht gekommen. Wir beide entwickelten uns konträr zu den sexuellen Normen unserer Eltern. Fiona war sexuell aufgeschlossen und spontan, ich dagegen zurückhaltend prüde. Wir unterscheiden uns auch äußerlich: Sie ist blond, hat blaue Augen und einen Porzellanteint. Ich habe olivfarbene Haut, braunes gewelltes Haar, und meine Augenfarbe erinnert an einen mit Grünalgen bewachsenen Teich, wenn die Sonne daraufscheint.

Schon in der zweiten Klasse wurden die Unterschiede erkennbar. Fiona plante akribisch ihr erstes Rendezvous mit Mike, einem Fünftklässler, und ich saß in der Cafeteria und heulte, weil die Verpackung von meiner Plastikgabel spurlos verschwunden war. (Ich litt an einer krankhaft übersteigerten Fantasie und bildete mir ein, ich hätte irrtümlich die Plastikumhüllung verschluckt und müsste sterben.) Während ich das Cafeteriapersonal verrückt machte, hatte Fiona ihr erstes Date.

Das ganze Spätentwicklergefasel machte es nicht einfacher für mich. Fiona kam in die Pubertät, und bei mir tat sich erst mal gar nichts. Einmal verglichen wir, wer mehr Schamhaare hätte. Wir machten Zeichnungen. Auf meinem kleinen Dreieck waren lauter Bleistiftpunkte angedeutet. Als sie ihr Bild umdrehte, waren da sage und schreibe zehn Ringellöckchen. Da wurde mir klar, dass Flaum nicht zählte. Folglich radierte ich alles weg.

Während ich mich in der Schule engagierte, begann Fiona mit ihrer Schauspielerinnen- und Sängerinnenkarriere. Ihre Mom schleppte sie zu Schönheitswettbewerben – sie gewann die Wahlen zur Miss Pre-Teen San Diego und zur Miss Pre-Teen California. Statt einander zu imitieren, definierten wir uns über unsere Unterschiede. Und identifizierten uns mit unseren Rollen: Sie war der heiße Feger, ich die besonnene Schlafpille. Seit zwei Jahrzehnten coachen wir uns gegenseitig: Sie versucht permanent, mich libidomäßig auf Touren zu bringen – ich sie dazu zu bewegen, dass sie öfter mal einen Gang runterschaltet. Gegensätze ziehen sich an, wahrscheinlich klappt es deshalb mit unserer Freundschaft so gut.

Und sie ist mir bis heute immer einen Schritt voraus, siehe ihre Turbohochzeit mit Pedro. Eine Woche vor der Hochzeit schwärmte sie mir vor, wie wahnsinnig gut er bestückt sei: Sein »Dong« mache jedes Mal »Dingdong« bei ihr.

Fiona lässt nichts unversucht, mir zu helfen. Als wir siebzehn waren – ich hatte ihr kurz zuvor mein Problem anvertraut –, schenkte sie mir einen Vibrator. Er war in einem violetten Etui mit dem Aufdruck »Good and Plenty«, was mich nicht wirklich reizte. Er lag jahrelang in der Schublade mit meiner Unterwäsche, und ich hab nie eine Batterie eingelegt. Wenn meine Eltern ihn nicht konfisziert haben, liegt er bestimmt immer noch dort, in Kalifornien. Fiona schilderte mir außerdem diverse Praktiken, auf die sie abfuhr: Sie masturbierte unheimlich gern mithilfe des Duschschlauchs. Ich fand das jedoch nicht nachahmenswert. Bei mir blieb der Duschkopf dran.

Ich gestehe, einmal hätte ich gern gewusst, wie man richtig masturbiert. Ich lag mit einem Typen im Bett, und er bat mich, mich vor seinen Augen zu befriedigen. Es turne ihn an, meinte er. Ich hätte ihm ja gern den Gefallen getan, musste aber passen, weil ich nicht genau wusste, wie man das macht. Stattdessen beobachtete ich ihn dabei, wie er sich, nackt bis auf seine Socken, zu Frank Sinatra einen runterholte.

Es ist nicht so, dass ich nie masturbiert hätte. Ich habe masturbiert. – So, jetzt ist es raus. Ich habe masturbiert. Masturbation. Masturbieren. Ich habe masturbiert, aber immer bloß halbherzig. Als ich jünger war, benutzte ich andere Hilfsmittel – wie beispielsweise mein Hund Suzie die Stoßstange unseres Jeeps, um sich daran den Rücken zu kratzen. Ich lief aber nicht durch die Stadt und suchte mir phallisch anmutende Gegenstände, um mich draufzusetzen, nöö, ich war viel subtiler. Beim Fahrradfahren merkte ich, dass es sich gut anfühlte, wenn man sich in den Kurven ein bisschen fester auf den Sattel presste (ich konnte ja schlecht mein Fahrrad aus dem Keller holen, als mein bestrumpfter Sinatra-Fan wollte, dass ich masturbierte, oder?). Ich hatte mir zwar schon mal einen Berg Decken aufgeschichtet und »da unten« angenehmen Druck erzeugt, aber das war auch alles.

Okay, ich lüge. Ich hab *es* ein- oder zweimal gestreichelt und wieder sein lassen. Es ekelte mich an. *Ich* ekelte mich an. Ich hatte Berührungsängste vor diesem Teil meines Körpers – und, mal ganz ehrlich, die Körperregion lässt sich ganz gut ignorieren. *Was ich nicht weiß,* überlegte ich, *macht mich nicht heiß*. Dabei blieb es.

Ich würde mir ja einen solchen Vibrator kaufen, wie Dr. Komisaruk ihn mir wärmstens empfohlen hat. Leider ist Fiona nicht da, um mir beim Aussuchen zu helfen. Sie ist acht Monate auf Amerika-Tournee, steht jeden Abend auf den Brettern, die die Welt bedeuten, und spielt die Rolle eines frühreifen Teenagers. Wie ich meine Freundin kenne, hat sie bestimmt »The Bullet and The Rabbit« mit einer Extrapackung Batterien eingepackt, um sich über die lange Trennung von ihrem gut bestückten Pedro wenigstens ein bisschen hinwegzutrösten.

PORTRÄT EINER ANORGASMISCHEN, SEXUELL UNBEFRIEDIGTEN

Das Ganze entwickelte sich zur Zwangsneurose. Ich schloss Wetten mit mir selbst ab. *Wenn ich die Straße überquere, bevor die Ampel auf Rot umspringt, bekomme ich meinen Orgasmus.* Dann sprintete ich über die Straße, um es noch bei Grün zu schaffen. *Wenn ein rotes Auto an mir vorbeifährt, bevor ich das dritte Schlagloch auf dem Gehweg passiert habe, bekomme ich keinen Orgasmus.* Kein rotes Auto – ich hatte schon wieder gewonnen! So lief das eine ganze Weile, bis ich anfing, an meinem Geisteszustand zu zweifeln. Hatte ich einen leichten Dachschaden? Weil ich Ampeln und Schlaglöcher für meine Befriedigung verantwortlich machte?

Als ich erkannte, dass mein Problem nicht bloß physisch war, beschloss ich, einen richtigen Seelenklempner aufzusuchen. Zum Glück fand ich Rori. Sie versank bis zu den Ohren in ihrem blau gepolsterten Sessel. Wilde braune Locken peppten ihr Äußeres auf wie ein bunt gemusterter Orientläufer ein apartes Möbelstück. Die weißen Wände waren kahl bis auf eine Van-Gogh-Reproduktion. Ich vermute mal, die Flusslandschaft sollte beruhigend wirken, aber mich erinnerten die charakteristischen Pinselstriche an *Der Schrei.*

Ich kuschelte mich in eine Sofaecke und drückte mir vorsichtshalber ein Kissen auf den Bauch. Dann starrten wir einander an. Ihre Miene war leer wie ein unbeschriebenes Blatt.

Ich biss mir in die Innenseite der Wange und wartete darauf, dass sie das Gespräch begann. Ich kaue und knete dauernd auf irgendwas herum.

Fehlanzeige. Also legte ich los. Fest entschlossen, ihr alles zu enthüllen, mein Problem und auch jeden anderen Mist, sie sollte nicht denken, sie vertrödelte ihre Zeit. Ich erzählte ihr von meinen Orgasmusproblemen, meiner Familie und diversen Romanzen, die in die Binsen gegangen waren.

Nach einer Weile kam sie zurück auf Evan, meinen ersten festen Freund. »Was empfinden Sie, wenn Sie an ihn denken?«

Ich biss die Kiefer aufeinander und dachte scharf nach. Meine Zunge entdeckte, dass die Innenseite meiner Wange in den letzten fünfunddreißig Minuten ziemlich angeschwollen war. Ich hatte mir mit meinem nervösen Genuckel eine Beule von der Größe eines Taubeneis verpasst.

»Nicht lange überlegen. Erzählen Sie mir, was Ihnen spontan dazu einfällt«, drängte sie.

»Ich fühlte mich so ähnlich wie eine Babyklapperschlange«, führte ich aus. »Ich wusste nicht, wie viel Gift ich rauslassen sollte, folglich ließ ich alles raus.«

»Sie sprechen von Liebe, als wäre es Gift«, sagte Rori. Dann knallte sie mir meine Liebesmetapher um die Ohren. »Was macht Gift?«

»Es tötet«, antwortete ich.

Verdammt nochmal, ich hab sie wohl nicht mehr alle.

Ich tischte ihr meine andere Erste-Liebe-Theorie auf in der Hoffnung, damit ein bisschen optimistischer rüberzukommen. Grundgütiger, nachher glaubte die Ärmste noch, dass ich meinen Lovern den Tod an den Hals wünschte. Ich erzählte ihr, dass die erste Liebe irreparable Schrammen im

Hirn hinterlasse. Und strahlte. *Sehen Sie? Das klingt schon besser, oder?*

»Wie sind Sie denn drauf?«, meinte sie. »Schrammen – wie bei einem Autounfall?«

Sie hatte Recht: Ich ließ mich ziemlich morbide über ein großes Gefühl aus. Anscheinend war ich in Sachen Liebe zur Zynikerin geworden. Ich erklärte das mit den Emotionen, die ich hatte, wenn ich in der Bar Drinks servierte: rund um den Tresen glückliche Paare mit entseelt strahlenden Gesichtern. Da verfällt man schnell auf die Idee, dass die sich nur deshalb verlieben, weil es vermutlich eine Taktik der Evolution ist, um uns zur Fortpflanzung zu bewegen. Und dass wir nichts anderes sind als wandelnde Brutkästen. Ließen sich unsere Energien nicht ganz anders bündeln, wenn wir nicht dauernd an das Eine denken würden?

Bevor ich Rori aufsuchte, kämpfte ich lange mit meinem inneren Schweinchen. War ich wirklich so durchgeknallt, dass ich einen Therapeuten brauchte? Nach der Therapiesitzung hatte ich mehr Macken als vorher.

Ich verließ ihre Praxis. Ich ging über die Straße. *Wenn ich mit drei langen Sätzen rüberkomme und mit dem rechten Fuß die Bordsteinkante treffe, wird alles okay. Und ich bekomme meinen Orgasmus.*

Mit den Schilderungen meiner früheren Beziehungen waren alte Erinnerungen hochgekocht. Mir fiel ein, dass ich mich innerlich abgeschottet hatte, nachdem es mit meiner ersten Liebe nicht richtig funkte. Ich wurde so was wie eine küssende Schlampe oder die ungekrönte Königin des Neckings. Vermutlich hab ich das halbe Frisbeeteam von meinem College abgeknutscht, weiter ging ich jedoch nie. Wenn die Typen mit mir ins Bett wollten, machte ich Flickflacks und Spagat – erregte sie mit meiner akrobatischen

Beweglichkeit – und türmte, bevor sie mir an die Wäsche gehen konnten.

Im Sommer 2000 war ich in Costa Rica; ich war achtzehn. Dort wurde ich mental lockerer, was man von meinen großen Schamlippen allerdings nicht behaupten kann. Ich datete Mario aus San Jose. Er war milchkaffeebraun, mit langen schwarzen Locken, so kräftig wie Pferdehaare. Und Wimpern wie weiche Nerzpelzchen. Mario trank am liebsten Eistee und schnupfte gern mal eine Line Kokain. Mit diesem Rundum-sorglos-Paket konnte er vierundzwanzig Stunden lang mit seiner Hobbyband romantische Liebeslieder spielen. Drogenkonsumenten sind bei Weitem nicht so schlimm, wie die im Disney Channel immer tun, finde ich. Außerdem war das Koks in Costa Rica leicht zu kriegen und spottbillig.

Nach ungefähr einem Monat wollte er Sex mit mir. Ich erzählte ihm, ich hätte noch nie einen Orgasmus gehabt. Diese kleine Tatsache macht Typen an; Anorgasmie ist so was wie die Jungfrauenversion des 21. Jahrhunderts. Er wollte mein Erster sein – aber der Schuss ging nach hinten los. Er wollte mir partout weismachen, ich könnte nur dann kommen, wenn er kein Kondom benutzen würde. Mist! Ein Kulturbanause. Ich war dermaßen von den Safer-Sex-Kampagnen infiltriert, dass ich dankend ablehnte. Er war geplättet; seine Nerzpelzchen schlossen sich nach einem melodramatischen Augenaufschlag. Für ihn bedeutete sicherer Sex im entscheidenden Moment rausziehen, ein Kondom dagegen Misstrauen. Ich war jedoch nicht bereit, mich mit Herpes und einem Baby im Bauch in mein zweites Studienjahr am UCLA zu stürzen. Klar wär das ein super Gesprächsstoff gewesen, und ich hätte noch dazu ein bleibendes Souvenir gehabt, ich beließ es jedoch bei ein paar Pfund frisch gerösteten Kaffeebohnen und jeder Menge Fotos.

Brian war mein nächster Freund. Wir lernten uns in meinem zweiten Studienjahr kennen. Er war vier Jahre älter als ich und studierte Jura. Ich himmelte ihn an. Keine Ahnung, ob ich in ihn verliebt war. Für ihn war ich vermutlich so was wie ein Schwanzwärmer. Er hatte für alles überzeugende Argumente und wirkte dabei total aufrichtig. Das hätte mir eine Warnung sein müssen: Keiner hat immer das passende Argument parat – und wenn, dann verbindet er damit eine Strategie, sprich einen Hintergedanken. Er konnte Evan nicht das Wasser reichen, und mein Herz war keine Sekunde lang in Gefahr. Ich wollte sowieso nach Spanien, für ein Auslandsjahr, folglich hatte unsere Beziehung ein eingebautes Verfallsdatum.

Er versuchte mich rumzukriegen, aber zu diesem Zeitpunkt hatte ich förmlich einen Hindernisparcours um meine Klitoris aufgebaut. Ich wurde nervös, wenn meine eigenen Pfötchen da unten rumspielten, ganz zu schweigen von anderen.

Folglich trieben wir es meistens in der altbewährten Missionarsstellung. Vielleicht trifft er irgendwann meinen G-Punkt, sinnierte ich. Wenn der Mensch auf dem Mond landen kann, ist das doch wohl nicht zu viel verlangt, oder?

Offenbar doch.

Ich war gern mit ihm zusammen, beim Sex jedoch mit meinen Gedanken dauernd woanders. Es war eine sich selbst erfüllende Prophezeiung: Ich fand mich anorgasmisch, also war ich auch anorgasmisch. Wenn er auf mir lag und mir anzügliches Zeug ins Ohr raunte, erwischte ich mich bisweilen dabei, dass ich auf den kreisenden Deckenventilator starrte. Ich lag da und verfolgte die Rotation wie eine Katze, die ein aufgezogenes Spielzeug beobachtet. Manchmal hatte ich das Gefühl, dass mein anorgastischer Sex daran lag, dass ich nicht den Augenblick lebte, sondern mich beim Akt mit einem Livebericht ablenkte: *Stoß mich. Nein, is nix mit Orgasmus. Stoß mich. Nein, immer noch nichts. Stoß mich. Nöö, wieder nix.*

Meine Cousine Nora hatte einen anderen Vorschlag: Täusch einen vor. »Sag einfach: ›Ich komme, ich komme‹, und dabei stöhnst du ganz laut. Wälz den Kopf hin und her, grab die Fingernägel in die Matratze und spiel mit deinen Nippeln, bis sie hart werden – ohne harte Nippel kann man nicht kommen. Klemm deine Pussi zusammen. Dann bist du fertig.«

»Also muss man bloß stöhnen, dass man kommt? Das nehmen die einem ab?«, hakte ich nach.

»Und ob die einem das abnehmen, du Dummchen«, bekräftigte sie. »Geht doch ganz leicht, oder?«

Ich hatte allerdings nie den Nerv, ihre Methode aufzugreifen. Was hätte mir das außerdem gebracht? Ich wollte schließlich ein echtes Erfolgserlebnis.

Andere Freundinnen rieten mir, beim Sex oben zu liegen. Hab ich nie gemacht, weil mir jedes Rhythmusgefühl abgeht. Dann hätte er mich angesehen, und ich hätte ihm eine dramatische orgastische Darbietung liefern müssen – und ich war nie eine gute Schauspielerin.

Ich probierte es mit sinnlichem Gestöhne. Mach ich das auch richtig? Gibt es dafür Kurse an der Volkshochschule? Bevor ich diesbezüglich Klarheit bekam, rollte er sich auf seine Seite und begann zu schnarchen. *Hmmm, hatte ich irgendwas Entscheidendes vergessen?*

Mein Auslandsjahr in Spanien war auch nicht der Bringer. Wenn ich mir im Nachhinein die Fotos anschaue, war ich weniger auf Männer als auf überflüssige Kilos fokussiert. Und das klappte prima. Ich besuchte Vorlesungen und Seminare und konzentrierte mich ansonsten auf Bier und Tapas. Angesichts der fehlenden Männerkontakte hatte meine Tante Judy Mitleid mit mir, und so kam der zweite Vibrator in mein Leben; sie schickte ihn erster Klasse über den Atlantik. Er war groß und fluoreszierend und maulbeerfarben. Und hieß treffend »Saturn«, denn er hatte spiralförmige Ringe. Aber selbst wenn ich es damit probiert hätte – es hätte nicht geklappt. Stattdessen stellte ich ihn auf den Kaminsims, wo er zum absoluten Liebling wurde. Während sie Joints rauchten, ließen meine Mitbewohnerinnen ihn rumgehen, stellten die unterschiedlichen Geschwindigkeitsstufen ein und lachten sich halb schlapp.

Als ich an die UCLA zurückkehrte, vermisste ich das Teil. Jetzt kommt der halbe von den fünfeinhalb Lovern ins Spiel. Sie kennen das mit den Halben: Das sind die Typen, die einem an Tagen wie dem 21. Geburtstag passieren. Dann wacht man am nächsten Morgen mit Mordskopfschmerzen auf und schnüffelt den Mundgeruch von irgendeinem abgelegten Lover. Diese Person schnarcht zufällig auf dem Kissen neben Ihnen!!! Nach ein paar vagen Flashbacks von klemmenden Reißverschlüssen stolpert man über die eigene Unterwäsche und ist sich ziemlich sicher, dass da irgendwas penetriert wurde. Das ist ein Halber für Sie. Oder mein Halber für Sie, ganz wie Sie wollen.

Nach dem Collegeabschluss hatte ich keinen Job und nicht wirklich eine Ahnung, was ich überhaupt machen wollte. Folglich beschloss ich, nach Indien zu fliegen und mir dort was Passendes zu suchen. Das war der Startschuss für etliche Reisen rund um den Globus.

KANN MAN ORGASMEN NICHT OUTSOURCEN?

Hätte ich die Begattungaktivitäten der Straßenstreuner als Indikator genommen, wäre mir spontan klar gewesen, dass das mit dem Sex in Indien eine heikle Kiste werden würde. Sobald einer den anderen beschnüffelt hat, fährt beim Männchen das Ding mit der rosa Spitze raus, und die beiden rammeln, bevor sie in verschiedene Richtungen wegrennen. Äußerstenfalls kläffen und jaulen sie dabei. In Indien machen alle Babys, um die Spezies zu erhalten, dabei sehen sie weg, als wenn der Akt nicht wirklich stattfinden würde.

Folglich brachte der Aufenthalt in Indien meinen Genitalien keine Erleuchtung. Es gab kein Nirwana für meine Vulva. Stattdessen ging bei meiner Pussi das Licht aus, im übertragenen Sinne, meine ich. Bei meiner Ankunft in Bangalore war ich einundzwanzig. Ich fing bei einer englischen Tageszeitung an, mein erster Job als Journalistin. Meine sämtlichen Kollegen waren Inder. Wir lagen ständig im Clinch. Beispielsweise fanden sie meine erste Story so überflüssig wie einen Kropf: Männer, die auf die Straße pinkeln, was wir Frauen widerlich finden.

»Das ist keine Neuigkeit«, verkündete mein Chef. »Männer urinieren seit jeher in der Öffentlichkeit.«

Irgendwie setzte ich es trotzdem durch, dass die Story gedruckt wurde.

Ein anderer Streitpunkt waren die Anzeigen auf der Rückseite der Zeitung, Heiratsangebote für Männlein und Weiblein. Arrangierte Ehen waren immer noch die Regel, auch wenn sie, bedingt durch westliche Einflüsse, weniger wurden. Ich fand das so abartig wie traurig. Was war mit Verliebtheit und so? Dieses himmlische Gefühl, dass man auf Wolken schwebt, Verrücktheiten macht und die Fehler des Partners partout nicht erkennen mag? Mal ganz ehrlich, sollte wahre Liebe nicht so sein, dass man die Welt durch eine rosarote Brille sieht? All den Menschen hier, einem ganzen Subkontinent, ging das ab, fand ich. Obwohl es auch Vorteile hatte: Die mussten sich vermutlich keinen Kopf machen, ob es sexuell fluppte oder floppte wie bei mir.

Andererseits konnten solche arrangierten Ehen erotische Gelüste natürlich nicht ausschalten. Bloß so weit unterdrücken, dass etliche Männer es nicht mal wagten, eine Frau im Sari anzuschauen, mir, dem »abgeklärten Amigirl«, jedoch häufiger auf den Po tatschten, als wäre er eine schöne reife Melone. Die Jungs starrten mich pausenlos an. Wenn ich hinten in einer Rikscha saß, die an der Ampel wartete, drehten die Typen an ihren Mopedspiegeln, und ich sah plötzlich in tausend dunkle Augen. Ich begann, an Verfolgungswahn zu leiden. Witterte hinter jedem Mann, der mit mir sprach, eine blöde Anmache. Ich hasste es mit einem Mal, Frau zu sein und damit in der traditionellen Vorstellung ein williges Sexualobjekt.

Wahrscheinlich lag es irgendwie auch an mir, weil ich mich nicht entsprechend zu kleiden wusste. Ich trug Baggyhosen und weite Wallesachen im Büro oder was ich dafür hielt, denn mein Verleger rief mich in sein Büro und erklärte mir, meine Jeans und meine T-Shirts seien zu aufreizend. Wenn ich den Job behalten wolle, müsse ich mich konservativer kleiden.

Ich brauchte so was wie einen persönlichen Aufpasser, weil ich nicht mehr wusste, wie ich Gesten interpretieren sollte. Einmal unternahm ich auf eigene Faust einen Wochenendtrip. Ich wollte eine Pilgerfahrt machen, also suchte ich mir in meinem Reiseführer den nächstbesten Ort aus: Thiruvannamalai, wo die Menschen dem Hindugott Shiwa huldigen, indem sie um den Arunachala Hill pilgern. Auf der Fahrt dorthin musste ich in dem hoffnungslos überfüllten Bus stehen. Ein in eine safrangelbe Robe gehüllter Sadu, ein heiliger Mann, stand hinter mir, und ich hätte schwören können, dass er bei dem kleinsten Geruckel im Bus versuchte, seinen »Homo erectus« in mich zu bohren. Das erzeugte einen Dominoeffekt, denn ich schob instinktiv mein Becken vor, mein Vordermann tat das Gleiche und so fort, bis es wie die *la ola* bei einem Baseballspiel aussah. Oder wie ein Rudel sexsüchtiger Trockenbumser auf der Fahrt zu ihrer Jahreshauptversammlung. Wahrscheinlich hab ich dem Sadu Unrecht getan und er versuchte bloß, sich irgendwie festen Halt zu verschaffen.

Kurz darauf – ich recherchierte gerade für eine Story, wo man in der Stadt die besten *masala dosa* – Fladen mit Kartoffelfüllung – bekommen könnte, fiel mir ein Typ auf, der sich selbstbewusst-lässig an eine Wanne mit gewürzten Kartoffeln lehnte. Amit trug ein T-Shirt, Jeans und Converse-Turnschuhe. Angesichts seiner Kleidung tippte ich darauf, dass er sehr westlich orientiert wäre. Je länger wir uns unterhielten, desto mehr bildete ich mir ein, ich hätte endlich jemanden gefunden, der mich wenigstens ein bisschen verstand. Als er mich um ein Date bat, fühlte ich mich geschmeichelt. Ich zögerte nicht lange und sagte zu. Ich ging davon aus, dass wir auf ähnlicher Wellenlänge lagen – dass eine Frau emanzipiert genug war, um abends allein auszugehen beispielsweise. In der folgenden Woche lud er mich zu einem opulenten Diner ein – er hatte den Restaurantbesitzer, einen Freund, überredet, dass er länger öffnete, nur für uns –, und danach nahmen wir eine Rikscha zu ihm nach Hause, wo wir uns gemütlich hinsetzen und plaudern wollten. Kaum hatte er mich in sein Haus gelockt, wendete sich das Blatt.

Ich erspare Ihnen die Details, sie sind widerwärtig. Er war widerwärtig. Dieses geile Arschloch versuchte… Sie können sich denken, was er versucht hat. Aber ich schrie. Aus Leibeskräften. Und hatte Glück. Ich trat, ich schrie, und ich rannte wie eine Gestörte.

Sein Daumenabdruck prangte auf meinem Oberarm. Ein dicker blauer Punkt, der am nächsten Tag ins Grünliche changierte. Er verblasste und war am vierten Tag ganz weg, die Erfahrung dagegen blöderweise nicht. Sie hing mir nach, so dass ich vorsichtiger wurde und neue Bekanntschaften nicht mehr nach ihren T-Shirts und so weiter beurteilte. Meistens versuchte ich sowieso, meine Weiblichkeit zu verstecken, was mir seinerzeit am einfachsten schien, damit ich meine Ruhe hatte.

Ich schottete mich noch mehr ab, als ich sah, dass ich kein Einzelfall war. Andere Frauen wurden ähnlich behelligt wie ich, wenn sie Männern vertrauten. In Mahabalipuram, einem kleinen Dorf in Tamil Nadu, kam ich mit einer Frau ins Gespräch, die auf der Straße Textilien verkaufte. Sie erbot sich, für mich zu kochen, wenn ich die Zutaten bezahlte. Sie führte mich zu ihrem Haus, einem Verschlag, der aus rostigen Eisenteilen zusammengeklopft war, der Boden aus fest gestampftem Lehm. Die Decke war so tief, dass wir uns die ganze Zeit ducken mussten. Während sie den mit diversen Käfern gespickten Teig für unser *naan* ausrollte, deutete sie auf ein Foto, das an der Wand klebte. Darauf war ein hellhäutiger Typ abgebildet mit John-Lennon-Nickelbrille, windzerzausten Haaren und einem Rucksack. Ich tippte spontan, dass sie mich deshalb hergelotst hatte. »Kennen Sie den vielleicht?«, wollte sie wissen.

Ich kniff die Augen zusammen und verbiss mir das Lachen – einfach lachhaft die Vorstellung, ich müsste jeden dahergelaufenen Penner kennen, der bei ihr an der Wand hing, bloß weil er weiß war! Und dann kam ein kleines Mädchen ins Zimmer gelaufen. Ihre Haut war um einiges heller als die der anderen – Milchschokolade neben dunklem Kakao. Die Tochter der Händlerin, die ungefähr in meinem Alter war, folgte der Kleinen und fokussierte sich auf das Foto. Sie fing an zu weinen und bettelte, ich solle ihr ein Bier kaufen. Ich hatte keine Ahnung, ob sie vergewaltigt worden war oder Geld dafür bekommen hatte oder ob man ihr ein neues Leben in einem reicheren Land versprochen hatte. Womöglich war es ihr genauso gegangen wie mir mit Amit, bloß dass ich entschieden mehr Glück gehabt hatte. Ich kaufte ihr einen Liter Kingfisher. Sie stürzte ihn in ein paar Schlucken hinunter und wollte noch eins.

»Er ist ein schlechter Mensch«, sagte die ältere Frau. »Sollten Sie ihn sehen, sagen Sie ihm, dass er eine Tochter in Mahabalipuram hat. Wir warten jeden Tag darauf, dass er zurückkehrt.« Sie nickte mit einer Geste von Nachdruck und Niedergeschlagenheit.

Kurz nach diesem Schockerlebnis in puncto sexuelle Übergriffe lernte ich Rafiq kennen. Er war dreißig, Muslim, mit einem buschigen Schnäuzer im Achtziger-Jahre-Look, den er liebevoll »mouche« nannte. Sobald ich ihn bloß ansah, wurden meine Augen trocken (raten Sie mal, wo ich stattdessen feucht war?). Ich fühlte mich wahnsinnig von ihm angezogen, obwohl er überhaupt nicht in mein Beuteschema passte – er war in vielen Dingen noch naiver und weltfremder als ich. Er kam vom Land und arbeitete in der Stadt, weil er seine Familie unterstützen musste. Er hatte acht Geschwister, die Busfahrt zu ihm nach Hause dauerte drei Stunden. Von seinen 150 Dollar Monatsgehalt versuchte er verzweifelt, genug zurückzulegen, um die Aussteuer für seine Schwestern bezahlen zu können. Rafiq ging jede Wette ein, dass sie alle noch vor ihm verheiratet wären.

Wir arbeiteten bei derselben Zeitung. Anders als ich war Rafiq ein Strich in der Landschaft – ich konnte mit meinen gespreizten Daumen und Zeigefingern seine Taille umfassen. Statt zu relaxen, verdiente er sich lieber ein paar Rupien nebenher, alles für seine Familie. Er besaß nur zwei Hemden und zwei Hosen und sah trotzdem jeden Tag wie aus dem Ei gepellt aus. Er saß an seinem Computer und hackte seine Berichte in die Tastatur, als wären seine Finger Vogelschnäbel, die sich auf die Buchstaben stürzten. Seine Brille saß immer ein bisschen schief, und da er einen Kopf größer war als ich, wusste ich nicht einzuschätzen, ob es an seinen Ohren lag oder an der Brille. »Deine Brille sitzt schief« – damit brach ich eines Morgens das Eis.

Danach plauderten wir in der Mittagspause immer häufiger miteinander. Er rauchte dabei eine Zigarette, ich trank einen Tee mit Milch. Ich konnte seinem schweren Akzent zwar kaum folgen – er sprach meist Urdu oder Kannada –, trotzdem hörte ich ihm gern zu. Ich war hingerissen von dem melodischen Singsang seiner Stimme und nickte zwischendurch bekräftigend. Wir gingen gemeinsam auf Recherche. Für die Berichterstattung zu dem alljährlich stattfindenden *Diwali*, dem Lichterfest, wo die Menschen, vor allem Kinder, auf den Straßen Feuerwerkskörper zünden. Wir besuchten diverse Ambulanzen, wo die Verletzten behandelt wurden. Obwohl wir Dutzende von Kindern sahen, die einen dicken Verband um den Kopf trugen, hatten wir einen schönen Abend. Er schien mich einfach besser kennen lernen zu wollen, mehr nicht. Das gefiel mir.

Nicht lange darauf war Ramadan, und Rafiq fuhr nach Hause, um das Fest bei seiner Familie zu verbringen. Vorher fragte er mich, ob ich nicht Lust hätte, mitzukommen und mir seine Heimatstadt anzusehen. Zu diesem Zeitpunkt hatte ich null Ahnung, worauf ich mich einließ. Auf der Fahrt erzählte Rafiq mir, dass sein Vater ein Imam sei. Da ich um den Palästinenserkonflikt wusste und mir so meine Gedanken über muslimisch-jüdische Beziehungen machte, war ich wie vom Blitz getroffen. *Sein Vater knallt mich ab, sobald ich über seine Schwelle trete,* dachte ich erschrocken.

Als wir ankamen, war es noch tiefe Nacht. Rafiqs Mutter und Schwestern praktizierten Purda, das heißt, sie trugen Burkas, wenn sie sich draußen aufhielten, und blieben auch komplett verhüllt, sobald männliche Fremde ins Haus kamen. Sie sprachen kaum Englisch, ließen aber mit Gesten durchblicken, dass sie meine Beine inspizieren wollten. Sie lachten, kicherten, zeigten und tippten auf meine hellen Waden. Dann wollten sie wissen, aus welcher Kaste ich käme, was so viel bedeutete wie »Welcher Religionsgemeinschaft gehören Sie an?« Ich blickte zu Rafiqs Vater, der in einem Sessel saß. Ich war gar nicht unglücklich, dass er sitzen blieb. Seine blütenweiße *kurta* passte zu seinem Bart. Seine Augen fixierten mich intensiv, aber er konnte nichts sehen, denn er hatte Grauen Star. Lediglich seine Pupillen waren erkennbar wie zwei einsame Vögel, die dunkel in weichen Wattewolken schweben. Als ich zögernd einräumte, ich sei Jüdin, rechnete ich mit dem Schlimmsten, aber sie schüttelten bloß lachend ihre Köpfe und gestikulierten, dass ich meine Hosenbeine wieder herunterrollen könne.

Vor Sonnenaufgang aßen wir *sahari*, das Frühstück, das vor dem langen Fastentag serviert wird. Rafiqs Mutter ließ ein Nein nicht gelten. »Essen Sie, Sie müssen viel essen!«, rief sie. Sie servierte mir ungefähr ein Pfund Reis, dazu vier verschiedene Chutneys und eine Schale *baingan bharta* (scharf gewürzte, gebratene Auberginen) und beobachtete mich beim Essen, während ich leise in mich hineinstöhnte: Noch eine Hand voll von dem Zeug, und der Knopf von meiner Jeans saust wie ein UFO durch die Bude. (Etwa eine Stunde später verpasste ich ihr heimlich den Spitznamen Tischpupsmaschine. Ich war wohl die Einzige, die das lustig fand. Die anderen rülpsten.)

Der Rundgang durchs Haus dauerte knapp fünfundvierzig Sekunden. Es gab einen Gemeinschaftsraum, und dort hatten wir soeben auf der Erde gegessen. Den Küchenbereich trennte ein dünner Plastikvorhang ab, die Toilette war ein kleines Loch im Boden, daneben stand ein Eimer Wasser. Dieses Duschklo war wohl das Gemeinschaftsbad. Sie fragten mich, ob ich mich frischmachen wolle. »Nein, danke, ich bin okay.« Grundgütiger, bei der Vorstellung, mich in diesem engen Verschlag waschen zu müssen, wurde mir ganz anders.

Den Tag verbrachten Rafiq und ich in der Stadt und kehrten zum Abendessen in sein Elternhaus zurück. Ich hatte einen Mordskohldampf. Wir unterbrachen das Fasten mit süßen Datteln und einem Becher warmer Kondensmilch. Dann aßen wir *iftar*. Auf dem Boden standen zig Schalen mit Currys, dass für die zwölf Leute kaum noch Platz zum Sitzen blieb. Nach dem Essen zogen seine Schwestern mir eine Burka an. Sie wuselten um mich herum, schwärmten, wie sie meinen Hüften schmeichelte, und nachdem ich mich ausgiebig im Kreis gedreht hatte, meinten sie, ich sei »die Allerschönste«. Sollte ich das als Kompliment auffassen? Ich selbst hätte mich nämlich eher als dicke, fette Vogelscheuche eingestuft. Selbst meine Augen waren verhüllt. (Eine Weile später fand ich heraus, dass Rafiq jedes Mal hin und weg war, wenn ich meinen sackartigen gelben Regenmantel trug, den ich mir für die Monsunmonate angeschafft hatte. Je mehr ich anhatte, desto mehr turnte ich ihn offenbar an.) Als ich mich aus der Burka pellte, fragten sie wieder: »Möchten Sie sich frischmachen?«

»Vielen Dank, aber ich fühle mich ganz okay.«

Alle machten sich bettfertig. Dafür wurde die Matte aufgerollt, auf der wir vorher gegessen hatten, und eine andere Matte ausgerollt, auf der die komplette Familie schlief, aneinandergequetscht wie Sardinen in der Dose. Zwischendurch kletterte Rafiq mit mir aufs Dach. Wir blickten auf die Nachbargebäude, unterdessen begann der Ruf zum Gebet. Männer glitten aus den angrenzenden Häusern und strömten zum letzten Tagesgebet in die Moschee, deren hohes Minarett in den Himmel ragte. Rafiq blieb bei mir. Es war total romantisch. Ich küsste ihn. Er tippte mit dem Finger auf sein Herz.

»Du bist jetzt hier drin«, sagte er. »Ich sehe die Welt mit anderen Augen an. Ich liebe dich, du bist meine Mara.«

»Nein, du *liebst* mich nicht«, versetzte ich. »Du *magst* mich.«

Ich sträubte mich, das Wort Liebe zu verwenden. Es war schlicht unangemessen. Ich wusste schließlich aus Erfahrung, wohin das führte.

Seine Mutter kletterte zu uns hoch. Kleiner Test, ob wir uns auch gesittet benahmen. Zwei erwachsene Menschen! Es war zum Piepen. Seine Mom glaubte es wohl auch: Amerikanische Mädchen üben einen schlechten Einfluss aus. Wir sind zu locker drauf.

Als sie weg war, meinte Rafiq ganz nebenbei: »Ich informiere dich, sobald unser Hochzeitstermin feststeht.« Mir drehte sich der Magen um. Als wir die Treppe hinunterstiegen, um uns zu den anderen auf die Matte zu quetschen, war mir mit einem Mal grottenschlecht.

Am nächsten Morgen musste Rafiq ein paar Besorgungen in der Stadt erledigen. Ich blieb mit seinen Schwestern und seiner Mutter zu Hause. Und schaute gelangweilt aus dem Fenster, wo sein jüngster Bruder auf einem Kamel durch den kleinen Hof ritt. Prompt erkundigten sie sich, ob ich Lust hätte, auch mal eine Runde zu reiten. »Das nächste Mal vielleicht«, wiegelte ich ab.

Wir bereiteten gemeinsam das Abendessen zu. Dabei fing ich an zu weinen. Wieso muss ich plötzlich heulen?, dachte ich verwirrt und bestürzt. Weinte ich vor Hunger? Oder weil Rafiq mich wie selbstverständlich zu seiner Verlobten gekürt hatte – Schreck lass nach!? Oder lag es bloß an den scharfen Zwiebeln, die ich gerade schnitt? Rafiqs Mutter versuchte mich zu trösten. »Nicht weinen. Ich Sie lieben mehr als andere Töchter hier«, beschwichtigte sie in holprigem Englisch. Ich blickte zu ihren Töchtern. Sie blickten zu mir. Wo war ich da reingeschlittert? War ich noch ganz bei Trost?

Kurz bevor Rafiq heimkehrte, fragten sie mich noch mal, ob ich mich waschen wolle. Ich stellte fest, dass sie alle noch dieselben Sachen trugen wie bei meiner Ankunft. »Wieso soll ich mich waschen? Sie waschen sich doch auch nicht, oder?«, gab ich zurück.

»Wenn wir Gäste haben«, belehrte sie mich, »tun wir das, was sie tun.«

Auweia.

Nach Rafiqs Rückkehr und einem weiteren gehaltvollen Abendessen fuhren wir mit dem Bus zurück nach Bangalore. Auf dem Rückweg hielten wir Händchen. Die ganze

Zeit konnte ich mich des Eindrucks nicht erwehren, dass er irgendwas in den falschen Hals bekommen hatte. Er erzählte mir, das gestern mit mir sei sein erster Kuss gewesen.

»Der erste?« *Arrgrrh.*

»Ein Kuss bedeutet sehr viel, hmmm?«, fragte er. »Oder etwa nicht?«

Da schwante mir, dass ein Kuss für ihn ein Versalienwort war – so: KUSS.

Küssen fand ich nicht wirklich weltbewegend. Wenn ich darüber ausführlich philosophiert hätte, wäre ich ja nicht mehr zum Küssen gekommen.

Nach unserer Rückkehr hatte ich Probleme mit meinem Vermieter. Das Ende vom Lied war, dass ich in Rafiqs kleine Hütte einzog, am Stadtrand von Bangalore. Die Wände waren türkisfarben gestrichen, die Sockel pink abgesetzt. Er hatte keine Möbel, überall lagen Zeitungen verstreut, zwischen Türklinke und Fensterknauf spannte sich eine Wäscheleine, auf der seine Sachen hingen. Die einzigen Accessoires waren zwei bunte, an der Wand aufgestapelte Bonbonkartons. Mein Bruder hatte sie mir bei seinem Besuch aus Kalifornien mitgebracht. »Mit süßen Erinnerungen« hatte Rafiq mit Permanent-Marker quer über einen Karton geschrieben. Wir schliefen auf dem Fliesenboden auf einer dünnen Decke. Es war so hart, dass ich am ganzen Körper blaue Flecken hatte. Das Bad war draußen, und wir duschten mit einem Eimer. Für mich erhitzte er das Wasser mit einem Tauchsieder, er selbst duschte kalt, wie ein Mann eben. Wenn wir Langeweile hatten, kickten wir Kakerlaken in die Zimmerecken.

Bei der Zeitung wusste niemand von unserem Arrangement, denn es wäre von unseren Kollegen als höchst anstößig empfunden worden. Wir machten weiter wie bisher mit unserer Tee- und Zigarettenpause. Berührungen fanden in der Öffentlichkeit lediglich unter Gleichgeschlechtlichen statt. Die Männer hielten Händchen, umarmten einander und standen zuweilen auch eng umschlungen. Das bedeutete nicht zwangsläufig, dass sie schwul waren; es war lediglich ein Weg, um die angestaute Sexualität zu kanalisieren. Trotzdem gafften sie mich weiterhin an. Bisweilen sehnte ich mich regelrecht nach einer Burka, wie ich sie probegetragen hatte. Dieses Kleidungsstück hatte etwas von einem Schutzschild. Wenn Rafiq und ich heimkamen, vergnugten wir uns miteinander – andere Vergnügungen gab es nicht. Ich erkannte, dass er beim Küssen ungeheuer begabt war, er lernte schnell. Eine ganze Weile blieb es bei Zärtlichkeiten und Küssen. Er mochte es, wenn ich »Allah« sagte und ihm dabei die Schultern massierte; dann lachte er und sein »mouche« kitzelte verheißungsvoll.

Rafiq erzählte mir, Sex sei für ihn lange Zeit ein Fremdwort gewesen. Mit fast zwanzig habe er hinter dem Küchenvorhang aufgeschnappt, wie seine Mutter seiner ältesten Schwester Anweisungen für die Hochzeitsnacht gegeben habe. Masturbation sei tabu, führte er aus. Das verbot seine Religion. Ich fragte ihn, ob er es nicht trotzdem mal probiert hätte. Er antwortete, dass er nicht mal daran denken mochte, »es« zu berühren (Bingo! Da hatten wir tatsächlich eine Gemeinsamkeit). Als ich darauf hinwies, dass es so was wie Kondome gebe, wollte er wissen, ob so was nicht wehtäte. Okay, dachte ich, dem Mann kann geholfen werden. Ein bisschen Weiterbildung konnte bestimmt nicht schaden. Folglich kramte ich ein Kondom aus meinem Rucksack. Ich öffnete es und demonstrierte Rafiq an meinem Finger, wie man es richtig überstreift. Die spermizide Flüssigkeit in dem Ding muss ihn wohl stutzig gemacht haben, denn er schoss wie von einer Biene gestochen auf die andere Seite des Zimmers. Na toll, da hatte ich den Bock zum Gärtner gemacht. Ich, selbst ziemlich prüde, angelte mir einen Typen, der sexuell noch unbeschlagener war als ich. Frau Lehrerin lässt grüßen.

Was ich mir seit Jahren glühend wünschte, schaffte er innerhalb von Sekunden. Und er wusste den Orgasmus noch nicht mal zu schätzen! »Es fühlte sich an, als müsste ich mal Pipi machen«, gackerte er. Er warf den Kopf zurück und lachte ausgelassen über seine erste Handarbeit. Es turnte mich nicht wirklich an.

Seine fehlende Erfahrung war ein Problem für mich, meine Erfahrung dagegen ein Problem für ihn. Ich recherchierte undercover für eine Story, in der es um die Kompetenz und Zuverlässigkeit von Aids-Ambulanzen ging. Ich machte Rafiq zu meinem Komplizen; er ging rein und ließ sich testen unter dem Vorwand, dass er bei den Huren in Mumbai gewesen wäre. Er meinte, dass ich selbstverständlich keinen Test bräuchte, weil ich noch nie Sex gehabt hätte. Woraufhin ich meinte: »Ähm ... ja, eigentlich ...« Er sprach zwei Tage lang nicht mehr mit mir. Nicht aus Verärgerung, sondern weil er total geschockt war, was ich ihm da zugemutet hatte.

Er kriegte sich schnell wieder ein, aber je näher er mir kam, desto mehr igelte ich mich ein. Sein Klammern ging mir auf die Nerven. Sein Lerneifer turnte mich ab. Das ständige Auf-die-Pelle-Rücken war entsetzlich. Er nannte mich seine süße *ladoo*, nach einem indischen Dessert, das aus Schmalz, Mehl, Zucker und anderen Zutaten besteht, die zu einer kleinen dicken Kugel geformt werden. Er sagte ständig: »Ich liebe dich«, und ich konterte mit: »Bitte, sag das nicht«. Wir hatten zwar Spaß miteinander, trotzdem wurde es zunehmend frustrierend mit ihm; bisweilen dauerte es zwanzig Minuten, um einen simplen Satz zu kommunizieren. Oft hielt ich die Klappe und machte mir nicht mal mehr die Mühe, mich in irgendeiner Weise zu äußern. Wurde ich wütend, mochte er mich anscheinend noch mehr. »Leute schreien bloß die Leute an, die sie am meisten lieben, nicht?«, seufzte er dann halb fragend. Ich mochte die Person nicht, die ich geworden war. Wir waren so ähnlich wie die wilden Hunde auf der Straße: Zufallsbekanntschaften, vorübergehend aneinandergeklettet und unweigerlich dazu bestimmt, wieder unserer eigenen Wege zu gehen.

Als ich ein paar Monate später wieder abflog, durchbrach er die Sicherheitsabsperrung zu meinem Gate und riss mich in seine Arme. Er gab mir sein obligatorisches »Ich liebe dich« mit auf den Weg. »Oh Allah«, sagte ich genervt, »bitte behalt's für dich.« Und lief schleunigst weiter.

Eigentlich wollte ich einen Monat zu Hause verbringen, mein Visum verlängern und dann wieder in Indien arbeiten. Als ich jedoch im Flugzeug saß, fühlte ich mich plötzlich so befreit, dass ich die Rückkehr nach Indien erst mal zurückstellte. Ich fand, dass Rafiq endlich heiraten sollte, vielleicht sogar auf die konventionelle Art. Mit einem Mal machten arrangierte Ehen für mich Sinn. Damit gab man sich weder irgendwelchen romantischen Illusionen hin, noch hatte man unrealistische Erwartungen von wegen große Liebe.

Wir kamen uns zwar recht nahe, dennoch war ich unterhalb der Gürtellinie für Rafiq tabu. Ich wollte es so. Zumal ich den Standpunkt vertrat, dass es besser sei, wenn ich seine Hände auf meinen Hüften stoppte. Ein Mann, der Kuss in Versalien schrieb, würde angesichts einer Vulva vermutlich halb durchdrehen. Folglich behielt ich mein kleines Geheimnis schön für mich.

DIE GUTE FEE DER MASTURBATION

Bei Dr. Komisaruk klang das mit dem Orgasmus so einfach wie Angeln gehen – ich nehm einen Turbovibrator, schieb ihn mir rein, angle mir einen Orgasmus, und fertig ist die Laube. Ich brauchte bloß jemanden, der mir half, diesen Wundervibrator aufzutun, den der Doc mir wärmstens ans Herz gelegt hatte. Fiona war noch nicht zurück, sie war inzwischen in Chicago, also wer dann? Da fiel mir schlagartig Betty Dodson ein, die Mutter der Masturbation.

Betty Dodson ist ein Synonym für die Masturbation, so ähnlich wie Mahatma Gandhi für den friedlichen Widerstand oder Jennifer Aniston für geile Haarschnitte oder ein Exhibitionist für die schamlose Entblößung seines kleinen Freundes oder … Die Vergleiche ließen sich beliebig fortführen. Du lässt irgendwo im weiteren Umfeld der Sexindustrie den Begriff »Dildo« fallen, und die Antwort lautet prompt: Schon mal mit Betty Dodson gesprochen?« Also rief ich sie an.

Es brauchte eine Weile, bis ich einen Termin bekam. Sie war schwer damit beschäftigt, ein Opus über den ultimativen Orgasmus zu schreiben, erklärte sich aber schließlich – aus Solidarität unter Frauen – bereit, mir zu helfen, den ersten passenden Vibrator für mich zu finden.

Bevor ich meine Pilgerfahrt zu dem berühmten Guru der Klitoris machte, las ich ihr Buch *Die Lust am eigenen Körper,* in dem sie ihre Masturbationslebensgeschichte erzählt. Betty wuchs in den dreißiger Jahren in Kansas auf und zog mit Anfang zwanzig nach New York, weil sie Künstlerin werden wollte. Sie dachte genau wie ich, dass ein Penisträger ihr einen Orgasmus bescheren würde, fand einen und heiratete ihn (Gott sei Dank bin ich nicht so weit gegangen). Ein Orgasmus hatte nach landläufiger Überzeugung vaginal zu sein; ein klitoraler Orgasmus war laut Freud indiskutabel für eine erwachsene Frau. Der Penisträger bescherte Betty jedoch keinen Orgasmus, folglich ließ sie sich mit fünfunddreißig und sexuell unbefriedigt von ihm scheiden. Das war in den sechziger Jahren, als die Frauenbewegung damals ganz groß aufkam. Betty engagierte sich in der Bewegung und bezeichnete sich von da an als bisexuell.

Seit den siebziger Jahren veranstaltet sie BodySex Workshops für Frauen. Sie klärt die Teilnehmerinnen über ihre Anatomie auf und zeigt ihnen, wie man mit dem Zauberstab Hitachi Magic Wands masturbiert. Die Frauen erforschen gemeinsam ihre Körper und machen Fotos. Sie schauen sich gegenseitig mit Spiegeln in die Vagina. Und masturbieren gemeinsam.

Die Frauen entdecken dabei, dass jede Vulva einzigartig ist, genau wie die weibliche Brust. Und sehen darin Feigen, Blüten, Orchideen und Muscheln. Betty verglich ihre eigenen Labien mit Hühnerbäckchen. Sie kategorisierte einige Varianten: das klassisch-symmetrische Modell; den Barockstil mit wuchtigen Schamlippen; den gotischen Typ mit Bögen und die dänische Moderne mit klaren Linien. Das klang ja alles sehr vielversprechend, dachte ich, aber als ich mich selbst untersuchte, kam ich auf keinen Nenner. Irgendwie sah das bei mir merkwürdig aus, sehr ausgefallen und bizarr wie eine Konstruktion von Antoni Gaudí.

Irgendwann eröffnete Betty eine eigene Praxis. Sie nennt

sich heute »Orgasmus Coach« und vermittelt Masturbationstechniken, für 1000 Dollar pro Sitzung, die gelegentlich einen ganzen Nachmittag dauern kann. Sie ist der CEO der Masturbation.

So einen Coach hätte ich eine ganze Weile gebraucht; das Thema wurde ja nicht mal im Biologieunterricht auch nur erwähnt. Das Einzige, was wir in der Schule über Sex erfuhren (mal abgesehen von den heimlichen Diskussionen, wer mit wem was beim Flaschendrehen machte, und da durfte ich nicht mitmachen), war, »dass man auf fünf Pfund schwere Mehltüten achtzugeben hatte«, wie unsere Sexualkundelehrerin Babys lapidar zu bezeichnen pflegte. Kein Wunder, dass an meiner Schule die Schwangerschaftsrate exorbitant hoch war – die Mädchen dachten bestimmt, wenn sie ihre »Mehl«-Babys satthätten, könnten sie sie mit Eiern und Milch verquirlen und daraus Muffins backen.

Ich mach meiner Lehrerin bestimmt keinen Vorwurf. Sie musste sich an den Lehrplan halten, und der sah die weibliche Klitoris eben nicht vor.

Als ich bei Betty vor der Tür stand, drückte ich nervös mein Klemmbrett an die Brust. Wie einen imaginären Schutzschild. Vielleicht war ich noch nicht reif für sie, die Ikone der weiblichen Orgasmusforschung. Mental war ich auf alles gefasst: Vibratoren, die ausgelassen auf dem Boden herumhopsten, Phallus-Mobiles, aus denen bunte Laserstrahlen schossen, nackte Frauen, die sich auf Sitzsäcken lümmelten, Cheetos knabberten und sich gegenseitig die Vulva mit dem restlichen Käsepulver an ihren Händen panierten.

Ich klopfte. Niemand antwortete. Ich klingelte. Keine Reaktion.

Gerade als ich mich umdrehen und wieder gehen wollte, ging die Tür auf.

Ich war, wie gesagt, auf eine Menge gefasst, aber darauf nicht: Ein junger Mann stand im Eingangsflur, in schwarzem Minislip und schwarzem T-Shirt, unter dem sich ein gut definierter Brustkorb abzeichnete. Er war groß und schlank, mit braunen gelockten Haaren und randloser Brille, die auf seinem Nasenrücken balancierte.

»Betty Dodson?«, platzte ich entgeistert heraus.

»Oh, sie kommen wegen des Termins«, antwortete er. »Ich bin Eric, Bettys Assistent.« Er hielt mir die Hand hin. Ich schüttelte sie widerstrebend. Kann man einem Mann trauen, der lediglich Unterwäsche trägt?

Mehr bekam ich nicht mit. Er erzählte zwar alles Mögliche, aber ich konnte mich nicht konzentrieren; stattdessen starrte ich auf sein Outfit und grübelte, ob man mich wohl in allernächster Zukunft dazu auffordern würde, ebenfalls einen Strip hinzulegen. Was für Unterwäsche hatte ich eigentlich an? Mist, irgendwas bunt Zusammengewürfeltes. Er deutete auf den Boden, wo diverse Paar Schuhe standen, also zog ich meine auch aus. Er führte mich in ein Wohnzimmer. Ich stand wie betäubt, nahm lediglich einzelne Fragmente wahr. Einen blauen Teppich und an einer Wand aufgereihte Plastikstühle. Und eine ergonomisch geformte Tastatur, auf der Eric herumhackte. Ein Akt mit einer nackten Frau hing neben einem Fenster. Ringsum jede Menge einschlägiger Wohnaccessoires: eine Jadevulva in einer Terrakottaschale; eine silberne Vulva, Vulvakugeln. Regale, auf denen Gleitmittel und Öle standen. Aufgestapelte Kartons mit Hitachi-Magic-Wands-Zauberstäben. Mein Blick registrierte die glasgeblasenen Phallusnachbildungen, die auf Bettys Kaminsockel standen. Angesichts des Spiegels, der dahinter lehnte, schien jeder der Burschen einen identischen Zwilling zu haben. Meine Augen schweiften von einem zum anderen. Rauf und runter. Manche waren lang und glatt mit einem zwiebelartigen Gebilde am Ende. Derjenige, der mich am meisten faszinierte, hatte Stacheln wie ein Kaktus. Meine Eltern wären begeistert gewesen.

»Wissen Sie, was Betty jetzt sagen würde«, meinte Eric, der mich beobachtete.

»Nein«, erwiderte ich.

»Dass sie die alle gevögelt hat«, lachte er. »Es ist echt toll, sie hat zu jedem eine Geschichte parat. Wer welches Ding benutzt hat. Wann und wo.«

Da ich das nicht wirklich witzig fand, nötigte ich mir ein schmales Grinsen ab und rückte unauffällig von Eric weg.

Ich wäre nie darauf gekommen, dass eine große rote Samtvagina entspannende Wirkung haben kann – ist aber so. Ich entdeckte eine Wunder wirkende Vulvapuppe, wie Dorrie Lane mir eine aufgeschwatzt hatte, auf Bettys Regal. Die Erinnerung an meine vorübergehende Vulvalutionärinnen-Phase richtete mich spontan wieder auf. Nicht lange und eine zierliche, aber energisch anmutende Frau mit grauer Kurzhaarfrisur tauchte in der Zimmertür auf und winkte mich herein. Sie trug eine dreiviertellange Stretchhose und ein schwarzes T-Shirt und telefonierte mit ihrem Handy.

Betty setzte sich und wies mir den Platz ihr gegenüber zu. Wir waren in ihrem Schlafzimmer. Darin standen lediglich ein Computer, ein Schreibtisch, ein großes violett überzogenes Bett und in einer Ecke ein Pilatesball. Betty ist inzwischen zwar nicht mehr die Mutter der Masturbation, sondern die Großmutter, sieht mit ihren achtundsiebzig Jahren aber keinen Tag älter aus als sechzig. Möglich, dass das Befummeln der Vulva jung hält. Folglich wollte ich den Orgasmus noch viel mehr als zuvor.

Sie kam direkt auf den Punkt. »So, Sie wollen einen Orgasmus«, sagte sie. »Wissen Sie, ich hab schon mit fünf

Jahren angefangen zu masturbieren. Ich spielte an meiner Pussi, an meiner Klitty, und dann seufzte ich: ›Oooh, es fühlt sich gut an‹ und nenn es mein Zauberkribbeln, und meine Mom meinte so was Ähnliches wie: ›Mmmh, es fühlt sich gut an, nicht?‹ Das ist der natürliche Weg, so sollten wir aufwachsen, aber leider ist es den meisten nicht vergönnt.«

»Also … meine Eltern waren auch sehr offen«, warf ich zaghaft ein.

»Ah, dann sind Sie so eine«, sagte sie. »Sie mussten sich zwangsläufig konträr entwickeln. Ihre Eltern hassen Sex, also lieben Sie Sex. Ihre Eltern lieben Sex, also hassen Sie Sex. Verstehen Sie, wie ich das meine? Wie alt sind Sie?«

»Sechsundzwanzig.«

»Spätentwickler«, konstatierte Betty.

Das ging mir irgendwie zu schnell. »Ich hab auch so eine Vulvapuppe wie Sie«, probierte ich es mit ein bisschen Smalltalk, um erst mal mit ihr warm zu werden. »Ich hab das Modell Picchu.«

»Ach ja, bestimmt von Dorrie.« Sie nickte bekräftigend. »Die Dinger sind anatomisch total fürn Arsch.«

Betty rollte mit ihrem Stuhl zum Computer. Und setzte ihre Brille auf; das Gestell hatte viel Ähnlichkeit mit den Drahtbügeln eines Push-up, die Gläser saßen wie zwei BH-Schalen vor ihren Augen. Frau Dr. Masturbation begann, durch ihre Website zu scrollen, und tat dabei sehr wissenschaftlich. Ich sah mich im Geiste schon auf ihrem Bett liegen, während sie ein Stethoskop auf meine Klitoris drückte und den Puls abhorchte.

Ich begann mich ihr zu öffnen und erzählte ihr meine Pläne. Dass ich plante, ein Buch über Frauen und weibliche Sexualität zu schreiben. Ich dachte, sie verstünde mich und motivierte mich bestimmt noch dazu.

Aber Fehlanzeige. Sie reagierte geradezu aggressiv auf mein Vorhaben.

»Das werden Sie schön bleiben lassen. Bekommen Sie erst mal selbst einen Orgasmus!«, fauchte sie. »Der Orgasmus ist Ihre Grundlage. Und Basis für alles andere.«

Das klang, als wäre ich eine niedere Spezies, weil ich noch nie gekommen war. Vermutlich registrierte sie meinen verzweifelten Gesichtsausdruck.

»Okay, wenn es Sie tröstet: Sie sind nicht die Einzige«, lenkte sie ein. Sie imitierte jemanden, der noch nie gekommen war. Gestikulierte mit fahrigen Fingern und verfiel dabei in die Babysprache.

»Meine Sexualität ist ein unbekanntes Wesen für mich«, jammerte sie. »Ich hab keine Ahnung, was das ist, und überall, wohin ich schaue, sehe ich bloß Sex, Sex, Sex. Ich bin noch unschuldig. Ich fühle mich als Opfer. Ich bin naiv. Ich bin unaufgeklärt. Ich bin nicht von dieser Welt.«

Sie lehnte sich zurück.

»Wollen Sie, dass ich noch deutlicher werde?«

Ich hatte erhebliche Probleme, ihren Standpunkt zu erkennen. Ich wollte einen vernünftigen Vibrator und keine Gehirnwäsche.

»Sie sind sechsundzwanzig«, fuhr sie fort, »und kommen mir vor wie fünfzehn oder höchstens sechzehn, eben wie ein unerfahrener Teenager.«

»Echt?«, stammelte ich. »Wie sechzehn?«

»Sie verströmen kindliche Vibrations«, meinte Betty. »Sie sind sehr kindlich. Wenn Sie einen Orgasmus bekommen wollen, müssen Sie ganz Frau sein. Auf mich machen Sie jedoch den Eindruck eines verschüchterten kleinen Mädchens.«

Ich denke mal, sie wollte mich dazu provozieren, dass ich vor ihren Augen die Hosen runterließ, mir einen von ihren

Dildos schnappte und rumrammelte. Vielleicht brauchte sie dringend mal wieder eine neue Story für ihre Sammlung. Witz, komm raus, du bist umzingelt! Von wegen, ohne mich, ich blieb ganz cool. Bettys Aufrichtigkeit in allen Ehren, ich fühlte mich offen gestanden ein wenig gemobbt.

»Ich weiß eine ganze Menge«, konterte ich.

»Das bestreite ich auch gar nicht«, entgegnete sie. »Sie sind zweifellos intelligent, aber wiederum nicht so intelligent, dass Sie begreifen, wo's langgeht, dass Sie kommen.« Sie lachte über ihr dämliches Wortspiel. Und hörte gar nicht mehr auf zu gackern.

»Sobald Sie Ihren ersten sexuellen Höhepunkt hatten, verlagern sich Ihre Energien«, erklärte sie mir. »Ihre Mom und Ihr Dad werden sehr stolz auf Sie sein. Sie werden zu Hause anrufen und sagen: ›Mommy, Daddy, ich bin ORGASTISCH! Ich vögle jeden, den ich in New York City zu fassen bekomme!‹ Haben Sie das kapiert?«

Hi…Hi…Hilfe.

Ich tippe mal, jemanden kleinzureden ist ihre Art, mit einem warm zu werden. Denn kurz darauf begann sie exakt so loszulegen, wie ich es mir vorgestellt hatte – meine Zauberfee der Masturbation. Sie wollte wissen, ob ich einen Freund hätte. Ich verneinte. Sie sagte, das sei perfekt, weil ich erst mal lernen müsse, mich selbst zu lieben. Ansonsten sei es illusorisch, dass ich meinen Lover instruieren könnte, wie er es mir zu machen hätte. (Das hatte ich doch schon mal irgendwo gehört, oder? Dieses Mal fühlte ich mich jedoch zugänglicher für wohlmeinende Ratschläge.) Etliche Mädchen würden heutzutage denken, sie bräuchten sich bloß zu verlieben, und dann würde es passieren, führte Betty weiter aus. Ein Penis samt Mr. Right – und der Orgasmus wäre gebongt. »Von wegen«, seufzte sie. »Die Wahrheit ist, Sie werden gevögelt und kommen dabei nicht.«

Um sie wenigstens einen kurzen Moment lang von meiner Person abzulenken, fragte ich Betty, ob unsere Kultur den One-Night-Stand nicht irgendwie idealisiere. Das war nämlich meine Vermutung. Jedes Mal, wenn ich mir *Sex and the City* anschaute, war ich neidisch darauf, dass diese Frauen mit jedem Typen in die Federn hüpfen können, multiple Orgasmen bekommen und dann die Flatter machen. Ihre Antwort überraschte mich.

»Das wäre mal besser so«, antwortete Betty. »Aber selbst eine wie Samantha muss sich erst fürchterlich Mut antrinken, bevor sie nach Mr. Right Ausschau hält. Tut mir leid, aber für mich ist das keine emanzipierte Frau, sondern eine verzweifelte Frau. Und in ihrem wirklichen Leben ist sie total monogam und verheiratet und sehr, sehr moralisch.«

»Hat sie nicht ein Buch über Sex geschrieben?«

»Doch, und das zeigt mal wieder, wie verfickt diese Kultur ist«, schnaubte Betty. »Man nehme eine Schauspielerin, die in ihrer Filmrolle jede Menge Sex hat, und prompt gilt sie als Expertin auf dem Gebiet.«

Ich ließ das Wort auf der Zunge zergehen: verfickt, verfickt, verfickt.

Genauso fühlte ich mich.

Wir setzten uns an ihren Computer und überlegten, wie es bei mir am besten klappen könnte. Erst mal, meinte sie, müsse ich mit Beckenbodengymnastik anfangen. Dabei werden dieselben Muskeln trainiert, die auch den Pipistrahl abklemmen. Ich solle üben, diese Muskulatur immer wieder zu kontrahieren und zu entspannen. Erstens schütze diese Gymnastik vor Blasenschwäche, und zweitens fördere sie die Orgasmusfähigkeit.

»Zudem merkt es keiner, wenn Sie trainieren«, sagte sie. »Sie können es in der U-Bahn machen oder in der Schlange vor den Kassen im Supermarkt.«

Dann kam sie auf die unterschiedlichen Masturbationstechniken zu sprechen. Nach mehr als vier Jahrzehnten erfüllender Selbstbefriedigung, meinte sie, sei sie zu dem Ergebnis gekommen, dass man am besten mit manueller Massage starte und dann auf zunehmend intensivere Vibratoren übergehe.

»Sobald Sie sich an irgendein Teil gewöhnt haben«, bekannte sie, »wollen Sie das vorhergehende nicht mehr.« Sie scrollte zu einem winzigen Ding, eine Idee größer als ein Nasenhaarschneider.

»Das da ist der Water Dancer«, erklärte sie. »Etliche Frauen lieben ihn.«

Sie legte mir den Dancer als Einstiegsvibrator wärmstens ans Herz, bevor sie weiterscrollte und mir weitere Modelle erklärte. Wie die Passionette, die drei Geschwindigkeitsstufen hat und dabei ganz leise ist – ideal, wenn man ein Apartment mit neugierigen Mitbewohnerinnen teilt. Als Nächstes flimmerte die dreistufige Strawberry über den Bildschirm, die ebenfalls einen Geschwindigkeitsregler hat und wie ein Fahrradlenker aussieht – fand ich jedenfalls. Dann stießen wir auf den Nimbus, einen bombastischen schwarzen Gummidildo.

»Vor dem Teil erschrickt so ziemlich jeder«, kicherte sie. Der Nimbus veranlasste mich trotz verharmlosender Computerabbildung automatisch dazu, meine Beckenbodenmuskulatur anzuspannen; ich presste meine Scheidenwände so fest zusammen, dass nicht mal mehr ein Minitampon reingepasst hätte. Und relaxte erst, als ich ein hübsches gelbes Spielzeug entdeckte.

»Also mir bringt dieses Ding gar nichts«, gestand Betty. »Aber ich bin ja auch ein alter Hase.«

Als wir alle Geräte durchhatten, kam sie mir mit einem weiteren Expertentipp. Sie spuckte in ihre Handfläche. Und zwinkerte mir verschwörerisch zu. »So können Sie sich das Ganze ein bisschen erleichtern, bevor Sie da unten mit den Fingern rummachen.«

Betty vertröstete mich erst mal von wegen Dildos und Vibratoren und riet mir stattdessen zum Kauf phallisch geformter Gemüsesorten. Um zu sehen, welche Größe am besten passt, bevor man in teure Zauberstäbe investiert. Sie empfahl Zucchini, gab mir aber aufgrund früherer Erfahrungen die Warnung mit auf den Weg, dass Frauenaugen für gewöhnlich viel größer sind als ihre Vagina.

Ich wollte wissen, ob Orgasmen unterschiedlich ausfallen, je nachdem, welches Hilfsmittel ich benutze und so.

»Schätzchen«, sirrte sie, »ein Orgasmus ist ein Orgasmus ist ein Orgasmus. Hören Sie mir auf mit dem ganzen Quatsch von wegen größer und besser und intensiver und dem Großen O – das ist typisch Amerika. Sorgen Sie erst mal dafür, dass Sie überhaupt kommen!«

Sie kletterte auf ihren Schreibtisch. Zog DVDs aus einem Regal, die sie in Eigenregie produziert hatte. Sie drückte mir vier Filme in die Hand – *Selfloving*, ein Video von einem BodySex Workshop; *Celebrating Orgasm*, das sie bei ihren privaten Sessions zeigt; *Orgasmic Women* mit dreizehn verschiedenen Masturbationstechniken für Frauen; und *Viva La Vulva*, eine Genitalienshow in Bild und Ton.

Sie setzte sich wieder hin, fuhr ihren Computer herunter und schaute mich nachdenklich an. »Ach ja, und noch was. Geben Sie Ihrer Muschi einen Namen«, riet sie mir. »Ich nenn meine Clitty Anne. Weil ich mit vollem Namen Betty Anne heiße, daher Clitty Anne.«

»Ich heiße Mara Rose«, räumte ich ein.

»Clitty Rose«, versetzte sie. »Das klingt gut. Clitty Rose, das gefällt mir!«

Wir standen auf, und sie gab mir einen freundschaftlichen Klaps auf den Po. »Clitty Rose.«

Ich war selig. Die Mutter der Masturbation hatte soeben meine Muschi getauft. Ich fühlte mich, als hätte sie mir den Oscar für die beste Statistenrolle überreicht.

Ich fragte sie, ob sie noch Sex hätte und ob sie mir weitere Tipps mit auf den Weg geben könnte. Darauf sie: »Mein Leben ist Sex, meine Arbeit ist Sex, und das reicht mir normalerweise zur Befriedigung, und wenn nicht, hab ich Eric. Ich lebe mit diesem umwerfenden jungen Mann zusammen, und wenn mich die Lust überkommt, ist er jederzeit verfügbar.«

Ich konnte es nicht fassen. Mir blieb die Spucke weg.

Nach einem weiteren Klaps auf den Allerwertesten schob sie mich in Richtung Wohnzimmer. Unsere Zeit war um. Als ich unbewusst die Dildos auf ihrem Kaminsockel anstarrte, kam sie mir mit ihrer Story.

»Wissen Sie was?«, plapperte sie munter drauflos. »Ich hab die alle gevögelt.«

Keine Ahnung, was ich darauf antworten sollte. Dass ich das schon von Eric wusste? Damit hätte ich ihr höchstens den Spaß verdorben. Folglich fragte ich sie, ob sie die Dinger hinterher abwaschen würde. Kaum dass mir die Frage über die Lippen ging, kam ich mir wirklich wie ein unbedarfter Teenager vor.

»Nein. Ich lass den Muschisaft drauf, damit Girlies wie Sie mal dran schnüffeln können«, versetzte sie. Wie eine gehässige ältere Schwester schob sie mich unsanft vor den Kaminsims. »Na los, gehen Sie mal näher ran und nehmen Sie ein Näschen!« Sie lachte hart.

Es war zwar eine dornige Liebe, dennoch wusste ich intuitiv: Sie steht auf meiner Seite. Sie brachte mich noch zur Tür, wo sie mir Hausaufgaben aufgab. Ich sollte mir die

DVDs anschauen, mit einem Spiegel meine unteren Gefilde inspizieren und – ganz wesentlich – das, was Clitty Rose ausmachte.

»Lernen Sie sie besser kennen«, instruierte mich Betty.

Sie meinte, es sei falsch, sich beim Masturbieren zu frusten – frau müsse sich viel Zeit für ihre Befriedigung nehmen.

»Machen Sie es, so oft es geht, aber setzen Sie sich bloß nicht unter Druck«, sagte sie. »Es gibt nur drei Dinge, die man jeden Tag tun sollte: essen, schlafen und kacken.«

Und wenn es so nicht funktionierte, wäre sie gern bereit, mir mit Rat und Tat weiterzuhelfen – selbstverständlich würde auch Eric als vorübergehender Sexualpartner einspringen. Das schockte mich noch mehr als der Nimbus, vermutlich weil Eric dabeisaß und anzüglich grinste.

Als ich mich wie ein geprügelter Hund hinausschlich, rief sie mir nach: »Machen Sie mich stolz! Denken Sie dran: Do it yourself ist das Zauberwort!«

AUFGEDREHT, ÜBERDREHT, ABGEDREHT

Wieder in Amerika wurde mir zunehmend klar, dass ich nicht nach Indien zurückwollte. Ich hätte nicht mal gewusst, wie ich mich Rafiq gegenüber verhalten sollte. Okay, er war eine nette Ablenkung gewesen. Immer wenn ich Stress mit meinen Artikeln hatte, versuchte er, beruhigend auf mich einzuwirken. »Du willst immer zu viel auf einmal, Mara«, meinte er dann und winkte mit seinen langen knochigen Fingern beschwichtigend ab. »Du musst einen langen Atem haben, bis es irgendwann klappt.« Ich wollte aber keinen langen Atem haben, sondern höher, schneller, weiter kommen. Nein, ich konnte und wollte keine kleinen Brötchen backen, sondern hoch hinaus. Mich weiterentwickeln.

Ich hatte mich an der Columbia University beworben, um dort meinen Master in Journalismus zu machen, und während ich das Zulassungsverfahren abwartete, stornierte ich meinen Rückflug nach Indien und kaufte dafür ein Ticket nach Peru. Meine Mitbewohnerinnen in Spanien, also die, die voll auf den Saturn-Vibrator abfuhren, hatten mir vorgeschwärmt, Cuzco sei der magischste Ort auf Erden. Ich fand, ein bisschen Magie wäre nicht schlecht, um meine Ambitionen zu beflügeln. Ich malte mir aus, als Eremitin in einer Berghütte zu hausen und dort meinen ersten Roman zu schreiben. Ohne Ablenkung von außen oder romantische Verwicklungen. Vor dem Abflug hatte ich die ersten Seiten meines Romans schon fertig. Er handelte von einer jungen Frau, die, um ihren Horizont zu erweitern, die Liebe in den Wind schießen muss.

Meine Freundinnen, vor allem Fiona, meinten, ich würde vor irgendwas weglaufen. Dieses Weglaufen-Gequatsche, hielt ich dagegen, bediene bloß ein hinlänglich abgegriffenes Filmklischee. Außerdem sei es keine Flucht, sondern Selbstfindung. Das, was ich da suchte, sei das wahre, pralle Leben.

Anfang 2004, ich war damals zweiundzwanzig, landete ich in Cuzco, einer kleinen Stadt in den Anden mit einer über dreitausend Jahre alten Geschichte. Cuzco ist auch ein Zwischenstopp für die Touristen, die nach Machu Picchu unterwegs sind. Die ehemalige Hauptstadt des Inkareiches Cuzco liegt in den Bergen, 3380 Meter über dem Meeresspiegel. Wegen der dünnen Luft hatte ich dauernd das Gefühl, dass mir das Hirn aus den Ohren herausquoll. Deshalb trank ich tassenweise einen Aufguss aus Kokablättern, der gleichen Pflanze, aus der auch das Kokain gewonnen wird. Der Tee hilft bei Höhenkrankheit. Die an das Klima angepassten Indios kauen häufig Kokablätter, weil es das Hungergefühl dämpft und ähnlich wie Koffein aufputschende Wirkung hat. Nach einer Weile spucken sie den Kokapfriem wieder aus, die sehen dann so aus wie Minidunghaufen in der Landschaft.

Ich mietete mir ein kleines Haus an einem Berghang. Ich hab genau nachgezählt: Es waren über zweihundert Stufen und ein steiler Hügel vom Hauptplatz bis zu meiner Haustür. Das sorgte für ordentlich Muckis im Gluteus maximus.

Ich begann, sechs bis zehn Stunden am Tag zu schreiben, und hatte keinen Blick für meine Umgebung. Ich ging bloß zum Einkaufen aus dem Haus. Nach ungefähr drei Wochen lief ich auf dem Weg zum Laden in eine Gruppe junger

Argentinier, die seit ein paar Monaten in der Stadt lebten. Mein Spanisch war ganz passabel, und wir quatschten ein bisschen miteinander.

Paco, Carlos und George waren nach Cuzco gezogen, weil sie sich davon mittelfristig berufliche Chancen erhofften. In Argentinien war es nämlich fast unmöglich, einen Job zu finden. Das Land hatte vor wenigen Jahren eine schwere Wirtschaftskrise erlebt, und etliche junge Leute stellten sich die berechtigte Frage, was aus ihnen werden sollte.

Danach besuchten sie mich häufiger. Sie lockten mich von meinem Schreibtischstuhl weg und machten sich lustig darüber, wie ich bei strahlendem Sonnenschein arbeiten könnte. Und wollten wissen, was ich an meiner Arbeit fände, wo ich mir noch nicht mal ein bisschen Spaß nebenher gönnte. Ich antwortete, meine Arbeit mache mir Spaß. *Die Amerikaner leben für ihre Arbeit,* grölten sie daraufhin. Dann sei an dem, was sie über die Amerikaner gehört hätten, wohl was Wahres dran.

Sie luden mich ein, einen Tag lang an ihrem Leben teilzuhaben. Dabei taten sie so, als wären sie meine Personal Trainer. Wir saßen im Kreis, und sie zeigten mir, wie man Mate-Tee aus getrockneten Flaschenkürbissen trank. Diese Flaschenkürbisse hatten sie wohl immer dabei. Es war sowohl gesellschaftliches Ritual als auch angenehmes Stimulans. Wir saßen und redeten stundenlang, während Paco Wasser nachgoss und die Flasche herumreichte – wir tranken alle aus demselben Metallhalm. Sie erzählten mir von den *breecheros,* Einheimischen, die in den Bars herumhingen und sich von Touristen aufgabeln ließen. Und die davon träumten, sich ein Ticket zu kaufen, um das Land verlassen zu können. Oder davon, einem Touri die gut gefüllte Brieftasche zu klauen und damit schleunigst den Abgang zu machen.

Die Jungs schleppten mich zu den Tempelruinen, die sich hinter meinem Haus erstreckten. Über uns romantisches Sternenlicht, begleitet von den süßen Klängen der Panflöte. Carlos' Hand streifte leicht über meine, während wir den Inka-Gottheiten Federn und frische Blütenblätter opferten.

Ich versuchte, mich abermals auf meine schriftstellerische Karriere zu konzentrieren, und stellte fest, dass ich viel lieber mit meinen neuen Freunden zusammen war. Wenn wir über den Markt schlenderten, verfluchte ich meinen Hintern; er schien unbedingt vor den Jungs herwackeln zu wollen, um ihre Blicke auf sich zu ziehen. Meine Hände waren nicht minder heimtückisch; sie nestelten dauernd in meinem Haar, warfen es über meine Schultern, schoben es kokett hinter meine Ohren. Mein gesamter Körper fing an, mich zu sabotieren.

Eines Tages wanderten wir alle mit einem Schamanen auf einen Berggipfel. Es nieselte. Wir schlugen unser Zelt auf und tranken ein Gebräu aus einem halluzinogenen Kaktus, dem San Pedro. Nicht wegen dem Trip, sondern für die Erleuchtung. Die Andenvölker nutzen ihn traditionell, um in einen spirituellen Zustand zu gelangen. Das mit dem Drink funktionierte zwar nicht, trotzdem kam mir die Erleuchtung, als Carlos anfing, mit mir im Zelt Ringelpitz mit Anfassen zu spielen.

Danach legte ich meinen Roman endgültig auf Eis; meine Heldin blieb unvollendet, eine liebesunfähige, unreflektierte Zicke, denn Carlos zog meine geballten Energien auf sich. Was sollte ich machen? Ich klebte an seinen von langen, dichten Wimpern umrahmten Augen, deren Blinzeln bisweilen mehr ausdrückte als tausend Worte. Oder seinen Händen, mit denen er im Gespräch wild gestikulierte wie ein temperamentvoller Italiener. Nach meinem schweren Los in Indien war Carlos die unendliche Leichtigkeit des

Seins. Statt der Braut, die sich nicht traut, beobachtete ich, wie er stoned wurde und riesige Mengen Eintopf kochte für diejenigen, die sich trauten, den Fraß zu essen.

Carlos und ich ließen jedenfalls nichts anbrennen. Er ging ran, als gäbe es dafür Paybackpunkte. Anscheinend kannte er bloß zwei Dinge: Küssen und Sex.

Sie kennen das Gefühl, wenn man mit irgendwem langweilig rumsülzt und mit einem Ohr eine total heiße Unterhaltung nebendran aufschnappt? Sie würden sich am liebsten zu den anderen umdrehen und interessiert zuhören, aber das geht nicht, weil es unhöflich wäre! So ähnlich empfand ich den Sex damals. Als wäre ich in meinem inneren Monolog gefangen, der mir ödes Zeug vorkaute, während ich von meiner Vulva heiße Gesprächsfetzen mitbekam. Ich hatte keine Ahnung, wie ich mich selbst abwürgen und voll an der Diskussion da unten teilnehmen könnte.

Ich bin sicher, Carlos hätte auf meine Wünsche Rücksicht genommen – wenn ich welche hätte äußern können. Zu diesem Zeitpunkt hatte ich mich noch nicht genug erforscht, um genau zu wissen, was mich anturnte. Außerdem wäre es mir schon auf Englisch schwergefallen, die treffenden Begriffe zu finden. Vermutlich hätte ich auf Spanisch bloß dämlich herumgestottert. Erotisch gesehen war ich ziemlich bequem. Statt initiativ zu werden wie bei früheren Lovern oder auch bei Rafiq, gab ich mich mit der Missionarsstellung zufrieden und ließ Carlos machen. Ich betrachtete meine Vulva zunehmend als ein Loch. Die Schamhaare und das ganze Drumherum polsterten bloß den Eingang.

Folglich definierte ich Lust an der Orgasmushäufigkeit meines Partners und nicht daran, was ich selbst empfand. Und Carlos, na ja, der bekam sowieso nicht viel mit. Er war schwer damit beschäftigt, auf seine Kosten zu kommen.

Carlos und ich unterhielten uns immer auf Spanisch. Ich hatte die Sprache zwar in der Schule gelernt, aber seitdem schon viel vergessen. Und trat sozusagen in Rafiqs Fußstapfen, da ich – wie er seinerzeit – häufig bloß Bahnhof verstand. Zwar war das anfangs frustrierend, doch bildete ich mir irgendwann ein, dass ich mithilfe der fremden Sprache in eine neue Identität schlüpfen könnte. Nichts erschien mir wirklich dramatisch in einer anderen Sprache, zumal ich sie bloß lückenhaft beherrschte. Ich gab meinen ungesunden Ehrgeiz auf und genoss die Freiheit, absolut nichts zu tun. Ich begann zu batiken und verkaufte bemalte T-Shirts. Gelegentlich jobbte ich auch für 50 Cent die Stunde im Pi, einem Coffeeshop, zu dem es veritable achtzig Stufen die Straße hinunterging.

Dort lernte ich Noam kennen, er war Stammkunde im Pi. Und jobmäßig ständig unterwegs, rund um den Globus, aber ursprünglich stammte er aus den Staaten. Während ich seinen Espresso durch die Maschine jagte, redeten wir über Gott und die Welt, von der Zerstörung der Regenwälder bis zum besten Saftstand auf dem Markt (ich ließ den mit dem Wasserkübel aus, auf dem die frisch geschnittenen Bullenhoden trockneten). Noams tiefe sonore Stimme ließ die Kaffeetassen leise klirren, mir verschaffte sie wohlige Schauer auf dem Rücken. Einmal weckte irgendetwas draußen unsere Aufmerksamkeit, und wir lehnten unbewusst die Schultern aneinander und reckten neugierig die Köpfe. Unsere Lippen berührten sich fast, während wir eine religiöse Prozession beobachteten, eine Gruppe von Leuten, die eine Jesusfigur auf einem Holzkreuz durch die Straßen trug. Der gekreuzigte Heiland erinnerte mich an die Sündhaftigkeit. Und mein Oberstübchen funkte Sünde, Sünde, Sünde. Worauf ich spontan realisierte, dass der verlockende Mund der falsche war. Ich war schließlich mit Carlos zusammen. Noam und ich fuhren hastig auseinander – und das war's. Obwohl wir nichts miteinander hatten, wurde ich das Gefühl nicht los, dass wir uns irgendwann nochmal über den Weg laufen würden.

Nach vier Monaten Aufenthalt war ich rundum zufrieden mit meinem Dasein. Ich jobbte in der Kaffeebar, aß *choclo con queso* (Maisfladen mit Käse) auf der Plaza, bekam dauernd Bauchschmerzen von dem privat gebrauten *chicha* (fermentiertes Maisbier) und machte Guacamole-Festessen aus den handtellergroßen peruanischen *paltas* (Avocados). Die essenziellen Dinge des Lebens – Essen, Tanzen, Schlafen und Vögeln – schienen uns die wichtigsten, zumal es keinen Druck von außen gab. Wir konnten tun und lassen, was wir wollten, es kümmerte keinen. In Cuzco war jeder Mensch so gut wie der andere, solange er sich nichts zuschulden kommen ließ. In gewisser Weise ließ ich meine sämtlichen Karriereambitionen schleifen. Aufstieg, fand ich inzwischen, war eigentlich bloß ein Abstieg. Was hatte man von hohen Gehältern und Traumjobs, wenn man nicht glücklich sein konnte? Dann, eines Tages, ich servierte gerade einen Caffè Latte, riefen meine Eltern an und teilten mir mit, dass ich an der Columbia angenommen sei. Ich zögerte eine kurze Weile. Wollte ich den Studienplatz überhaupt noch? Mir ging es fantastisch, ich war noch nie so unbekümmert und unbeschwert gewesen.

Ich kam zu dem Schluss, dass ich ihn nicht mehr wollte.

»Mara«, sagte meine Mom, »willst du mich verscheißern?«

Mit diesen prägnanten Worten holte sie mich auf den Boden der Wirklichkeit zurück. Bingo, ich verfiel wieder in den amerikanischen Standard, wo Titel und Gehaltssummen als Barometer des persönlichen Erfolgs gelten. Ich packte meine Koffer und belaberte Carlos mitzukommen, indem ich ihm meine Ideale überstülpte. Was für mich das Beste sei – also wieder auf die Uni zu gehen –, sei auch das Beste für ihn. Damit überzeugte ich ihn, nach Argentinien zurückzukehren und sich an der Universität einzuschreiben. Die Busfahrt nach Buenos Aires dauerte zwei Tage. Dort wohnten wir in einem kleinen Apartment bei seinem Vater, der in der Wirtschaftskrise alles verloren hatte – sein riesiges Haus, sein Vermögen, die Konten, von denen er das Geld für die Privatschulen seiner Kinder überwies.

Ich blieb zwei Wochen. Carlos zeigte mir die Stadt, die meiste Zeit verbrachten wir jedoch in dem winzigen Apartment, hörten Musik und tranken Mate – Mate mit Milch, Mate mit getrockneten Orangenschalen, Mate mit einem Schuss Espresso obendrauf. Je näher der Abschied kam, desto näher kamen wir einander. Dinge, die ich auf Englisch nie gesagt hätte – »Ich liebe dich« –, sagte ich ihm auf Spanisch – *te quiero* –, weil es sich so anfühlte, als lebte ich in einer Fantasiewelt. Fast so, als würde das alles zu einer einzigen süßen Illusion verschmelzen, wenn ich nach Hause zurückkehrte. Mit der englischen Sprache verband ich jede Menge Assoziationen, mit der spanischen ausschließlich Emotionen.

Beim Abschied heulte ich mir die Augen aus. Sein Pullover war ganz nass. In seinen schönen langen Wimpern glitzerten Tränen, aber dafür konnte ich mir nichts kaufen. Höchste Zeit, sich neuen Herausforderungen zu stellen, Mara, trichterte ich mir ein. Ich war nämlich logischerweise enttäuscht von mir, weil ich noch kein bisschen weitergekommen war.

FLEDERMAUSFLÜGEL

Obwohl wir uns inzwischen schon über ein Vierteljahrhundert kannten, hatte ich mir meine Vulva nie genauer angeschaut. Betty und die ganzen Wie-krieg-ich-einen-Orgasmus-Bücher betonten, dass dies Schritt Nummer eins sei. Es ist schon verblüffend, wie leicht sich ein Körperteil ignorieren lässt. Womöglich ist das ein Trick der Evolution. Ist Ihnen schon mal aufgefallen, dass gewisse Körperöffnungen strategisch so angelegt sind, dass man sie nie direkt betrachten kann? Männer kommen förmlich mit einem kleinen Freund in der Hand auf die Welt, aber stellen Sie sich die neugierige Höhlenfrau eines experimentierfreudigen Neandertalers vor: Wenn die Gute ihre Muschi inspizieren wollte, musste sie einen Teich als Spiegel zu Hilfe nehmen.

Wäre ich im China des zweiten Jahrhunderts geboren worden – als man eine Vulva mit blumigen Begriffen wie »Die Juwelenterrasse«, »Der goldene Lotus« und »Die geöffnete Päonienblüte« umschrieb –, hätte ich die Sache vielleicht besser in den Griff bekommen. Aber, ich meine, amerikanische Mädchen spielen mit Barbiepuppen, die »da unten« nichts Nennenswertes vorzuweisen haben. Barbie hat weder Schamlippen noch Nippelchen oder Schamhaare. Sie pupst nicht und riecht neutral nach Plastik, und Ken wird nie das Problem haben, dass ihm ein Schamhaar zwischen den Zähnen klemmt.

Was ich für meine Untersuchung brauchte, dachte ich, waren ein paar unterstützende Maßnahmen: ein duftendes Schaumbad, ein paar Kerzen für eine entspannte Atmosphäre und einen Spiegel. Ich richtete eine erotische Forschungszone in meinem Zimmer ein. Um dem Ganzen den Anspruch des Besonderen zu geben.

Ich hopste in das Schaumbad. Die Schaumbläschen knisterten an meinen Ohren und pieksten mir in den Nasenlöchern. Das Bad sollte mich entspannen, damit ich mich danach voll und ganz auf die Erkundung meines Körpers und seiner Feinheiten konzentrieren könnte. Ich hatte nicht wirklich ein Problem mit meiner Nacktheit, ich mochte bloß … mmh … tja … nicht da unten hinschauen. Folglich wusch ich mich kurz, duschte mich ab und war – *schwupps* – wieder aus der Wanne. Ich versuchte mich zu konzentrieren, aber genau wie beim Sex kreisten meine Gedanken um irgendwelche anderen drängenden Probleme: Kann Elektrosmog die Keramik von Badewannen durchdringen?

Ich trocknete mich ab. Ich verbrauchte ein Q-tip nach dem anderen, bis meine Ohrlöcher wund waren (ich weiß, es ist eine fürchterliche Angewohnheit von mir, aber es fühlt sich sooo himmlisch gut an). Ich ging in mein Zimmer und stellte mich auf eine Decke. Betrachtete mich nackt im Spiegel. Tickte ich nicht mehr ganz richtig? Schließlich war ich Jahre meines Lebens nackt herumgelaufen.

Vor meinem zehnten Geburtstag war der harte Kern meiner Familie fast dauernd nackt. Wir lebten in einer kleinen Nudistenkolonie, schwammen nackt, lasen nackt, schauten nackt fern, spielten nackt Monopoly und Mau-Mau. Meine Eltern hielten nichts davon, nachts Schlafanzüge zu tragen, geschweige denn Unterwäsche. Sie witterten darin allen Ernstes ein Komplott der Wäschemodenhersteller.

Elastische Beinausschnitte schnürten einem höchstens den Blutfluss zum Gehirn ab, beteuerten sie.

Auch aus späteren Jahren gibt es Fotos, auf denen ich, splitterfasernackt und hoffnungslos unterentwickelt, Körperpyramiden mit meinen Freunden gestalte, die ebenfalls splitterfasernackt sind. Zum Problem wird es erst, wenn Intimitäten ins Spiel kommen. Viele Nackte sind viel nackte Haut und fertig, interagieren dagegen zwei Menschen miteinander – oder auch bloß ich allein –, geht damit eine tiefere Bedeutung einher.

Ich drehte mich vor dem Spiegel um hundertachtzig Grad und war stolz auf mich. Mein Popo war von dem vielen Treppensteigen ganz schön knackig. *Immerhin das hatte ich geschafft!* Blieben indes noch jede Menge andere Problemzonen.

Meine Brüste sind eine Idee zu klein geraten, finde ich. In der Pubertät entwickelte ich diesbezüglich meine eigene Theorie: Ich verglich meine Brüste mit Fischen, die mit der Größe ihres Aquariums wachsen. Irgendwann begriff ich jedoch, dass aus mir nie mehr werden würde als ein A-Körbchen-Mädchen in einem B-Körbchen-BH. Meine Wangenknochen sind ein bisschen stark ausgeprägt und laden förmlich zum Reinzwicken ein. Mit meiner Taille hapert es auch – ein bisschen konkaver könnte es mittig zwischen Schultern und Hüften ruhig sein. Ich hätte nichts dagegen, wenn mein Bizeps straffer wäre und meine Oberarme halb so dick wie jetzt. Meine Beine ähneln Pythons, die gerade dabei sind, ein Meerschweinchen zu verdauen – Sie haben es erfasst: Meine Waden sind demnach eine mittlere Katastrophe!

Am liebsten würde ich mir an bestimmten Stellen was wegschnippeln und das Zuviel an anderer Stelle (ich sag bloß A-Körbchen) drankleben.

Und jetzt kommt der Hammer: Fiona und ich haben uns mit achtzehn unsere Nippel piercen lassen. Ich entfernte die Piercings zwar nach ein paar Jahren, aber die armen Dingerchen bekamen nie wieder ihre ursprüngliche Form (sollte ich mich irgendwann vermehren, erleben meine lieben Kleinen bestimmt einen wahren Springbrunnen).

Hinzu kommt die Sache mit meiner Brustbehaarung. Nicht dass ich da eine Wahnsinnsmatte oder so was hätte, aber hier und da ein kleines Härchen in der Nippelregion. Ich war regelrecht traumatisiert, als ich einmal abends zufällig *Loveline* im Radio hörte. Da telefonierte Adam Carolla doch allen Ernstes mit irgendeinem Fiesling, der sich auf widerwärtigste Weise über die Brusthärchen seiner Freundin ausließ. Wir sind nun mal Säugetiere, und Säugetiere sind behaart, was für die betroffenen Frauen allerdings häufig ein haariges Problem darstellt. Ich zieh meine fünf (oder sechs, okay) regelmäßig jeden Mittwochabend aus und schimpfe bei jedem einzelnen Haar wie ein Rohrspatz.

Ich machte eine Hüftgoldbestandsaufnahme: Ich bog den Rücken zurück, um zu sehen, wie groß die Speckfalte hinten war. Nur ein Ring: akzeptabel. Ich beäugte kritisch die Region zwischen Armbeuge und meiner Hand voll Titten. Entwickelte sich da etwa ein Hängebusen? Mit beiden Händen quetschte ich mein Bauchfett zusammen und ließ erschrocken wieder los. Na klasse, das war die Schnapsidee des Jahrhunderts gewesen.

Puh, höchste Zeit für einen kleinen Check zwischen dem Schenkelansatz; mal gucken, ob was an dem Lotusblüten-Sonstwas-Mist dran war. Ich fasste die beiden äußeren Schamlippen unschlüssig mit Daumen und Zeigefinger und zog sie auseinander.

Ich schaute.

Und dann schaute ich mich im Spiegel an.

Ich erkannte dieses Gesicht spontan wieder. So ähnlich hatte ich auch damals ausgesehen, als ich mich im Bad übergeben musste. Das war, nachdem ich auf einer Party meiner Eltern fleischgefüllte Tacos gegessen hatte und dann erfuhr, dass dafür Bob, das Lieblingsferkel meines Bruders, dran glauben musste.

Nein. Nein. Das war definitiv nicht normal. Irgendwas stimmte nicht mit Clitty Rose. Sie sah bestimmt nicht aus wie eine Blüte. Auch nicht wie eine Muschel. Oder eine Feige. Sie entsprach weder der griechischen Moderne noch dem arabischen Chic. Nachdem ich Clitty Rose gesehen hatte, kapierte ich, wieso ich dieses Ding nie beachtet hatte. Es war mir schleierhaft, wie Georgia O'Keeffe auf ihre ornamentalen Beschreibungen gekommen war. Ihre Labial-Floral-Ästhetik hatte die Vulvasymbolik immerhin mehr als ein halbes Jahrhundert geprägt, und weswegen?

Feministische Propaganda, genau das war es, was hinter diesem Blumengeschwätz steckte.

Wieso nennen wir es nicht einfach, wie es tatsächlich aussieht? Nämlich wie eine Fledermaus, die ihre Flügel eingeklemmt hat. Fledermausflügel klingt doch ganz passabel, oder?

EIN JAHR BANGKOK – UND JEDE ANORGASMIKERIN VERGISST, DASS SIE EIN MÄUSCHEN HAT

Nach Peru wurde es ein Jahr still um meine Vulva. Ich war schwer damit beschäftigt, meinen Master in Journalismus an der Columbia zu bauen, um endlich groß rauszukommen (und stellte mir insgeheim vor, wie mein Allerheiligstes in der Zwischenzeit dahinwelkte und einging wie eine vertrocknete Primel). Danach klappte es auch nicht mit weiteren Fummelaktionen. Ich flog nämlich direkt nach meiner Promotion nach Bangkok, wo ich einen Job als Feuilletonreporterin angenommen hatte.

In dem folgenden Jahr schaffte ich es, jede Möglichkeit zu einem Orgasmus im Keim zu ersticken – ich hatte überhaupt keinen Sex. Sexuell betrachtet verkümmerte ich in Bangkok. Die Stadt ist nervig – vielleicht empfand ich das auch nur und war genervt. Jedenfalls stellte ich bald fest, dass an den einschlägigen Geschichten, die man über Bangkok hört, jede Menge Wahres ist. Was mich irgendwie dazu veranlasste, ein Jahr Enthaltsamkeit zu üben, asexuell zu werden und für zwischenmenschliche Kontakte zu bezahlen.

Ich entdeckte schnell, dass mein vierundzwanzigstes Lebensjahr sehr einsam werden würde. Mein Chef kam ursprünglich aus New York. Wo er wohl zwei Jahre lang Herausgeber eines Hardcorepornomagazins gewesen war. Ich erfuhr gerüchteweise, dass er, bevor er nach Bangkok zog, sieben Jahre lang in einem Zelt in einem Nationalpark auf Hawaii gehaust und wie ein Irrer gekifft hatte. Seine Thai-Frau verließ ihn und zog in die Staaten. Er wollte in Asien bleiben. Und suchte händeringend eine neue Thai-Frau als Ersatz für die abtrünnige. Ich fragte ihn, wieso unbedingt eine Thailänderin. »Mit Thai-Frauen macht es mehr Spaß!«, lachte er. Ein anderer Kollege, der seit siebenundzwanzig Jahren in Thailand lebte, bestätigte seine Meinung mit Nachdruck: »Oh ja, sogar wesentlich mehr Spaß!« (Auf meinen Reisen habe ich festgestellt, dass es zwei Typen von Menschen gibt, die ihre Heimat verlassen: Die einen sind Abenteurer, die anderen passen nicht dahin, woher sie kommen. Raten Sie mal, welchen Typ ich häufiger traf?)

Mehr Spaß? Mehr Spaß als was? Als mit einer Einmetersechzig-Jüdin aus den Staaten?

Wenigstens machten die Mönche, die mit ihren kahlgeschorenen Köpfen und safrangelben Gewändern durch die Stadt zogen, bei uns Damen keinen Unterschied – sie durften uns nicht anrühren. Jeder Pussi-Penetrator war schmutzig, egal welcher Hautfarbe, Religion oder Herkunft.

Thailand ist stolz auf seine Gesetzgebung. Es ist das einzige asiatische Land, das nie kolonialisiert wurde. Die Einheimischen beteuern, dass sie *sanuk*, also Spaß zu haben, über alles lieben. Wenn es nicht *sanuk* ist, ist es die Zeit nicht wert. Es ist außerdem das »Land des Lächelns«; so wird es jedenfalls in der Tourismuswerbung beteuert. Sie brachten den Slogan besonders nach dem Tsunami: Wir lächeln selbst bei einer massiven Tragödie. Und es stimmt total. Eine lächelnde Miene ist der gängige Gesichtsausdruck, aber ein Lächeln kann vieles bedeuten – denken Sie an die Eskimos und dass sie vermutlich zig Milliarden Begriffe für Schnee haben. Als ich eine Übersetzerin umarmen wollte, die mir bei meiner ersten Story geholfen hatte, schenkte sie mir ein strahlendes Lächeln, während ihre Augen förmlich aus ihren Schlitzen hervorquollen. Sie machte einen Riesensatz nach hinten, wobei sie fast von einem vorbeiknatternden *Tuktuk* überfahren worden wäre. Ich realisierte, dass Anfassen ein absolutes Tabu ist, es sei denn, man hätte dafür bezahlt. Stattdessen macht man *wai*, eine angedeutete Verbeugung, wenn man sich bedanken will.

Freunde zu finden war ein echtes Problem. Viele Reporter, die bei derselben Zeitung arbeiteten, hatten Familien gegründet und blieben unter sich, einige der neuen Kollegen bandelten untereinander an. Ein Mädchen, sie war in einer vergleichbaren Situation wie ich – Single, weiß, weiblich –, war dermaßen aufgesetzt und bonbonsüß, dass ich jedes Mal Zahnschmerzen bekam, wenn ich mit ihr sprach. Sie hielt es drei Monate aus, dann flog sie wieder heim zu Mom und Dad. (Ich trug eine gelbe Handtasche mit mir herum, ein Souvenir aus Oaxaca. Das Leder stank immer ein bisschen nach totem Tier, wenn es nass wurde. Keine Ahnung, ob es daran lag, dass es mit den Freundschaften nicht fluppen wollte, zumal es oft regnete.) Folglich konzentrierte ich meine sämtlichen Moleküle auf meinen Job. Darin bin ich vermutlich Spezialistin.

Nachdem Körperkontakte ausschieden, entwickelten sie sich für mich zur Obsession. Dabei war die einzige Nähe, die ich über Wochen spürte, die meiner Beine, die angesichts der Nässe dauernd aneinanderklebten. Ich wollte jedoch endlich wieder etwas anderes spüren als meine Cellulite. Eine Möglichkeit war, sich ein Motorradtaxi zu nehmen und immer mal wieder gegen den Fahrer zu prallen, während der mit halsbrecherischen Überhol- und Einschermanövern durch den dichten Verkehr brauste. Aber freiwillig? Brrrr!! Eine solche Tour belastete meine Atemwege ebenso wie zwei Päckchen Zigaretten – der Smog war wie eine dicke, heiße Zunge, die einem gnadenlos in den Rachen drang.

Eine Thai-Massage klang ideal, um ein bisschen Kontakt zu knüpfen, fand ich. Ich schlenderte zu einem Laden in der Nähe meines Apartments. Dort hatte ich die Neonreklame gelesen: Snooker, Karaoke und Thai-Massage. Ich stand vor einer Art großem Schaufenster; dahinter spielte eine Horde Mädchen Karten, alle trugen Hosen, die so eng saßen, als wären sie aufgemalt. Ihre Haut war bronzefarben und glatt, wie bei den Damen in den Neutrogena-Gesichtsreiniger-werbespots. Merkwürdig, dachte ich. Meine grauen Zellen kribbelten, genau wie damals, als ich bei der Spanischprüfung an der Highschool gepfuscht hatte – als würde ich gleich bei irgendetwas Verbotenem ertappt. Aber was? Ich hatte nicht den Hauch einer Ahnung. Und suchte mir das Mädchen aus, an dessen T-Shirt die Nummer acht steckte – woraufhin ich mir wieder einmal ein strahlendes Lächeln einfing. In einem engen, muffig riechenden Zimmer robbte sie über meinen gesamten Körper, als wäre ich ein Trampelpfad im Dschungel. Als sie auf meinen Schenkeln hockte, meinen Brustkorb anhob, indem sie an meinen Armen riss, und mich auf die linke Seite rollte, bis mein Rücken wenigstens zehnmal gefährlich geknackt hatte, schwante mir, weshalb manche Männer Thai-Frauen zum Fetisch machten. Sie setzte sich auf den Bettrand und schaute mir dabei zu, wie ich mich wieder anzog. Wieso ging sie nicht einfach wieder zu ihren Kolleginnen? Ich drehte mich zur Wand und zog verschämt mein T-Shirt über den Kopf. Sie giggelte und lachte. Ich quittierte ihr fröhliches Gegacker mit einem ärgerlichen Schnauben; ich wollte meine Privatsphäre. Nachher erzählte ich einem Kollegen davon.

»Sie trugen Nummern? Du hast sie dir aus einem Schaufenster ausgesucht?«, bohrte er nach. »Vermutlich wartete sie, weil sie sich unschlüssig war, ob du ein Happy End wolltest. Weißt du, du bist in einem Bordell gelandet.«

»Oh«, entfuhr es mir. »Ja, natürlich.« Schlagartig war mein Interesse an der Sexindustrie geweckt.

Wie ich Bangkok wahrnahm, sagt vielleicht mehr über mich aus als über diese Stadt. Immer wenn ich frei hatte, fühlte ich mich magisch von Bangkoks Sündenmeile angezogen. Das Geschäft mit dem Sex faszinierte mich und stieß mich zugleich ab, so ähnlich wie bei den Horrorbildern im Fernsehen, man schaut unwillkürlich hin und schüttelt sich vor Grausen. Ich fuhr nach Soi Nana und Patpong, den bekanntesten Rotlichtvierteln in der Stadt. Ich hätte genauso gut in Museen, Einkaufsmalls oder Parks gehen können, aber meine bohrende Neugier zog mich unweigerlich in Bordelle und Stripbars, obwohl ich das perverse Treiben widerwärtig fand. Ich glaubte, dass die Sexindustrie jeden fesselt, am meisten aber mich. Es war eine Abwärtsspirale. An einem Ort, wo man ORGASMUS in Versalien schreibt, war ich so weit entfernt von einem sexuellen Höhepunkt, wie man es nur sein kann.

Diese Frauen, die ihre Körper anboten wie eine billige Ware, benutzt und weggeworfen nach einer durchzechten Nacht, bestätigten meine schlimmsten Vorurteile. Die Männer, die dorthin gingen, wollten keine Frau mit Köpfchen oder eine gleichberechtigte Partnerin. Sie wollten eine Frau, die sie kaufen, kontrollieren und nach einmaligem Gebrauch entsorgen konnten. Dort fühlten Kerle sich endlich als King of Currywurst, weil sie ein heißes junges Ding für den Preis eines Happy Meals erstehen konnten. Die Geschichten, die ich erfuhr, machten mich sehr, sehr wütend. Und traurig. Geschichten von Männern zum Beispiel, die ein Thai-Girl aushielten und in Amerika eine Familie hatten.

Solche Typen, denen das Schicksal der Mädchen völlig gleichgültig war, suchten ausschließlich ihr Vergnügen, sprich ihre körperliche Befriedigung. Das bekam ich so häufig mit, dass ich vor lauter Abscheu die Bedürfnisse meines eigenen Körpers völlig ausschaltete und, um auf der sicheren Seite zu sein, nichts mehr an mich herankommen ließ. Dabei kam ich mir selbst vor wie ein Hirn, das in einer Petrischale konserviert wird.

Es ist bestimmt nicht meine Absicht, zu verallgemeinern oder alle Männer über einen Kamm zu scheren. Ich weiß von Paaren, die sich wirklich liebten – und von denen keiner dem horizontalen Gewerbe nachging. Ein Freund erzählte mir, seine Thai-Freundin sei vor seinen Augen von einem Touristen angemacht worden, denn der Typ hielt alle Thai-Frauen, die mit Weißen zusammen waren, für Prostituierte.

Bangkok war das Gegenteil von Indien; ich war den Männern so gleichgültig wie eine Fluse auf der Socke. Alle waren auf Thai-Frauen scharf. Ich wurde dermaßen ignoriert, dass ich allmählich verdrängte, dass ich ein Mädchen war. Bislang hatte ich mich immer als Frau gefühlt – in Indien hatte ich sogar probiert, meine weiblichen Attribute zu verbergen –, aber jetzt fühlte ich mich in einem Schwebezustand, flüchtig wie ein Hauch Parfüm, den ich zufällig abgeduscht hatte. Dabei war meine Identität nicht zuletzt von meiner Reflexion abhängig, wie meine Mitmenschen auf mich reagierten. Ich sehnte mich mit einem Mal nach den Momenten, die ich früher gehasst hatte, den gaffenden Blicken irgendwelcher Idioten auf der Straße, den anzüglichen Pfiffen oder obszönen Kommentaren. Wenigstens hatte ich da gewusst, dass ich noch lebte.

Zur weiteren Irritation kam hinzu, dass die Thais im Umgang mit Frauen oft das englische »Sir« verwendeten. Dafür konnten sie nichts, das hat mit der Übersetzung ihrer Pronomen zu tun. Trotzdem frustrierte es mich. Wenn ich dann wutschnaubend zurückbrüllte: »Ich bin kein Sir!«, schenkten sie mir ein Lächeln aus ihrem breiten Repertoire, nämlich das Halt-mir-die-verrückte-Furie-vom-Hals-Lächeln. »Es heißt Ma'am! MA'AM! Verflucht nochmal, geht das nicht in eure Birne!?« Hätte ich einen Dödel gehabt, hätte ich die Hosen runtergelassen und ihnen mein Döschen gezeigt (… Moment mal, das kommt nicht hin: Dödel – Döschen; Sie wissen schon, worauf ich hinauswill, oder?).

Die Mädchen waren alle klein und zart, und obwohl ich mit Kleidergröße 36 für amerikanische Verhältnisse zierlich bin, fühlte ich mich wie ein Flusspferd auf einem Ponyhof. In den Modeläden und Boutiquen musterten mich die Verkäuferinnen argwöhnisch und sirrten dann mit einem Finger-weg-von-meinen-Klamotten-Lächeln in den Augen: »Sorry, keine großen Größen!« Folglich wurde ich in dem Jahr leicht anorektisch, indem ich bei meinen Streifzügen durch die Straßen das Essen lediglich inhalierte. Ich zog die Düfte der Garküchen, Gewürze, Knoblauch und frische Chilis genüsslich in meine Nase, bis ich vom Schnüffeln satt war, eine wahre Wohltat nach den Geruchsbelästigungen in Indien. Täuschen Sie sich nicht, wie es mir passierte: Gezielte Verweigerung der Nahrungsaufnahme verwandelt den kräftigen Knochenbau einer kaukasischen Walküre durchaus nicht in den einer ätherischen Elfe.

Und jetzt zu den wenigen Malen in dem ganzen Jahr, wo ich was mit Männern hatte. Ich begleitete meinen schwulen Thai-Freund in eine männliche Sexshow. Und fand mich als einziges Mädchen inmitten eines total aufgedrehten Männerpublikums wieder. Die Jungs standen auf der Bühne, mit kurzen Boxershorts in leuchtenden Farben, aufgereiht wie eine bunte Weihnachtslichterkette. Sie trugen Nummern, die sie neben ihren ausgebeulten Schritt geheftet hatten, und präsentierten stolz ihr »Package«, bevor die eigentliche Akrobatik begann, die Stellungen beinhaltete, dass mir die Ohren schlackerten, frei nach dem Motto: Wie ich dir, So-do-mie. Nach der Show strömten die Thai-Boys, die ihr Geld vornehmlich mit Schwulenprostitution verdienten, von der Bühne und begrüßten mich überschwänglich – ich war ihre ganz große Chance, im Publikum ein weibliches Wesen aufzureißen. Es mag merkwürdig klingen, aber an diesem Punkt war ihr Animiergehabe, selbst wenn es ihnen bloß um Geld ging, Balsam für meine geschundene Seele. Trotzdem schlug ich bei der Gelegenheit nicht zu. Nennen Sie mich einen komischen Vogel, aber ich hab was gegen Geschlechtskrankheiten: Ich will mir keine einfangen. Stattdessen ging ich jede Woche zur Massage. Nachdem ich einen neuen Laden entdeckt hatte, der hell erleuchtet war und wo die Mädels keine Nummern trugen.

Einmal kam Fiona mich besuchen. Wir hatten beide unser Päckchen zu tragen. Sie hatte gerade eine Beziehung beendet und einen neuen Typen kennen gelernt. Ein weiteres Problem waren ihre Agenten in New York, die Fiona dringend ans Herz gelegt hatten, sich ihre runden Engelchenwangen abzuhungern. Offenbar war der naive Jungmädchentyp bei den Castingdirektoren out. Sie hatte keine Ahnung, wie sie das anstellen sollte. Eine Diät kam nicht wirklich in Frage, da sie ansonsten gertenschlank war. Während ich hungerte und sie sich mit Workouts abquälte, verfluchten wir die kulturellen Normen und das herrschende Schönheitsideal, das klapperdürr zum Nonplusultra erklärte. Sie beschloss, die Agenten und ihren Ex rigoros aus ihrem Leben zu streichen.

Nach Fionas Abreise fiel ich in ein tiefes Loch. Ich war es leid, dauernd Kompromisse zu machen. Folglich distanzierte ich mich von allem, was um mich herum geschah, und hakte es als absurdes Theater ab. Danach lernte ich endlich zwei Typen kennen: Gavin kam aus England und Pete aus Amerika. Sie fuhren voll auf den Rummel ab, den ich zwar verabscheute und brandmarkte, gegen den ich mittlerweile jedoch immun geworden war. Ich gab nach. Und machte mit. Ließ jedoch nichts mehr an mich herankommen.

Ich ging mit Gavin und Pete in die Go-go-Bars. Wir kippten jede Menge Chang-Bier in der Happy Hour und ritten dabei auf dem mechanischen Bullen. Ich sah zu, wie Frauen Bierflaschen mit ihrer Vulva öffneten, wie sie damit Pingpongbälle und Dartpfeile abschossen. Klar war ich angeekelt und entsetzt, besonders, wenn der Pingpongball mich in der Schusslinie hatte. Hätte ich mich anders gefühlt, grübelte ich, wenn ich die Chuzpe besessen hätte, mir so ein Ding reinzuschieben, und eine entsprechende Beckenmuskulatur, um es in die Luft zu schießen?

Gavin und Pete plauderten gern aus der Schule und öffneten mir somit ein Fenster in die gewöhnungsbedürftige Welt der Männer. Sie rissen häufiger Prostituierte auf nach einer langen Nacht in der Stadt. Nach ein paar Jahren Bangkok waren sie ziemlich abgestumpft, und käuflicher Sex war was Normales. Wenn wir in Bars zufällig auf andere Freunde von ihnen trafen, schnappte ich häufiger den Satz auf: »… seitdem geh ich nicht mehr mit Ladyboys in die Falle.« Sie erzählten Storys von Chlamydien-Tests (die oft positiv waren) auf die altmodische Art, indem man einen Wattebausch auf den Peniskopf drückt. Nachher schluckten wir ein Bier, um den Ekel zu vertreiben.

Gavin wollte nach England zurück, ihm grauste jedoch vor dem Gerede. Wenn er den Leuten davon erzählte, dass er drei Jahre in Bangkok gelebt hatte, war sonnenklar, was sie von ihm hielten. Wo er Recht hatte, hatte er Recht.

»Ich will aber nicht, dass sie so denken«, entrüstete er sich. »Wie soll ich da jemals an ein Date kommen?«

Ich wollte wissen, wieso er in Bangkok quasi die Sau rausließ. »Weil es einem verdammt einfach gemacht wird«, antwortete er. »Alles, was du willst, wird dir praktisch auf einem Silbertablett serviert.«

Meine Brüder kamen eine Woche lang zu Besuch. Ohne groß nachzudenken, lud ich Gavin und Pete ein, uns in den angesagten Go-go-Bars der Stadt rumzuführen. Es gab genügend Schlösser und Paläste, den berühmten liegenden Buddha und Museen, die ich meinen Brüdern hätte zeigen können, aber nein: Ich war allmählich auf dem Trip, dass alle Männer bloß das Eine wollten, nämlich Frauen. Wir gingen in einen Club, in dem Frauen in Schuluniform, aber ohne Höschen auf einer Zwischenebene tanzten, die über der hell angestrahlten Decke eingezogen war. Jedes Mal, wenn sie über den Rand wippten und wirbelten, erlebten die Gäste sie *hautnah* von unten. Eines der Mädchen hatte es offensichtlich auf meinen Bruder abgesehen, und ich begann, zwischen den beiden zu vermitteln. »Du kannst heute Nacht mein Apartment haben. Ich find schon eine Bleibe«, erbot ich mich. Ich gönnte meinem Bruder den Spaß.

»Mara, was ist denn in dich gefahren?«, fragte er. »Du spinnst wohl!«

Dann rief Fiona an und erzählte mir, dass sie mit ihrem letzten Typen Schluss gemacht habe und jetzt mit Pedro zusammen sei. Sie verstünden sich blendend. Genau wie sie würde er gern getrocknete Bananenchips knabbern.

Und nach nicht mal zwei Monaten wollten die beiden heiraten.

Wie schon berichtet, klärte ich sie noch darüber auf, dass sie jederzeit die Scheidung einreichen könne.

Mehr Zynismus hinsichtlich Beziehungen war schon kaum mehr möglich. Ungeachtet der Tatsache, dass Fiona mir mal wieder kilometerweit voraus war: vierundzwanzig Lenze und verheiratet!

Ich vermutete, dass die beiden bald einen auf Nestbau und Brutpflege machen würden und dass ich demnächst wieder auf die Couch gehörte.

Während ich in meinem Zeitungsfeuilleton anregte, mit überholten Kulturphänomenen zu brechen und endlich Kleider für dicke Mädchen zu entwerfen, oder Kreuzfahrten über den Chao Phraya River anpries, begann mein Chef damit, die Protestbewegung gegen den amtierenden Premierminister Thaksin Shinawatra zu unterstützen. Die Thaksin-Befürworter liefen draußen vor dem Verlagshaus Sturm und protestierten. Einmal explodierte eine kleine Brandbombe in unserem Vorgarten, die aber lediglich eine Macke in die Treppenstufen riss. Dann beschmierte eine Horde Typen eines unserer anderen Bürohäuser mit Schweinegülle. Ich denke, diese Action traf meinen nihilistischen Nerv. Ich hoffte auf weitere Bomben, auf Chaos und Zerstörung. Möglich, dass ich nach einem geeigneten Vorwand suchte, um meine Freunde in Amerika anzurufen: »Hey, macht euch wegen mir keinen Kopf. Mir geht es supi.« Vielleicht suchte ich auch nach Ablenkung, irgendetwas, das mich aus der tödlichen Lethargie riss, die mich ergriffen hatte.

Erst mal kündigte ich. Aber nach Hause wollte ich noch nicht.

Im Zuge von Recherchen zu einem Bericht hatte ich zu

Beginn des Jahres einen Mann kennen gelernt, der sich für Karen-Flüchtlinge aus Burma engagierte. Seine Organisation kümmerte sich in erster Linie darum, dass diese Menschen eine Schulbildung erhielten. Er hatte nicht ungefährliche Abstecher in das Gebiet der Karen unternommen, um die ethnischen Minderheiten, die von der Militärjunta Myanmars unterdrückt wurden, mit Schul- und Lehrmaterialien zu versorgen (obwohl Myanmar der offizielle Staatsname ist, ist Burma weiterhin geläufig, da die Bevölkerung nie die Chance hatte, selbst darüber abzustimmen). In meiner Freizeit lud er mich ein, ihn nach Mae Sariang zu begleiten; das liegt im Norden nahe der thailändischen Grenze zu Burma. Er kenne dort eine junge Frau, die gern Journalistin werden wolle, führte er aus. Meine »Schülerin« hatte schnell einen wohlklingenden Spitznamen für mich: Naw La Uh – Miss Ugly, kicherte sie.

Mae Sariang war ein schöner Ort. Ich entspannte mich zusehends. Und hatte trotzdem mehr Action als im gesamten Jahr zusammen: Mein Fahrrad und ich holperten an einem schlangenartig gewundenen Kanal entlang, mein Haar flatterte fröhlich im Wind, und meine Vulva bekam mal wieder ein bisschen Massage.

Ich verbannte alternde Sextouris und ihre Prostituierten in die hintersten Verästelungen meines Gehirns; bei den Karen sah ich viele Dinge aus einer anderen Perspektive. Als Außenstehender vermag man sich kaum vorzustellen, welchen Härten diese Menschen ausgesetzt waren. Probleme, die nicht zu haben wir wirklich froh und dankbar sein können. Wenn ich ihre Flüchtlingslager besuchte, schnappte ich häufiger den Satz auf: »Ich hatte Glück, aber mein Mann und mein Bruder wurden getötet.« Eine dieser Flüchtlingsfrauen hatte ein Bild vom World Trade Center mit den einstürzenden Twin Towers an die dünne Bambuswand ihrer Hütte geheftet. Sie erzählte mir, sie liebe die USA und fiebere schon darauf, dass die Amerikaner eines Tages nach Burma kommen würden, um für Freiheit und Demokratie zu kämpfen. Ich hätte am liebsten geweint – und zwar nicht bloß meinetwegen.

Nachdem ich einen Monat lang bei den Karen gelebt hatte, brannte ich auf einen Abstecher nach Burma. Ich wollte mir selbst ein Bild machen, was dort wirklich geschah. An meinem zweiten Tag in Myanmar machte ich die Bekanntschaft von Dr. Reynolds, einem Amerikaner, der für eine internationale Hilfsorganisation arbeitete. Ein bodenständiger zupackender Typ mit blondem Bürstenhaarschnitt; schlaksig, über eins achtzig groß und damit an die dreißig Zentimeter größer als ich, waren wir trotzdem irgendwie auf Augenhöhe. Wir kamen uns schnell näher.

Ich hatte in einer Stadt gelebt, wo Sex und Erotik allgegenwärtig scheinen, er dagegen an einem Ort, wo das Tragen von harmlosen Shorts Anstoß erregen konnte. Irgendwie trafen wir uns zwischen diesen beiden Extremen. Wir besuchten zusammen Rangun, die Hauptstadt des Landes. Er kaufte gekochte Erdnüsse von einem Straßenhändler; ich formte sie zu einem Ball und drückte ein Smiley-Gesicht in den Klumpen. *Du benimmst dich mal wieder wie eine Fünfjährige,* ratterte es durch meine Gehirnwindungen. Wie ein verknalltes Kindergartenkind, das bei seiner Flamme Eindruck schinden will. Schätze mal, es funktionierte, denn eine kurze Weile später gingen wir zu seinem Haus – nur wenige Blocks entfernt von Aung San Suu Kyi, die sich für eine demokratische Entwicklung in Burma einsetzte und als politische Aktivistin über zehn Jahre unter Hausarrest stand.

Dr. Reynolds neigte sich zu mir, um mich zu küssen. Ich spitzte einladend die Lippen. Mein erster Kuss nach über einem Jahr – vermutlich war ich zu allem bereit. Küssen, knutschen, knuddeln, kuscheln … und dann war auf einmal zappenduster. Ich hatte einen Filmriss. Nach einem Jahr erotischer Funkstille und selbst auferlegter Enthaltsamkeit kam ich mit Nähe nicht mehr klar. Ich quetschte mich in eine Ecke seines Sofas und starrte ihn verstört an wie ein kleines verschüchtertes Mädchen, das seine Eltern im Supermarkt verloren hat. Er verzog keine Miene, während ich versuchte, mein Selbstbewusstsein von der Decke zu kratzen. Meine Libido hatte sich dünngemacht und war auf Nimmerwiedersehen verschwunden. Mein Herz raste vor Angst. Wenn er meinen Körper wollte, dann bedeutete das zwangsläufig, dass mein Verstand auf der Strecke bleiben würde, korrekt? Wenn er mich anfasste, streichelte oder sonst was mit mir anstellte, degradierte er mich zum Sexobjekt. Punkt.

Der arme Kerl; bei den Erdnüssen und ein paar Bier hatte er noch nicht realisiert, dass er nachher eine sexphobische Irre auf seinem Sofa sitzen hätte. Ich konnte nichts dagegen machen, aber Sexualität war mir an diesem Punkt so fremd wie die Garküchensnacks, die ich in meiner ersten Woche in Bangkok verdrückt hatte. Auf der Rückfahrt zu meiner Pension ärgerte ich mich schwarz und grün. Aung San Suu Kyi war eine unfreiwillige Gefangene ihres eigenen Landes, ich hatte mich freiwillig eingeigelt.

»Sorry«, murmelte ich. Und knallte schnell die Autotür zu, wodurch mir seine Antwort erspart blieb.

Nach ein paar Tagen trafen wir uns wieder. Ich denke mal, er war genauso ausgehungert wie ich, zumal er geflissentlich über mein Geziere und Gesträube hinwegging und sich auf das Wesentliche konzentrierte. Genau wie in Cuzco ging alles sehr schnell. Wir schlabberten das Vorspiel – es sei denn, Sie halten Bauchabtasten und Pulsmessen für ein sexy Vorspiel (er war immerhin Arzt, vielleicht gehörte das für ihn dazu). Sollten Sie jetzt denken, dass die Pingpong-Fantasien und der Erotiktrash auf Bangkoks Sündenmeilen mich heiß gemacht hätten, haben Sie falsch gedacht. Ich hatte mich meinem Körper total entfremdet – hatte ihn vernachlässigt, in gewisser Weise aufgegeben –, und als ich mit meinem Doc in den Federn lag, war ich sozusagen bewusst bewusstlos. Ich fühlte nicht viel, aber das war mir in dem Moment auch nicht wichtig. Ich war glücklich, einfach daran erinnert zu werden, dass ich eine Frau war.

Danach trafen wir uns regelmäßig, den ganzen Monat, den ich in Burma verbrachte. Ich sehnte mich nach trauter Zweisamkeit. Und hatte das Gefühl, dass er meine leere Batterie wieder auflud.

In Gedanken weiterhin bei Dr. Reynolds flog ich zurück nach Bangkok und packte. Mein Freund Gavin hatte in der Zwischenzeit großes Pech gehabt. Da das Internet in Burma zensiert wird, konnte er mich nicht kontaktieren. Er hatte eine Prostituierte mit nach Hause genommen und war drei Tage später wieder aufgewacht, mit wummernden Kopfschmerzen und viel Platz in seinen Regalen: Computer, iPod, DVD-Player und Stereo waren futsch. Vor meiner Abreise schenkte ich ihm eine Statue der Hindu-Gottheit Ganesha. Sie soll Probleme aus dem Weg räumen und über Bettgeschichten wachen. Es gefiel mir zwar nicht, dass Gavin mit Prostituierten verkehrte, aber ich mochte ihn und wünschte ihm von Herzen eine feste Freundin.

Nach meiner Rückkehr nach San Diego überlegte ich meinen nächsten logischen Karriereschritt, in der Zwischenzeit jobbte ich als Kellnerin im Olive Garden. Eines der absoluten Highlights in meinem Job war, dass ich einmal, zusammen mit meinem Trinkgeld, die Visitenkarte einer Psychotherapeutin in die Hand gedrückt bekam:

Wenn Sie mögen, rufen Sie mich ruhig an, stand auf der Rückseite. Ich wusch und schleuderte die Karte zusammen mit meiner tomatensoßengesprenkelten Schürze, nachher war von dem Aufdruck zum Glück nicht mehr viel übrig.

Ich begann Bewerbungen zu schreiben, und die *Village Voice* lud mich zu einem Vorstellungsgespräch ein. Kaum drei Monate nach meiner Rückkehr stand mir das Pizza-Pasta-Parmesan-Schleppen bis Oberkante Unterlippe, und ich zog nach New York, um als Journalistin meine Brötchen zu verdienen.

Während der Zeit in San Diego hatte ich weiterhin Kontakt mit Dr. Reynolds. Er war wie ich nach Amerika zurückgekehrt. Wir besuchten einander zwei Mal. Ich war gar kein bisschen unglücklich, dass uns ein langer, kostspieliger Flug trennte. Bedeutete es doch letztlich, dass ich mich weder persönlich verbiegen noch meine Karriere dem Aufbau einer Beziehung opfern musste. Zudem konnte ich Dr. Reynolds jederzeit anrufen, wenn auch nur, um mir selbst etwas vorzumachen: *Juuchuu, ich bin groß, ich komme mit einer intimen Beziehung klar.* Von wegen! Nach drei Monaten New York waren wir beide derart von unseren jeweiligen Karrieren beansprucht, dass wir immer seltener miteinander telefonierten. Und irgendwann gar nicht mehr. Ich begann, meine sexuelle Energie komplett auf meinen Job zu kanalisieren, und stellte bald fest, dass meine Artikel sexzentriert waren (andere Leute wiesen mich empört darauf hin). In meinen Berichten ging die Post ab, anders als bei mir. Mit sechsundzwanzig fiel es mir wie Schuppen von den Augen: Ich war sexuell keinen Schritt weiter als mit achtzehn. Schöne Scheiße!

ATEM-JUNKIE

»Natürlich ist es eine Blume!«, ereiferte sich Fiona. »Es ist eine Lilie. Oder eine wunderschöne burgunderrote Orchidee. Na logo.«

Ich konnte Fiona nicht überzeugen. O'Keeffe hatte ihr das Hirn vernebelt. Meine Freundin schlug vor, ich solle ein Nacktfoto von mir machen, sie hätte sich selbst auch schon mal nackt fotografiert. Dann könnte ich meinen Körper bewundern. Und mich durch das Auge des Künstlers sehen, setzte sie hinzu. Woraufhin ich mich ereiferte, dass sie wohl nicht mehr alle Latten am Zaun hätte, wenn sie Aktfotos von sich knipsen würde. »Bist du verrückt? Du weißt doch selbst, was mit den Mädchen passiert, deren Nacktfotos im Internet auftauchen«, fauchte ich.

»Ich schäme mich nicht für meinen Körper«, entgegnete sie. »Und die Bilder sind wunderschöööön.«

Schön hin oder her, der gemeine Internetuser würde die Fotos trotzdem als Pornografie ansehen.

Vor hundert Jahren war dieser ganze Orgasmuskram nicht wirklich ein Problem. Frauen und Sexualität waren eigentlich kein großes Thema. Das hab ich in *The Technology of Orgasm* von Rachel Maines gelesen. Bei den leichtesten Anzeichen von Erregung, Schlaflosigkeit, Gereiztheit, Nervosität, erotischen Fantasien oder Vaginalsekretion hätte man mich zu einem Arzt geschleift. Er hätte bei mir Hysterie diagnostiziert, mir eine Vibrationstherapie verpasst – gegen entsprechendes Honorar natürlich – und mich massiert oder meiner Vulva »therapeutische Anwendungen« angedeihen lassen, bis ich einen »hysterischen Paroxysmus« bekommen hätte. An diesem Punkt hätte er mich für geheilt erklärt.

Leider hat die American Psychiatric Association Hysterie 1952 von ihrer Liste psychischer Krankheiten gestrichen. Ich finde es nur gut, dass weibliche Erregung nicht mehr als Krankheit aufgefasst wird, trotzdem frage ich mich, ob die Krankenkasse das abgedeckt hätte.

Inzwischen weiß ich um das breite Spektrum von Orgasmen – dass es so viele sind, hätte ich nie für möglich gehalten. Da gibt es beispielsweise die klitorale Orgasmusgruppe mit der klitoriszentrierten Großmutter der Masturbation als Zentralfigur. Für sie dreht sich Planet Klitoris um die Orgasmussonne. Und die postpornografische Aufklärerin Annie Sprinkle, eine enge Freundin von Betty, nach deren Überzeugung der Orgasmus auf eine komplette Schnackel-Galaxie ausgedehnt werden kann (ich hab gehört, die beiden streiten permanent darüber). Sie hatte in zehn Jahren Sex mit über dreitausend Männern, teilweise zu Forschungszwecken, teilweise aus Spaß, und behauptet, dass, obwohl die Orgasmen der Frau einander gleichen wie ein Sandkorn dem anderen, sie sich dennoch in sieben Kategorien unterteilen lassen: Traumgasmus, Mikrogasmus, Intervaginal-Orgasmus, Atem-und-Energie-Orgasmus, klitoraler Orgasmus und Megagasmus. Letzterer kann so heftig sein, beteuert sie, dass man unter Umständen eine »Orgasmushebamme« braucht. Sie dokumentierte einen fünfminütigen Megagasmus in ihrem Film *Sluts and Goddesses* und bekannte nachher, dass die Leute vor ihren Augen empathische mikrogasmische Nachwehen gehabt hätten.

Demnach blieb mir bestimmt nichts anderes übrig, als

mich mit Babyschritten vorzutasten. Ein Megagasmus war für mich erst mal nicht drin. Außerdem brauchte ich eine Pause von dem Vaginakrempel, deshalb besuchte ich einen Workshop für Tantrische Energieorgasmen, den Barbara Carrellas leitete, eine urbane Sexdozentin und Tantrapraktikerin. Sie erklärte vollmundig, wir hätten gegen Ende der zwei Stunden alle einen Orgasmus und bräuchten dafür nicht mal einen Hosenknopf aufzumachen; die Vagina sei für diesen Orgasmus nutzlos, was mir zu dem Zeitpunkt sehr gelegen kam. Babyschritte, wie gesagt.

»Die menschliche Erfahrung ist erotisch«, tönte sie als Erstes.

Barbara mutete wie die Versinnbildlichung eines Orgasmus an, so ähnlich würde man sich vielleicht für ein Grateful-Dead-Konzert anhübschen. Sie trug Batikklamotten in schreienden Pink- und Orangetönen, knallpinke Strähnen in ihren blonden Haaren und auf der Nase ein libellenförmig geschwungenes Brillengestell mit dicken Gläsern à la Dame Edna.

Sie bezeichnete sich selbst als sexuelle Expansionistin und behauptete, alles könne Sex sein, wenn eine sexuelle Absicht dahinterstünde. Sie war sauer auf Bill Clinton, einen sexuellen Reduktionisten, weil er einen Büro-Blowjob nicht als Sex gelten ließe. Verständlich, dass etliche Lesbierinnen mit Barbara ins selbe Horn tuteten. Wenn Sex nämlich ausschließlich so definiert würde, dass ein Penis eine Vagina penetriert, dann hätten sämtliche Lesbierinnen logischerweise kein Sexualleben. Wie weit man die Definition von Sex auslegt, ist demnach letztlich eine Frage der Gleichberechtigung.

Barbara schleppte ihr Stereoequipment in einen kleinen Unterrichtsraum. Wir waren etwa sechzehn Teilnehmer, die sich in einem Kreis zusammensetzten. »Die meisten

Leute praktizieren den Mount-Saint-Helens-Orgasmus«, begann Barbara. »Das bedeutet, dass sie ihre gesamte Muskulatur anspannen und einen kurzen, unbefriedigenden Höhepunkt haben. Von Kindheit an lernen sie Masturbationstechniken nach der Devise: nicht atmen, nicht stöhnen und hastig kommen. Das wird ihnen zur Gewohnheit, und sie wissen daran nichts zu ändern. Dabei verlagert die richtige Atmung das Bewusstsein auf eine ekstatische Ebene. Dann landen Sie irgendwo zwischen Erde und Mond.«

Alle starrten Barbara mit großen Augen an, die sich soeben mitten in unseren Kreis setzte. Sie begann, ihr Becken kreisen zu lassen. Und demonstrierte den Atem-und-Energie-Orgasmus. Sie atmete mehrmals tief durch. »Das erotischste Hilfsmittel ist die Atmung«, bemerkte sie. »Die ist noch wichtiger als ein Vibrator. Für die meisten Leute ist Atmen bloß eine Reflexhandlung, weil man ohne Sauerstoff hopsgeht.« Es sei wichtig, die sexuelle Energie durch tiefe Atemzüge im ganzen Körper zu verteilen – vor dem Kommen, weil das zu einer ganzheitlichen Erfahrung beitrüge.

»Sie wollen einen Zehn-Liter-Ballon mit Energie befüllen«, fuhr sie fort und meinte damit den gesamten Körper, »und nicht bloß eine kleine Kaffeetasse.« Sie umschloss demonstrativ ihre Vulva, das war dann wohl die kleine Kaffeetasse.

Während sie rhythmisch vor und zurück schaukelte, kreisten ihre Arme wie Windmühlenflügel, und sie begann mit Kegelübungen. »Das setzt die Röhre unter Dampf.« Abermals griff sie sich in den Schritt. Barbara schien nichts peinlich zu sein, ein paar Teilnehmer begannen jedoch unbehaglich zu kichern. Sie atmete in ihre Chakren, das sind die Zentren spiritueller Kraft in unserem Körper. Jedes Chakra ist mit einem anderen Klang verbunden, setzte sie hinzu. Demnach kann man, wenn man selbst gerade nicht kommt, seinen Nachbarn zuhören und das Spiel »Rat mal, wo der Orgasmus stattfindet« spielen. Es klingt tief und vibrierend nahe den Genitalien, und der Ton wird immer höher, bis er praktisch im Kopf stattfindet – Barbara hörte sich an wie Finger auf einem Piano, die rasend schnell von links nach rechts über die Tasten streichen. Währenddessen zuckte ihr Körper, ihre Arme ruderten, sie atmete, bäumte sich auf und erschauerte.

Es war ein Anblick für die Götter: Barbara hatte den tollsten Orgasmus in der unromantischsten Atmosphäre, die man sich für so etwas vorstellen kann – mitten in einem hell erleuchteten Seminarraum –, noch dazu war sie komplett angezogen. Ich dachte, sie müsste irgendwas dazu tun, aber das ist eine von ihren Techniken. Sie sagt, simulieren Sie, bis Sie *ihn* fühlen. Sie spannte ihre gesamte Muskulatur an und atmete wieder dreimal tief durch. Dann hielt sie den Atem an. Während sie entspannte, zuckte und zappelte sie, als hätte sie Ameisen unterm Hintern – oder eine Stange Dynamit.

Barbara wandte sich mit den Worten an uns: »Jetzt sind Sie an der Reihe.« Sechs Leute hatten die Veranstaltung bereits verlassen. Der Rest von uns legte sich lang und begann, tief durchzuatmen. »Konzentrieren Sie sich auf Ihre Atmung und den Energiefluss«, riet sie. »Diese Technik vermittelt Ihnen erotisch hilfreiche Anregungen, damit Sie sich voll auf den Sex konzentrieren. Fokussieren Sie sich auf Ihren Körper.« Sie schlenderte von einem zum anderen und redete uns leise beschwörend in eine Art Trancezustand. »Stellen Sie sich ein schönes, saftiges geschmolzenes Rot vor, das aus dem Zentrum der Erde durch Ihren Körper fließt. Wenn Sie können, machen Sie zwischendurch noch ein paar Beckenbodenübungen.«

Ich atmete tief ein und stieß temperamentvoll den Atem aus, als wollte ich ein loderndes Feuer auspusten. Das konnte ich; Atmen war schließlich überlebenswichtig. Aber große Scheiße, meine Hände begannen zu zittern. Eine Stöhn-und-Seufz-Symphonie drang ringsum aus aller Munde. Nee, Leute, ich weigerte mich strikt, da mitzumachen. Ich fand es beknackt, derartige Geräusche von mir zu geben. »Und jetzt«, meldete Barbara sich abermals zu Wort, »denken Sie sich Ihre erschauernden Körper in eine Hülle, leuchtend bunt wie ein Osterei, prall gefüllt mit erotischer Energie.

Und vergessen Sie das Atmen nicht. Schön durchatmen!«

Zwanzig Minuten später:

Meine Lippen fühlten sich inzwischen bretthart an. Ich konnte sie kaum noch bewegen. Mein Brustkorb drohte zu platzen. »Halten!«, brüllte sie. Das Stöhnen um mich herum verebbte zu kleinen, kieksigen Japsern. »Entspannen!«, donnerte sie. Mein Körper fühlte sich mit einem Mal warm an und prickelte, als wäre ich mitten auf einem Babykaktusbeet gelandet. Meine Lippen kribbelten, meine Lider flatterten. Mir war schwindlig, ich fühlte mich leicht weggetreten und irgendwie benommen.

»Wenn Sie das beim Sex machen«, sagte sie und beugte sich lächelnd über die Meute keuchender Leiber, »werden Sie in Ihrer orgastischen Reaktion nie enttäuscht.«

Nichts gegen Barbara – ich meine, es fühlte sich ganz gut an und so –, aber mal ernsthaft: Das war nie im Leben ein Orgasmus. Das war Hyperventilation.

HAUT UND KNOCHEN

Rori, meine Therapeutin, trug Überkniestiefel zu einem sündhaft kurzen Minirock; sie nippte an ihrem Diätdrink, während ich mit meinen Geschichten herausrückte. Weinen Sie ruhig, meinte sie, dafür bin ich als Therapeutin da. Heulen Sie sich meinetwegen mal so richtig aus, wenn Ihnen danach ist, ich hab noch eine ganz neue Box Kosmetiktücher im Schrank stehen. Aber das wollte ich nicht. Ich mochte nicht heulen. Jedes Mal, wenn ich ein verräterisches Kratzen im Hals spürte, schluckte ich und wechselte das Thema.

Inzwischen war ich fest entschlossen, ihr die volle Bandbreite meiner Niederlagen entgegenzuschmettern. Sie sollte endlich merken, dass mein Orgasmusproblem kein Pappenstiel war. Folglich erzählte ich ihr von meinem ersten Job an einem Baskin-Robbins-Eiscreme-Stand. Ich war sechzehn und mein damaliger Boss zweiunddreißig, also doppelt so alt wie ich. Dabei lachte ich, weil ich ganz gern so tat, als wären traumatische Erlebnisse eigentlich lustig. Das hatten mir Keena beigebracht: Nichts ist eine große Sache, solange man keine daraus macht.

Mein Boss war verheiratet. Eines Abends, als ich sauberwischte, stand er plötzlich hinter mir. Er sagte, ich mache da was falsch. Er wollte mir zeigen, wie es richtig geht. Dann fuhren wir mit seinem Auto an eine Stelle, die ich nicht kannte, obwohl ich mein ganzes Leben in der Gegend gewohnt hatte. Es war dunkel. Meine Kontaktlinse machte den Abgang; mit einem Auge sah ich alles verschwommen. Er kam mir mit irgendwelchen Statistiken, dass fünfundsiebzig Prozent aller Ehemänner untreu seien. Und fragte mich, ob ich nicht Lust hätte, ihm zu helfen, zu dieser Mehrheit zu gehören. Ich antwortete: »Nein, bitte nicht.«

Noch Monate später hatte ich Albträume von Männern, die sich heimlich im Fond meines Wagens versteckten. Meine Freundinnen mussten mich überallhin begleiten.

Als ich Rori das alles schilderte, war mir nicht mehr zum Lachen zumute, aber weinen mochte ich auch nicht. Er hatte mich nicht vergewaltigt; die ganze Episode war zwar desillusionierend gewesen, dennoch war sie die Tränen nicht wert.

»Weinen Sie ruhig. Das ist schon okay«, sagte sie.

Das war der Augenblick, als sich meine Tränenschleusen öffneten. Das Weinen wollte überhaupt nicht mehr aufhören. Und da der Mensch zum großen Teil aus Wasser besteht, fürchtete ich schon, ich könnte weinen, bis ich bloß noch Haut und Knochen wäre.

DER GURU, DER DIE MUSCHIS KENNT

Wenn ich mich schlecht fühle, gehe ich zuweilen auf den Union Square Greenmarket. Da kenne ich jemanden, der mich moralisch wieder aufbaut.

Auf dem Weg dorthin kam ich an einer Frau vorbei, auf deren Einkaufstasche Schuhgasmus stand – ein weiterer Gasmus, der mir abging. Ich schlängelte mich durch die Gemüsestände und betrachtete die Auslagen; anscheinend hatte ich die ideale Saison für phallische Erzeugnisse erwischt. Bei den zu einem Berg aufgeschichteten Zucchini fiel mir automatisch Betty ein. Ich hatte mir noch nicht den angepriesenen Vibrator gekauft – und keine Kegelübungen gemacht! Mist, ich hatte das mit dem Beckenbodentraining glatt schleifen lassen. Um meine verpassten Workouts wieder wettzumachen, klemmte ich die Pobacken zusammen, spannte meinen Beckenboden an und stakste zum Muffin-Madness-Stand, wo Atman seine veganischen Backwaren verkauft. Er ist nur mittwochs und freitags von sieben Uhr morgens bis fünf Uhr am Nachmittag dort, ansonsten trifft man ihn in seinem New Yorker Ashram an. Dort besuchte ich ihn öfters nach stressigen Reportagen für die *Voice*. Er wusste auf alles eine Antwort, selbst wenn ich gar keine Fragen hatte, allerdings verstand ich angesichts seines schweren Akzents ohnehin bloß die Hälfte. Folglich interpretierte ich seine Ratschläge häufig intuitiv, was für mich nicht zuletzt auch eine heilsame Dosis Selbstreflexion bedeutete.

Bei Atman hatte man den Eindruck, dass er auf magische Weise aus seiner Heimatstadt im Panjab in das lässige Freizeitoutfit eines urbanen Markthändlers gebeamt worden wäre. Seine Haut ist knusprig braun wie seine Vollkornmuffins, die mit Apfeldicksaft gesüßt sind, grau melierte Haare kringeln sich unter dem Rand seiner Baseballkappe.

Als ich in Indien lebte, machte ich mich über die Leute lustig, die dort auf die Jagd nach einem erleuchteten Guru gingen. Ich bildete mir ein, dass, wenn man sich nach Spiritualität sehnte, es nicht einfach damit getan wäre, in ein Land zu fliegen, das man nicht verstand. Deshalb konnte ich auch nicht wirklich verstehen, wieso ich zu einem indischen Sadu trabte, der mitten in New York einen Bio-Muffin-Stand betrieb, und mir von ihm Erleuchtung für meine Vulva erhoffte.

Trotzdem ging ich immer wieder hin. Ich nahm mir mein Scone – meine kulinarische Therapie –, und er küsste mich auf die Wange. Dabei flüsterte ich ihm ins Ohr: »Ich muss mit dir über etwas reden.«

Ich schilderte Atman meine Situation – das mit dem Orgasmus, dem Buch, alles.

»Über deine Blume?«, rief er. »Du schreibst über deine Blume?«

Merkwürdig, für ihn war es also auch eine Blume? Die Feministinnen hatten mit diesem Blumenunsinn offenbar einen empfindlichen Nerv getroffen. Ich mochte mich auf gar keinen Fall mit einem Sadu streiten.

»Ja, meine Blume«, sagte ich. »Was rätst du mir also?«

»Deine Blume ist wie eine Mutter«, antwortete er. »Sie ist das Wichtigste überhaupt. Ich hoffe, das hilft dir für den Anfang.«

Grundgütiger, war mir das peinlich. Die Leute hielten ihm Geldscheine hin, während sie ungeduldig darauf warteten, dass er ihre Muffins und Cookies einpackte. Ich reichte ihm das Geld für mein Scone; er quatschte unbekümmert weiter.

»Wieso tragen wir da unten einengende Sachen?«, fragte er und deutete auf meinen Schritt. Während lauter eilige Kunden abwechselnd von ihm zu mir starrten, führte er aus, dass in seinem Ashram niemand Unterwäsche tragen würde. »Wieso eng, eng, eng da unten? Was soll das? Das braucht Luft zum Atmen.«

Ich wurde rot wie eine Erdbeere. Und wich kaum merklich zurück, das Geld auf dem ausgestreckten Handteller. *Na los, nimm's schon endlich. Bitte.*

»Es liegt alles an deiner Intuition«, sagte er, als er mir das Wechselgeld zurückgab. »Erleuchtung, nie mehr Verwirrung. Denk dabei an die transzendente Bewusstseinsöffnung.«

Ich hatte null Ahnung, wovon er da faselte.

»Okay, dann irgendwas Praktisches«, fuhr er fort. »Sprüh Rosenwasser drauf und bürste es bisweilen ein bisschen.«

Exakt so äußerte sich Atman.

Aber wie kam es, dass er, ein keuscher Mann, so viel über Muschis wusste? Ich schob mir das Scone in den Rachen, als wäre es ein Dildo, und beschloss, ihm zu glauben. Atman war jetzt offiziell der Guru meiner südlichen Hemisphäre. Er umarmte mich. »Liebe, liebe, liebe dich selbst.«

Obwohl es merkwürdig und nahezu unglaublich klang, dass ein Sadu mir soeben – im Beisein von jungen Müttern mit kleinen Kindern! – geraten hatte, meine Muschi zu bürsten, war ich nach dem Besuch wieder etwas euphorischer. Die Sache ließ sich gut an. Transzendenz hieß das Zauberwort. Als ich an diesem Wochenende in der Bar arbeitete, forschte ich in den Gesichtern der Gäste nach erkennbaren Hinweisen auf einen Orgasmus: Jede Person,

Männlein wie Weiblein, hatte schließlich wenigstens einen Orgasmus vorzuweisen, wenn nicht mehr. Die Luft vibrierte vor Anbagger-, Flirt-, Klammerblues-, Knutsch-, Sauf-, Ich-verkneif-ihn-mir-Orgasmen. Potenzielle Orgasmen gaben mir Trinkgeld und bekleckerten mich mit Bier. Ich war der Cocktailorgasmus.

Das *da unten* loggte sich sogar in mein Unterbewusstsein ein. Ich hatte Vulvaträume. Ich machte zusammen mit meiner Familie Urlaub, und wir wollten diese traum-hafte Stadt von oben sehen. Wir sprangen in eine fliegende Fellvulva und schlossen uns einer ganzen Flotte an, alles Touris wie die in den thailändischen *Tuktuks*. Wir flogen in V-Formation, meine Familie an der Spitze. Als ich den Wind in meinen Haaren spürte, wachte ich auf. Ich bin immer noch sauer, weil ich vermutlich nie erfahren werde, wie Mösen landen, und irgendwie konsterniert, dass meine Familie mitflog.

Ich beschloss, meine Schlüssel nicht mehr mit Farbringen zu kennzeichnen. Stattdessen erkannte ich meinen Haustürschlüssel an dem V-förmigen Herstellersignet, das Assoziationen an eine Vulva wachrief. Das schwere Schnaufen der Jogger im Prospect Park und das rhythmische Ächzen meines Deckenventilators klangen plötzlich irgendwie anstößig. Ich konnte in der Öffentlichkeit keine Banane mehr essen, weil ich Angst hatte, wegen unsittlichen Benehmens eingebuchtet zu werden. Als ich eine Freundin fragte, ob sie einen Kaffee wolle, und sie antwortete: »Ja, schwarz und knallheiß«, giggelte ich wie eine Irre. Und ich wachte morgens häufiger mit Earl, dem Stoffelefanten, in den Fingern auf.

Fazit: Meine *Trockensavanne* erwachte.

Ich brauchte etwas, um diese neue libidinöse Erfahrung zu kanalisieren, und bedauerlicherweise mutmaßte ein Teil von mir, dass der Weg zum Orgasmus direkt über einen Kerl führte. Die Idee war schließlich seit einem Vierteljahrhundert in meinen Chromosomen angelegt. Um das mit den Dates und dem ultimativen Orgasmusziel zu beschleunigen, stellte ich mein Profil in der Internet-Partnerbörse Nerve ein. Ich hatte es schon vorher mit Internet-Bekanntschaften probiert, aber festgestellt, dass das mit den Rendezvous schnell in Arbeit ausartete. Folglich hatte ich es schleunigst wieder bleiben lassen. Jetzt war ich jedoch willens, Zeit zu investieren, denn das war Teil meiner Reise. Ich gab mir den Nickname Euphorbia anoplia, so lautete die lateinische Bezeichnung für den letzten Kaktus, den ich totgepflegt hatte (der mumifizierte Leichnam steht noch immer auf meinem Kleiderschrank). Damit war ein wichtiger Schritt in die richtige Richtung getan – fand ich jedenfalls.

Meine Mitbewohnerin Leigh, die ebenfalls im Internet auf Partnersuche ging, brachte die New Yorker Dating-Regeln auf den Punkt: Die Jungs müssen Kohle, die Mädchen Superbodys haben. »Deshalb geh ich jetzt in die Muckibude«, rief sie mir zu, bevor sie durch die Tür stürmte.

Mein erstes Date war ein hochaufgeschossener Typ mit wilden Locken. Wir bekannten beide, dass wir ganz heiß darauf waren, die Zugriffe auf unsere Profile zu beobachten – das tun etliche Leute mit Begeisterung –, vermutlich sind die Straßen voll mit Beobachtern, die Beobachter beobachten – aber das war auch so ziemlich alles, was uns verband, zumal ich unverblümt einräumte, dass ich Katzen nichts abgewinnen könne (er hatte eine) und äußerst selten ins Theater ginge (er war Bühnenautor). Ich hatte bloß noch Augen für seine Haare und hätte zu gern eine von diesen strammen Locken um meinen Finger gedreht, fest daran gezogen und sie wieder hochschnellen lassen. Bevor wir uns trennten, fragte er nach meiner privaten E-Mail-Adresse – wir hatten bisher über unsere Profilseiten miteinander kommuniziert, ich sträubte mich jedoch, mit meinem vollen Namen rauszurücken.

Die Frage im 21. Jahrhundert ist nicht *ob,* sondern *wann* du gegoogelt wirst. Ich hatte noch ein paar Dating-Herausforderungen vor mir – die zumindest vielversprechend *klangen* – und folglich nachvollziehbare Gründe für meine Weigerung. Wenn ein Date Ihren vollen Namen kennt, dann können Sie sicher sein, dass er in null Komma nix auch Ihre Karriere an der Highschool kennt, Ihren Stress mit der Biologielehrerin, als Sie den fiesen Kommentar auf der Klassenwebseite einstellten, und wie Sie auf dem Hochzeitsempfang Ihrer besten Freundin aussahen, nachdem Sie an der Bar vier Stunden lang Cocktailtesterin gespielt haben. In meinem Fall könnten meine Verehrer Folgendes enthüllen: Mara Altman schreibt an einem Buch, wie es kam, dass sie nie einen Orgasmus hatte.

Na los, worauf warten Sie noch? Googeln Sie mich.

SCHWARZER GÜRTEL

Ich hatte ein Date mit meiner Pussi. Ich kam frisch aus der Dusche und trabte in mein Zimmer. Heute Abend war mein Abend; ich war endlich so weit, den Masturbationskram mal auszuprobieren. Ich konnte und wollte das nicht alles den Kerlen überlassen. Ich hatte mir extra eine Flasche Wein besorgt – in dem besagten Eckladen (alle Verkäufer waren noch genauso süß und genauso schwul) – und trank, bis ich meine Sinne leicht benebelt glaubte. Ich fand es okay, allein zu trinken. Ich war ja nicht wirklich allein. Clitty Rose war bei mir. Ich blickte auf das schwarze Dreieck, das still und angespannt zwischen meinen Schenkeln ruhte wie ein kauernder Panter angesichts seiner Verfolger. Nach einem weiteren Schluck steckte ich meine Hand in meine Gletscherspalte, als hätte ich es mit einem verstopften Abflussrohr zu tun bei dem Versuch, die Ursache für die Verstopfung zu finden und die Sache so schnell wie möglich hinter mich zu bringen. Ich fühlte ein wenig rum. War gar nicht so schlimm. Okay, leicht abstoßend. Wie eine zermatschte Banane. Ansonsten eher harmlos.

Dann klingelte das Telefon. Ich hätte nicht rangehen müssen, aber wahrscheinlich war ich froh über die Ablenkung. Mom rief an. Und wollte wissen, wie es bei mir so lief. Irgendwelche nennenswerten Dates? Ich erzählte ihr, dass ich im Internet einen Typen kennen gelernt hatte, Joe. Dass ich ihn ziemlich gern mochte, dass er aber vielleicht dachte, ich wäre leicht rumzukriegen, weil er Wind von meinem Buchprojekt bekommen hatte. »Keine Sorge«, meinte sie. »Das kommt schon.«

Da hörte ich im Hintergrund Dads sonore Stimme. »Und sie auch!«

Unmöglich, sich nach einem Anruf von Keena an die Weichteile zu gehen. Mal ganz ehrlich, das hat für mich was Inzestöses.

Außerdem hatte ich anderes zu tun. Es gab immer anderes zu tun.

Zuruck zu Joe. Ich hatte Joe vor einer Woche getroffen. Seitdem hatten wir schon mehrere Dates absolviert. Ich war hin und weg von ihm. Er hatte Mandelaugen, die sich tief in meine senkten. Ich hätte stundenlang an seinen vollen, sexy aufgeworfenen Lippen knabbern können. Er war nicht übermäßig groß, und wenn wir eng umschlungen durch die Straßen schlenderten, klackerten unsere Schritte einen rhythmischen Takt. Wir hatten vieles gemeinsam. Wir waren beide Schriftsteller. Und hatten beide braune Haare. Trotzdem war ich mir unschlüssig, ob er mich um meiner selbst willen mochte oder ob er sich bloß an Clitty Rose ranmachen wollte.

Er küsste mich beim ersten Date ganz süß. Kaum war ich wieder zu Hause, googelte ich ihn. Ich fand seine MySpace-Seite und lud ein paar Songs runter, die er komponiert und aufgenommen hatte. Meine Synapsen signalisieren mir, wenn ich jemanden mag, weil ich dann nämlich diesen zwanghaften Wunsch nach Kommunikation habe. Ich musste mich erheblich bremsen – Leigh meinte, der gute Ton erfordere, dass er den zweiten Kontakt anbahne –, folglich führte ich tagelang einen inneren Monolog, indem ich ihm Dinge von mir erzählte.

Kurz bevor die Woche um war, rief er mich zu nachtschlafender Zeit an – wollte er etwa noch Beute machen? – und meinte, der Abend sei zu schön, um ihn einfach so zu vergeuden. Ob ich nicht Lust auf einen Spaziergang hätte? Leigh hätte mir bestimmt verklickert, dass das keine gute Strategie sei, aber sie war nicht da, folglich sagte ich zu. Kaum trudelte er auf seinem Fahrrad bei mir ein, begann ich unbewusst, einen seiner MySpace-Songs zu summen; sobald es mir auffiel, verdrehte ich innerlich die Augen und ließ den Rhythmus in einem seltsam quiekenden Gähnen ausklingen. Wir schlenderten in den Park und legten uns auf die Wiese, betrachteten den Mond. Es war Herbst; trockenes Laub raschelte unter uns. Ich war total froh, als er mich küsste, weil ich es satt hatte so zu tun, als könnte ich seiner Argumentation über Foucaults Strukturalismus auch nur ansatzweise folgen. Ich machte mir mental einen Knoten ins Taschentuch mit dem festen Vorsatz, mich später bei Wikipedia schlauzumachen. Als wir aufstanden, zog er Grashalme aus meinen zerwühlten Haaren und wischte mir über den Arm. Da war mein Ameisentattoo; er glaubte bestimmt, mir krabbelte eine über den Arm.

Danach landeten wir in meinem Zimmer. Er zog sein Hemd aus. Klemmte sich den Saum meines T-Shirts zwischen die Lippen, schob es mir bauchaufwärts. Ich stoppte die Attacke unter den Bügeln meines BHs. Wieso war er eigentlich so schnell? War er bloß geil und konnte deswegen nicht einschlafen? Ich wollte den Moment genießen und sämtliche Freuden bis zum Umfallen auskosten, aber es ging nicht. Ich ging in die Defensive – ich hab einen schwarzen Gürtel in Karate – und blockierte jeden Versuch, mir an die Wäsche zu gehen.

»Wer sagt mir denn, dass ich nicht bloß ein Kapitel in deinem Buch werde?«, fragte er, als wir uns aufsetzten. »Oder eine mickrige Fußnote?«

Ich fasste es nicht. Er hatte schließlich angefangen; er war derjenige, der ranging wie ein Bulldozer.

»Wer sagt mir denn, dass *du* mehr sein willst als bloß ein Kapitel in meinem Buch?«, konterte ich. »Oder der Typ, der mir meinen ersten Orgasmus besorgt?«

Wir zuckten beide unschlüssig mit den Schultern. Er küsste mich abermals.

»Entweder es passiert jetzt was oder ich geh nach Hause«, meinte er dann.

Ich brachte ihn zur Tür.

BARGEFLÜSTER

In der Bar lernte ich einen Grafikdesigner kennen, der jobmäßig vornehmlich auf Sprudelwasserwerbung spezialisiert ist. Er erzählte mir freimütig, dass er *Braggadoccio* für eine supersexy Mineralquelle hält, weil sie hoch und stark sprudelt, und wenn man ihren Namen ausspricht, würden sich die Lippen so sinnlich wie zu einer Fellatio formen. Zweifellos infiltrieren Bars das Hirn mit Sex, Sex, Sex. Keine Ahnung, wieso die Mischung aus abgestandenem Alk, billigem Nuttendiesel und dem ohrenbetäubenden Gebrüll von zig Gästen anturnend sein soll, aber sie ist es. Die beiden Wörter »Bar« und »Sex« mit ihren jeweils nur drei Buchstaben verbindet eine irgendwie symbiotisch geartete Beziehung. Das eine ist ohne das andere kaum denkbar. Nicht unmöglich, dass die unterschwellige Erotik mich einerseits anmachte, andererseits aber auch frustete. Ein älteres Ehepaar, rein optisch stinknormale Touristen, setzte sich in meinen Tresenbereich. Nachdem sie ein paar Drinks intus hatten, wollten die beiden von mir wissen, wo sie jemanden für einen flotten Dreier finden könnten (oder vielleicht auch einen Vierten für eine Orgie). Dem Pärchen kann geholfen werden, dachte ich. Ich schnappte mir die *Village Voice*, bei der ich meinen vorerst letzten Job gehabt hatte, und tippte auf die Rückseite. Sie stand voll mit Begleitserviceagenturen und Kontaktanzeigen. Sie liebten New York, schwärmten die beiden wie auf Knopfdruck.

Eines Tages, kurz vor Ende meiner Schicht, fläzte sich irgendein Typ an die Theke. Er war schon älter, Mitte fünfzig, mit längerem schütterem Haar und einem Mordsbauch, auf dem er locker sein Bierglas und die Videofernbedienung hätte abstellen können. Ich plauderte ungezwungen mit ihm wie mit anderen Gästen auch. Es stellte sich heraus, dass er der Vater eines der Rausschmeißer war, Rambo. Rambo war berüchtigt für seine sexistischen Kommentare gegenüber dem weiblichen Personal, meine Wenigkeit eingeschlossen – so in der Art »Ich würd dich am liebsten knallen, dass dir Hören und Sehen vergeht, du Schlampe« oder »He, Schnalle, wie wär's mit einer kleinen Spritztour«. Ich ignorierte seine Äußerungen, weil ich wusste, es war pure Aufschneiderei wie seine tätowierten Arme und sein extrem muskelbepackter Body – ob er seinen Schwanz zwischen den aufgepumpten Schenkeln überhaupt noch wiederfand? Genau wie der Blender, den ich kennen lernte, als ich zehn war, wollte Rambo, dass die Leute ihn für unkompliziert hielten. Kennt man ja.

Sein Vater war ganz charmant, anders als sein Sohn. Er schüttelte mir die Hand. »Barry Goldman. Freut mich, Ihre Bekanntschaft zu machen.« Dann enthüllte er, dass er im Sexbusiness tätig sei und G-Punkt-Stimulationen und Massage anbiete, aber auch BDSM-Partys, also Blind-Date-Sadomasofeten, veranstalte. Seine monatlichen Fußfetischistenfeten seien ebenso legendär wie die selbst produzierten Sadomasopornovideos. Die Filmerei fand wohl meistens in seinem Haus in Jersey statt, in einem Raum, den er mehrfach den Kerker nannte.

»Ich zeig Paaren, wie man Muschis mit OP-Zangen klammert oder Nadeln in Brustwarzen steckt«, fuhr er so nebenbei fort, wie sich ein stinknormaler Gast ein frisches Budweiser bestellt. »Und so'n Zeugs.«

Statt einer Antwort fragte ich ihn: »Ich geb einen aus. Was möchten Sie trinken?«

Er wollte ein alkoholfreies Bier.

Was? Und ich dachte, zwei Flaschen Tequila wären das erforderliche Quantum, bevor man Muschis klammert. Scheiße, zwei Flaschen Tequila waren vermutlich das Minimum, um sich überhaupt anhören zu können, wie man Muschis klammert, ohne gleich Ekelpickel zu kriegen.

Als ich ihm sein Bier holte, kippte ich unterwegs einen doppelten Jägermeister. Ich musste mir Mut antrinken. Hier war jemand, der mir helfen konnte, meine Hemmungen loszuwerden. So eine Gelegenheit kam vielleicht nie wieder. Einerseits brannte ich vor Neugier, andererseits war mir ein bisschen flau im Magen. Nachdem er sein Bier hatte, erzählte ich ihm von meinem Projekt und ob ich ihn zwischendurch unterbrechen dürfe. »Ich bin einfach neugierig, das ist alles«, erklärte ich. »Wahnsinnig neugierig.«

Er sagte, Orgasmen seien seine absolute Stärke; bei ihm würden die Frauen fluten wie ein Tsunami und dann abgehen wie Tornados. Trotzdem bringe er viel Zeit und Geduld auf, bis er eine Frau in Fahrt gebracht habe und sie sich willig flachlegen lasse.

»Mmmh«, sagte ich mit einem unschlüssigen Nicken. »Das klingt richtig rücksichtsvoll von Ihnen.«

Er kritzelte irgendwas auf einen Bierdeckel und zwinkerte mir zu. Ich las den Bierdeckel auf dem Nachhauseweg; da stand: MAGIER DER SCHMERZEN. Das Einzige, was ich bislang über S & M wusste, stammte von einem thailändischen Geschäftsmann, der seine Überproduktion an elektrischen Moskitofallen als Eros-Elektroschocker vertickte. Alles, was er dazu zu sagen hatte, war: Die Dinger tun verdammt weh.

BLINDGÄNGER

Ich rief Barry Goldman erst mal nicht an, weil Joe ganz oben auf meiner To-do-Liste stand. Unser letztes Rendezvous hatte zwar nicht besonders prickelnd geendet, wir hatten aber trotzdem ein weiteres Date ausgemacht.

Wir saßen auf der Feuertreppe vor meinem Apartment und streichelten uns gegenseitig über die Schenkel, dabei hörten wir leise Folkmusik. Er zeigte auf mein Ameisentattoo und meinte: »Sieht echt so aus, als wollte die irgendwohin.«

Wollen wir das nicht alle?, dachte ich bei mir.

Unter uns erstreckte sich trister dunkler Asphalt. Bei Carl, dem Messie, der krankhaft Müll in seinem Patio hortet, waren gestern wieder einmal ein paar Fuhren abgeholt worden. Der überflüssige Ballast war weg. Ich fühlte mich frei; ich trug einen BH ohne lästige Stahlbügel und ohne trickreiche Verschlusshaken im Rücken – ein gezielter Griff und meine Tittchen würden fröhlich aus der Verpackung hopsen. Ich hatte mir vorgenommen, Joe ein bisschen mehr zu gönnen als beim letzten Mal; allerdings peu à peu, damit er realisierte: Der Weg zur Muschi geht über die Möpse. Ich hatte das Thema zigmal mit meinen Freundinnen durch, und wir waren uns einig: Typen wollen immer bloß Sex, aber wenn man ihnen zu schnell nachgibt, verlieren sie das Interesse an einem. Zudem war ich noch nicht so weit. Mir schwebte ein heißer One-Night-Stand vor, doch der stand vorerst noch in den Sternen. Ich war mir nicht mal sicher, ob ich jemals so weit sein würde.

Und das ärgerte mich. Wieso überhaupt? Ich war in dem Glauben aufgewachsen, dass die weibliche Libido schwächer ausgebildet wäre als die des Mannes. Uns Mädels wird von klein an eingeimpft, dass Typen scharf sind wie Nachbars Lumpi und dass wir diese Sexrambos nicht an unsere Wäsche lassen dürfen. Ich denke, in meinem Fall hatten die Mahnungen durchschlagenden Erfolg: Sie haben meine Lust gründlich kastriert. Männer dagegen bekommen die Lizenz, mit dem kleinen Kopf zu denken. Sie reden sowieso pausenlos davon, dass sie »ein zweites Hirn in der Hose haben«. Angenommen, Mädchen würden nach der Pubertät erfahren, ihre Vulva hätte Verstand entwickelt und würde ihre Hirnfunktionen übernehmen: Stellen Sie sich mal vor, was da los wäre? Frau würde mit Sicherheit jede falsche Entscheidung oder so auf ihr Schneckchen schieben …

Wir landeten auf dem Bett und fingen an zu fummeln. Als ich die empfindliche Stelle hinter seinem Ohrläppchen leckte, seufzte er süß und sinnlich. Sein kleiner Kopf wusste genau, warum Joe meinen Körper streichelte, meinen Bauchnabel küsste und meine Knospen rieb, bis sie hart wurden: Kurzum, er machte zielorientiert an meinen erogenen Zonen rum. Ich versuchte seine spitzen Seufzer zu verstärken, indem ich weitere Regionen seines Astralleibs stimulierte.

Vor diesem vierten Date hatte ich aufgehört, die Partnerbörse nach anderen Typen abzugrasen. Ich hoffte, das mit Joe würde was Ernstes. In den neuen Medien haben sich die typischen Geschlechterrollen nämlich ebenfalls gehalten. Die Typen schicken dir E-mails, und du schmeißt die raus, die dir gestohlen bleiben können. Wenn ich meine Website checkte (täglich!), guckte ich natürlich auch bei Joe nach. Ich hatte gesehen, dass er noch vor Kurzem online gewesen war. Das war okay. Super. Jede Menge scharfe Girlies, die er daten konnte, und vielleicht, ganz vielleicht checkte er auch meine Webseite.

Er kramte eine blauseidene Schlafmaske raus und zog sie übers Gesicht. Mit Kometen, Monden und Sternen in leuchtendem Gelb. Der Rand war schwarz eingefasst. Die Musik endete wie auf ein geheimes Zeichen. Folglich hatte ich einen guten Vorwand für eine kleine Auszeit. Ich musste mich aufsetzen und die Playtaste drücken; währenddessen fragte ich betont locker, was zum Teufel der Quatsch mit der Schlafmaske sollte. Bloß jetzt nicht ausflippen, Mara.

»Mach mit mir, wozu du Lust hast«, sagte er und machte die Beine breit.

Ich hatte keinen Schimmer, was er meinte.

»Hä? Machst du das etwa mit jeder?«, schoss ich zurück.

Daraufhin meinte er grinsend, dass die Idee zu meinem Buch unsere Beziehung galaktisch befeuern würde. Er las angeblich seit Jahren Traumdeutungen und wollte seine eigenen Interessen mit einbringen, daher die Schlafmaske. Das hörte sich nach Zukunftsmusik an, so als plante er, mir für eine Weile erhalten zu bleiben. War das nicht umwerfend süß? Ich schaffte es ganz gut, ihm zu demonstrieren, dass ich ihn *waaahnsinnig* unkompliziert fand. War der Typ noch ganz dicht?, wirbelte es durch meine Gehirnwindungen, während ich es ihm besorgte. Die Maske kam runter; sein Gesicht schrumpfte zu einer Rosine und blähte sich abermals zur Traube auf. Meine Fassade blieb intakt, während er ekstatisch zuckte. Ich fühlte mich ziemlich dominant, während ich zusah, wie er sich auf dem Laken aufbäumte. Er klappte die Lider auf, und ich starrte in sein linkes Auge; über diese Technik hatte ich in Barbara Carrellas Buch *Urban Tantra* (Alltägliche Ekstase: Tantrarituale für alle Leidenschaften) gelesen. Das linke Auge war laut Barbara das Fenster zur Seele. Ich wollte sehen, ob sich Joes Seele mit meiner verbandeln ließe. Woraufhin er hastig die Augen schloss und sich befriedigt lang hinstreckte.

Ich fühlte mich plötzlich wie eine Außerirdische, als würde ich uns von einem fernen Planeten aus zuschauen. Was wusste ich überhaupt von diesem nackten Adonis? Konnte er mit Stäbchen essen? Ließ er den Toilettensitz unten, oder pinkelte er im Stehen? Ich kannte nicht mal seine Lieblingsfarbe. Aber ich wusste, wie *es* in meinem Mund schmeckte.

Anscheinend wollte er sich für meine Fellatio erkenntlich zeigen, denn er neigte sich über mich und senkte sein Haupt auf meine geheimnisvollen Niederungen, ich war jedoch nicht willens, Clitty Rose zu entblättern. Alle Typen, die das bislang versuchten, kamen unweigerlich in den Schwitzkasten. Meine Beine winden sich dann schlangenartig um ihre Leiber, damit sie mir ja nicht zu nahe kommen. Ich hatte immer Bammel davor, wie *es* in meinen Feuchtgebieten wohl riechen, schmecken und aussehen würde. Ich mag die armen Kerle nicht verschrecken. Wenn ich Freundinnen erzähle, dass ich noch nie Oralsex hatte, bleibt ihnen förmlich die Spucke weg. Bei Fiona hab ich sogar Angst, dass sie vor Schreck in Ohnmacht fällt. Folglich klammerte ich die Schenkel um Joe und klemmte die Beine zusammen. Um da rauszukommen, hätte er eine Brechstange gebraucht. Wir kabbelten und küssten uns, und dann lagen wir schweigend, mein magisches Dreieck schnappte zu, sein geschrumpfter Zauberstab steckte fest. Perfekt.

Ich drückte abermals auf die Playtaste; die Stille war mir

unheimlich. Daraufhin fragte er, wie oft ich mir denn noch dieselbe CD anhören wolle, als wäre die Repeattaste ein Sakrileg. Er zog sich an und ließ die Maske auf meinem Nachtschränkchen liegen. Ich solle mal austesten, wie ich mit dem Ding schlafen könne, meinte er. Das klang verdächtig nach Abschied. Als sollte ich künftig gefälligst mit dem Ding schlafen, aber nicht mehr mit ihm. Ich brachte ihn zur Tür. Er drückte mir einen freundschaftlichen Kuss auf die Backe, und dann lief er breit grinsend die knarrenden Stufen hinunter. Ich ging in die Küche und genehmigte mir eine Megaportion Eis – mein kulinarischer Orgasmus an diesem Abend. Stop it, Mara! Wenn du so weitermachst, züchtest du dir ein paar niedliche Mint-Chocolate-Chip-Röllchen auf die Hüften. Ich stellte das Schälchen weg. Ging ins Schlafzimmer, setzte mir die Schlafmaske auf und schnupperte; es roch muffig wie in einem schlecht gelüfteten Zimmer nach einem Schlafmarathon. Ich knackte auf der Stelle ein, die Maske in der Hand, träumte ich davon, dass ich reihenweise fremde Männer abknutschte.

In den darauffolgenden Tagen liefen in meinem Kopf ziemlich kranke Sachen ab. Erschreckend krank. Mir war grottenschlecht bei der Vorstellung, dass ich so etwas überhaupt denken konnte. Verstehen Sie, ich wollte mich nicht festlegen. Ich wollte nicht von jemandem abhängig sein. Ich war mir nicht mal sicher, ob ich überhaupt einen Freund haben wollte. Wenn ich die jungen Väter aus der Nachbarschaft sah, ein buntes Tragetuch um den Bauch geschlungen, in dem sie stolz ihren Nachwuchs spazieren trugen, dachte ich automatisch an Joe und wie süß er mit so einem Ding aussehen würde – ich hätte kotzen können. Solche Horroreingebungen waren bestimmt nicht auf meinem Mist gewachsen. Ich tippe mal darauf, dass ich mir zu viele Weichspülerwerbespots reingezogen hatte, in denen die

Mamis glückstaumelnd ihre Nasen an den frisch behosten Windelpopos ihrer rosig satten Babys reiben.

Ich hatte mental anscheinend total verdrängt, dass ich mich ja eigentlich nicht binden wollte … Andererseits wurde ich auch nicht jünger … Und irgendwann wäre ich alt *und* allein. Ohne Mann und kinderlos haben die alten Leute bloß noch ihr Haustier, vermutlich so ein verwöhntes Schoßhündchen, von dem sie sich durch den Park zerren lassen und das sie in den höchsten Tönen loben, wenn es mal wieder seinen Stinker mitten in der Fußgängerzone abgeseilt hat. Ich mochte nicht von jemandem abhängig sein, andererseits wollte ich keine alte Jungfer werden, die in ihrer grenzenlosen Einsamkeit aufwändige Fünfgängemenüs für ihre Schildkröten zaubert. (Falls Sie es noch nicht gemerkt haben, ich bin keine sehr mütterliche Person. Ich bin stark behaart – leider an den falschen Stellen.)

»Schreib ihm erst mal nicht«, riet mir Leigh. »Und ruf auch nicht an. Mach dich ein bisschen rar.«

Leigh hat leicht reden, seufzte ich insgeheim. Die müsste mal in meiner Haut stecken! Es machte mich fertig, nicht zum Hörer zu greifen oder ihm eine kleine Mail zu schicken. Leute, ich war echt krank vor Sehnsucht.

FENSTER

Fiona, die mit ihrer Tournee in Connecticut gastierte, nahm sich einen Mietwagen und besuchte mich eines Abends. Als ich sie umarmte, fühlte ich bloß Haut und Knochen. Sie war unheimlich dünn geworden. Sie erzählte mir, sie und Pedro hätten Probleme.

Ich wünschte, ich hätte in Stresssituationen auch mal keinen Appetit. Ich fand mich fett wie eine Speckschwarte, und vor uns stand eine Flasche Wein, die mindestens mit fünfhundert Kalorien zu Buche schlug. Ich versuchte, ihre schlimmsten Befürchtungen zu zerstreuen, und umgekehrt. »Mara, du bist nicht fett«, meinte sie begütigend. Wer's glaubt, wird selig, seufzte ich innerlich. »Sag das noch mal«, bat ich sie. »Mara, du bist nicht fett«, wiederholte sie. Verdammt, es funktionierte immer noch nicht, aber ich konnte sie unmöglich bitten, es ein weiteres Mal zu wiederholen, schon gar nicht in ihrem aufgelösten Zustand. Auf ihren Wangen zeigten sich hektische rote Flecken, ihre Augen schimmerten verdächtig feucht, und ihre Nasenflügel bebten. Folglich versuchte ich sie zum Lachen zu bringen.

»Hör auf«, sagte sie, unsicher grinsend, ihre Augen tränenfeucht. »Ich fühl mich total mies.«

Wir kletterten auf meine Feuertreppe – wo ich neulich schon mit Joe gesessen hatte – und tranken eineinhalb Flaschen Wein. Während wir zunehmend lauter wurden, schnellten unsere Leberwerte bestimmt kometenhaft in die Höhe. Nachdem wir das Kannst-du-mir-noch-einmal-verzeihen?-Thema durch hatten, diskutierten wir über Orgasmen.

Fiona fand, Sex sei nonverbale Kommunikation. In einer intakten Beziehung sei Vögeln eine Form der Konversation. Sie nahm Bettgymnastik, Erregung und Orgasmushäufigkeit als Barometer für ihre Affären. »Ich hab Orgasmen seit meinem elften Lebensjahr«, räumte sie ein. »Und jetzt sehne ich mich nach Höhepunkten, die meine Seele in Schwingungen versetzen.«

Wie kann sie bloß so kleinlich mit dem Typen sein?, sann ich. *Wenigstens hat sie welche!* Angesichts ihrer Weltuntergangsstimmung verkniff ich mir jedoch diesbezügliche Kommentare.

»Wir machen keine Liebe«, sagte sie über Pedro. »Wir vögeln bloß. Es ist immer bloß Sex, Sex, Sex.«

Ich fragte sie, ob sie einen Pussi-Ekel hätte. Das ist immer ein schlechtes Zeichen. Pussi-Ekel ist, wenn man jemanden ranlässt, also für gewöhnlich seinen Steuerknüppel, und hinterher Pussi-Gewissensbisse hat. War mir jedenfalls schon passiert.

»Nein«, antwortete sie. »Diesmal hab ich Intuitionsekel.«

Und dann legte sie los. Sie war ihrer Intuition gefolgt, als sie Pedro geheiratet hatte, nachdem sie sich erst zwei Monate kannten, und erst allmählich begriff sie die Konsequenzen. In den letzten anderthalb Jahren war sie jedes Mal schockiert gewesen, wenn sie sich im Spiegel anschaute. »Ich bin verheiratet!«, sagte sie zu ihrer Reflexion und war geplättet.

»Ich glaube, ich bin überhaupt nicht der Typ für die Ehe«, bekannte sie. »Ich will keine Kinder. Ich will kein

Haus mit ihm kaufen. Ich will nicht in irgendeinem Kaff versauern, sondern ein bisschen rumkommen in der Welt.«

Seit ihrer Hochzeit sei eines zum anderen gekommen. Die Ehe stelle Anforderungen an sie, die sie nicht bewältigen könne. Sie komme sich vor, als versuche sie, einen Elefanten in einen Katzenkorb zu sperren. Sie hatte meine Eltern als leuchtendes Beispiel vor Augen (genau wie ich, seufz!) und war mithin davon ausgegangen, dass die Symbiose Fiondro oder Peona als Beziehungsmodell unschlagbar wäre. *Bis dass der Tod uns scheidet,* schniefte sie. Sie sei treu wie Gold und falle bestimmt nicht auf den erstbesten schnuckeligen Typen rein, trotzdem funktioniere es mit ihrer Ehe nicht.

Während wir die Füße aus dem Fenster baumeln ließen, verklickerte sie mir ihren Entschluss. Sie mochte sich nicht von Pedro abhängig machen. »Ich fühl mich nicht mal mehr attraktiv, wenn er mich ansieht«, gestand sie. »Ich möchte, dass er mir tief in die Augen schaut und alles über mich weiß.«

Ich erinnerte sie daran, dass sie wegen ihrer Tournee vier Monate getrennt gewesen waren. »Vielleicht liegt es daran«, mutmaßte ich.

»Du bist meine beste Freundin«, jaulte sie. »Du kannst ihn doch jetzt nicht verteidigen!«

Ich mochte meine beste Freundin nicht vergrätzen. Und wollte nicht, dass sie meine Skepsis bemerkte. Sie kannte mich jedoch verdammt gut.

»Was schaust du mich so an, hm?«, fragte sie misstrauisch.

Okay, ich hatte heimlich ein wenig die Augen verdreht. Fiona hatte ein Beziehungsmuster. Sie war sozusagen eine Serientäterin: Seit ihrem fünfzehnten Lebensjahr hatte sie nämlich durchgängig einen Boyfriend. Sobald sie einen abgelegt hatte, stürzte sie sich in eine neue Affäre. Jeder neue Freund war angeblich tausendmal netter als sein Vorgänger. Sie sah bloß die positiven Eigenschaften, weswegen sie ihn toll fand. Ich dagegen sah erst mal das Negative, die Charakterzüge, die einen Typen von Mr. Right unterschieden. »Ich hab noch nie so tief empfunden!«, sirrte sie bei jeder neuen Beziehung. Ich war immer froh, wenn sie es mir am Telefon zujodelte und nicht live, dann konnte ich wenigstens ungestört die Augen verdrehen.

Ich denke, ich war ein bisschen eifersüchtig, weil Fiona so spontan und unbekümmert war. Während sie sich ver- und entliebte und Orgasmen sammelte wie andere Manolo Blahniks, machte ich mir Gedanken über den Tod. Solange ich denken kann, hab ich über Sex und Tod nachgegrübelt; man wächst damit auf, genau wie man atmen, schlucken und die Blase erleichtern muss. Offen gestanden haben Sex und Tod mich seit jeher beschäftigt. Schon mit sieben war ich besessen vom Tod und stellte mir mein Leben im Jenseits vor. Meine Eltern glauben nicht an ein Leben nach dem Tod, und mein Vater beschwichtigte mich mit dem Argument: »Mara, du bekommst gar nichts mehr mit, wenn du tot bist. Dann liegst du zwei Meter unter der Erde. Da ist es stockduster. Schwärze. Und sonst gar nichts. Also mach dir keinen Kopf.« Wenn ich dann ausflippte, war das einzig Gute daran, dass ich mich leicht high fühlte, weil ich nach meinen Heulattacken regelmäßig hyperventilierte.

Wie sähe der Globus wohl aus der Weltraumperspektive aus? Schweben da grüne Kontinente auf blauen Meeren? Ich würde irgendwo in Nordamerika beerdigt werden. Mit einem Grabstein und einem kleinen Baum, der seinen Schatten auf die Grasfläche wirft. Wir setzen Zeichen, um zu demonstrieren, dass wir gelebt haben. Wir möchten Grabsteine haben, möchten etwas Bahnbrechendes erfinden, einen Preis gewinnen, ein Buch schreiben – möglichst einen Bestseller, unsere Gene vererben, etwas bewegen. Furore machen. Ein Echo, das nach unserem Tod widerhallt. Aber wen interessiert, was wir zurücklassen, wenn die Welt in Scherben liegt?

Ein Orgasmus ist eine kurze Abkehr vom Leben. Die Franzosen kennen ihn als *le petit mort*, den kleinen Tod. Shakespeare schrieb über die Verbindung zwischen Orgasmus und Tod; die Tibeter ebenfalls. Verliere dich an den Tod, verliere dich an einen anderen Menschen, verliere dich an das Leben, lass deine Sinne schweifen. Eine Abkehr vom bewussten Denken, denn für Logik ist kein Raum; ein Ausblenden der Identität; Kontrollverlust. Anders gesagt ist Orgasmus Leben in konzentrierter Form. Das ist leichter gesagt als gefühlt, wenn man noch nie einen hatte, ätzte ich im Stillen.

»M«, sagte Fiona. »Ein Orgasmus ist ein Muskelspasmus – und kein Weltuntergang.«

War es echt nicht mehr? Immerhin sorgte das O-Wort dafür, dass Fiona an ihrer Ehe zweifelte; und für mich stand das große O für ein Mysterium an Selbsterfahrung, das zu lüften mir bislang nicht vergönnt gewesen war.

Am nächsten Morgen machten Fiona und ich einen Spaziergang zu einem Café. Wir beobachteten Babys, die schmollend ihre Schnütchen verzogen und knallrote Bäckchen bekamen, bevor sie den halben Laden zusammenbrüllten. Und ihre Erzeuger atmeten tief durch und fassten sich in Geduld.

Fiona schien schwer ins Grübeln gekommen zu sein. Würde sie sich später irgendwann Vorwürfe machen, wenn sie das mit der Scheidung durchzog? Und wenn sie mit Pedro zusammenbliebe? Würde sie dann womöglich mit Mitte dreißig noch mal ganz von vorn anfangen müssen?

»Ich bin dann mit nicht mal dreißig eine geschiedene Frau«, bekannte sie. »Es muss doch Gründe dafür gegeben haben, dass ich Pedro geheiratet habe, oder? Was hab ich bloß an dem Kerl gefunden?«

Jeder Mensch hat eine andere Sichtweise, so als blickte er durch speziell angefertigte Fenster auf die Welt, und jedes dieser Fenster spiegelt zwangsläufig anders. Wir können unsere Fenster putzen oder schmutzig lassen. Fiona wollte anfangs bestimmte Charakterzüge in Pedro sehen – und sie hat einen enorm starken Willen –, folglich sah sie auch bloß das, was sie sehen wollte: sein Faible für Yoga und getrocknete Bananenchips.

»Ich kann mir nicht helfen, aber ich glaube, die Ehe ist eine überholte Institution«, sagte sie.

Durch meine Fenster sah ich das genauso.

Bevor sie wieder wegfuhr, erzählte ich ihr von Joe. Dass mir ganz komisch zumute wäre, weil ich ständig an ihn denken müsste. Ob mit mir etwas nicht stimmte? Ich würde nämlich zwanghaft an seiner Schlafmaske schnuppern, wie eine Süchtige am Klebstoff.

»Lass dich nicht unterkriegen«, riet mir Fiona. »Vertrau auf deine Instinkte. Alles wird gut.«

Sie nahm sich ihren eigenen Rat zu Herzen und fuhr geläutert wieder nach Connecticut.

MANCHMAL HASSE ICH MEIN HIRN

Direkt am Eingang zur ACE Bar ist eine kleine Delle im Estrich. Es ist gemein, ich weiß, aber wenn ich Getränke serviere, gönne ich mir bisweilen den Spaß und beobachte das Balzen und Baggern – das Chaos des modernen Paarungsrituals. Die kleine Unebenheit erwischt einen ohne Vorwarnung, erfahrungsgemäß ab dem vierten, fünften Cocktail und ganz besonders frau auf sündhaft hohen Stöckeln. Knöchel knicken, Hände flattern hilflos in der Luft, und die Schwerkraft zieht sie schneller auf den Hintern, als sie gucken kann, aber sie stolpert stets mit einem Lächeln auf den Lippen, denn den Schmerz spürt sie erst am nächsten Tag. Sie hatte einen zu viel getankt und steht unter dem aufputschenden Einfluss von Dopamin und Norepinephrin, ausgelöst von dem Romeo, der sie spontan in seine Arme reißt. Eine geballte Ladung Glückshormone machen das Paar taub für die Umgebung, taub für die Tatsache, dass der Türsteher und ich uns einen Ast lachen. Wenn er ihre Haut berührt, ist sie keineswegs betäubt; die Erregung schießt ihr mit zweihundert Stundenkilometern in die grauen Zellen. Irgendwie tun mir die beiden leid. Sie fallen ihrer eigenen Chemie zum Opfer, die sie manipuliert und ihre Bewegungen steuert wie ein Puppenspieler eine Marionette. Sie schlägt die Beine übereinander, er schlägt die Beine übereinander. Er trinkt einen Schluck, sie trinkt… okay, Sie haben es erfasst. Wo ist da der freie Wille? Nach einer kurzen Umarmung, nicht länger als zwanzig Sekunden, flutet ein leichter Oxytocinschub – dieses Zeug wird auch beim Orgasmus freigesetzt – ihre Hirne, vor allem das der Frau. Sie wirft den Kopf zurück und schüttelt ihre Mähne mit einem verführerischen Lächeln über ihren Jackettkragen, die neurochemische Reaktion entspannt die Amygdala und den Anterioren Cingulären Cortex (Erstere signalisiert dem Körper Gefahren, Letzterer stimuliert kritisches Denken), so dass sie wahrscheinlich sämtliche Defizite ihres neuen Lovers ignoriert und sich auf den Paarungstanz einlässt zwecks Fortpflanzung – die Spezies muss schließlich erhalten bleiben. Sie wachen am nächsten Morgen auf und verwünschen den Abend, den Sex, den Blackout. Sie wundert sich vermutlich, warum er jedem Blickkontakt ausweicht und wieso er vergisst, ihr Telefonnummer und Adresse dazulassen. Ihm kann es nicht schnell genug gehen wegzukommen. Draußen klopft er sich mental auf die Schulter, dass er sich nicht hat ködern lassen. Er will noch nicht an der Angel zappeln, nee, er will selbst fischen gehen. Und Beute machen. Der Ozean ist groß.

Was soll ich sagen? Ich war gereizt. Ich hatte PMS. Und ich hatte tags zuvor mein vermutlich letztes Date mit Joe gehabt. Ich tigerte in meinem Apartment auf und ab und wartete auf meinen »Lover«, der mich wahrscheinlich versetzen würde. Schließlich nahm ich mein Maskottchen, Picchu die Vulvapuppe, aus der Schublade und schob meine Hand hinein. Ich manipulierte die Stofflabien wie die Hormone jene beiden Fremden. Picchu warnte mich so vehement vor der Vulvalution wie Paul Revere die Bewohner von Boston vor der Revolution: »Du wirst kommen! Du wirst kommen!« Ich war schon ganz aufgeregt. Es klingelte. Ich stopfte Picchu schnell wieder in den rosa Seidenbeutel und rannte die Stufen hinunter. Joe stand draußen.

Wir gingen in eine Bar, hörten eine Stunde lang brasilianische Livemusik. Und schlenderten händchenhaltend zurück zu meinem Apartment, unterwegs weihte er mich in seine Karrierepläne ein. So was macht man doch nicht bei jeder x-Beliebigen, oder?

Okay, und jetzt wird's brisant. Eine andere CD lag bereits in meiner Anlage, von wegen einseitigem Musikgeschmack und so. Ich drückte auf Play. Wir begannen unvermittelt mit stürmischer Matratzengymnastik. Er war nackt, bevor ich bis fünf zählen konnte, dann zog er mich aus bis auf meinen besten schwarzen Schießer-Doppelripp-Schlüpfer. Wir waren zu einem undefinierbaren Gebilde ineinander verknäult. Lediglich an seiner dunklen Körperbehaarung konnte man unterscheiden, wo meine Extremitäten anfingen und wo seine aufhörten. Er flüsterte mir ins Ohr, dass er mich mochte und dass er mich hübsch fände. Alles in allem ein gutes Omen, oder? Er rubbelte auf mir rum, machte quasi Trockenübungen, bis die Gretchenfrage auftauchte: Wo sind die Kondome? Ich verschob den Vorspielkram auf später – später ist immer noch Zeit. Wir hatten fünf Dates gehabt. Es war in Ordnung. Denke ich. Dachte ich. Ist ja auch egal. Wir schauten uns suchend nach einem kleinen verschweißten Päckchen um.

Er setzte sich breitbeinig auf meinen Bauch, wühlte verzweifelt in den Tiefen seiner Brieftasche herum. Sein Skrotum tauchte in meinen Nabel. Unversehens klatschten die Gedanken in mein Hirn wie Spatzen ans Fenster. Die Synergie zwischen Vulva und Hirn zerbrach; ich hatte Fragen. Mist, warum war ich nicht hin und weg vor Leidenschaft wie andere Leute auch? Verdammt? Was dachte ich mir dabei, als mir spontan die Frage herausrutschte, ob er sich in letzter Zeit habe testen lassen? Er sagte, ja, er sei sauber. Daraufhin bemerkte ich, ich müsse genau wissen, ob jemand richtig auf mich abfahre, bevor ich Sex mit ihm haben könne. Das mit rein, rauf, runter, raus sei mir zu wenig. Ihm blieb der Mund offen stehen.

An diesem Punkt eskalierte das Spiel. Wir schossen übers Ziel hinaus und landeten auf unbekanntem Matratzenterritorium. Er fragte, ob das mein Ernst sei.

»Ja.«

»Okay, ich bin nackt«, sagte er. Und kramte weiterhin in seiner Brieftasche.

Ich mag dich, sagte er und dass er mich vögeln wolle und das sicher auch noch öfter, aber die monogame Tour dürfe ich getrost vergessen. Er hatte vor sechs Monaten eine Beziehung beendet und sich vorgenommen, erst mal einen Haufen Frauen kennen zu lernen. Schätze, ich muss ihm die Ehrlichkeit hoch anrechnen.

»Ich hab echt keinen Bock auf eine feste Beziehung mit dir«, räumte er ein.

Autsch: Er hatte keinen Bock. Musste er es so krass ausdrücken? Er fragte, ob ich ihn weiterhin treffen wolle. Ich sagte, nein. Das Spiel verliert an Reiz, sobald man seine Illusion verliert.

Ich robbte unter ihm weg und tauschte die CD gegen die, die bei unserem letzten Date pausenlos gespielt hatte. Ich fühlte mich befreit und erleichtert. Ich fühlte mich wieder wie die gute alte Mara. Wie war ich eigentlich auf das schiefe Brett gekommen? Mit einem milden Anflug von Humor fragte er mich, ob wir es nicht wenigstens mit einer Trennungsnummer probieren sollten. Ich schüttelte den Kopf; das war bestimmt nicht das, was mir vorschwebte. Andererseits hatte ich nichts zu verlieren. Vielleicht würde ich sogar einen Orgasmus bekommen. – Lass dich nicht unterkriegen? – Mit meinem Zögern kam jedoch die Einsicht, und mir schwante, dass ich am nächsten Tag eine

Leere zwischen meinen Schenkel spüren und gefrustet weitere von seinen MySpace-Songs runterladen würde. Während wir kuschelten, räumte ich freimütig ein, dass er sich seinen Trennungssex sonst wohin schieben könne. Und dass ich ein ganz spezieller Fall sei; wahrscheinlich wollte ich mir das bloß selbst einreden. Schade um meinen potenziellen Lover und Orgasmus-Kokonspirateur. Dann kam er mir damit, dass ich ihm doch wohl nicht noch einmal beweisen wolle, wie unkompliziert er sei. Wir fanden es beide schade, da wir ja eigentlich super zusammenpassten und nie erfahren würden, ob es nicht vielleicht doch *klick* gemacht hätte, wenn es zum Äußersten gekommen wäre.

Er wollte seine Schlafmaske nicht zurückhaben. Ich wollte sie zwar auch nicht, aber … Er ließ sie auf meinem Nachtschränkchen liegen. Ich hab bestimmt keine Lust, mich je wieder an deinen miefigen Schlafausdünstungen zu berauschen! Er fragte, ob wir Freunde bleiben wollten; natürlich wollte ich, aber *nicht* als Freunde, indes hielt ich die Klappe und schoss ihm einen schiefen, gereizten Blick zu, der ihm hoffentlich suggerierte: »Hau ab, und fick dich ins Knie!«

Dann ging ich *fuck, fuck, fuck* zielstrebig zum Eisschrank.

ICH GESTEHE, ICH DIFFAMIERE MICH SELBST

»Sie intellektualisieren, Mara«, beschied mich Rori. Ich hatte meinen wöchentlichen Therapietermin mit ihr und saß in ihrem Büro. Vermutlich bin ich einer ihrer treusten Dauerpatienten. Bei mir stand mal wieder alles auf Anfang.

»Und was empfinden Sie wirklich?«, fuhr sie fort. »Sie sagten, Joe wollte keine Beziehung mit Ihnen haben, und das finden Sie in Ordnung?«

Ich lächelte. Das Lächeln tat weh. Ich hatte auf der Innenseite meiner Wange herumgekaut, bis die Stelle hart wie ein Nippelchen war. »Ja, find ich in Ordnung«, bekräftigte ich. »Ich will sowieso keine. Ist lediglich Zeitverschwendung.«

»Das heißt aber nicht, dass eine Trennung nicht schmerzhaft ist«, wandte sie ein.

Sollte ich Krokodilstränen weinen? Wegen einer Sache, an die ich nicht wirklich glaubte? Es war bloß dieses nette Lächeln, gepaart mit einem Penis, das mich verwirrte. Ich hatte mir eben vorübergehend eine kleine Schwäche für Joe erlaubt. Na und?

Trennungen lagen in der Luft. Fiona hatte die Scheidung von Pedro eingereicht. Sie las bereits *Eat, Pray, Love* von Elizabeth Gilbert. Sie hatte von ihrer Mutter gehört, die es wiederum von Oprah gehört hatte, dass dieses Buch die ultimative Pflichtlektüre für jede Bald-bin-ich-eine-geschiedene-Frau sei. Sie plante, im Februar im Anschluss an ihre Tournee in einem indischen Ashram auf Selbstfindungsmission zu gehen. »Ich werde meditieren«, sagte sie. »Um zu mir selbst zu finden.« Ich sagte erst mal gar nichts. Zumal ich keine Ahnung hatte, ob ihr Selbst sich blicken lassen würde oder nicht.

Eine Woche später bekam ich ein Päckchen von Joe. Ich trug es euphorisch die Stufen hoch und ließ mir Zeit mit dem Öffnen. Ob er mich um Verzeihung bitten wollte? Vielleicht mit einem Kistenteufel, der beim Öffnen heraussprang und rief: »Ooops, ich wollte dir nur sagen, dass ich schreckliche Sehnsucht nach dir habe!« Aber nein, er hatte mir sechs Sexbücher geschickt: *The Female Brain, Sperm Counts, A History of Sin, Impotence* und *The Humble Little Condom* (das hätte er mal besser behalten als Gedankenstütze für später). Ein kleines gelbes Post-it klebte über dem Titel des letzten Buches: *Virgin.*

»Mara – dachte, das könnte dir vielleicht bei deiner Recherche helfen – Joe«, stand auf dem Klebezettel.

Meine Mitbewohnerinnen versuchten mich damit zu trösten, dass das ein versteckter Hinweis sei, dass er eigentlich eine Menge für mich übrighätte. Ich fasste es eher so auf, dass er mich verhöhnte: Ätsch, ich weiß, wie man einen Orgasmus bekommt und du nicht. Ich stapelte die Bücher vor die Wand und setzte mich drauf.

Als wenn ich mich noch nicht mies genug gefühlt hätte, rief einer meiner Fünfeinhalb an und erzählte mir brühwarm, irgendjemand habe ihm einen Internet-Link geschickt: »Mara Altman schreibt ein Buch darüber, dass sie noch nie einen Orgasmus hatte.« Er fand es scheiße, dass derart gemeine Sachen über mich verbreitet wurden, und riet mir, schleunigst den Webmaster zu kontaktieren, damit die irreführende Notiz gelöscht würde.

Mir blieb förmlich die Spucke weg: Äh … tja … also … eigentlich …

Er wusste, dass ich noch keinen Orgasmus gehabt hatte. Ich hatte es ihm erzählt. Was er nicht wusste, war, dass ich mich mit einem Buchprojekt zu dem Thema trug. Das wollte ihm offenbar nicht in den Kopf. Offenbar war er nicht sonderlich begeistert. Er ging in die Defensive. Wenn ich richtig tippe, empfand er *mein* Orgasmusproblem plötzlich als *sein* Problem, als würden meine Anorgasmieschilderungen negativ auf seinen guten Namen abfärben, weil er mit mir zusammen gewesen war. Damit stellte ich seine Potenz infrage – das kam einer Todsünde gleich. Schande über dich, Mara!

»Es lag aber gar nicht an dir«, versuchte ich einzulenken. »Es lag an mir.«

Keine Ahnung, ob ich überzeugend klang, jedenfalls war es meine ehrliche Meinung. Obwohl ich jahrelang auf einen Typen gewartet hatte, bei dem ich kommen würde, machte ich niemandem einen Vorwurf. Das machte es auch nicht leichter für die Jungs.

Er hängte wütend auf. Waren die zwei – sein guter Name und meine Anorgasmie – so eng miteinander verknüpft, dass ich ihn diffamierte? Wenn, dann diffamierte ich doch höchstens mich selbst, oder?

Prompt fiel mir ein Missverständnis ein, das ich mit einem Franzosen an der Bartheke hatte. Nachher hatten wir angeregt miteinander geplaudert.

Ich: Soll ich Ihnen ein Bier zapfen? (Das verstand er wohl akustisch falsch.)

Er: Hä? Sie wollen über meine Phobien quatschen?

Ich: Okay, was sind Ihre Phobien?

Er: Meine größte Angst ist, dass ich eine Frau nicht befriedige.

Ich: Wieso?

Er: Weil ich dann versagt hätte.

Ich: Versagt? Inwiefern?

Er: Weil ich kein guter Liebhaber war.

Ich: Und wenn sie den Orgasmus bloß vorspielt?

Er: Das wäre noch schlimmer.

Ich: Wieso?

Er: Weil sie es machen würde, um mir einen Gefallen zu tun.

Ich: Wenigstens würde Ihr Ego dabei nicht angekratzt.

Er: Es geht nicht um mein Ego.

Ich: Worum dann?

Er: Es geht um meine Urangst.

Das hörte sich verdächtig so an, als bräuchte die männliche Spezies den weiblichen Orgasmus, um ihr Ego aufzumöbeln, oder? Ich beschloss, die Leute von Craigslist zu interviewen mit dem Ziel, die Verbindung zwischen männlicher Psyche und weiblicher Klimax zu untersuchen. Ich bildete mir ein, dass es dort etliche Typen gab, die sich aufgrund einschlägiger Erfahrungen in der Thematik auskannten. Ich traf mich mit ein paar Leuten in der Bleecker Bar.

Etliche bestätigten mir, was ich bereits vermutet hatte: Sie räumten ein, dass sie ihren sexuellen Erfolg daran maßen, wie oft und wie schnell sie ein Mädchen zum Höhepunkt brachten. »Wenn Sie kommt, wow, dann fühlt man sich wie ein Gipfelstürmer«, bekannte Andrew, achtunddreißig. Er greift wohl nur dann auf Craigslist zurück, wenn er mit seiner Freundin Zoff hat. »Es ist zwar toll, jemanden flachzulegen, aber wenn sie kommt, dann fühlst du dich erst wie ein richtiger Kerl.« Ein anderer konnte gar nicht davon aufhören, wie sehr ihn der Orgasmus der Frau beschäftigte. »Ich war voll in Panik, dass sie keinen bekommt«, sagte er, »dass ich es nicht bringe.« Ich erfuhr außerdem, dass diese Typen Frauen bevorzugen, die wissen, was sie wollen, und die keine Scheu haben, ihre Wünsche zu artikulieren. Meiner Vermutung nach liegt es daran, dass Mädchen, die ihren Körper kennen, eine geringere Orgasmusfehlquote haben. »Oh, Kerle mögen geile Biester«, schwärmte ein Achtundzwanzigjähriger. »Die meisten Macker mögen eine scharfe Braut, willig und tabulos. Ein Girlie, das schreit und stöhnt und so.« Ein Typ erzählte mir sogar, dass die Klimax seiner Freundin seine Kreativität beflügle: Er komponierte während ihres Orgasmus raffinierte Fischrezepte, etwa gegrilltes Heilbuttfilet mariniert in Kichererbsenalat mit einer halben Tasse Zitronensaft.

Nach Abschluss meiner Interviews konnte ich mich des Eindrucks nicht erwehren, dass Orgasmen womöglich bloß dazugehören, um die Mann-Frau-Beziehung zu erschweren. Es war mir ein Rätsel, wie ich es geschafft hatte, in zwei Monaten Beziehung nicht zu kommen. Männer schienen von so was abhängig zu sein wie ein Alki von der Flasche. Und obwohl ich schwer daran arbeitete, meinen ersten Orgasmus mit einem Mann zu erleben, war ich irgendwie stinkig, was die Typen sich einbildeten. Mein Orgasmus gehört mir! Oder sah ich das falsch?

Ich besuchte Atman an seinem Muffinstand, um mich mit ihm auszutauschen. Seit meinem letzten Besuch betrachtete ich ihn als meinen persönlichen Vulvaguru.

Er stand neben einem Berg dicker Äpfel. Sein Blick schoss zu mir. Er berührte meine Stirn und küsste mich auf beide Wangen.

»Oh, meine Gute«, sagte er, fasste meine Hände und küsste sie. »Es ist ein schöner Tag. Bist du gekommen, um mehr über deine Blume zu erfahren?«

»Jaja, meine Blume«, erwiderte ich unschlüssig. Wenn

Clitty Rose irgendwas Botanisches war, dann eher ein subtropisches Gewächshaus, aber das behielt ich für mich.

Ich versuchte die Diskussion zu steuern, aber er wollte nichts von meinem Ego-Gesülze hören, männlich oder sonst was. Er hatte es nicht so mit dem Ego. Folglich wechselte er das Thema.

»Übe dich in Toleranz und Geduld«, riet er. »Wer einfach losläuft, bevor er krabbeln kann, fällt auf die Nase.«

Dann erzählte er von den Karmapunkten, die ich wohl in meinen Vorleben in Europa und Skandinavien gesammelt hatte. Ich fragte mich, wieso Atman in die Vergangenheit schauen, mir aber nicht den kleinsten orgastischen Fingerzeig geben konnte. Offenbar kapierte er das mit der Deadline nicht.

»Wir sind erd- und naturverbunden und keine Roboter«, erklärte er. »Reinige deine Alchemie. Iss saisonale Früchte und Gemüse; nicht gelagerte wie die aus Kalifornien und Florida – nein, kauf lokale Ware.«

»Und das hilft meiner Blume?«, wollte ich wissen. Ich starrte auf eine Zucchini und dachte automatisch an Bettys gigantischen schwarzen Dildo, den Nimbus.

»He, nicht so schnell«, beschwichtigte er. »Sei neutral und nicht voreingenommen oder wertend. Erhalte dir deine Neugier.«

Neugier. Meine Gedanken wanderten spontan zu dem Kerker in Jersey City. Den hätte ich fast vergessen. Barry, der BDSM-Typ, wirkte auf mich bestimmt nicht so, als müsste man sein Ego streicheln. Er bekam bestimmt genug Bestätigung bei seinen Aktivitäten. Atman küsste mich zwischen die Brauen, während er weiter bediente. Ich verließ den Stand und kramte in meiner Brieftasche nach dem Stück Bierdeckel, auf dem MAGIER DER SCHMERZEN stand.

NOAHS ARCHE

Ich kritzelte Leigh und Ursula vorsichtshalber Telefonnummer und Adresse auf einen Zettel, bevor ich den Zug nach Jersey City nahm.

Barry holte mich am Bahnhof ab. Ich betrat das Magier-der-Schmerzen-Hauptquartier, ein ziemlich heruntergekommenes zweistöckiges Haus. Und setzte mein interessiert-unvoreingenommenes Reportergesicht auf – jedenfalls das, was ich dafür hielt. Zum Glück achtete niemand auf mich. Denn als ich die Wände betrachtete, fiel mir förmlich die Kinnlade runter.

Überall an den unverputzten Steinwänden seines Wohnzimmers hingen gerahmte Fotos von Frauen in kompromittierenden Stellungen. Mädchen in bizzarem Schwarz, die Rotz und Wasser heulten, ihre Mundpartie dick mit Klebeband umwickelt, auf dem »Schlampe« stand, starrten mich an. In einer Ecke standen Überkniestiefel aus Synthetikleder, der hohe Schaft umgeknickt. Der Fernseher lief auf voller Lautstärke, und niemand schaute hin. Auf dem Tisch lagen an die fünfzig DVD-Hüllen, die noch bestückt werden mussten. Auf dem Cover war eine nackte junge Frau abgebildet, ihre spitzen Brustwarzen geklammert, ihre Labien mit gynäkologischen Zangen gespreizt. Ihr schmerzverzerrtes Gesicht hatte das gleiche Rot wie das aufwändige Tattoo, das sich um ihre Taille schlang. Der Titel lautete: *Sunshines Foltertrip*.

»Sunshine«, brüllte Barry. »Sunshine!«

Eine junge Frau in Jeans und T-Shirt kam die Treppe heruntergetrabt. Ihr Haar war nachlässig zu einem Pferdeschwanz hochgebunden. Sie war jünger als sein Sohn Rambo und hatte ein kugelförmiges Piercing an der Stelle, wo Marilyn Monroes aufreizendes Muttermal saß.

»Los, pack die Dinger ein«, wies Barry sie an. Er zeigte auf die DVDs. »Die müssen spätestens morgen in den Versand.«

»Kannst du vielleicht mal ein bisschen Kohle für einen Mittagssnack rüberwachsen lassen? Ich hab Hunger«, maulte sie.

Sie warf mir aus den Augenwinkeln heraus einen verächtlichen Blick zu. Ich starrte sie mit einer Mischung aus Fassungslosigkeit und Mitleid an. Das war das Mädchen auf der DVD-Hülle. Sie wusste vermutlich, dass ich Journalistin war. Barry zog einen Zwanziger aus der Tasche und drückte ihr den Schein in die Hand. Ob ihre arme Vulva inzwischen wieder ihre ursprüngliche Form angenommen hatte? Das Mädchen lief nach draußen, und Barry schleifte mich nach unten, um mir den Kerker zu zeigen. Er trug ein himmelblaues T-Shirt, das farblich zu seiner verwaschenen Jeans passte, und strahlend weiße Reebok-Tennisschuhe, die sich fast grell von dem schmuddeligen Weiß des Teppichs abhoben. Die verriegelten Verliese suchte ich zwar vergebens, dafür stolperte ich über jede Menge Gerümpel. Der Keller roch muffig feucht nach Schimmel. Mein Blick fiel auf Rollbahren, Operationszangen und gynäkologische Instrumente, die fein säuberlich aufgereiht an den Wänden hingen. Ich registrierte Handschellen, Andreaskreuze, Peitschen, Massagestäbe in sämtlichen Größen neben extravaganten Bondageutensilien, Messern und Folterbänken. In einer Ecke stand ein geöffneter Karton, dessen Inhalt mir Rätsel aufgab. Barry half mir auf die Sprünge.

»Oh, das da drin ist ein Klistier«, erklärte er. »Eins der Mädchen verpasste im letzten Film einem der Typen einen Einlauf.«

»Interessant«, meinte ich gedehnt und klopfte mir für meine Coolness mental auf die Schulter.

Barry knipste das Licht aus, bevor ich mich gründlich umgeschaut hatte. Okay, okay, ich verkniff mir jeden Protest. Hätte auch wenig Zweck gehabt, immerhin war er der Boss in seinem Horrorkabinett. Ich folgte ihm in den zweiten Stock. Er betrat sein Schlafzimmer. Ich folgte ihm. Er setzte sich an seinen Computer. Es gab keinen zweiten Stuhl, bloß ein ungemachtes Bett und eine weitere extravagante Sammlung von Spielzeugen, die die Wände zierte.

»Ich mach nicht im Kerker rum«, räumte er ein. »Ich mach's bloß hier oben in meinem Schlafzimmer.«

Wie er sagte, hatte er am Vorabend eine Frau dagehabt. Er hatte zwei Vibratoren in sie reingesteckt, und sie war fünfmal gekommen.

»Das ist mein Job«, meinte Barry. »Ich helf den Leuten, ihre Probleme loszuwerden. Ich verhelf ihnen zu dem, was mir in die Wiege gelegt wurde.«

Ich will ja nix sagen, aber auf seine Spielwiese hätten mich keine zehn Pferde bekommen. Die Laken waren zerwühlt und zerrissen, als hätte sich eine Meute Pittbulls darin getummelt.

»Ich muss eben noch eine Anzeige für Sunshine bei Craigslist einstellen.« Er klickte auf seine Maus.

Ich bin dunkelhaarig eins siebzig groß und wiege 60 Kilo. Ich mache beide Formen von Rollenspiel, Fußfetischismus, Bondage, Feminierung, Auspeitschen und dergleichen. Ich bin Domina und kein Escort. Hier geht es einzig um Dominanz – alles andere zwecklos.

Sunshine war eine professionelle Domina; Barrys Kerker war ihr Studio. Sie steckte unbefriedigte Ehemänner und verklemmte Typen in Damenslips, peitschte sie aus und verpasste ihnen Klistiere, das Ganze für zweihundert Dollar die Stunde; Barry bekam die Hälfte als Kommission. Und lebte anscheinend gut von den heimlichen Wünschen unbefriedigter Kerle.

Ich war unschlüssig stehen geblieben.

»Holen Sie sich einen Stuhl von unten«, meinte Barry, »und fragen Sie Sunshine nach einem Glas Wasser.«

»Machen Sie sich keine Mühe. Ich hab keinen Durst«, entgegnete ich.

»Aber ich«, gab er zurück. »Ich will ein Wasser.«

»Oh«, sagte ich zerknirscht. Ich ging nach unten. Sunshine goss eben Milch über eine Portion Apple Jacks.

»Barry möchte ein Wasser«, sagte ich.

»Gläser sind da drüben.« Sie deutete mit einem Kopfnicken auf einen Abtropfrost, auf dem billige Becher mit Werbeaufdruck standen. Ich füllte einen davon.

Barry nahm wortlos den Becher an sich – nicht mal ein geknurrtes Danke! – und begann, mir Dominanz und Submission zu erläutern. Ich starrte auf den Diamantknopf in seinem linken Ohr und seine beginnende Platte, von der das Haar wich wie Wasser von einer Sandbank.

»Sind Sie hetero, homosexuell, bi oder bloß neugierig?«

»Öööhm, ich tippe mal, ich bin heterosexuell-verklemmt-mit-Spätzündung«, antwortete ich.

»Tja, dann brauchen Sie dringend jemanden, der die Führung übernimmt«, sagte er. »Sehen Sie, die meisten Frauen sind von Natur aus devot und wissen später nicht, was sie wollen. Sie brauchen jemanden, der dominant ist und bereit, erst Ihre Psyche zu erforschen und dann Ihren Körper. Wenn ich Sie dahingehend aufbaue, dass Sie bei mir absolut devot sind, dann hab ich meinen Spaß und Sie selbst letztendlich auch. Ich muss es Ihnen bloß richtig beibringen. Verstehen Sie?«

Manche Leute praktizieren dom/sub als Sexspiel. Barry lebte davon.

Dann erklärte er mir, dass er drei grundsätzliche Regeln für seine devoten Schülerinnen habe: Sie hatten in seinem Haus nackt herumzulaufen, ihm seinen Sprudel zu bringen und um Erlaubnis zu bitten, wenn sie aufs Klo mussten. Die Badezimmertür blieb dann offen stehen – logo.

»Genau wie Kinder testen meine Schülerinnen ihre Grenzen aus. Sie werden mich respektieren müssen, Mara, anderenfalls muss ich Sie bestrafen.«

Eine seiner Schülerinnen hatte wohl mal vergessen, seinen Wasserbecher nachzufüllen; zur Strafe durfte sie vierundzwanzig Stunden lang einen vollen Becher mit sich herumschleppen, damit sie es das nächste Mal nicht vergaß. Falls ich nicht vorher um Erlaubnis fragte, wenn ich aufs Klo wollte, betonte er, würde ich das nächste Mal in Windeln kacken.

Ich hörte ihm aufmerksam zu und hoffte insgeheim, er würde damit aufhören, sich ständig auf mich zu beziehen.

»So, jetzt kennen Sie die Regeln«, meinte er. »Ich mag dich, ich liebe dich, ich beschütze dich, das ist es, was man bei einem Lover voraussetzt. Aufrichtigkeit und Vertrauen.«

Laber, Rhabarber. Sollte ich ihm das jetzt nachquasseln, oder was?

Ich konzentrierte mich auf ein Filmposter an seiner Pinwand: Barry saß auf einem Stuhl und hatte ein blondhaariges Mädchen übers Knie gelegt. Ihr Tangastring klemmte zwischen zwei pavianrot gefleckten Pobacken, über denen seine erhobene Hand schwebte. »Die Züchtigung von Crista«, hieß der Film, »mit den Stars Sir B und Little C.« Sir B war Barrys Künstlername.

Nach Barrys Aussage hatte der devote Partner einen Endorphinschub, weil er den dominanten Part befriedigte, während der Dominante voll darauf abfuhr, dass er die Kontrolle hatte.

»Mein Trip entsteht dadurch, dass Sie mir Ihren Körper anvertrauen, damit ich irgendwelche Dinge mit Ihnen anstellen kann«, erklärte er. »Das ist mein Powertrip. Manchmal bin ich dermaßen konzentriert auf das, was ich tue, dass ich nicht mal einen Steifen kriege. Das ist echt ein Wahnsinnstrip.«

Ich starrte weiterhin auf den glitzernden Diamanten in seinem Ohrläppchen und ließ ihn quatschen. Er stellte mir Fragen, aber nur am Rande. Steck dir deine Endorphine sonst wohin, dachte ich. Wer braucht schon Endorphine? Wenn ich scharf auf einen Endorphinschub bin, gehe ich eine Runde Joggen. Das bringt mir mehr.

»Sie müssen mit mir oder einer Person Ihres Vertrauens eine Beziehung eingehen, mindestens sechs Monate bis ein Jahr lang«, monologisierte er. »Irgendwer – und ich spreche hier nicht von einer festen, monogamen Bindung –, der sich um Sie kümmern kann und Sie durch sämtliche Praktiken begleitet, die sie kennen lernen und begreifen müssen.«

Ich wollte plötzlich nur noch eins: nach Hause.

»Wissen Sie was, Barry? Da weichen meine Vorstellungen ganz erheblich von Ihren ab.«

»Sie vergessen eins, Mara, Orgasmen haben nichts mit Liebe zu tun. Da geht es um Geilheit und Befriedigung.

Sie müssen nicht in jemanden verliebt sein«, sagte er. »Orgasmen sind nichts Intimes, sondern verfickte Lustbefriedigungen. So wie Sie Eis oder Schokolade essen. Verstehen Sie, was ich damit sagen will?«

Sir B holte weiter aus. Der Orgasmus sei ein Muskelreflex, ausgelöst durch Reize. Er hatte ja so Recht! Wie üblich hatte ich mal wieder den falschen Weg eingeschlagen, als ich mich an Joe klammerte. Ich brauchte weder Joe noch Emotionen, um diese Orgasmuskiste zu stemmen. Für Sir B waren Liebe, Intimität und Sex drei verschiedene Paar Schuhe. Mein Problem war, dass ich das miteinander vermischt hatte. Ich musste das erst mühsam wieder auseinanderfriemeln.

»Wenn jemand zu Ihnen sagt: ›Hier, ich geb Ihnen hundert Millionen Dollar, aber Sie können jetzt nie wieder Orgasmen oder Sex haben‹, würden Sie das Geld annehmen? Scheiße, nein, das würden Sie bestimmt nicht tun! Alles dreht sich um das Vergnügen. Versagen Sie sich das nicht, dafür ist das Leben zu kurz. Allein darum geht es. Sie müssen schleunigst lernen, Prioritäten zu setzen!«

Er wollte mich bestimmt aus meiner Lethargie rütteln. Ich tippte schwer darauf, dass er ein Perverser war, der mir mit seinen Instrumenten und Folterwerkzeugen Dampf machen wollte. Damit auch ich schmerzhaft zu spüren bekam, was er als größten Schatz empfand, der in uns Menschen schlummert: das Vergnügen an der eigenen Sexualität.

»Vergnügen«, echote ich und ließ das Wort auf der Zunge zergehen.

Ich schluckte hastig, denn er stand auf und ging zu seinem doppelköpfigen Magic Wand Vibrator.

»Was machen Sie da?«, stammelte ich.

»Den hab ich letzte Nacht gebraucht.« Er hielt mir das

rotierende Gerät unter die Nase. »Fünf Orgasmen. Kommen Sie. Fassen Sie ihn mal an.«

»Ich gehe jetzt besser«, sagte ich.

»Ich hab ihn abgewaschen«, versetzte er. »Fassen Sie ihn ruhig mal an.«

Warum wollen diese Sexfuzzis eigentlich immer, dass man irgendwas anfasst, was schon in irgendwem dringesteckt hat? Ich streifte den Dildo zaghaft mit dem kleinen Finger und zog die Hand so hastig weg, als wäre das Ding glutheiß.

Dann erzählte er mir von der Fußfetischparty, die er für kommende Woche im Paddles, dem einzigen S-&-M-Club in New York, organisiert hatte. Er lud mich ein, mir das mal anzuschauen. Wir gingen nach unten. Sunshine und Pixie, eine weitere Domina, fläzten sich auf der Couch, sahen sich die *Tyra Banks Show* an und blickten ab und an gelangweilt auf ihre MySpace-Seiten, ob sich irgendwelche neuen Kunden meldeten. Sir B brachte mich zum Bahnhof.

Er sagte, ich solle zu Hause üben. Ich solle mich auf mein Bett legen, die Augen schließen, tief und entspannt durchatmen und mich streicheln.

»Lassen Sie Ihre Hände tun, wozu sie Lust haben«, erklärte er. »Lassen Sie Ihre Gedanken abschweifen. Egal wohin. Wenn Ihre Gedanken um den Punkt kreisen, wie es wäre, von einem Pferd gebumst zu werden, auch okay. Lassen Sie los. Sträuben Sie sich nicht. Streicheln Sie sich einfach.«

Ich stieg aus, dabei hielt ich meinen kleinen Finger angeekelt von mir weg. Wenigstens hatte ich meine Neugier befriedigt. Atman durfte stolz auf mich sein. Sir B erinnerte mich nochmals an meine Hausaufgaben.

»Stellen Sie sich einfach vor, dass ich in einer Ecke Ihres Zimmers stehe«, sagte er. »Und zustimmend grinse, wenn

Sie an sich rummachen. Ich grinse und nicke und sage: ›Ja, gut, sehr gut.‹« Als wenn er schon in meinem Zimmer stünde, nickte er bekräftigend und grinste breit.

Abends im Bett zog ich mein Sleepshirt hoch und begann, meinen Bauch zu streicheln. Ich fühlte meinen Rippenbogen und wie sich mein Brustkorb rhythmisch hob und senkte. Sobald ich meine Vulva anpeilte, baute sich Sir B in einer Zimmerecke auf; er drängte mich grienend, weiterzumachen. Dann visualisierte ich das Pferd, das Sir B erwähnt hatte. Der Dödel von dem Vieh sah grausig aus – so ähnlich wie ein ungebratener Hotdog. Danach tauchten weitere Tiere auf – Affen, Elefanten, Giraffen – inklusive der Dominaschicksen von Sir B. Innerhalb von zwei Minuten sah es in meinem Zimmer aus, als wäre die Arche Noah dort gestrandet. Ich bekam Platzangst in meinem Bett. Mein Körper verspannte sich total. Unmöglich, mich vor dieser Bagage zu streicheln. Außerdem hatte ich null Bock, einen halben Zoo aufzugeilen.

FUSSNOTEN

»Ich war letzten Samstag auf einer Fußfetischparty«, erzählte ich Rori drei Tage nach dem einschneidenden Erlebnis.

Meine Therapeutin schlug die Beine übereinander. Sie trägt nie Schmuck, auch keinen Ehering, dafür nippt sie dauernd an einer Dose Diät-Pfirsichtee. Ob sie überhaupt ein Privatleben hat? Ich vermutete mal, ja. Und ich wette, sie hat Orgasmen. Sie sieht mir so aus, als käme sie aus dem Stöhnen gar nicht mehr raus – in ihrer Freizeit, wohlgemerkt.

Sie wackelte skeptisch mit dem Kopf hin und her, dabei fiel ihr das Haar ins Gesicht. »Mmh, erzählen Sie weiter.«

Ich erzählte ihr, dass jemand an meinem Fuß gesaugt, also praktisch Sex damit gehabt hätte. Er hatte mir hundert Dollar für die fünfzig Minuten gezahlt. Ich hätte damit ein Problem, räumte ich gegenüber Rori ein.

»Wieso?«

Weil es mich erregt hatte.

Ich war nicht als aktive Teilnehmerin zu der Party gekommen. Wenn mich vorher jemand gefragt hätte, ob ich von einem x-beliebigen Fremden an den Zehen herumgelutscht werden wollte oder mich lieber um die Pflanzen in den Gewächshäusern meiner Eltern kümmerte, hätte ich mich für Letzteres entschieden. Ich ging hin, weil Sir B nicht lockerließ. Er hielt das für eine gute Alternative, nachdem ich seine übrigen Vorschläge rigoros abgelehnt hatte. Ich mochte weder seinen doppelschwänzigen Magic Wand ausprobieren noch nackt in seiner Bruchbude herumlaufen oder bei geöffneter Tür in seinem Klo rumstrullern. Er schlug vor, ich solle mir im Paddles Club in Chelsea anschauen, wie die BDSM-Welt funktioniert; ihm war wohl sehr daran gelegen, dass ich meine Hemmungen verlor.

Ich ging gleich nach der Arbeit hin; in Jeans und T-Shirt und den flachen grüngoldenen Tretern, die ich in den letzten anderthalb Jahren fast jeden Tag anhatte. Hab ich einmal bequeme Schuhe gefunden, trag ich sie, bis sie auseinanderfallen. Ich möchte nicht wissen, wie die Dinger gemüffelt haben – vermutlich wie der zerlaufene Cheddarkäse auf Dads Lieblingsauflauf.

Nachdem ich die Treppen in einen Keller hinuntergestiegen war, stand ich vor einem riesigen, knallbunten Wandgraffiti. Darauf lehnte eine cartoonmäßig gesprayte Frau in knallviolettem Spandex an einem gigantischen Phallus, der aus einer Mondkraterlandschaft ragte. Einer ihrer Highheels stand auf dem Penisschaft; der Metallabsatz bohrte sich in seinen Kopf. Eine andere Frau führte einen Mann an einem Stachelhalsband, der Typ wiederum hatte seinen mit einer Gasmaske verhüllten Kopf in einem Fass mit grünlich waberndem Giftmüll stecken.

Vor diesem gewöhnungsbedürftigen Hintergrund saßen Frauen auf Barhockern, die Kartoffelchips und Popcorn aus herzförmigen Schalen knabberten. Erfrischungsgetränke und Säfte wurden in Halbliterplastikbechern serviert. Der Club hatte keine Alkoholausschanklizenz; wer einen zwitschern wollte, musste mal kurz raus auf die Straße und wieder zurück. Die Damen sahen alle aus wie Wurst in Pelle: Ihre knallengen Mieder und knappen Minifummel bedeckten lediglich das Nötigste; Brust und Po quollen an beiden

Enden raus. Am liebsten hätte ich mich gleich wieder verdünnisiert.

Sir B steuerte mit elanvollen Schritten auf mich zu; dabei wehten seine Haare wie eine Flutwelle über seiner Sandbank. Auf mich wirkte er zielstrebig entschlossen. Kein gutes Zeichen. Er packte mich am Arm.

»Mara, ich hab einen Kunden für Sie«, erklärte er. »Er sucht was Kleines; und Sie sind hier in dem Laden die Kleinste.«

»Was?« Ich bin zwar kein Döfchen, aber das war meine Version der Vogel-Strauß-Überlebensstrategie: erst mal den Kopf in den Sand stecken.

Ich lehnte vehement ab. Ich war schließlich nicht zum Arbeiten auf die Party gekommen. Zuerst wollte Sir B, dass ich seine devote Sklavin werde; und jetzt hatte er einen Gigolo für meine Extremitäten aufgegabelt? Die Füße der anderen Mädchen waren tipptopp gepflegt, pedikürt, gelackt und gepudert. Das waren Füße zum Anbeißen. Meine Käsmauken waren hässlich; breit, stinkig und schmutzig, der Nagellack blätterte ab, und ich hatte ein Hühnerauge.

»Hören Sie, Barry«, japste ich. »Ich hatte eine Fußballen-OP. Fußballen! Das ist die Antisexy-Operation schlechthin.«

Sir B fasste mich am Ellbogen. »Na und, manche Typen stehen auf so was.« Er schob mich zu einem älteren Herrn mit schlohweißen Haaren und blauem Polohemd. Mein Fußfreier saß auf einer braunen Ledercouch.

»Ziehen Sie Ihre Schuhe aus«, befahl Sir B, als ich unschlüssig zu ihm hochsah. »Los, kommen Sie schon.« Zwischen seine Brauen schob sich eine steile Falte. »Ziehen Sie sie aus. Davon stirbt man nicht.«

Ich streifte meine alten Treter ab.

Der Typ, er hieß Fred, inspizierte meinen rechten Fuß.

Hielt ihn sekundenlang fest. »Ich hab ziemlich große Füße«, wandte ich ein. Hoffentlich atmete der arme Mann nicht durch die Nase ein! Sir B fixierte mich kopfschüttelnd und presste den Finger auf die Lippen. »Psscht!«

Fred zwickte mir kurz in die Wade und ließ sie los. »Ihre Füße sind sexy«, sagte er. »Wunderschön.«

Ich lächelte. Dieser verrückte Fetischheini fuhr tatsächlich auf meine abartigen Quanten ab. Sir B drückte mir ein Handtuch und eine Flasche Hamamelisextrakt in die Finger und schickte mich zum Füßewaschen in die Damentoilette. War ich deswegen desillusioniert? Nööö, das bestätigte bloß meine schlimmsten Befürchtungen. Ich strahlte mich im Spiegel an, während ich mit einem Fuß im Waschbecken balancierte. Pötzlich kam eine Frau in hautenger Schwesterntracht rein.

»Hey, können Sie mir mal einen Tipp geben? Ich bin neu hier. Wie muss ich eigentlich reagieren, wenn jemand an meinen Füßen rumspielen will?«, fragte ich.

»Sie lassen ihn dran rumschlecken oder rumnuckeln oder sonst was«, antwortete sie, während sie ihre Brüste hochschubste. »Tun Sie so, als fänden Sie das ganz toll. Sagen Sie: ›Oh, das fühlt sich sooo gut an‹, und dann atmen Sie ein bisschen heftiger.«

»Meine Füße sind total hässlich«, seufzte ich. Ich zeigte sie ihr in der Hoffnung, sie würde meine Meinung teilen. Sie zuckte jedoch bloß mit den Schultern, drehte sich um, knallte die Toilettentür zu und fing an zu strullern.

Als ich wieder rauskam, passte Sir B mich ab und schleifte mich zurück zu dem Sofa. Ich setzte mich ans andere Ende von Fred. Er stopfte mir einen Vierzigdollarschein in die Hand. Sollte ich das Geld wirklich annehmen? War ich jetzt eine Nutte? Fred stemmte meine Fußsohlen auf seine Brust. Und begann sie zu streicheln. Er schloss die

Augen. Andere sahen uns zu. Das Sofa stand mitten in dem Club, und ich kam mir vor wie auf dem Präsentierteller. Gäste schlenderten in Latexanzügen vorbei, mit Hand- und Fußschellen gefesselt, die bei jedem Schritt leise klirrten. Sir B saß rechts von mir und peitschte ein Mädchen aus, das mit ausgebreiteten Armen und gespreizten Beinen vor der Wand lehnte wie der Typ auf Leonardo da Vincis anatomischer Idealskizze.

Fred brachte meinen rechten Fuß an seinen Mund und begann, ihn zärtlich zu küssen. Er saugte an jeder Zehenspitze, sein Favorit war anscheinend meine große Zehe. Er leckte und knabberte daran. Er verwöhnte meine Wade und die Achillessehne, wie andere Leute Kopf und Nacken streicheln würden; meine Knöchel waren wohl die Ohren – er küsste sie sinnlich. Fred gab mir einen Zwanziger und dann noch mal vierzig Dollar. Weil er anscheinend nicht genug von mir bekommen konnte. Ich spähte an die Decke und bemerkte, dass ich meine Füße noch nie mehr geliebt hatte als jetzt, wo dieser Fremde sie abknutschte. Mein Liebeslohn bewirkte etwas, was ich nie für möglich gehalten hatte: Das Geld wirkte befreiend.

»Was wollen Sie damit sagen?«, unterbrach Rori meinen Bericht, »dass Sie es befreiend fanden, als er Sie demütigte?«

Ja, ich denke schon. Die Transaktion war unmissverständlich: Er gab mir Geld, und ich überließ ihm dafür meine Füße. Es gab kein »Was kommt dann?« in der Gleichung. Ich brauchte mir keinen Kopf zu machen, dass ich mich verlieben könnte oder dass er zur Attacke in sein Horn stoßen würde. Fred konzentrierte sich ausschließlich auf eine Teilregion von mir, trotzdem fühlte ich mich total relaxed, anders als sonst. Bei der Erinnerung entwich mir unwillkürlich ein wohliges *Mmm.*

»Das kapier ich nicht«, sagte ich zu Rori. »Wieso fand ich das voll okay? Und warum das nicht mit jemandem, den ich wirklich mag?«

Ich sank vor den Polsterrücken und drückte mir gewohnheitsmäßig eines ihrer Sofakissen vor den Bauch.

»Wissen Sie, ich will nicht ›eins‹ mit irgendwem werden«, fuhr ich fort. »Es ist bloß die Gesellschaft, die einem ständig das Gefühl suggeriert, dass es so sein muss.«

»Aber Mara, die Gesellschaft ist real«, gab sie zu bedenken. »Und beeinflusst natürlich Ihr Leben. Solche Gefühle zu ignorieren hieße, sie durch Logik zu ersetzen, und Gefühle entbehren jeglicher Logik.«

Aber wie real konnten Gefühle sein? Ich hatte festgestellt, dass meine Gefühle von Symmetrie beeinflusst wurden. Nachdem ich zähneknirschend in *The Female Brain* geblättert hatte, einem der Titel, die Joe mir geschickt hatte. Darin hatte ich gelesen, dass Frauen bevorzugt auf Männer mit symmetrischen Gesichtszügen abfahren. Und das passiert ganz unterbewusst, ausgelöst von irgendeinem steinzeitlichen Überbleibselreflex in den Hirnfunktionen. Wir möchten Babys von solchen Männern haben, weil wir intuitiv davon ausgehen, dass ihre Spermien kräftigere kleine Schreihälse produzieren. Die Symmetriejungs machen das Rennen; statistisch betrachtet, so das Buch, investieren diese Typen weniger Geld und weniger Zeit in ihre Dates und landen trotzdem schneller in der Falle als die charakterköpfige Spezies.

»Nachdem ich das gelesen hatte, hab ich mir Joes Foto angeschaut«, räumte ich ein. »Und wissen Sie was? Er hat ein symmetrisch geschnittenes Gesicht. Evan übrigens auch. Ich bin irgendeiner genetisch angelegten Hirnfalle ins Netz gegangen. Ich mochte beide nicht wirklich, meine Gene waren schuld.«

»Soso, Sie sind immer noch nicht bereit, zu sich selbst und zu Ihren Bedürfnissen zu stehen?«, konstatierte sie. »Stattdessen schieben Sie Ihre Emotionen lieber auf Vererbung und Hormone?«

Sie torpedierte mich aus den Augenwinkeln heraus mit einem Blick, der wohl besagen sollte: Und jetzt sehen Sie, was Sie davon haben.

»Vielleicht bin ich bloß ein bisschen schlecht drauf. Ich hab PMS«, gab ich zurück.

Obwohl meine Periode gerade vorbei war, hab ich meine schlechte Laune schon immer gern auf PMS geschoben, schließlich ist eine Frau prämenstrual, bis sie menstruiert, und dann kann sie dic Schuld für ihre Gereiztheit auf »die gewissen Tage im Monat« schieben. Unvermittelt begriff ich, was ich da eben von mir gegeben hatte: Ich hatte meinem Uterus – und meinem Steinzeitgehirn – das Recht eingeräumt zu entscheiden, wie ich drauf war. Rori frohlockte; ich sah ihr schon an, was jetzt kommen würde.

»Und wo sind *Sie* bei diesen ganzen Geschichten?«, bohrte sie. »Sie müssen doch irgendwo sein.«

Mein inneres *Ich* suggerierte mir, Liebe und Orgasmus wohlweislich zu trennen, um meinen Orgasmus zu bekommen, wie Sir B es in seiner Folterkammer betont hatte. Das eine war emotional, das andere eine physische Reaktion – ganz verschieden, bis sie in meinem Hirn vernetzt wurden. Sobald sie aufeinandertrafen, waren Kummer und Schmerz vorprogrammiert.

Ich selbst hätte mich als prüde bezeichnet, aber als Fred mir Geld für meinen Körper geboten hatte, hatte ich ihn machen lassen. Was er mit mir anstellte, gefiel mir sogar. Find ich im Nachhinein alles andere als verklemmt. Vielleicht war das mit dem prüde bei mir auch jahrelang eine selffulfilling prophecy. Man dichtet sich selbst eine Macke an und lebt automatisch danach. Und was macht man, wenn man nicht der Typ ist, für den man sich immer gehalten hat? Man muss rauskriegen, wer man wirklich ist.

Genug der alten Mara-Mythologien: Es wurde höchste Zeit, ins kalte Wasser zu springen und mal was anderes auszutesten. Du hast keine Chance, also nutze sie!, ätzte ich stumm in mich hinein.

DER GASMUS

OneTaste. OneTaste. Ich hatte von OneTaste gehört, einer Gruppe von Leuten, die anscheinend orgastisch lebten. Die Philosophie, die dahintersteckte, und was ich so vom Hörensagen wusste, hatte mich anfangs gegruselt. Ich hatte irgendwo aufgeschnappt, dass die Anhänger dieser Bewegung sich auf den weiblichen Orgasmus spezialisiert hätten und irgendetwas namens OMing praktizierten – Orgastische Meditation –, wobei sie sich total auf die Genitalien konzentrierten und dadurch erleuchtet wurden. Oder etwas in der Art. Mittlerweile fand ich das halb so wild, da ich mich mental von meinen Phobien gelöst hatte. Wenn das, was ich gehört hatte, stimmte und sie tatsächlich so viel über den weiblichen Orgasmus wussten und förmlich für die Klimax lebten, dann kannten sie vielleicht auch die BEDEUTUNG DES ORGASMUS. Auch ohne es in Versalien zu schreiben oder so.

Sämtliche Wände ihrer Basis in Chinatown waren weiß gestrichen. Die Böden aus poliertem Parkett. Die Leute saßen im Kreis zusammen zu ihrem wöchentlichen Meeting »In Group«. Die Leiterin, Racheli Cherwitz, begrüßte mich.

»Wissen Sie, wie die Leute sich beim Yoga auf die Atmung konzentrieren?«, fragte sie.

Ich nickte.

»Okay, hier konzentrieren wir uns auf den Orgasmus.«

Racheli war sechsundzwanzig und dünn wie eine Bohnenstange. Sie hatte braune rappelkurz geschnittene Haare. Ihr Blick war die weniger wirre und weibliche Version von Marshall Applewhite aus dem Heaven's-Gate-Kult der Neunziger, aber genauso streng. Ich konnte mich des Eindrucks nicht erwehren, dass sie ihre Augen wie Operationslaser einsetzte, die mich, während ich ihr gegenübersaß, in meine Bestandteile zerpflückten.

»Die Sache mit dem Sex ist doch die, dass sie von dem ganzen anderen Kram – Liebe, Beziehung, Familie, Kinder – überlagert wird und dass sich alles irgendwie miteinander vermischt«, erklärte Racheli. »Ist mir auch häufiger passiert. Ich hatte einen heißen Flirt mit einem Typen, wir landeten in einer Beziehung, und ich wusste nicht mal, wieso. Wir hatten bloß einen heißen Flirt, das war alles. Was wir hier bei OneTaste im Wesentlichen machen, ist, Emotionen vom Körper zu trennen.«

Das war genau das, was mir vorschwebte.

Dann begann sie, ihre Praktiken darzulegen.

»Also, eine Frau legt sich hin«, begann Racheli. »Sie zieht ihre Hose aus. Der Streichelnde, ob Mann oder Frau ist egal, gibt mit seinem linken Zeigefinger etwas Gleitmittel auf ihre Intimregion. Dann streichelt er vom Introitus (dem Scheideneingang) nach oben bis zu dem Quadranten linker Hand der Klitoris. Er nimmt seinen Daumen und steckt ihn in den Introitus, um die Energie zu stauen. Er schließt den Kreis. Sobald er wieder auf dem oberen Quadranten linker Hand ist, auf dem Zehnuhrpunkt, streichelt er fünfzehn Minuten lang unterschiedlich schnell, rauf und runter, rauf und runter.«

Bei Begriffen wie »Kreis«, »Quadrant«, »Energie« und »Emotionen« blinkte mein New-Age-Radar hektisch. Ob dieser New-Age-Sprache und dem esoterischen Getue zu trauen war? Keine Ahnung. Probieren geht über Studieren, sagte ich mir.

Laut Racheli waren sie nicht die Ersten, die diese Methode anwendeten. Sie ging auf eine kommunardenähnliche Einrichtung zurück, die sich Lafayette Morehouse nannte oder More University und 1968 von einem gewissen Dr. Victor Baranco gegründet worden war. Er wiederum hatte die OMing-Technik, die seitdem adaptiert und modifiziert worden war, von einer Frau übernommen, die The Witch hieß.

»Wer ist The Witch?«

»The Witch ist The Witch, die Hexe«, antwortete sie.

»Oh«, sagte ich, weil mir nichts Besseres einfiel.

Von dort hatte sich die Methode in verschiedene Orgasmuscommunitys verbreitet. Racheli erzählte mir ganz nebenbei, dass eine kleine Gruppe in den kalifornischen Wäldern inzwischen den ganzen Tag Orgasmen praktiziere. Diese Leute lebten wohl sehr abgeschottet und für sich. Das machte mich spontan hellhörig: Ich wollte diese Leute unbedingt kennen lernen.

»Der Orgasmus ist die höchste Stufe der Erregung, die der Körper erfährt«, fuhr sie fort. »In diesem Stadium öffnen die Menschen ihr Bewusstsein. Folglich ist es die höchste Form der Bewusstseinserweiterung.«

Ihre Zentrale war in San Francisco, wo die Gründerin, Nicole Daedone, lebte. Racheli schwärmte, Daedone habe orgastisch unheimlich was drauf. Es hätte mich nicht gewundert, wenn sie in diesem Augenblick eine Luftmatratze rausgeholt, sich ehrfürchtig hingekniet und gen San Francisco gebetet hätte. Ich erzählte Racheli von meinem Projekt und dass ich gern ein Interview mit Ms. Daedone hätte. Das ging aber wohl nicht, weil ihre Führerin im Dauerstress und immer auf Achse war. Alternativ wies Racheli mich auf Nicoles YouTube-Clips auf der OneTaste-Website hin.

Achtzehn Leute nahmen an der wöchentlichen Zusammenkunft teil, ein Meeting, um das persönliche Lustempfinden zu erforschen. Aber nichts da von wegen Hosen runter und so. Racheli sagte, ich könne kommen und meine Hose während der OMing-Zirkel ausziehen; das kostete dann die schlappe Summe von 250 Dollar extra. Da hatte ich es zu Hause billiger, nämlich umsonst, aber das sagte ich nicht, weil sie diesen intensiven Blick draufhatte und vermutlich wusste, was ich dachte.

Um an der besagten Diskussion teilzunehmen, mussten wir lediglich zehn Dollar berappen. Als wir uns nach dem Meeting zwangslos unterhielten, lernte ich Forrest kennen. Er erzählte mir noch einiges mehr über Ms. Daedone. Sie schien mir eine Art Untergrundheldin zu sein, ein Gottesgeschenk, die Herrscherin unterhalb der Gürtellinie. Sie konnte Gedanken lesen; sie konnte Leute zum Weinen bringen, indem sie ihnen die Hand auflegte. Das klang nach der Führerin einer echten Kultbewegung. Wie oft findet man sich schon mitten in einem Sexkult wieder? Zudem schien mir Ms. Daedone die ideale Ansprechpartnerin, um mir die BEDEUTUNG DES ORGASMUS zu erklären. Sie war das Gegenteil vom Anti-Gasmus; sie war offenbar der Gasmus.

»Sind Sie ganz sicher, dass Nicole Daedone mir kein Interview geben kann?«, bohrte ich weiter.

»Ich kann ja mal nachfragen«, erbot sich Racheli. »Aber halten Sie sich erst mal an YouTube.«

Unterwegs zum Ausgang machte ich die Bekanntschaft einer Frau, die mir schon während des Meetings aufgefallen war. Sie saß im indianisch anmutenden Schneidersitz in ihrem Campingklappsessel. Mit sinnlich geröteten Wangen und einem entseelten Dauerlächeln auf den Lippen. Während sie sprach, hopste sie rauf und runter wie ein Flummiball. Das gehörte wohl zum orgastischen Dasein dazu.

Ihr Name war Zola. Sie sagte, vor ihrem sexuellen Coming-out sei sie so ähnlich wie ich gewesen. Ich fragte sie, ob sie Lust hätte, sich demnächst mal mit mir auf einen Kaffee zu treffen. Sie war einverstanden.

DIE PUSSI-POETIN VERLANGT EINE ENTSCHULDIGUNG

Als ich Zola in dem Café erspähte – sie war schon vor mir dort –, wusste ich spontan, dass sie mein sexueller Sokrates werden würde. Sie war die sexualisierte Version von dem Ich, das ich unbedingt werden wollte – als hätte man mich geklont und mit irgendeiner erotischen Emulsion gepimpt. Wir waren ungefähr gleich groß, hatten beide braune Augen und braune Haare, allerdings war ihre Figur um einiges üppiger, als hätte sich ihre überschüssige sexuelle Energie an den richtigen Stellen – Brüste, Hüften, Po – zwischengelagert. Ihre Augen strahlten, auf ihrer Haut tummelte sich nicht der kleinste Pickel. Ob man von multiplen Orgasmen eine reine Haut und klare Augen bekommt?, überlegte ich spontan.

Zola war neunundzwanzig und eine Pussi-Prinzessin. Sie arbeitete mit Pussis. Ihr liebster Körperteil war die Pussi. Und sie wusste so ziemlich alle Fakten: Der größte Teil der Klitoris befindet sich im Körperinnern, sie ist über fünfzehn Zentimeter lang, wie ein Gabelbein geformt und hat die meisten Nervenenden, nämlich achttausend, die sich auf einen Punkt konzentrieren – anders als bei jedem anderen Körperteil.

Sie erzählte mir, dass sie derzeit irgendwelche Tao-Übungen mache. Dazu schob sie ein Jadeei in ihre Vagina, um diese zu kräftigen. In einem Zustand tiefer Meditation übte sie, das Ei in Achten zu drehen – natürlich ohne Hände.

Ich versuchte, sie irgendwie zu toppen. Folglich erzählte ich ihr, ich könne vier Kilometer in vierzig Minuten joggen, dabei Musik von meinem iPod hören und Kaugummi kauen.

Sie brach ein Stück von ihrem Muffin ab und steckte es genüsslich in den Mund. Gab beim Kauen leise Grunzgeräusche von sich, als aktiviere sie dabei ihren G-Punkt. Dann schloss sie sekundenlang sinnlich entrückt die Augen, ehe sie den Gesprächsfaden wieder aufnahm. Ich hatte fast den Eindruck, dass sie in einem erleuchteten Zustand des Dauerorgasmus schwebte.

Zola war praktizierende Katholikin, wurde bekennende Lesbierin – die Variante »kesser Vater« – und zog nach New York, wo sie ihr Coming-out hatte. Inzwischen ist sie bisexuell und Tantralehrerin, eine sogenannte *dakini*. Sie bringt Leuten, die ein höheres sexuelles Potenzial anstreben, Atem- und Sextechniken bei. Für dreihundert Dollar die Stunde, achthundert Dollar für drei Stunden ist sie Ihr persönlicher Nackttherapeut. Sie hört sich Ihre bisexuellen Fantasien an. Ein Blick und sie weiß um Ihre Potenzstörungen und Ihre Penisgröße. Sie motiviert Sie, sollten Sie plötzlich Lust bekommen, als Transe rumzulaufen. Oder sie besorgt es Ihnen à tergo mit einem umgeschnallten Dildo, falls das Ihr Ding ist. Vor allem aber lässt Sie Ihnen den Freiraum, Ihre Sexualität zu entdecken. Sie bezeichnet sich zwar selbst als Sexworkerin, hat aber keinen Verkehr mit ihren Klienten. »Ich bin eine Spionin im Tempel der Liebe«, strahlte sie. »Ich liebe mein Leben!!«

Das konnte ich nur bestätigen; sie keuchte, als sie die Blaubeere in ihrem Muffin runterschluckte. Und stöhnte, als sie ihren Kaffee hinterherstürzte.

Ich schilderte ihr mein aktuelles Dilemma. Als Pussiprofessionelle hatte sie bestimmt eine Lösung für mich parat, oder? Das betreffende Problem hatte sich während meiner letzten Sitzung bei Rori herauskristallisiert. Mein therapeutischer Schraubenschlüssel fand, ich würde über meinen Verstand und meinen Körper reden, als wären sie voneinander unabhängig; ich würde sie strikt voneinander trennen. Rori breitete die Arme aus, um es mir zu demonstrieren. Nach ihrer Darstellung war meine rechte Hand mein Verstand, die linke meine Vulva. »Die beiden wollen wir zusammenbringen.« Sie schob die Hände zusammen, bis sie parallel waren. »Sex und Verstand schließen einander nicht zwangsläufig aus.«

»Ich glaube, meine Pussi ist autistisch«, gestand ich Zola.

Zola grübelte.

»Flirten Sie mit Ihrer Pussi«, forderte sie. »Verwöhnen Sie das Schätzchen auf Teufel komm raus, baggern Sie sie an, finden Sie heraus, was sie anmacht und abturnt, machen Sie Fotos von ihr, schenken Sie ihr Blumen und Schokolade.«

»Meine Pussi kann aber keine Schokolade naschen«, stammelte ich, von heimlichen Horrorvisionen getrieben.

Sie steckte sich abermals ein Stück Muffin in den Mund und kaute. *Ächz, stöhn, japs.*

»Ihre Pussi, das sind Sie!«, brachte sie schließlich heraus, nachdem sie sehnsuchtsvoll seufzend geschluckt hatte.

Ich zog unwillkürlich die Nase kraus.

»Schreiben Sie ihr was Nettes. Irgendwas Poetisches kommt immer gut«, schlug sie vor. »Und, mal ganz im Ernst, nennen Sie *sie* nicht ›es‹! Sie ist eine *Sie*.«

Als wir uns trennten, gab Zola mir ein paar Bücher und eine DVD mit dem Titel *Göttlicher Nektar* mit, die ich mir *unbedingt* anschauen sollte, weil sie »so schön sei, dass einem die Tränen kommen«.

Am Abend setzte ich mich als Erstes an meinen Computer.

Liebe Muschi,
ich finde es jammerschade, dass wir so wenig Kontakt haben. Ich möchte dich kennen lernen. Ich möchte wissen, wie du tickst – oder, noch besser, wie du zuckst. Ich weiß, ich hab dich sträflich vernachlässigt. Ich hab dich in grottenhässliche Schlüpfer gepackt und dich deinem Schicksal überlassen. Ich hab meine Macht missbraucht – aber mal ehrlich: Du lässt dich leicht missbrauchen. Während ich vor Freude herumhopsen und in Begeisterungsstürme ausbrechen kann, kannst du bloß anschwellen und kribbeln. Schande über mich, weil ich dir nie die Tampons aus ungebleichter Ökobaumwolle gönne und dich regelmäßig mit superbilligen Wegwerfwaschlappen quäle. Wenn ich dich wachsen lasse – was höchst selten ist, da du ja sowieso keinen Dödel zu sehen bekommst (ja, ich bekenne mich schuldig), nehme ich die günstigste Variante, die im Angebot ist. Hinterher siehst du meistens asymmetrisch aus, womöglich mit bleibenden Spätfolgen wie eingewachsenen Härchen und einer schmerzhaften Hautirritation. Ich weiß, das ist eine mittlere Katastrophe für das Selbstwertgefühl jedes Mädchens, vor allem für dich, wo du eh schon hässlich genug bist. Nun hab dich mal nicht so, wir haben bereits lang und breit über dein Aussehen diskutiert.
Okay, das war jetzt gemein von mir. Entschuldigung. Du bist eine Blüte. Du bist eine Muschel. Du bist eine irisierende Orchidee, eine klaffende Felsspalte mit der überwältigenden Grandezza einer geheimnisvollen Vulkanlandschaft. Mag sein, dass ich ein bisschen

neidisch bin, weil die Männer wohl eher dich wollen als mich. Aber das verzeih ich dir, du hast definitiv die besseren Instinkte, wie man mit solchen Typen umspringt. Du bist jedes Mal weich und willig für den Sex, während ich mich einigle und Sachen sage, die ich nicht wirklich meine. Vielleicht kann ich davon profitieren, dass ich dir die Führung überlasse.
Ich frag mich bloß eins: Wieso liegt dein kleiner magischer Knopf eigentlich so weit weg vom Penetrationspunkt? In Pussimeilen gesprochen, muss man in der Klitoris einen Marathon zurücklegen. Das hat mich schon vor unserer Entjungferung abgeschreckt. Und der Geruch – hör mal, Mädel, musst du eigentlich so müffeln, bloß damit die Leute merken, dass es dich gibt?
'tschuldige. War nicht so gemeint. Wir beide sind eben grundverschieden. Obwohl wir viel Spaß miteinander haben. Weißt du noch, als du das erste Mal dieses komische Glucksen von dir gegeben hast? Ich hab mich gebogen vor Lachen, dass du gleich noch mal gegluckert hast, bloß mir zuliebe. Ich finde, wenn wir kooperieren würden – also eine Synergie entwickelten –, wäre das bestimmt für beide Seiten positiv. Was meinst du?
Ich streng mich künftig auch mehr an und hör dir besser zu. Vielleicht hilft es, wenn wir mal zusammen schlafen. Ich hab mir fest vorgenommen, Atmans Rat zu beherzigen. Als ich letztens von seinem Stand wegging, bekamen die Mütter mit ihren lieben Kleinen mal wieder rote Ohren, weil er mir noch hinterherbrüllte: »Da muss Luft dran, hörst du! Du darfst das da unten nicht so doll einpacken. Dann fängt es an zu riechen und zu stinken, weißt du, wegen dem Schweiß, weil du keine Luft ranlässt. Deine Blüte muss atmen!«

Folglich gönne ich dir jetzt mehr Freiraum. Du hast dir die frische Luft redlich verdient. Bitte verzeih mir. Gib mir noch eine zweite Chance. Lass es uns noch einmal miteinander versuchen, nur du und ich.
In Liebe
Mara

Ich begann, nackt zu schlafen. Wenn ich aufwachte, lag meine Hand auf meiner Vulva – also bestand zwischen meinen diversen Körperteilen eine geheimnisvolle Verbindung, von der ich bisher nicht mal etwas ahnte. Sie benahmen sich wie Lover, die lange getrennt und endlich wieder vereint waren. Sobald ich hinstarrte, zerbrach die Idylle wie bei Teenagern, die sich in der Öffentlichkeit beim Petting erwischt glauben.

Ich fühlte mich ambitionierter denn je. Mit Betty, der Mutter der Masturbation, hatte ich mehr als einen Monat lang keinen Kontakt mehr gehabt, dafür schickte ich Eric, ihrem jugendlichen Lebensabschnittspartner, eine E-Mail und bat ihn um ein Interview. Sir B hatte ich auch gemailt. Er schrieb zurück:

Bist du bereit, herzukommen und alles zu tun, was ich dir befehle? Körperkontakte mit mir sind selbstverständlich tabu; was ich erwarte, ist eine willige, devote Schülerin … Bist du dazu bereit? Du musst mir einfach vertrauen, keine Fragen stellen und dich den Anweisungen deines Lehrmeisters blind fügen. Ich weiß, was das Beste für dich ist.
B

Spontan zogen die Folterkammer, die Wand mit den Sextoys und die Klistiere an meinem geistigen Auge vorüber.

Ich antwortete ihm, ich glaubte nicht, dass ich dazu bereit sei. Ich hoffte jedoch, dass er mich irgendwann einmal zu einer interessanten Party einladen würde. Ich hörte nie wieder etwas von ihm. Mein dubioser Lehrmeister hatte mich abgehakt.

Aber Eric schrieb zurück, ob ich nicht mal vorbeikommen wolle. Betty sei verreist. Wir hätten das Apartment ganz für uns und würden von niemandem gestört.

DER MUSCHIFLÜSTERER

Eric trug schwarze Jeans und ein Muskelshirt mit dem Aufdruck *Unter Waffen*. Es saß noch strammer als das beim letzten Mal. Das Ambiente schien mir verdächtig für ein romantisches Rendezvous präpariert. Die Beleuchtung war gedimmt, das Zimmer wurde von stimmungsvollem Kerzenlicht erhellt. Leise spirituelle Musik erfüllte den Raum, Räucherstäbchen verströmten ihren schweren, süßen Duft. »Also, sind Sie bereit für das Interview?«, hörte ich mich geschäftsmäßig fragen, als wäre ich ein emotionsloser Roboter.

Klein Mara schaute an seinen beeindruckenden einen Meter achtzig hoch, und während er mir erzählte, wie sein Tag verlaufen war, fixierte ich eine Messingstatue auf dem Bücherregal hinter ihm. Ein geflügelter Schwanz, der sich über seinem braun gelockten Schopf erhob, als wollte er mich geradewegs torpedieren. Eric war zwar ein bisschen beschränkt, aber sein gedehnter Virginia-Akzent klang total süß. Er räumte naiv ein, dass Jugendliche sich häufiger über seine lange Nase lustig machten und er den Typen brühwarm verklickern würde, dass er auf diese Weise zwei Mädchen auf einmal befriedigen könne. Wenn er ihnen damit kam, hielten sie wohl die Klappe.

Der Junge hat kein Gramm Fett zu viel auf den Rippen, stellte ich mit Bewunderung fest. Wie er sagte, arbeitete er daran, seinen Body zu stylen. Die Mutter der Masturbation hatte ihn immens für die weibliche Problematik sensibilisiert, und er fand es nur fair, für Frauen in Form zu bleiben. Schließlich erwarteten Männer von Frauen ja auch, dass sie gut aussähen. Er merkte mir meine Anspannung an und führte mich ein bisschen im Zimmer rum. Dabei demonstrierte er mir ein paar karateähnliche Griffe, die er in der Muckibude gelernt hatte und die entspannend wirken sollten. Wir robbten vorwärts, seitwärts und rückwärts über den blauen Teppich.

Seiner Meinung nach waren weibliche Ninjas besonders effizient, wenn sie es darauf anlegten, ihre geschlechtsspezifische Power auszuspielen. Sie konnten so tun, als wären sie das ängstlich-verschreckte Frauchen, damit den männlichen Angreifer anlocken und ihn dann zack, zack überwältigen.

Ich hatte immer gedacht, der Einsatz meiner geschlechtsspezifischen Power – Schmollmund machen, Busen hochschubsen, erotisch laszive Stimme –, um was weiß ich zu bekommen: einen besseren Studienabschluss, einen klasse Job, eine tolle Wohnung, ein kostenloses Ticket würde die Ungleichheit der Geschlechter bloß hervorheben. Und überhaupt, welchen Vorteil hatte man von einer Vagina? Hat man eine Vagina, muss man Angst haben, dass irgendein Sexneurotiker einem an die Wäsche geht oder ein pädophiler Eiscremeverkäufer im Wagen über einen herfällt. Dank meiner Vagina musste ich meinen Mitbewohnerinnen die Adressen meiner Interviewpartner dalassen für den Fall, dass ich in irgendeiner Folterkammer landete. Damit sie, wenn ich nicht pünktlich zurückkehrte, wenigstens einen Anhaltspunkt hätten, wo sie mich suchen sollten. Wegen der Hautfalten zwischen meinen Schenkeln ließen meine Eltern mich nicht allein in den Laden an der Ecke gehen. Meine Brüder schon. Eine Vagina war ein Hemmnis – man wurde angemacht, vernascht, verlassen, verhöhnt. Je weniger ich meine akzeptierte, desto praktischer für mich, bildete ich mir ein. Die Ninja-Mädels sahen das offenbar anders.

Eric setzte sich im Schneidersitz auf den Boden und beantwortete mir geschlagene zwei Stunden lang jede Frage, die ich auf dem Herzen hatte.

Dabei schwang er sich in den Handstand, senkte sich auf die Ellbogen ab, schnellte blitzartig vom Bauch auf den Rücken und reagierte auf jedes Wort emotional.

Eric war im Grunde genommen ein Fitnesstrainer für Sex, ein professioneller Lover. Er animierte Paare zu besserem Sex, deflorierte späte Mädchen, half Leuten mit Orgasmusstörungen auf die Sprünge und leitete Masturbationsdeppen wie mich im Umgang mit dem Vibrator an.

Erics Ziel war es, Menschen zu helfen, ihre Sexualität zu begreifen und aus Männern sensible Lover zu machen. Er zitierte Betty, um seinen Standpunkt deutlich zu machen: »Viele Männer benutzen Mädchen bloß, um ihr Ding reinzustecken und sich einen runterzuholen.«

Er kannte Betty seit mittlerweile acht Jahren. Sie hatten sich in Virginia kennen gelernt, wo er damals lebte – er war dreiundzwanzig, Betty war siebzig gewesen. Die Lektüre ihres Buches *Sex for One: Die Lust am eigenen Körper* hatte ihn inspiriert. Ihm lag sehr daran, mehr zu lernen von einer Frau, die sich nicht scheute, neue Dinge auszuprobieren. Er fand, wenn eine Frau ihre Klitoris selbst stimulierte, dann konnte er sich als Lover intensiver auf andere Regionen ihres Körpers konzentrieren. Sie schrieben sich E-Mails, bis Betty ihn irgendwann zu sich einlud. Er blieb vier Tage und lebte seine Fantasien aus, Sex mit einer Frau zu haben, die sich gleichzeitig mit einem Magic-Wand-Vibrator stimulierte. Nach Beendigung seines Studiums zog er bei Betty ein; was als vorübergehende Lösung gedacht war, klappte so gut, dass er blieb und sie bei den Recherchen zu dem Buch *Sex for Two – Gemeinsam Lust empfinden* unterstützte. Inzwischen waren sie nichtmonogame Lover. Ihre einzige Verhaltensregel lautete, keinen Sex mit einer anderen Person in dem Einzimmerapartment zu haben, wenn der andere da war.

Nach unserem Interview musste ich ihm hoch und heilig versprechen, dass ich in meinem Buch seinen Lieblingsausspruch zitieren würde: *Sex ist der Motor des Vergnügens.*

»Aber selbstverständlich«, bekräftigte ich.

Danach ging ich ins Bad, um mich vor der Rückfahrt noch kurz frischzumachen, aber als ich zurückkehrte, lagen zwei quadratische Seidenkissen auf dem Boden. Ich kniete mich neben Eric. Er sagte, ihm gefiel die Odyssee, auf der ich mich befand. Wenn ich Hilfe bräuchte, um meine innere Barriere zu überwinden, würde er das übernehmen, und zwar kostenlos (dafür sollte ich seinen Namen in meinem Buch erwähnen). Ich bekam spontan Schwitzefingerchen und knallrote Ohren. Ich wusste, dass Betty, meine Ikone körperlicher Lust, hinter seinem Angebot stand; das machte mir die Entscheidung einfacher. Schließlich war Betty überzeugt, dass eine Frau erst vollkommen war, wenn sie wusste, was sie anturnte.

Also – hier steht der Name: Eric Wilkinson, Eric Wilkinson, Eric Wilkinson.

Eric sprang auf und lief in die Küche. Wo er einen Himbeer-Protein-Shake mixte. Er achte bewusst auf gesunde Ernährung und viel Bewegung, weil die Orgasmen stärker seien, wenn sein Körper fit sei, erklärte er. Auf die orgasmische Diät wolle er später noch zurückkommen, meinte er augenzwinkernd. Ob ich auch genügend Omega-3-Fettsäuren zu mir nehmen würde?

»Die geben Ihnen *grrrr …*«, lachte er.

Er stellte den Mixer aus, in dem er Bananen mit irgendwelchen Pülverchen verquirlt hatte, und setzte sich auf den Boden, um mir zu demonstrieren, wie Betty ihm beigebracht hatte, sensibel zu Frauen zu sein. Er spreizte die Beine wie eine Frau bei der Missionarsstellung und erzählte, Betty habe mit ihrem Becken fünfzehn Minuten lang zwischen sein Schambein geklatscht, danach habe er gewusst, wie ermüdend diese Stellung für eine Frau sei.

Wir setzten uns im Schneidersitz gegenüber und schlürften unsere Shakes. Mein Herz hämmerte, und Clitty Rose war definitiv angespannt. Ich biss mir unwillkürlich von innen in die Wange und knibbelte an einem winzigen Pickel, den ich am Haaransatz hatte. Das war ein nervöser Tick von mir. Durch den Pickel waren meine unsicheren Hände beschäftigt und kamen nicht auf andere Ideen.

»Wenn Sie heute Abend zurückfahren, möchte ich, dass Sie sich besser fühlen als bei Ihrer Ankunft«, sagte er. »Wenn das klappt, waren wir erfolgreich.«

Sobald wir in andere Rollen schlüpften – ich vom Interviewer in die der Schülerin, er vom Interviewten in die des Lehrers –, verströmte er Selbstvertrauen und Anmut pur, mir dagegen schnürte es vor Angst die Kehle ab. Er schob meine Hand von meinem Kopf und bat mich, tief durchzuatmen.

»Schauen Sie, wie die Angst Ihre Lippen verlässt«, sagte er. Ich atmete.

»Danke für Ihr Vertrauen«, sagte er, »auch wenn es noch nicht viel ist. Und danke, dass Sie Männern vertrauen.«

Das berührte mich irgendwie. Es ging mir runter wie Öl. Woher wusste er das überhaupt? Ich dachte spontan an den Mann, der neulich mit mir im Zug gesessen hatte. Er las ein Buch, sein Daumen bedeckte das letzte Wort des Titels.

Leben ohne Angst und Fr… Ich mutmaßte, dass es sich um das Wort *Frauen* handelte und stempelte ihn mental schon zum Stinkstiefel allerersten Ordnung, aber als er sah, dass ich ihn anstarrte, wackelte er nervös mit den Fingern und enthüllte dabei die restlichen Buchstaben: *…ust*. Es hieß *Frust*. Uups.

Eric bat mich, seine Hand zu fassen, sobald ich zu weiteren Übungen bereit sei. Während wir uns gegenübersaßen, beobachtete ich heimlich seinen Luxuskörper. Er war verdammt gut gebaut, kein Wunder. Nach zehn Minuten Atemkonzentration fasste ich seine Hand. Er führte mich ins Schlafzimmer. Der Pilatesball stand noch in der Ecke, aber diesmal gewahrte ich auch die holzgeschnitzten Dildos, die an der Wand hingen. Aha, ein interessantes Diskussionsthema. Das Reden lenkte mich wenigstens ein bisschen von meinen Skrupeln ab.

»Wow«, sagte ich. »Ganz schön beachtlich.«

»Betty mag besonders den mit dem langen Griff«, antwortete er. »Der Griff erleichtert die Handhabung.«

Im Fernsehen lief ein Sender mit leise beruhigender Musik. Um die Helligkeit zu dämpfen, legte Eric Kissen vor den Bildschirm. Dann zündete er Kerzen an, die er unter die Dildos stellte. Aus dem Fenster hatte man einen guten Blick in die umliegenden Schlafzimmer. Eric meinte jedoch, er hätte in den letzten acht Jahren noch nie irgendwas Interessantes in den Schlafzimmern der Nachbarn verfolgt. Es machte ihn traurig – und nicht bloß, weil er gelegentlich gern Voyeur spielte –, dass die Leute sexuell nichts mehr auf die Reihe brächten. Stattdessen würden sie sich mit irgendwelchen Ersatzhandlungen wie Essen und Kaufwut befriedigen. Als wenn ein neuer Pullover körperliche Befriedigung ersetzen oder man von einem neuen Auto einen Steifen kriegen könnte!

Er drehte sich höflich weg, als ich mein T-Shirt auszog. Ich legte mich auf den Bauch, Hose und BH hatte ich noch an. Er spritzte sich Öl in die Hände, wärmte es zwischen seinen Handflächen und begann, mich zu massieren.

»Darf ich Sie auch unterhalb der Gürtellinie massieren?«, wollte er wissen.

Er würde nichts machen, was ich nicht billigte, schob er nach. Dann beschrieb er mir seine Vorgehensweise und dass er bei jedem Schritt vorher fragen werde. Es sei wichtig für Frauen, besonders in der Anfangsphase, zu reflektieren, dass sie alles unter Kontrolle hätten. Dass er mich um Erlaubnis bat, stärkte mein Selbstbewusstsein. Folglich brauchte ich nicht weiter zu gehen, als ich selbst wollte, und hätte hinterher auch kein schlechtes Gewissen. Das hatte er mehrfach betont, damit war der Druck raus.

»Darf ich Ihren Nacken berühren?«, fragte er.

»Ja, dürfen Sie.«

Er hauchte seinen warmen Atem auf meinen Nacken und massierte meine Schultern.

»Das rote Kissen, das braune Haar, die Chinastäbchen in Ihren Haaren«, raunte er. »Am liebsten würde ich ein Foto von Ihnen machen und es Ihnen zeigen. Frauen sind immer wieder überrascht, wie hübsch sie sind.«

Er wies mich an, auf meine sexuelle Energie zu lauschen. Ich solle mich von *ihr* durch den Abend begleiten lassen. »Wir möchten, dass *sie* das *grrr* fühlt …«, sagte er.

Babyschritte. Immer schön eins nach dem anderen. Nicht lange, und ich trug nur noch meinen Slip und ein Handtuch um die Brust. Er schloss die Augen, als er damit meine Brust bedeckte.

»Es ist wichtig, einer Frau zu erklären, warum sie schön ist. Nicht bloß, *dass* sie schön ist, sondern speziell, *warum* sie schön ist.«

Er zeichnete mit seinen Fingerspitzen meine Körperkonturen nach und schwärmte in den höchsten Tönen von meinen breiten Hüften und meinem Hohlkreuz. Meine Fesseln, die ich persönlich unter Typ Ofenrohr abhake, fand er so erotisch wie ein zweites Paar Brüste. Er erklärte, dass jede Frau ihre Reize habe und auf ihre eigene Weise erotisch sein könne. Einmal war er mit einer stark übergewichtigen Frau zusammen gewesen, und als sie auf ihm saß, sei sie ihm wie eine Wolke vorgekommen, in der er sich verlieren konnte, hingerissen von ihrer Wärme und Weichheit.

Ich vertraute Eric eine meiner tief verwurzelten Hemmungen an: dass ich es nicht leiden konnte, wenn ein Mann *ihr* zu nahe kam. Ich wollte nicht, dass ein Typ *sie* nach *ihrem* Geruch beurteilte. Clitty Rose war ein hoch sensibler Sensor, deshalb presste ich die Beine zusammen, sobald ein männliches Wesen sich näherte. Eric wirkte derart betroffen über mein fehlendes Fellatioverständnis, als hätte ich ihm eben einen eifersüchtigen Ehemann gestanden, der mit einem Knüppel vor der Tür lauerte.

Er handelte spontan, hockte sich zwischen meine Beine. »Sobald Sie sich darüber hinwegsetzen«, sagte er, »fühlen Sie sich, als hätten Sie einen alten, verstaubten Mantel ausgemistet. Darf ich Ihre Schenkelinnenseiten streicheln?«

»Ja.«

Ich verlor die Konzentration, dachte bloß noch, wie ich da unten riechen könnte und wie sich meine Haarstoppeln anfühlten. Er merkte das sofort. Und lenkte meine Konzentration wieder auf meinen Oberkörper.

»Entspannen Sie sich«, erinnerte er mich. »Atmen Sie, fühlen Sie.«

Er küsste meine Schenkel und neigte sich über das vordere Dreieck meines Slips.

»Darf ich Ihren Duft inhalieren?«, fragte er.

Duft, na, von wegen; das da unten war für mich Gestank und ein mörderischer Angriff auf seine Geruchsnerven. Ich atmete tief durch. Wir atmeten zusammen. Schließlich nickte ich zaghaft, und er schnupperte leicht. Er hob den Kopf und schilderte mir, was er gerochen hatte. Ich würde mild nach einem Weichspüler riechen. Mir entwich ein erleichterter Seufzer. Er fragte, ob er noch ein Näschen nehmen dürfe. Ich ließ ihn gewähren. Woraufhin er mich mit Kinn, Stirn und seinem langen Riechkolben stimulierte. Ich konnte mich erheblich besser konzentrieren, weil wir keine Beziehung miteinander hatten, dachte ich. Ich brauchte nicht lange zu grübeln, ob er den richtigen Job hätte, ob er vielleicht später ein guter Vater wäre, ob er auf mich oder bloß auf meine Pussi scharf wäre und ob er je wieder anriefe.

Eric sah auf. Ich reckte den Kopf und spähte über meinen Bauchnabel zu ihm, sein Schopf eingerahmt zwischen dem V meiner angewinkelten Schenkel. Er lächelte. Er brachte sein Gesicht ganz nah an meins – seine Nase dicht unter meinen Nasenlöchern –, und dann stellte er mir Clitty Rose vor.

»Das sind Sie«, sagte er. »Sie duften toll. Wenn Duft leuchten könnte, würde Ihrer hell strahlen.«

Ich prustete vor Lachen. Irgendetwas war mit mir passiert; ich hatte zwar keinen alten Mantel in die Tonne gekloppt, aber doch zumindest einen alten Pullover – irgendeinen störenden Ballast. Das signalisierte den Beginn einer Verbindung zwischen Clitty Rose und mir. Okay, sie hatte ein gewisses Aroma, aber es war bestimmt kein Gestank.

ERIC WILKINSON, ERIC WILKINSON, ERIC WILKINSON.

»Wenn wir jetzt aufhören würden«, wandte ich ein, »wäre ich sehr stolz auf mich.«

Er hakte nicht weiter nach, weshalb ich so empfand. Er fragte bloß, ob ich Lust hätte, noch ein bisschen zu kuscheln. Ich hatte. Wir redeten, reflektierten den Abend. Er bot mir an, ich könne jederzeit wiederkommen. Er hätte nichts dagegen, noch mehr Hemmungen bei mir abzubauen.

Er hauchte mir einen Kuss auf die Lippen. Ich lächelte und strahlte entrückt, weil er mich wie eine Prinzessin verwöhnte. War ich nun eine Schlampe oder eine Abenteurerin, die, von ihrem Forscherdrang befeuert, weiter gegangen war als jemals zuvor? Ich dachte an meinen Bruder: Was würde er, was würden Außenstehende von mir halten? Ach, Quatsch, auch egal. Auf dem Weg zum Aufzug dankte ich Betty mental für ihre großzügige Leihgabe. Mein Geschlecht war Teil meiner Identität so wie mein Aussehen, meine Größe, meine Intelligenz. Um die eigene Weiblichkeit zu wissen war schließlich kein Verbrechen, sie zu leugnen hätte sowieso keinen Zweck gehabt. Wenn ich sie jedoch umarmte, konnte ich womöglich den Ninja-Stil durchziehen.

Als ich meinen Mitbewohnerinnen am nächsten Morgen alles erzählte, guckten sie mich erst mal schief an. »Was? Er ist *sooo* einer?«, fragten die beiden unisono.

»Es gibt bestimmt einen Markt für Typen wie diesen Eric. Modell Gigolo.« Leigh blies die Backen auf. »›Du bist schön. Dein Duft strahlt. Du bist schön. Dein Duft strahlt.‹«

Ursula lachte. »Ich möchte einen Freund wie diesen Eric.«

»Er ist noch solo«, sagte ich.

»Ich sagte *wie* Eric«, betonte sie. »Ich möchte keinen Kerl daten, der nebenher die achtundsiebzigjährige Mutter der Masturbation vögelt.«

»Da ist was dran«, kicherte ich.

Leigh hatte mental wohl weiterhin an der Vorstellung

von einem Callboy zu knabbern. »Also irgendwie kapier ich das nicht. Wie kannst du mit jemandem zusammen sein, den du nicht wirklich magst, weil er kein bisschen romantisch ist?«

»Und was ist mit den One-Night-Stands?«, warf ich ein. »Wieso nimmt man sich nachts einen wildfremden Typen mit nach Hause, um zu bumsen? Das ist genauso unromantisch wie einer, der dir Sextechniken beibringt. Eric hat dabei wenigstens mein Wohlbefinden im Kopf und nicht seine Befriedigung.«

Für mich klang diese Argumentation jedenfalls überzeugend. Allmählich empfand ich die Erfahrung mit Eric gar nicht mehr als dramatisch.

»Ist mir trotzdem schleierhaft«, seufzte Leigh.

Okay, mir auch. Dennoch hatte es mir gefallen.

Ich rief Zola an, um ihr alles zu erzählen. Wir verabredeten uns für den nächsten Tag. Kaum saßen wir an unserem Tisch im Galaxy Diner, gab sie mir eine Tantraeinweisung: Ich sollte so lange leicht vor und zurück schaukeln, bis ich den exakten Punkt lokalisiert hätte, wo Clitty Rose die Sitzbank berührte.

»Auf diese Weise schärfen Sie das Bewusstsein für Ihren Körper.« Sie schaukelte vor und zurück, dabei stöhnte sie leise. »Und es fühlt sich super an.«

Ich berichtete ihr, was mit Eric gelaufen war.

»Er hat mir Clitty Rose vorgestellt«, bekannte ich. Sie rubbelte wie eine Gestörte auf der Textillederbank herum; es quietschte, als sie die Hände über dem Kopf zusammenschlug.

»Er ist Ihre heilige Hure!«, blökte sie. »Wow, ist das heiß!«

»Was?«, wollte ich wissen. »Können Sie mir das bitte erklären?«

Sie erzählte mir, dass vor vielen tausend Jahren, bevor Prüderie zum Mainstream wurde, »Prostituierte« und »Hure« ehrenvolle Titel gewesen seien so wie heute »Doktor«. Die Huren hätten in heiligen Tempeln gelebt und der Kunst des Sex gedient. Sie waren wohl so was wie Sextherapeuten. So, wie man heute fürs Wagenwaschen bezahlt, hätten die Leute in Zolas göttlichem Zeitalter Geld hingeblättert, um ihr Sexleben aufzupolieren. Damals lernten die Schüler, ein höheres Orgasmuspotenzial zu erreichen, sexuelle Energien zu kanalisieren, sich zu öffnen, sich gehen zu lassen und überdies auch emotionale Probleme abzubauen. Laut Zola ließ Eric im Tempel von Betty ein altes Ritual wiederaufleben.

»Bin ich jetzt auch eine Hure?«, wollte ich wissen.

»Eine Hure ist doch nichts Schlechtes«, versetzte sie.

Es gebe eine ganze Menge Dinge, die von vielen Menschen für negativ gehalten würden, in Wirklichkeit aber positiv seien. Sie nannte die Geburt als Beispiel. Der Schmerz sei eine gesellschaftliche Interpretation, die sich auf den Garten Eden zurückführen lasse. »Gott drohte Eva, sie aus seinem Friede-Freude-Eierkuchen-Paradies zu schmeißen. Und PS: ›Du wirst schreien und dich in Schmerzen winden, wenn du ein Kind gebierst‹«, schob Zola nach. Nach ihrer Darstellung waren die Gebärmutterkontraktionen während der Geburt sehr ähnlich denen beim Orgasmus. »Der Schmerz während der Geburtsphase«, so Zola, »ist eigentlich was Tolles, so Masters und Johnson, nämlich ein Gebärmutterkontraktionsorgasmus!«

NOMEN EST OMEN

Ich brauchte eine externe Festplatte für meinen Computer. Mit solchen Dingen hatte Noam sich immer bestens ausgekannt. Erinnern Sie sich noch an Noam? Das will ich doch schwer hoffen! Wir lernten uns in Peru kennen, in dem Café, wo ich jobbte. Er war groß und wie ein Kleiderschrank gebaut, mit nougatschmelzender Haut, ein Erbe seiner bolivianischen Vorfahren. Seine tiefe Stimme rollte, als hätte er eine Eismaschine in der Kehle. Wir waren all die Jahre in Kontakt geblieben und hatten ein paar kleinere romantische Dates gehabt, seitdem er in New York wohnte. Obwohl wir uns mochten, blieb es jedes Mal nur beim Küssen, denn bei unseren Dates schien dauernd etwas schiefzulaufen. Wissen Sie noch? Unser Beinahekuss in Peru wurde durch die religiöse Prozession vereitelt. Bei unserem letzten Date war es ähnlich gewesen.

Ein befreundeter Autor hatte mich darauf hingewiesen, ich müsse mir zwecks Recherche zu meinem Buch unbedingt mal einen Catherine-Breillat-Film anschauen. Ihre Filme handelten alle von weiblicher Sexualität, betonte er. Folglich lud ich Noam ein in der Hoffnung, dass wir uns bei Schummerlicht und Leihvideo näherkämen. Aber von wegen. Breillat ist eine französische Regisseurin, müssen Sie wissen, aus dem Genre makaber und morbide. Der Film *Meine Schwester* handelt von zwei Schwestern. Eine ist fett und isst ständig; die andere ist dünn und macht mit reichen Collegejungs rum. Noam und ich rückten ein wenig näher – Clitty Rose kribbelte sogar ganz schwach –, wir streichelten uns jedoch nicht; genau wie das dicke Mädchen verdrängten wir unsere sexuelle Anspannung, indem wir uns mit Falafel vollstopften. Dann wird das dünne Mädchen ermordet und die Dicke vergewaltigt; sie sieht verstörend befriedigt aus, nachdem sie endlich mal rangenommen worden ist, während ihre Schwester mit durchschnittener Kehle neben ihr in einem See aus Blut liegt. Es war kein Wohlfühlfilm. Ich hatte hinterher Beklemmungen und Noam bestimmt einen ganz Kleinen.

Ein paar Wochen später und nachdem ich so viele Festplattenlaufwerke inspiziert hatte, dass sie mir aus den Ohren rauskamen, gingen wir zum Abendessen in ein französisches Bistro. Er nahm das gut abgehangene Steak, ich die kurz gedünsteten Bohnen.

»Ist es nicht verrückt?«, begann ich. »Wenn man mal genauer drüber nachdenkt, hat fast jeder Typ schon mal eine Pussi im Gesicht gehabt.«

Noam sah sich heimlich im Restaurant um. »Find ich nicht«, antwortete er mit gesenkter Stimme. »Ich find's verrückter, dass die Leute Hüte und Schals tragen.«

»Wie meinst du das?«

»Es ist viel natürlicher, Pussi im Mund zu schmecken, als einen Hut auf dem Kopf zu haben«, gab er zurück. »Jeder hat bei der Geburt Pussi im Mund.«

»Kaiserschnittbabys nicht«, konterte ich.

»Warst du ein Kaiserschnitt?«

»Ja.«

»Du bist eben was Besonderes.«

Wir landeten in seinem Apartment. Wo wir meine neue externe Festplatte an meinen Laptop anschlossen. Noam wollte kurz ausprobieren, ob sie funktionierte. Während der PC hochfuhr, goss er mir ein Glas Wein ein.

Wir kamen uns näher, waren beide ein bisschen beschwipst. Er fragte mich, ob er mein strahlendes Schneckchen zum Dessert probieren dürfe.

Hmmm.

Ich hatte vor Kurzem in dem Buch *Woman: An Intimate Geography* von Natalie Angier gelesen, dass eine gesunde Scheide einen pH-Wert von 3,8 bis 4,5 hat, das entspricht in etwa dem Säuregehalt von Rotwein – ich wusste, Noam war ein ausgewiesener Rotweinkenner.

Außerdem hatte kürzlich jemand da unten rumgeschnuppert, und er hatte sich nicht beschwert, korrekt? Folglich konnte ich ruhigen Gewissens Ja sagen. Das war *die* Chance, mir selbst zu beweisen, dass ich auf einem guten Weg war. Ich hatte reichlich Wein getrunken und war ziemlich locker drauf, obschon ich natürlich unterschwellig Skrupel hatte.

Ich lehnte mich halb entspannt gegen die Sofalehne. Er verbrannte sich fast den Fuß an einer Kerze, als er mir auf die Pelle rückte. Meine Wahrnehmung wurde zunehmend unklarer, als könnte mein Dingsda den Alkohol aus seinem Speichel aufsaugen. Noam schien mir so weit weg wie eine ferne Galaxie. War er aber gar nicht, denn ich konnte seinen störrischen Haarwirbel sehen – und sogar streicheln. Das angenehme Gefühl währte jedoch höchstens eine Minute, ehe sich meine Gedanken verselbstständigten. Plötzlich packte mich der Wunsch, unsere Aktivitäten in einer komplizierten Verlaufskurve darzustellen, so wie meine Linguistiklehrer am College darauf bestanden, dass ich bandwurmlange Sätze bildete.

Verstehen Sie mich bitte nicht falsch, ich mag den Penis als solchen. Ich habe einen gesunden Respekt vor diesem

Organ. Womöglich hege ich sogar einen gewissen Penisneid, trotzdem wird dieses Instrument falsch eingestuft; es ist nicht bloß ein Substantiv. Was hinter seiner Struktur steckt, ist nicht statisch – der Penis ist handlungsorientiert und adaptiert sehr schnell verbartige Eigenschaften wie bohren, stoßen, treiben, penetrieren.

Ich machte erst mal gute Miene zu der Geschichte mit dem kleinen Happen zum Nachtisch. Eric hatte sich voll auf meine Wünsche konzentriert, hier jedoch spürte ich die Wölbung von Noams Verb, die sich an meinen Schenkel presste, und ich hatte prompt leichte Beklemmungen – ein Verb muss agieren, die Verlaufskurve muss sich entwickeln und in eine Richtung wachsen. Okay, ich hätte seinen Penis ja gern gestreichelt und daran herumgespielt, aber dann setzt automatisch der Schneeballeffekt ein: Einen Penis streicheln ist wie einen Satz beginnen – keine halben Sachen (Satzfragmente bringen bloß schlechte Noten). Ich sann auf Alternativen und fand keine. Wer die Musik bestellt, muss sie auch bezahlen.

Hilfe, was war, wenn das hier zu Sex führte? Ich war absolut nicht bereit für Nr. Sechseinhalb auf meiner Liste; nur noch vier und ich könnte sie nicht mehr an den Fingern zweier Händen abzählen. Wenn ich mir die Anzahl von Männern vor Augen führte, mit denen ich zusammen gewesen war, visualisierte ich mich selbst gleichzeitig als Torte, die in Stücke geschnitten wird. Je mehr Typen, desto kleiner werden die Stücke. Irgendwann ist nichts mehr übrig.

Ich war nicht fähig, meine typische Reaktion zu stoppen; meine Beine schnappten schlagartig zusammen wie zwei Hummerscheren. Noam kippte seitlich von der Couch, katapultierte dabei – *Schreck lass nach!* – die Festplatte mit zu Boden; der Stecker riss aus meinem Computer. Festplatte und PC waren gehimmelt. Ich packte beides ein und fuhr zurück nach Brooklyn, offen gestanden ziemlich fertig. Fünf Stunden zuvor war ich noch wesentlich besser drauf gewesen.

Verdammt, fühlte ich mich mies. Geradezu total scheiße. Das Schlimme war, dass ich mich mehr um Noams kleinen Hunger sorgte als um meine halb angeknabberte Muschi. Verzeih mir, Clitty Rose.

Ich rief Fiona um eins in der Frühe an und berichtete ihr, was passiert war.

»Er hat an dir rumgeknabbert?!«, unterbrach sie mich. Sie klang stolz, so wie damals, als ich meinen ersten BH bekam.

»Ahhh«, muffelte ich, »nenn es nicht so, und nein, so war es nicht wirklich. Na ja, so ungefähr. Er hat es versucht, aber … es lief nicht so wie geplant.«

Ich fragte sie, mit wie vielen Männern sie schon zusammen gewesen sei. Und erzählte ihr von meiner Tortenstücktheorie.

»Oh nein«, entfuhr es ihr. »Die Männer nehmen dir nichts weg. Im Gegenteil. Jede sexuelle Erfahrung ist eine Bereicherung.«

Das war ein positiver Ansatz. Wir versuchten uns gemeinsam daran zu erinnern, wie viele Sexualpartner sie gehabt hatte. Nach zwanzig Minuten hatten wir alle aufgeschrieben.

»Dreiundzwanzig«, sagte sie. »Uff, dreiundzwanzig. Nein – warte, zählen Mädchen auch?«

»Klar doch.«

»Dann waren es sechsundzwanzig. Perfekt! Einer für jedes Jahr.«

Wie sich herausstellte, hatte sie Nummer sechsundzwanzig erst kürzlich vernascht. Praktisch Nanosekunden nach ihrer Scheidung von Pedro hatte sie einen Neuen kennen gelernt. Er war mit ihr auf Tournee; Benjamin war Musiker; er saß jeden Abend im Orchestergraben und himmelte sie an, wenn sie tanzte. Sie hatte die Lektüre *Eat, Pray, Love* unter grottenlangweilig abgehakt und las stattdessen Ayn Rands *Der Ursprung*, eine Empfehlung ihres aktuellen Lebensabschnittslovers.

»Mara«, schwärmte sie. »Ich hab mich noch nie so gut gefühlt. Er bekommt mir sooo gut.«

Da war es wieder, ihr typisches Verhaltensmuster. Ich rollte wie üblich die Augen, hielt ruckartig inne und blinzelte bestürzt. Wie kam es eigentlich, dass sie dauernd Typen kennen lernte, die für sie Mr. Right waren – besser noch Mr. Perfect, und ich fand absolut null Komma null nichts Passendes? War es Schicksal, eine heimliche Bestimmung? Etliche Leute haben »den Einen«, andere wie Fiona »ganz viele«, und der Rest hat »keinen«.

MUSCHITALK

Nach der Geschichte mit Noam fühlte ich mich ziemlich niedergeschlagen. Um mich ein bisschen zu motivieren, setzte ich meinen Hintern in Bewegung und kontaktierte Dr. R. J. Noonan, 54 Jahre alt und Gründer des inzwischen in Auflösung befindlichen Consortium for Sex Research in Space, also einer Einrichtung für Sexforschung im All. Ich wollte ihn in puncto Orgasmen im Weltraum interviewen. Keine Ahnung, wieso ich das seinerzeit für eine gute Idee hielt; vermutlich hatte ich irgendwie Torschlusspanik. Falls Menschen in nächster Zeit die Erde zerstörten und in Weltraumstationen lebten, bevor ich endlich diesen verfluchten Orgasmus bekäme, wollte ich wenigstens wissen, ob das Lusterlebnis in der Schwerelosigkeit heißer, schärfer, geiler wäre. »Es ist weniger intensiv wegen der niedrigeren Blutdruckwerte«, informierte er mich, »aber umso notwendiger wegen der erhöhten Stresssituation.« Das ist der Hammer, finde ich, und ein Grund mehr, die Erde nicht zu zerstören.

Zufällig erfuhr ich, dass R. J. Noonan an einem Kongress über Sexualität teilnehmen würde, zu dem ich mich auch angemeldet hatte – er war natürlich einer der Vortragsredner.

Wissen Sie, ich wollte weg, raus aus der Stadt. Ich brauchte unbedingt einen Tapetenwechsel, um mich von dem Trümmerhaufen abzulenken, den ich ständig selbst fabrizierte. Ich stand mit etlichen angesehenen Sexualtherapeuten in Verbindung und benutzte diese weit verstreuten Kontakte für eine sexuelle Odyssee, die mich praktischerweise an Thanksgiving zu meinen Eltern verschlagen sollte. Ich wollte an dem erwähnten Kongress in Indianapolis teilnehmen, dann zu Hause in San Diego Thanksgiving feiern, danach in San Francisco (das Annie Sprinkle als die Klitoris von Kalifornien bezeichnet) einen einwöchigen Orgasmuseintauchkurs belegen und schließlich im äußersten Norden Kaliforniens das Orgasm Camp besuchen – Racheli Cherwitz von OneTaste hatte mich auf diese »Orgasm People« hingewiesen. Ich sprach kurz mit einer Frau namens Samantha über ihren abgeschotteten Orgasmuslifestyle; sie erzählte mir, ihre »Familie« konzentriere ihr Lebenswerk auf die Orgasmusforschung – die Leute haben zusammen über hundert Jahre Erfahrung auf diesem Gebiet. Ich meldete mich spontan für einen dreitägigen Sensibilisierungskurs an. Null Ahnung, was man da lernte, außer dass es dort eine Sektion OIC gab: Observation of Intense Coming. Diese Beobachtung des intensiven Kommens dauerte eine geschlagene Stunde. Und wurde nicht etwa im Teamwork bewältigt: Nein, eine Frau hatte den multiplen Orgasmus, ganz allein und sechzig Minuten lang. Verdammt verrückt, was?

Noch mal zurück zu den glücklichen Zufällen im Leben. Es war ein glücklicher Zufall, dass Dr. R. J. Noonan – das R steht für Ray – an dem Kongress teilnahm. Wie sich nämlich herausstellte, erkrankte sein Koreferent, und dessen Bett im Hyatt war frei. Ich hatte noch keine Unterkunft gefunden; ich wollte eigentlich Couchsurfen, fand aber nichts Passendes. Ray erklärte, er hoffe zwar, ein bisschen was zu erleben – es sei schließlich das erste Mal seit Jahren, dass er bei einer Sexkonferenz ein Zimmer für sich allein habe –, ansonsten könne ich das frei gewordene Bett aber gern haben.

»Wir könnten uns auf ein geheimes Zeichen hin verständigen«, schlug ich vor, »und wenn Sie jemanden aufreißen, schicken Sie mir eine verschlüsselte SMS, dann weiß ich Bescheid, dass ich mich noch länger in der Lobby oder an der Bar rumdrücken muss.«

Er meinte, er käme bei Bedarf darauf zurück.

Als ich mich von Zola verabschiedete, briefte sie mich auf die diversen Nationalitäten, die mir auf meinem Kurztrip über den Weg laufen könnten. Sie stufte die Typen nach ihrer Cunnilingusbereitschaft ein: »Chilenen tun's nicht. Argentinier tun's. DomRep auch. Trinidad nicht. Die Israelis – das weiß ich aus einschlägigen Berichten – tun's zwar auch nicht, stehen aber wahnsinnig auf Blowjobs.« Sie schob sich die Haare hinter die Ohren und tauchte ein Stückchen Wantan in süßsaure Soße. Während sie kaute, stöhnte sie, als säße ein feuriger Argentinier unter dem Tisch und würde es ihr besorgen. Sie nahm den Gesprächsfaden wieder auf: »Wenn sie's nicht machen wollen – tut mir leid, dann weg mit ihnen von der Bettkante!

Und sorgen Sie dafür, dass sie sich die Zähne putzen, bevor sie an Clitty Rose rummachen, vor allem, wenn sie Bier getrunken haben. Die fremde Hefe kann Ihr Scheidenmilieu aus dem Gleichgewicht bringen, und dann landen Sie unter Umständen mit einer fiesen Pilzinfektion beim Hautarzt«, warnte sie.

Dummerweise hatte ich nach diesem interessanten, wenn auch leicht deprimierenden Tipp ebenfalls eine schlechte Nachricht für Zola: Ich hatte ihr noch nicht verklickert, wie ich die DVD *Divine Nectar* fand, die sie mir bei unserem ersten Treffen mitgegeben hatte. Mein niederschmetterndes Urteil zeigte ihr vermutlich, dass ich keine hoch entwickelte Frau war, die den Kontakt zu ihrer inneren heiligen Göttin und zu ihrem Yoni-Portal pflegte. Ich hatte mir das Video bei einer Tasse »Coffee to go« reingezogen. Den Kaffee besorg ich mir immer in dem Deli unten an der Ecke. Ich drückte auf »Play«, und mir wurde schlagartig übel, weil ein Mann in einem Sektkelch das Ejakulat seiner Frau auffing. Und davon handelte der ganze Film, nämlich von Frauen, die behaupten, ejakulieren zu können. Wussten Sie, dass Frauen ejakulieren können? Es fehlte wirklich nicht viel, und ich hätte den Kaffee im hohen Bogen wieder in die Tasse gespuckt, dabei trinke ich meinen Kaffee für gewöhnlich IMMER aus.

Soll ich Ihnen mal was verraten? Dieses Video wäre bestimmt der Hit für jede Bulimikerin. Bei dem bloßen Gedanken an den Film kommt mir im Nachhinein mein Frühstück hoch. Zola schien kein bisschen beleidigt. Sie berichtete mir von weiblichen Ejakulationserfahrungen und meinte, dass ein Ejakulationsorgasmus besser sein kann als jede Therapie. »Die Klimax ist so intensiv und real, einfach unvergleichlich«, schwärmte sie. Ich glaubte ihr. Und gab ihr zerknirscht die DVD zurück.

Zola gab mir die Nummer ihrer Freundin Satya, die in San Francisco wohnte. Satya, die sich selbst als Undercover-Göttin bezeichnete, arbeitete ebenfalls als *dakini*. Wenn ich mehr lernen wolle, so Zola, solle ich mich mit ihr treffen. Sie umarmte mich, drückte mich – ihre gesamte sexuelle Energie drängte sich an mich – und meinte, sie sei gespannt auf das, was ich später zu berichten hätte.

Am Tag vor meiner Abreise hatte ich meine letzte Therapiesitzung. Ich schaute Rori an. Rori schaute zurück. Sie schob sich die Ponyfransen aus den Augen. Ich rieb meine Hände aneinander. Sie schlug die Beine übereinander.

Ich strich mir über den Pony, um zu kontrollieren, ob er auch schön ordentlich meine Stirn bedeckte.

Dann begann ich, ihr von meinem letzten Traum zu erzählen. Eine Kette aus Stahlgliedern hing zwischen Menschenbeinen. Wenn man daran zog, betätigte sie den orgasmischen Schalter, ähnlich wie man eine Nachttischlampe anknipst. Alle zuckten, bis wieder daran gezogen wurde. Irgendjemand hatte jedoch mein Kettenglied durchtrennt.

»Wie geht es Ihnen sonst so?«, wollte sie wissen.

»Wie? Wie soll es mir schon gehen?«, wiederholte ich verwirrt. »Wie meinen Sie das?«

»Genau so, wie ich es sage«, versetzte sie.

Sie warnte mich davor, mich kopfmäßig zu intensiv mit meiner Vagina zu beschäftigen. Ich müsse mich unbedingt ablenken, um wieder zu mir selbst zu finden – shoppen, Freunde treffen, ins Museum gehen.

»Sie dürfen sich nicht so reduzieren. Sie sind nicht bloß eine Vulva.«

Die hatte gut reden. Meine Arbeit war mein Lebensinhalt. Die Vulva war Dreh- und Angelpunkt meiner Arbeit, folglich war sie mein Lebensinhalt. Mag sein, dass Rori Recht hatte und ich mich sukzessive in eine Muschi verwandelt hatte. Daraufhin hatte ich meine Version der Ejakulationsklimax: Ich begann zu weinen, heulte wie ein Schlosshund, Tränen stürzten über meine Wangen.

Nach der Sitzung rief ich meine Mom an.

»Mom« seufzte ich zerrissen, »meine Therapeutin meint, ich denke zu einseitig. Sie behauptet, ich hätte mich komplett in eine Monstermöse verwandelt, eine Monstermöse, die auf ihrer Couch sitzt.«

»Weißt du«, antwortete meine Mom, »es wäre nicht schlecht, wenn du einen Partner fändest, jemanden, der dir wirklich hilft zu entspannen. Ein Mann kann zum inneren Gleichgewicht beitragen, Ken zum Beispiel ...«

Ich beendete spontan das Gespräch.

Atman, mein Vulvaguru, konnte mir auch nicht helfen; er meinte, ich würde mir die ganze Sache zu sehr zu Herzen nehmen. »Geh spazieren und atme dabei tief durch«, riet er. »Trink ein Schlückchen Whiskey oder was anderes in der Art. Das entspannt.«

Darauf wäre ich auch selber gekommen.

Dann spendierte er mir ein Scone, umschloss mit seinen Händen mein Gesicht und drückte mir einen fetten Schmatzer auf die Lippen. Ich war wie benommen von Atmans Kussattacke.

»Du bringst etwas sehr Angenehmes von deinem Trip mit«, sagte er.

Was war er jetzt? Ein durchgeknallter Wahrsager mit prophetischen Gaben? Reichte ihm sein Gurudasein nicht? Wo hatte er seine Kristallkugel gelassen?

Atmans kleines Motivationsgespräch half nicht, folglich beschloss ich, mir an der Biosalatbar Essen-»Pröbchen« zu mopsen. Diese schlimme Angewohnheit hatte ich nicht mal Rori gebeichtet. Ich war wie Winona Ryder, die totale Kleptomanin, und eines Tages würden sie mich dabei schnappen, wie ich geklaute Shanghaiklößchen heimlich in eine Papiertüte umfüllte, während ich so tat, als fühlte ich an der Tüte, ob die Brötchen auch ganz frisch waren. Sie würden meine Brieftasche untersuchen und feststellen, dass ich jede Menge Bargeld bei mir trug. Sie würden mich verhören, bis ich gestand, dass das Geld von meiner einstündigen Fußprostitution stammte. Dann würden sie mich eine Hure schimpfen. Wohl noch nie gehört, dass Huren Heilige sind, was?

In meinem Apartment ging der Horrortrip weiter. Als

ich am Abend packte, kotzte mir eine von den Katzen in meine grüngoldenen Treter und steuerte zu dem Käsemaukenduft einen Hauch von Thunfischaroma bei. Ursula bearbeitete die Schuhe zwar mit jeder Menge Febreze, aber leider … Später checkte ich meine E-Mails und mein Nerve-Profil. Ich hatte in der Zwischenzeit noch zwei weitere Dates wahrgenommen – beides keine Bringer. Der eine Typ hatte mich schwer angeschickert hochheben wollen, und ich musste mich blitzartig ducken und bäuchlings auf den Bürgersteig werfen, um seinem Zugriff zu entgehen. Mein anderes Date war vermutlich schwul. Ich will nicht behaupten, dass er es war – da kann man sich gehörig täuschen –, aber mein Date faselte den ganzen Abend bloß von seinem trauuumhaften neuen Teakschreibtisch und erzählte mir in epischer Breite, wie lange er gebraucht habe, um dieses Waaahnsinnsteil zu finden. Als ich mein Datingprofil öffnete, sah ich, dass Joe auf meiner Seite gewesen war, das erste Mal seit einem Monat. (Ich überprüf das nicht regelmäßig, falls Sie das jetzt vermuten sollten. Also bitte, keine falschen Unterstellungen!) Ich betrachtete sein Foto. Wir waren beide online. Ich versuchte, ihn virtuell zu hypnotisieren, wovon er vermutlich nichts mitbekam. Ich wollte, dass er mich wollte. Ich wollte, dass er mich anrief und sagte, es täte ihm leid. Danach könnte ich sagen: »Ich wusste es. Ich wusste, du würdest dich scheiße fühlen.«

Ich lief auf meinen Balkon, um Messies Müllhalde zu bestaunen. Inzwischen stapelte sich das Zeug bestimmt wieder bis in den zweiten Stock. Ich beugte mich vor und schielte nach unten. Denkste. Die Loggia war jungfräulich. Der Lkw hatte alles abtransportiert. Nach einem derart frustigen Tag geriet sogar mein literarisches Konzept ins Wanken. Das Wesen der Literatur war offenbar genauso launisch wie meine Klitoris.

Wenigstens rief Ray Noonan an. Er freute sich, mir sein leeres Kongressbett zu überlassen. Mir fiel echt ein Mühlstein vom Herzen. Ich war heilfroh, aus der Stadt rauszukommen, und mordsmäßig gespannt, welche Macken die teilnehmenden Sexforscher bei mir diagnostizieren würden.

TEIL ZWEI

DIE EVOLUTION HÄTTE ECHT GENIAL SEIN KÖNNEN

Ray und ich nahmen an dem Willkommensempfang anlässlich des fünfzigsten Kongresses der Society for the Scientific Study of Sexuality teil, kurz SSSS. »Die Dame da hat sich einen Namen auf dem Sektor sexuelle Übergriffe und Vergewaltigung gemacht«, raunte Ray mir zu. Dabei deutete er auf eine Koryphäe der Sexforschung, die im Bankettsaal des Hyatt Hotels an uns vorüberschwebte. »Der da drüben ist ein Spezialist für sexuelle Psychosen«, murmelte er. »Sie hat den G-Punkt benannt.« Er deutete auf eine weitere Person. Ich gehörte definitiv zu einer Minderheit; das Gros der TeilnehmerInnen bestand aus Wissenschaftlern, Dozenten, Therapeuten sowie auch einigen Profis aus dem horizontalen Gewerbe. Alle schienen gespannt auf die neuesten Studien und Forschungsergebnisse. Ich war eine Außenseiterin, aber das war okay; immerhin befand ich mich auf einer Topkonferenz mit lauter Sexkoryphäen.

Ich mischte mich unter das illustre Völkchen. Und lernte den Typen kennen, der die Broschüren für Planned Parenthood schreibt – vermutlich genießt er in der Sparte sexuelle Aufklärung einen ähnlichen Status wie ein Redakteur des renommierten *New Yorker*. Ich drückte ihm die Hand und rang mir mühsam ein Kompliment ab: Wahnsinnspferdeschwanz.

Die meisten Teilnehmer waren ältere Semester. Die Mehrheit war irgendwo zwischen vierzig und sechzig, also im Alter meiner Eltern. Meine Generation war eher schwach vertreten. Ich hatte den Eindruck, dass die Generation, die mit der sexuellen Revolution groß geworden war, ihren Fokus total auf Sex legte: akademischen Sex, kriminellen Sex, Fetischsex, romantischen Sex, verbotenen Sex, homoerotischen Sex, Sex ausgedrückt in Statistiken und Kommastellen, Sex, Sex, Sex. Das war ihre Domäne.

Wenn er nicht im Bankettsaal war, paffte Ray an seiner Pfeife, weshalb er süß, würzig und gelb roch – ja, gelb. Da wir uns ein Hotelzimmer teilten, fragte ich mich, ob meine sämtlichen Klamotten gelb riechen würden, wenn ich wieder nach Kalifornien abreiste. Auf dem Kongress präsentierte Ray seinen 1419-Seiten-Wälzer *The Continuum Complete International Encyclopedia of Sexuality*. Er war ein Sexfreak. Er kannte die abseitigsten Sexfakten und streute sie wie zufällig in die Diskussion ein: Danach gehen fünfzig bis achtzig Prozent aller Ehemänner fremd; tief religiöse Frauen sind die ausgeglichensten Sexualpartner; Zahnärzte gehören – laut seiner Statistik – zu der Berufsgruppe, die am häufigsten Affären mit ihren Patienten hat. Angeblich hatte er, noch bevor sie sich outete, gewusst, dass seine Tochter lesbisch war. Ich fragte mich insgeheim, ob ich vielleicht auch lesbisch war und er das wusste, es mir aber nicht verriet. Ich hätte nicht übel Lust gehabt, ihm deswegen auf den Zahn zu fühlen, aber was hätte mir ein positiver Bescheid genützt? Ich hatte auch so schon Probleme mit meiner Muschi.

Morgens frisierte Ray sein Haupthaar zu einer pomadeglänzenden Tolle in die Stirn. Er trug eine abgewetzte Bomberjacke; die stammte bestimmt aus den späten Sechzigern, genau wie der prächtige Schnäuzer, der seine

Oberlippe verdeckte. Er gestand mir, dass er die Sechziger und Siebziger vermisse. Damals wurde die freie Liebe propagiert. Die heutige Zeit sei unsexy, weil die Leute nicht mehr spontan sein dürften – kein Spaß, keine Ethik, keine Romantik und schon gar keine Erotik, bloß Gummis. Beim Sex drehe sich alles um Verhütung und darum, ob man effizient mit dem Überzieher umgehen könne. Als wäre es das Höchste der Gefühle, einer Gurke ein Kondom überzustreifen.

Der erste Tag brachte bei Weitem nicht so viel, wie ich mir erhofft hatte. Ich nahm an einer Bustour zum Kinsey Institute in Bloomington, Indiana, teil und fühlte mich so ähnlich wie auf dem Jakobsweg. Ich vermutete, dass ich meinen Orgasmus wohl eher begreifen würde, wenn ich mich vor dem Altar des großen Dr. Alfred Kinsey verneigt hätte. In den fünfziger Jahren hatte er die Sexualität zum nationalen Gesprächsthema gemacht, indem er rund achtzehntausend Leute zu ihren Sexualpraktiken interviewt und die Ergebnisse in Buchform, den Kinsey Reports, veröffentlicht hatte. Diese Berichte enthüllten, dass in amerikanischen Schlafzimmern mehr als die damals offiziell übliche Missionarsstellung abging. Kinsey verurteilte jegliche Form sexueller Diskriminierung. Alles war natürlich, unnatürlich nur das, was nicht machbar war.

Wir hatten nur eine Stunde Aufenthalt, also kaum Zeit für eine ausgedehnte Führung. Die meisten Teilnehmer machten einen kurzen Rundgang, schossen Fotos und deckten sich dann mit Sweatshirts, Bechern und Postkarten mit dem Kinsey-Institute-Logo ein. War das die Kaufrauschtherapie, vor der Eric, meine heilige Hure, mich gewarnt hatte? Shopping als Ersatzhandlung? Wie kompetent waren diese Sexleute, wenn sie ihre eigenen körperlichen Gelüste nicht zu befriedigen wussten?

Auf meinem Rundgang lernte ich Julia Heiman, die Direktorin des Kinsey Institute kennen. In den Siebzigern verfasste sie mit zwei Kollegen den Titel *Becoming Orgasmic*. Ich erzählte ihr, dass ich das Buch zu Hause hätte – verschwieg ihr jedoch, dass ich bloß bis Kapitel zwei gelesen hatte. Dass ich Hilfe brauchte, war mir da bereits klar; ihr Selbsthilfebuch deprimierte mich nur.

Ich fragte sie, wie ich meine sexuellen Verklemmungen loswerden könnte. »Verklemmungen können eine Schutzfunktion haben«, führte sie aus. »Frauen gehen beim Sex gewisse Risiken ein. Vergessen Sie bitte nicht, dass Frauen trotz Kontrazeptiva – die natürlich eine neuere Entwicklung in der Menschheitsgeschichte sind – schwanger werden können. Den Umstand, dass Frauen an diesem Punkt unserer Evolutionsgeschichte darauf programmiert sind, Hemmungen zu haben, sehe ich eher positiv. Man ist beispielsweise umsichtiger bei der Partnerwahl«, schloss sie.

Nichts gegen die Evolution – das mit Darwins Finken ist eine klasse Sache –, aber eins hat sie vergessen: nämlich einen fünften Gang. Die Evolution ist verdammt langsam. Wie wäre es beispielsweise mit einem Extrafinger, der uns aus dem Nabel herauswächst, speziell entwickelt, um Hosenschlitze zu öffnen? Hemmungen und Verklemmungen sollten spätestens nach Margaret Sanger, um 1900 eine Aktivistin in puncto Geburtenkontrolle, Geschichte sein. Scheißevolution – dabei hätte sie echt genial sein können.

Meine weiteren Fragen zu dem Themenkomplex Orgasmus & Co. bremste die gute Frau aus. Weil ich es nicht lassen konnte, meine typisch weibliche Neugier zu befriedigen. Wie habe sich ihr Nachname, Heiman, eigentlich auf ihre Karriere ausgewirkt?, wollte ich wissen. Ein bisschen anders betont klang der Name nämlich wie Hymen, also das Jungfernhäutchen, das in der Vagina als Penetrationshindernis eingebaut ist. Ob sie die Frage zynisch fand? Oder zu persönlich? Jedenfalls endete mein Interview mit der renommierten Expertin auf dem Gebiet der Sexforschung an diesem Punkt.

(Ich hab es später mit E-Mails probiert. Sie ist mir die Antwort schuldig geblieben.)

Während ich mit hängender Zunge zu den Bussen spurtete, die mit einem fröhlichen Hupkonzert auf die Abfahrt hinwiesen, fiel mir eine gerahmte Tuscheskizze ins Auge, die an einer der Wände hing. Sie stammte aus Japan und trug den Titel *Cunt Hell of Great Searing Heat*. Das Motiv erinnerte an die Kampfszenen aus *Braveheart*, dort, wo normalerweise der Kopf sitzen sollte, hatten jedoch alle Krieger eine Vagina mit wütend schnaubenden Schamlippen. Wenn Clitty Rose das hätte sehen können, hätte sie sich vor Lachen in die Hose gemacht.

Nach meiner Rückkehr ins Hotel gingen Ray und ich gemeinsam zum Abendessen. Ich nippte an einem Bier und stützte die Stirn in die Hand. Er wollte mir bestimmt helfen und mich moralisch aufbauen. »Babys masturbieren im Uterus«, sagte er. Das war in Sonogrammen dokumentiert. Jungenföten umklammerten ihre Babypimmel, folglich ging er davon aus, dass weibliche Embryos ebenfalls an sich herumspielten. »Schauen Sie, wahrscheinlich hatten Sie in der Gebärmutter einen Orgasmus.« Er grinste mich aufmunternd an. Ich nickte vage und vertiefte mich in die Speisekarte. Er setzte hinzu, dass Frauen nächtliche Orgasmen hätten so wie Männer nächtliche Ejakulationen – feuchte Träume eben. »Sie hatten bestimmt schon mal einen, während Sie schliefen«, meinte er begütigend. Ich war zwar beeindruckt, aber: »Das ist nicht das, was ich will«, gab ich zurück.

Ich dachte an die Alzheimer-Krankheit. Meine Großmutter mütterlicherseits war daran erkrankt, und ich bekam nie Gelegenheit, ihr *Ich* kennen zu lernen, bevor sie vergaß, wer sie war. Für gewöhnlich saß sie in ihrem Schaukelstuhl und schaute sich irgendwelche Serienwiederholungen im Fernsehen an. Ich möchte wetten, als sie starb, erinnerte sie sich an keinen einzigen ihrer Orgasmen.

»Was hat man von einem Orgasmus, wenn man sich nicht daran erinnern kann?«, maulte ich.

DAS LEBEN IST GELB

Glauben Sie mir: Das knusprigste Frühstücksbrötchen verliert an Reiz, wenn Sie sich morgens schon eine wissenschaftliche Diskussion über Unterleibskrebs reinziehen müssen. Ich finde beileibe nicht, dass Sex ein langweiliges Thema ist, aber diese Forscher schafften es tatsächlich, es staubtrocken rüberzubringen. Ich beschwerte mich bei einem der Sexologen. »Wenn Sie denken, dass das hier trocken ist«, versetzte er milde pikiert, »dann sollten Sie mal an einer AIDS-Konferenz teilnehmen.«

Ray wusste um das Geheimnis der Kongressteilnahme; er fuhr hin, damit er den hoteleigenen Swimmingpool benutzen konnte. Und um von den PowerPoint-Präsentationen, Podiumsdiskussionen und ermüdend langen Vorträgen zu relaxen. Ich blieb ungefähr zehn Minuten in jeder Veranstaltung. Weil ich anderes zu tun hatte. Sobald ich jedoch wieder im Foyer stand, fragte ich mich: Was eigentlich? War ich vielleicht nicht bloß verklemmt, sondern auch zu ungeduldig und deshalb anorgasmisch, weil ich nicht bereit war, eine Aktivität konzentriert zu Ende zu führen? Stimmt, ich lasse mich leicht ablenken.

Wie beispielsweise von dem Hünen mit dem Kilt, der in der Lobby an mir vorbeilief. Ich sprach ihn spontan darauf an, was er vom weiblichen Orgasmus halte. »Nicht viel«, antwortete er. »Ich interessiere mich ausschließlich für Männer.« Dabei grölte er wie ein Filmschurke, dass es

Schockwellen durch die Parkettdielen jagte, als er weiterstürmte.

Irgendwann beschloss ich, zu drastischeren Maßnahmen zu greifen. Ich besuchte einen Vortrag über weibliche Sexualität. Und kaute nervös an der Innenhaut meiner Wange, während ich mich zwang, bis zum bitteren Ende durchzuhalten. Das Mikrofon wurde für Fragen und Kommentare herumgereicht. Jetzt oder nie, sagte ich mir. Zwanzig Sexprofis waren mir schonungslos ausgeliefert.

Ich hasse es, vor Publikum zu sprechen.

Mikrofone sind schlimmer als jeder gelbe Gestank. Ich rieche lieber alles, was gelb ist – nikotingelb, durchfallgelb, kotzgelb –, als meine Stimme um zig Dezibel übersteuert zu hören. Fiona lebt davon und wird dafür bezahlt – je lauter und je weiter ihr süßes Stimmchen ausgestrahlt wird, desto besser. Ich hab das nie verstanden.

»Hi«, nuschelte ich. »Ich bin Mara Altman und auf der Suche nach meinem ersten Orgasmus. Wenn einer von euch einen guten Vorschlag hat, bitte bei mir melden.«

Null Reaktion. Mag sein, dass irgendwer kicherte. Oder sich räusperte. Keine Ahnung; ich zog unbehaglich den Kopf zwischen die Schultern und hätte mich am liebsten in gelben Dunst aufgelöst. Als ich zaghaft wieder aufblickte, strömten alle aus dem Saal. Eine Frau kam zu mir und hielt mir ihr Buch *Women's Sexualities* unter die Nase. »Da drin ist ein Kapitel über den Orgasmus«, sagte sie. »Es kostet nur fünfzehn Dollar, ein guter Preis für Studenten.«

Sie war nicht die Erste, die mir ihr Buch andrehen wollte. Das versuchten alle, sobald ich um ein Interview bat – diese Sexleute wollten mir unbedingt ihre Bücher aufschwatzen. Jeder tönte mit seinen Theorien herum, und jeder Zweite hatte einen Ratgeber publiziert, in dem es um besseren Sex ging. Es war zwar ätzend, trotzdem erleichterte mich das

Wissen, dass es dafür einen Markt gab. Zumal es bedeutete, dass ich mit meinem Problem nicht allein war.

Ich schnitt eine vielmeinende Grimasse.

Sie stopfte ihr Buch wieder in ihre Tasche und stapfte davon.

An der grauhaarigen Dame, die als Nächstes auf mich zukam, war die Brille so ziemlich das Auffälligste. Sie hieß Elizabeth Rae Larson. Ich hatte mir die ersten zehn Minuten von einem ihrer Vorträge angetan, vielleicht auch ein, zwei Minuten länger, weil sie so herrlich fluchen konnte.

Wir setzten uns in eine ruhige Ecke. Sie sagte, sie sei seit Jahrzehnten Sexologin. Sie habe in den Sechzigern für sexuelle Rechte und weibliche Autonomie gekämpft. Mein Interview mit ihr klappte wie am Schnürchen.

»Wie kann ich zu einem Orgasmus kommen?«, wollte ich wissen.

»Die Frauenbewegung«, meinte sie, »hat seinerzeit darauf gepocht, dass der Orgasmus positiv für Frauen sei, etwas, das sie haben sollten. Inzwischen hat das Bedürfnis jedoch zwanghafte Züge angenommen. Der Orgasmus übt gesellschaftlichen Druck aus: Wenn Sie keinen haben, stimmt irgendwas nicht mit Ihnen.«

»Exakt. Und was stimmt nicht mit mir?«

»Der Orgasmus wird überbewertet«, gab sie zu bedenken. »Anstatt ihr Vergnügen zu suchen, wollen die Leute bloß ihre Klimax. Schauen Sie erst mal, dass Sie Spaß an der Sache haben; dann fluppt es mit dem Orgasmus irgendwann von allein.«

Wir plauderten noch ein Weilchen, obwohl ich eigentlich genug gehört hatte. Was sie sagen wollte, war wohl, dass der Orgasmus gar nicht das Entscheidende sei. Die Gute hatte natürlich leicht reden; sie war orgasmusmäßig bestimmt nicht zu kurz gekommen.

Larson hatte meine sämtlichen Illusionen zerstört. Im Klartext: Ich brauchte nicht unbedingt einen Orgasmus, und ich durfte erst recht nicht hinausposaunen, dass mit mir etwas nicht stimmte. Auf dem Weg zum Foyer traf ich die Frau wieder, die mir ihr Buch hatte verticken wollen. Sie hielt es mir hin, ihre Miene milde besorgt.

»Wissen Sie was? Nehmen Sie's. Ich schenk es Ihnen. Hab sowieso keine Lust, es wieder mit nach Hause zu schleppen.«

Sie signierte den Titel und reichte ihn mir.

»Viel Glück«, sagte sie noch, bevor sie weiterlief.

DAS GRÜNE DING, DAS EIGENTLICH LILA IST, KÖNNTE SO WAS WIE DER SCHLÜSSEL SEIN

Die These konnte einfach nicht stimmen. Orgasmen *hatten* weiterhin Bedeutung. Dr. Komisaruk war der lebende Beweis. Auf dem Kongress sollte er gemeinsam mit seinen Koautoren für den Titel *The Science of Orgasm* einen Preis verliehen bekommen. Mal ehrlich, würde er dafür ausgezeichnet, wenn Orgasmen passé wären? Bestimmt nicht.

Ob er persönlich anwesend war, entzog sich meiner Kenntnis. Wir liefen uns dann jedoch im Foyer über den Weg. Das heißt, er entdeckte mich in der Ecke, wie ich in dem geschenkten Buch blätterte.

»Mara!«, rief er. »Mara!«

Er neigte sich über mich, seine Lippen zum Angriff auf meine Wange gespitzt. Gott sei Dank blieb es bei einem Luftkuss; ich hasse es nämlich, wenn mir jemand auf meinen Hängebäckchen rumschmatzt. Er schleifte mich an die Bar. Wir gönnten uns einen Sauvignon Blanc. Obwohl wir seit zwei Monaten keinen Kontakt mehr hatten, interessierte er sich weiterhin brennend für mein Projekt. Er fand, ich sei tapfer. Und so was wie der Holden Caulfield der Orgasmen.

»Kommen oder nicht kommen, das ist hier die Frage.« Er lachte über sein eigenes Wortspiel.

Ich stellte mir mental vor, wie ich durch ein Roggenfeld

lief und mit einem Schmetterlingsnetz Orgasmen einfing, die wie windgezauste Seifenblasen zerplatzten.

»Ich bin weiterhin daran interessiert, Sie als Teilnehmerin für meine Studie zu gewinnen«, sagte Dr. Komisaruk im Hinblick auf seine fMRI-Orgasmusforschung. Wenn sich dieser Orgasmus einstellte, wollte er dabei sein, um zu sehen, wie es in meinem Gehirn funkte.

»Ich hätte nichts dagegen«, erwiderte ich, während ich heimlich Beckenbodenübungen praktizierte. Ich schämte mich, was mein Fortkommen betraf. Im Grunde genommen war ich nämlich keinen Schritt weiter.

»Es ist halt schwierig, Fördergelder zu bekommen«, seufzte er. Er hatte in den vergangenen Monaten bei zig Institutionen angefragt, aber lauter abschlägige Bescheide erhalten. »Auf sinnliche Vergnügungen wird in diesem Land anscheinend wenig Wert gelegt.«

So was in der Art hatte er schon vor Monaten gesülzt.

Er musste weg. Er hatte es eilig. Orgasmen waren sein Job. Bevor er mich zum Abschied umarmte, fragte er noch, ob sich bei mir was getan hätte.

»Es lässt sich ganz gut an«, antwortete ich. Hoffentlich bemerkte er mein Zögern nicht.

An diesem Punkt beschloss ich, endlich über meinen Schatten zu springen und mir einen Vibrator zu kaufen. Vor zwei Monaten hatte Dr. Komisaruk energisch auf den Restauranttisch geklopft und mir verklickert, dass das der Schlüssel sei. Ich hätte das Schloss; folglich bräuchte ich den Schlüssel. Unschlüssig schlenderte ich die Stände entlang, an denen umtriebige Verkäufer ihre Produkte anboten, von DVDs über Dildos bis hin zu medizinischen Produkten.

Eine Frau pries lautstark ihre aphrodisierenden Öle an. Ihr Unternehmen hieß Good Love. »Indisches Gewürzbukett«, rief sie, während sie die Vorübergehenden mit einem

Sprühregen ihres penetranten Duftöls malträtierte. »Wenn Sie den Duft ändern, ändern Sie die Liebe.«

Ich hatte einen gekonnten Haken um ihren Stand geschlagen, aber jetzt entdeckte ich die Vibratoren auf ihrem Tisch. Vielleicht war das des Pudels Kern.

Ich steuerte auf ihren Stand zu, sah, wie sie ein Ölfläschchen auf den Kopf drehte, um den Frontalangriff auf meine Handgelenke zu starten. »Ich bin Lovologin«, sagte sie und klatschte mir Öl auf die Haut. »Deswegen verkaufe ich auch keine Sexprodukte, sondern LIEBES-Produkte, weil ich wirklich glaube, dass der Sex der Kitt ist, der Beziehungen zusammenhält. Nicht dieses Jeder-mit-jedem, wo die Leute letztlich bloß frustriert sind. Nein, Sex ist für mich was völlig anderes.«

Sie bezeichnete sich selbst als Kämpferin des Eros, die eine ziemlich aussichtslose Schlacht für die Liebe schlägt. Sie sah auch ziemlich kampfgeschädigt aus. Mit Tränensäcken unter den Augen und zerrupften Haaren. Sie sprach rasend schnell wie ein Auktionator. Ich fürchtete, wenn sie verstummte, würde sie zu Boden sinken wie ein angepiekster Luftballon. Und mit ihrer Liebesölbroschüre wedeln wie mit der weißen Flagge der Kapitulation.

»Haben Sie Sexualwissenschaften studiert?«, wollte ich wissen.

»Ich bin seit fünfundzwanzig Jahren verheiratet«, antwortete sie. »So was studiere ich jeden Tag.«

Sie monologisierte weiter über die Liebe – sie hatte einen guten Ansatz, denke ich –, aber mit Liebe hatte ich momentan nichts am Hut.

»Jeder wünscht sie sich von ganzem Herzen, trotzdem wollen die Leute nicht wahrhaben, dass es harte Arbeit ist, einen Menschen zu lieben«, räsonierte sie, dabei ließ sie nichts unversucht, weitere Besucher mit ihrem Liebesöl zu traktieren. »Ich hab es nicht erfunden«, rief sie den Leuten nach. »Ich fülle es lediglich in Flakons ab.«

Sie wandte sich abermals mir zu. Rieb einen neuen Duft auf mein Handgelenk und schnupperte genießerisch. »Das Problem sind Sie selbst«, beteuerte sie. »Nicht Ihre Beziehung. Eine Beziehung löst keine Probleme, wenn Sie verstehen, was ich meine.«

»Ich arbeite an meinen Problemen«, räumte ich ein.

»Willkommen in dieser Welt, Schätzchen!«, rief sie.

»Ich hatte noch nie einen Orgasmus. Das ist eines meiner Probleme.«

»WAS?«, japste sie. »Sie sind noch nie gekommen? Dann brauchen Sie unbedingt eins von meinen Liebesölen. Nein, warten Sie, Sie haben doch *sicher* einen Vibrator, oder?«

»Nein.«

Meine Lovologin schnappte sich ein kleines lilafarbenes Teil. Der Vibrator passte komplett in ihre ausgestreckte Handfläche. »Damit bekommen Sie garantiert Ihren ersten Orgasmus!«, beteuerte sie.

Ich drehte den Freudenspender in der Hand. Sie erklärte mir, dass er grün sei.

»Nein«, erwiderte ich. »Er ist lila.«

»Nein, nein, er ist grün«, betonte sie. Sie meinte das umweltmäßig. Statt mit Batterien wurde der Vibrator nämlich mit Solarzellen betrieben. Er hatte sechzehn Geschwindigkeitsstufen. Und kam in einem süßen kleinen schwarzen Seidenbeutel daher – etliche Sextoys sind in Kordelzugseidenbeutel verpackt. Vielleicht sollte ich mir mal einen Ganzkörperkordelzugseidenbeutel überstreifen, dachte ich spontan.

»Seien Sie realistisch mit dem, was Sie wollen«, erklärte sie. »Verabschieden Sie sich von der Vorstellung, dass da irgendein Märchenprinz ist, der Ihre sämtlichen Bedürfnisse befriedigt. Das können Sie getrost vergessen, den gibt es nicht. Wenn man etwas wirklich will, muss man im Leben Kompromisse machen.«

Bevor ich antworten konnte, dass ich nicht willens war, Kompromisse zu machen, hatte sie die Rechnung ausgedruckt: Der Vibrator kostete einhundert Dollar. Sie warf noch ein paar Gratisölpröbchen mit in die Tüte und wandte sich wieder den Händen anderer Besucher zu.

Es war der grüne Aspekt, der mich an dem Vibrator faszinierte. Ich half mir nicht bloß selbst, ich tat zudem etwas für die Umwelt.

Am letzten Abend, nach dem Abschiedsdiner, nahmen wir an einer Auktion der Heron Gallery teil. Eine Teilnehmerin bot über hundert Dollar für ein Paar Ohrringe, die aus Dalkon Shields hergestellt waren, einer Intrauterinspirale, die vom Markt genommen worden war, weil das Teil Studien zufolge zu Unfruchtbarkeit und Infektionen führen konnte. Bescheuerter Kauf, dachte ich. Dann probierte die Frau sie an. Für ein Mordinstrument, fand ich, sahen die Dinger am Ohrläppchen sehr zierlich und feminin aus. Ich wollte auch so ein Paar haben.

Ich zog mich relativ früh in unser Hotelzimmer zurück. Ray hatte heftig mit einer Frau geflirtet, und ich stellte mich seelisch darauf ein, dass er mich nach seiner Rückkehr vor die Tür setzen würde. Ich gönnte es Ray, aber als die Tür gegen halb zwei in der Frühe leise quietschend aufschwang, war Ray allein. Er wirkte nicht besonders glücklich.

Er lag in seinem Bett, ich in meinem. Es war dunkel. Wir lagen beide auf dem Rücken und starrten an die Decke. Ich fühlte mich wie ein Schulmädchen auf einer Schlafparty – Mom macht das Licht aus, und man schwatzt heimlich weiter.

Wir tauschten uns über den Kongress aus. Ich räumte

ein, dass ich von der Teilnahme profitiert hätte – wenigstens hatte ich mir meinen ersten Vibrator gekauft. Und wollte schleunigst losrammeln, wie Zola es nannte.

»Wenn Sie möchten«, erbot er sich, »können wir Sex miteinander haben.«

Uff, wie sollte ich darauf reagieren? Sollte ich ihn ärgerlich anfahren oder mich künstlich aufregen? Ich schätze, es war ein lieb gemeintes Angebot. Der Vorschlag kam so beiläufig, als wollte er mir schmerzhafte Rückenverspannungen wegmassieren. Für ihn war es Gelegenheitssex, nichts weiter. Trotzdem lehnte ich dankend ab. Eine heilige Hure reichte mir momentan völlig aus.

»Das ist zwar nett gemeint«, sagte ich, »aber ich hab jetzt einen Vibrator.«

»Okay«, versetzte er ernsthaft. »Dann eben nicht.«

Wir unterhielten uns bis morgens halb vier. Irgendwann kamen wir auf sein Lieblingsthema: die sexuelle Revolution. Er erzählte mir, dass er früher mit seiner Freundin Orgien veranstaltet hatte. Bei ihm hörte es sich so an, als wäre der Sex Erinnerung, Nostalgie, irgendetwas für Fotoalben und antiquarische Magazinbeiträge. Ich war richtig wehmütig. Das mit dem befreiten Sex klang überlebt.

Eine längere Pause schloss sich an. Dann schilderte er mir seine Theorie, an der er zweifellos festhielt.

»Das in den Sechzigern und Siebzigern war nicht die einzige sexuelle Revolution, wussten Sie das?«, theoretisierte er. Er war überzeugt, dass es in den 1920er-Jahren schon mal eine gegeben hätte.

»Und natürlich wird es weitere geben«, konstatierte er. »Sie finden im Vierzigjahresrhythmus statt.«

Er zählte mir einige auf. »Die nächste beginnt schätzungsweise 2010. Perfekt!«

Ich nahm mir fest vor, für den Fall der Fälle fit zu sein.

TRAUTES HEIM – GLÜCK ALLEIN?

Ich hatte ein Problem. Der Kongress in Indianapolis war zu Ende, und mein Flug ging erst in zwei Tagen. Ich hatte bewusst zwei Extratage drangehängt. Man weiß ja nie, ob man nicht an irgendwelche renommierten Sexologen gerät, die einen unbedingt zum Essen einladen wollen und dabei ihre neuesten orgastischen Forschungsergebnisse ausplaudern.

Das war leider nicht der Fall.

Ray checkte aus. Und ich hatte kein Zimmer mehr.

Ich ging online auf couchsurfing.com. Auf dieser Seite sind Leute gelistet, die einem ihr Sofa überlassen, umsonst und an vielen Orten. Ich kontaktierte Frauen; keine antwortete mir. Ich kontaktierte Cliff, neunundzwanzig. Er hatte ein freies Sofa. Wir telefonierten. Er klang okay und sprach ein wenig durch die Nase. Für gewöhnlich vertraue ich auf nasal. Bislang hatte ich damit meist positive Erfahrungen gemacht.

Cliff holte mich mit seinem blauen Pick-up im Hyatt ab. Wenn es nicht geregnet hätte, meinte er, hätte er seinen BMW M3 genommen, aber der Wagen sei frisch gewaschen. »Das ist mein Baby«, sagte er. »Bei schlechtem Wetter bleibt der mir schön geschützt in der Garage.«

Ich inspizierte ihn aus den Augenwinkeln heraus. Er war nicht mein Typ – igitt, er bezeichnete sein Auto als sein Baby! Schade, dass er nicht mein Typ war. Wäre sonst bestimmt lustig gewesen. Aber wer war eigentlich mein Typ?

Er hasste Indiana, gestand er. Er war vor Kurzem hergezogen. Er war Buchhalter. Er hasste seinen Job. Er hatte noch keine Freunde. Und er hatte eine beginnende Halbglatze.

Es juckte mich in den Fingern, ihm begütigend über das spärliche Haupthaar zu streicheln.

Wir fuhren zu ihm. Liehen uns den Film *Mr. Brooks* aus. Den sahen wir uns am Abend an. Er handelt von einem betuchten und erfolgreichen Typen, der ein Doppelleben als Serienmörder führt. Nicht unbedingt der beste Film, wenn man mit einem wildfremden Mann zusammen ist.

Wir legten uns schlafen, beide mit gemischten Gefühlen.

Er war schon zur Arbeit, als ich aufwachte. Der gelbe Gestank nervte. Ich roch bloß noch Gelb. Folglich duschte ich lange und ausgiebig. Ich war froh über ein bisschen Privatsphäre. Es war ein hübsches Haus. Ich lümmelte mich auf dem Sofa. Ich ging spazieren. Und lümmelte mich wieder auf dem Sofa.

Ich fühlte mich ein wenig einsam. Ich wartete. Ich wartete auf der Couch auf Cliffs Rückkehr. Ich lief auf und ab; es war bereits halb acht. Wo blieb Cliff?

Nach etwa einer Stunde schwang die Tür auf. Ich war froh, dass er endlich da war. Als hätte ich den ganzen Tag seiner Rückkehr entgegengefiebert – eigentlich hätte ich uns spielend was zum Abendessen zaubern können. Er nahm sich ein Bier. Lockerte seine Krawatte. Riss sich sein Namensschild runter. Er setzte sich neben mich. Er habe einen Scheißtag gehabt, räumte er ein.

»Oh, das tut mir aber leid«, sagte ich. Ich massierte ihm die Schulterblätter. »Es kann nur besser werden. Ganz bestimmt.«

Wir aßen zu Abend. Tranken Wein. Wir lächelten. Wir waren daheim. Wir schauten uns im Fernsehen Anthony

Bourdains Gourmetreisen an. Ich hatte mir das noch nie angeschaut, aber einmal ist immer das erste Mal.

Wir küssten uns.

Ich schlief nicht auf dem Sofa.

Ich durfte sein spärliches Haupthaar streicheln.

Cliff drängte mich nicht zum Sex. Er war ein netter Typ. Wieso nenne ich einen Typen »nett«, wenn er keinen Sex will? Ist ein Typ automatisch »schlimm«, bloß weil er Sex will, ein ganz normales und natürliches Bedürfnis? Weswegen mag ich immer die »schlimmen« Jungs, denen ich auf die Finger hauen muss?

Ich musste um vier Uhr morgens zum Flughafen. Es war vier Uhr.

»Wieso ist es eigentlich immer das Gleiche?«, wollte Cliff wissen. »Ich mag eine Frau, und dann muss sie wieder weg.«

»Vielleicht magst du sie bloß deswegen, weil sie wieder weg muss«, versetzte ich.

DIE PROTOTYPPUSSI

Ich hatte reichlich Gelegenheit, mich im Wartezimmer umzusehen – genau genommen ätzend lange –, denn Dr. Matlock tauchte erst um neun Uhr auf. Eigentlich hatten wir uns für morgens halb sieben zu einem Interview im Sunset Boulevard Laser Vaginal Rejuvenation Institute verabredet. Das Institut für Vaginalverjüngungen mittels Lasertechnik war eindeutig vulvafreundlich – rosa Marmorboden, weiße Sofas, ein traumhafter Blick auf Los Angeles, Palmen, die tropische Urlaubsvibrations verbreiteten, und ein Fernsehgerät, das den Klatschsender E! ausstrahlte.

Dr. David Matlock kann jede Vulva in eine perfekte Pussi stylen. Ich wusste gar nicht, dass es so was wie eine Prototyppussi gibt. Demnach interessierte es mich brennend, wie die Mustermuschi aussah – vielleicht wollte ich unterbewusst auch eine. Bevor ich nach San Diego zu meinen Eltern weiterfuhr, machte ich einen Termin mit ihm und übernachtete unterwegs bei meinen Großeltern.

Während ich wartete, las ich sämtliche Artikel zu Dr. Matlocks Verfahren. Die Berichte waren fein säuberlich aus den angesagten Frauenmagazinen herausgeschnitten worden und hingen gerahmt, wie wissenschaftliche Auszeichnungen, an den Wänden. Einige Highlights gefällig: »Sind Sie eine Labienloserin?« – »Wünschen Sie sich eine Designervagina?« – »Lisa (23): ›Mein Freund findet mich da unten zu ausgeleiert.‹« Dann setzte ich mich hin und zog mir die Laci Peterson Story auf E! rein, die absolut deprimierend war – ein gezielter Vulvamord.

Als sich der Atombusen von Matlocks Telefonistin förmlich in mein Gehirn eingebrannt hatte – ihre Brustimplantate hätten spielend vier Menschen Schatten spenden können –, tauchte Matlock endlich auf. Der Mann hatte Stil und strotzte vor Selbstbewusstsein. Obwohl er mich verdammt lange schmoren ließ, konnte ich ihm nicht wirklich böse sein. Fester Handschlag. »Ich habe an den Frauen von Königen, Präsidenten und Topmanagern gearbeitet«, strahlte er – die Selbstvermarktung ging ihm so glatt über die Lippen wie sein Lächeln.

Um seine Augen knitterten sich ein paar Falten – keine Krähenfüßchen, sondern stramme Krähenbeine, die sein Alter verrieten, was seinem Elan jedoch keinen Abbruch tat. Er war immer in Bewegung, dass man das Gefühl hatte, gleich hebt er ab. Er schlug ein ledergebundenes Buch auf – so ähnlich wie die beim Friseur mit den Abbildungen unterschiedlicher Haarstylings – und demonstrierte mir Vorher-Nachher-Aufnahmen von Vulvas, aber auch Phallusfotos von irgendwelchen Playboytypen.

»Also gibt es die perfekte Pussi?«, fragte ich.

»Aber sicher«, bekräftigte er. Er deutete auf das Foto eines Supermodels mit einer rasierten Vulva. Ich war hin- und hergerissen – stieß mich die Vorstellung von einer Prototyppussi ab, oder hatte ich endlich etwas gefunden, was ich mir von meinen Eltern zum Chanukkafest wünschen konnte?

»Frauen mögen es gar nicht, wenn ihre Schamlippen zu flach oder erschlafft sind«, erklärte er, dabei zeichnete er mit seiner Füllerspitze die Linien nach. »Oder wenn die kleinen Schamlippen sich unter den großen hervorwölben.«

Zola hätte ihm heftigst widersprochen. Sie erzählte mir,

dass sie diese Vulvavariante habe, auch bekannt als »prall gefüllter Taco« oder als »voll erblühte Rose«. Sie nannte es stolz »Gehänge«, als wäre sie ein Kerl mit Riesenschwanz und Stierhoden.

»Sie wollen keine Hautwülste um die Klitoris«, fuhr Matlock fort. »Sie wollen keinen fetten Mons pubis oder asymmetrische Labia minora.«

»Was wollen sie denn?«, erkundigte ich mich.

»Sie wollen, dass die Haut der Klitoris schön straff ist«, erklärte er. »Das wünschen sie sich. Das wünscht sich so ziemlich jede Frau.«

Er knallte das Buch zu. Seine erste Patientin befand sich bereits im Anmarsch. Er schlug vor, das Interview im Behandlungsraum fortzusetzen.

Sein Assistent drückte mir OP-Kittel und Mundschutz in den Arm. Ich zog mich auf der Gästetoilette um.

Dr. Matlock hatte die Laser Vaginal Rejuvenation (LVR) und Designer Laser Vaginoplasty (DLV) vor zwölf Jahren entwickelt – die Operation war urheberrechtlich geschützt, sämtliche Handgriffe waren patentiert. Die LVR verengte die Vagina und wurde häufig bei Frauen angewendet, die mehrere Geburten gehabt hatten. Laut Matlock wirkte sich die Operation positiv auf die sexuelle Befriedigung aus, weil sexuelle Befriedigung unmittelbar mit der vaginalen Reizwirkung zusammenhing, sexuelle Störungen konnte er damit jedoch nicht beheben. Zum Leidwesen etlicher Sexologen glaubte er nicht, dass Beckenbodenübungen irgendwas bewirkten oder bei Inkontinenz helfen konnten. »Das mit den Kegelübungen ist völliger Blödsinn«, lachte er. »Die bringen absolut null.«

Frauen sollten ihr bevorzugtes Enge-Level wählen, indem sie ihm ein Wunschalter nannten. »›Ich möchte wieder sechzehn sein‹ oder ›Ich möchte achtzehn sein‹ – dann weiß ich Bescheid«, erklärte er. »Ich kann ihnen diesen Wunsch erfüllen.«

Ich schaute mich im Operationsraum um. Matlock trug ein blütenweißes, steif gestärktes Käppchen und keins von den aufgeblähten Duschhaubendingern, die wir anderen trugen. Ich hatte noch nicht gefrühstückt. War vermutlich auch besser so. Auf dem OP-Tisch lag die Patientin, in blaues Kreppapier gehüllt. Darin eine kleine rechteckige Öffnung, aus der eine Vulva hervorblitzte – eine komplett rasierte Vulva wohlgemerkt. Betty hätte sie als Barocktyp eingestuft, weiche, schlaffe Hautfalten, üppige Labia minora, bräunlich mit einem Stich ins Maulbeerfarbene, aufwendig gefältelt wie die Samtportieren in einem Ballsaal aus dem siebzehnten Jahrhundert. Matlock machte eine »Vorher«-Fotoserie, besser gesagt, sein Assistent machte die Aufnahmen, während der Doc mit seinen behandschuhten Fingern die Schamlippen fasste. Er bewegte sie. Drehte sie. *Klick.* Spreizte sie. *Klick.* Zur Seite. *Klick.* Andere Seite. *Klick.*

Matlock war wohl sehr stolz auf seine Vulvastylings, anders wusste ich es mir nicht zu erklären, wieso ich dabei sein durfte. Durch einen Seitenschlitz in dem blauen Krepppapiergebilde gewahrte ich eine Frau, auf deren Haut violette Striche gemalt waren – Kreise über dem Bauch und an den Oberschenkeln. Er führte aus, dass die Patientin einundvierzig Jahre alt sei und sich zudem einer Fettabsaugung zum ermäßigten »Wonderwoman«-Tarif von 15 000 Dollar unterziehen wolle. Ich fand, das war ein Spottpreis für ein komplett neu gestyltes Untergestell.

Die Brust der Patientin hob und senkte sich rhythmisch mit dem leisen Piepsen des Überwachungsgeräts. Matlock saß vor ihrer Vulva und schwang seinen Laser wie ein Schweißer seinen Lötkolben. Die Vulva auf dem OP-Tisch hatte eine Straffung der großen Schamlippen in Auftrag gegeben, eine Verkürzung der kleinen – sie wollte keinen prall gefüllten Taco –, zudem wünschte sie sich die Klitoris klein und hart wie den Radiergummistummel an einem Bleistift. Der Doc beteuerte, die Ideen zu diesen Operationen seien nicht auf seinem Mist gewachsen; er höre eben sehr genau auf die Bedürfnisse seiner Patientinnen und erfülle dann lediglich deren Wünsche. »Ich habe großes Verständnis für die Frauen. Ich empfinde mich selbst als einen Feministen. Ich bin immer für meine Patientinnen da.«

Matlock legte einen frischen Dammschnitt, und mir drang der eklige Gestank von versengtem Fleisch in die Nase.

Wenn Betty jetzt hier wäre, mutmaßte ich, hätte sie sich vermutlich an die restliche Vulvastruktur dieser Frau angekettet wie ein Greenpeace-Aktivist an einen tausend Jahre alten Sequoiabaum, der der Kettensäge zum Opfer fallen sollte. In diesem Moment wallte in mir tiefe Liebe für diese Vulva auf. Als ich sie zerstückelt und verletzlich daliegen sah, erkannte ich ganz allmählich ihre natürliche Schönheit.

Dann vernahm ich ein Geräusch, das ich zu kennen glaubte. Die Frau hatte Matlock unbewusst ins Gesicht gepupst, während er an ihrer Klitoris herumlaserte, um sie in Ratzefummelform zu bringen. Ich fasste die Flatulationsgase als einen Ausdruck des Missfallens vonseiten der narkotisierten Patientin auf. Matlock zuckte mit keiner Wimper. Wahrscheinlich war er Hintern gewöhnt, die ihm den Marsch bliesen.

Zweifellos mochte er keine Ablenkungen. Als ich ihn nämlich fragte, was er von den Sexualtherapeuten hielt, die sich negativ über seine Arbeit ausließen, reagierte er mächtig gereizt.

»Die wissen überhaupt nicht, wovon sie reden«, übertönte er das Schnarren des Lasers. »Können sie operieren? Nein. Sie haben null Ahnung von derartigen Eingriffen, aber daran herumkritisieren, das können sie!«

Matlock spreizte die kleinen Schamlippen und stabilisierte sie mit Gewebedraht, als wären es mumifizierte Schmetterlingsflügel in einem Schaukasten. Er entfernte die halbe Spannweite mit dem Laser, der Rest erinnerte an zwei verkohlte Würmer. Er warf die Hautfetzen in einen Behälter für pathologische Abfälle und wiederholte dabei sein ehrgeiziges Ziel: »Unsere Mission ist es, Frauen mit unserem Know-how, unserer Erfahrung und zukunftsweisenden Lösungen zu helfen. Es ist allerdings auch eine Kostenfrage.«

Der G-Punkt war eine solch zukunftsweisende Lösung. Für 1850 Dollar injizierte er eineinhalb Kubikzentimeter Collagen in den G-Punkt. Die Injektion, so Matlock, beeinflusse die Größe des G-Punkts, was wiederum die sexuelle Erregung und Befriedigung nachhaltig stimuliere. Die Wirkung halte bis zu vier Monaten an. Die doppelte Dosis kostete 2500 Dollar. »Und was hat man davon?«, wollte ich wissen.

»Doppeltes Vergnügen«, schmunzelte er.

Nach zwei Stunden hatte er die Vulva um die Hälfte ihrer früheren Größe verkleinert. Matlock legte fein säuberlich die Nähte gleich einer edlen Stickerei mit rotem Faden. »Nachher«-Fotos: *Klick, klick, klick*. Die schwingenden Barockvorhänge waren Schnee von gestern; das Ergebnis mutete eher wie ein Spitzendeckchen an, auf das jemand Preiselbeersaft gekleckert hat.

Clitty Rose und ich stürmten zum Wagen. Fest entschlossen, Los Angeles so schnell wie möglich zu verlassen. Bei dem Verkehr bedeutete das, dass wir uns im Schritttempo durch die Staus lavierten. Aber Hauptsache, unsere Fledermausflügel waren noch intakt.

EINE HAND WÄSCHT DIE ANDERE

Zwei Stunden später kurvte ich inbrünstig fluchend auf dem Areal herum, wo meine Großeltern wohnen. Sie leben in einem Altenwohnpark. Jedes Mal, wenn ich sie besuche, fühle ich mich, als hätte ich Drogen genommen und wäre auf einem schlechten Trip, weil ich alles mehrfach sehe. Die zweistöckigen Häuser sehen alle gleich aus, wie Klone, und ich habe massive Schwierigkeiten, ihres zu finden: Es steht auf der rechten Seite an der fünften Durchfahrt. Hinter dem Tor mit den Sicherheitsleuten, die meiner Meinung nach fürs Nichtstun fürstlich bezahlt werden, muss man einmal rechts und einmal links abbiegen.

Ich parkte den Wagen und klopfte an ihre Eingangstür, »Oh, Schätzchen«, rief meine Oma. Meine Großmutter Estelle ist vierundachtzig. Es gibt zwei Typen von alten Damen: Die einen werden faltig und vergrämt, die anderen, und dazu gehört meine Grannie, sind nahezu alterslos und strahlen vor Lebensfreude. Mein Großvater Hal ist sechsundachtzig und schlurft beim Laufen – wenn er Wischmopps unter den Schuhen hätte, wäre der Küchenboden immer blitzblank. Er geht immer noch jeden Morgen zur Gymnastik und verschlingt die Tageszeitung von der ersten bis zur letzten Seite.

Sie umarmten mich. Sie sind seit vierundsechzig Jahren verheiratet und unzertrennlich. Unmöglich, mit einem der beiden allein am Telefon zu quatschen. Sie kommen immer im Doppelpack. Sie sind Estold oder Hartelle und reißen sich den Hörer gegenseitig aus der Hand.

Die beiden waren meine Großeltern väterlicherseits. Laut Dad hatten sie das Wort »Sex« nie in den Mund genommen. Er wuchs sehr prüde auf. Bei »fleischlichen Genüssen« ging es höchstens darum, ob der Hackbraten zu trocken geraten war. Als Kind hatte er zwar gewusst, dass es Sperma und Eizellen gab, aber wie sie zusammenkamen, war ihm ein Rätsel. Er mutmaßte, dass das Sperma, das aus dem Penis kam, am Bein hinunterlief, sich dann am Bein der Frau hochhangelte, bis es den Uterus fand. Wo es dem Ei die Hand schüttelte, und wenn sie sich mochten und nicht zu müde von der Reise waren, bastelten sie einen Embryo. Da mein Vater nicht wollte, dass meine Brüder und ich genauso unaufgeklärt aufwuchsen, war »Sex« in unserem Haus wohl ein Dauerthema.

Ich versuchte schon seit Monaten, meine Großeltern zu einem Interview über Sex zu bewegen, doch sie blieben rigoros bei ihrem Nein. Ich fand es spannend, mich mit einer älteren Generation auszutauschen, und wollte untersuchen, wie es um die Orgasmusfähigkeit in unserem Familienstammbaum stand. Zudem interessierte es mich brennend, wie es kam, dass mein Vater – ein echt cooler Typ, der einem sexuell frustrierten Cousin mal eben so ein *Playboy*-Abo schenkt – aus einem Genpool mit offenbar Prüden und Verklemmten stammte.

Meinen Eltern war sonnenklar, dass meine Großeltern sich sträuben würden. Sie glaubten auch nicht, dass mir das Interview sonderlich viel bringen würde. Abgesehen von meinem Vater und seinen beiden Geschwistern gab es keinerlei Beweis, dass meine Großeltern jemals wieder horizontal aktiv gewesen wären; solange ich mich zurückentsinnen kann, war ihr Bett immer tipptopp gemacht – null

Dellen oder verräterisch verrutschte Laken – wie Bitte-nicht-berühren-Ausstellungsstücke. Vermutlich machten sie jeden Abend Gesellschaftspiele, und wenn sie müde waren, knackten sie im Sessel ein.

Ich ließ mich jedoch nicht entmutigen. Es gab doch bestimmt irgendetwas Berichtenswertes aus ihrem langen Eheleben, oder? Immerhin hatte mein Großvater vor zehn Jahren damit begonnen, Skulpturen nackter Damen zu modellieren. Der eine oder andere aus ihrem Bekanntenkreis mag jetzt gehässig behaupten, seine Nackedeis seien der sichtbare Beweis dafür, dass sein Talent schwer zu wünschen übrig ließ. Greisen, Kindern und Verrückten (also auch mental Retardierten) wird so ziemlich alles verziehen; sie dürfen Dinge sagen und tun, die für den Rest tabu sind. Selbst wenn Grandpa keinen Funken Begabung mitbrächte, dachte ich, wäre das kein Beinbruch; Hauptsache, er hat Spaß an seinem Hobby. Er schreibt sich jedes Jahr an dem nahe gelegenen Gemeindecollege ein und knetet aus Tonklumpen die Büsten und Hinteransichten von jungen Aktmodellen. Mittlerweile hat er einen ganzen Harem; bei meinen Großeltern stehen überall auf den Regalen nackte Statuen. Ich bin einer seiner größten Fans; ich habe drei von seinen Nackten in meinem Schlafzimmer: eine Sitzende, eine Liegende und eine Tänzerin aus Bronzeguss namens Nicole, deren Nabel nach dem meiner Großmutter modelliert ist.

Ihre Widersprüchlichkeiten waren verblüffend. Umso frustrierender fand ich ihr hartnäckiges Schweigen. Aber was soll's? Genau genommen bin ich selbst ziemlich widersprüchlich, denn der aufziehbare Vinylpenis, an dem ich irgendwie hänge, und der Anhänger mit dem nackten Kerl, den ich an einer Kette um den Hals trage, passen bestimmt nicht zu meinen verklemmten Ansichten. Ein Grund mehr, die nackten Fakten zu erfahren: Wie schaute es wirklich hinter der asexuellen Fassade meiner Großeltern aus?

Nach etlichen Anläufen, Bohren und Nachhaken bekam ich die beiden schließlich doch noch rum. Ich schlug vor, sie könnten mich bis zu meiner Abreise mit so viel Essen vollstopfen, wie sie wollten – der Traum jeder jüdischen Großmama –, wenn ich ihnen im Gegenzug Fragen stellen dürfe.

Ich musste am folgenden Nachmittag wieder abreisen, aber jetzt war erst mal Abendessenszeit. Meine Grannie legte sofort los. Sie brachte ein Fünfgängemenü auf den Tisch – gebackenen Fisch, Spaghetti mit Parmesan, Maissoufflé, Kohleintopf vom Vortag und Salat –, mein Großvater toppte das Festmahl mit einer Zweiliterpackung Eiskrem. Ich haute tüchtig rein, mir war jedoch noch ein bisschen schummrig von der Vulvaverstümmelung, die ich am Vormittag live mitverfolgt hatte. Am nächsten Morgen luden sie mich ins IHOP ein, zu Pfannkuchen, Omelett und Müsli. Zwei Stunden später aßen wir beim Mexikaner zu Mittag: Fajitas, Ceviche und Shrimp tostada. Mein Verdauungssystem drohte zu kollabieren. Aber das war mir die Sache wert, redete ich mir zu.

Nach der Rückkehr von unserer Fressorgie begrüßte uns in der Eingangshalle die nackte Bronzestatue einer Ballerina in Arabesquenpose. Meine Großeltern winkten mich in die Bibliothek.

»Okay«, sagte Grandpa. »Wir sind bereit.«

Ich setzte mich ihnen gegenüber. Musste ich jetzt ein schlechtes Gewissen haben? Fand ich nicht, nachdem ich mir das Interview redlich erfuttert hatte. Aber ich wollte mich langsam vortasten. Ich mochte die beiden alten Leutchen nicht verschrecken. Mir fiel auf, dass Hal diverse Pflaster auf Armen und Händen kleben hatte.

»Du hast überall Schrammen und Kratzer«, sagte ich und brach damit das Eis.

»Ja, meine Haut wird dünner und empfindlicher«, antwortete er. »Ich hab immer Heftpflaster in der Brieftasche, für den Notfall.«

»Früher hatte er immer etwas anderes in der Brieftasche«, bekannte Grandmom.

Sie schauten einander an und giggelten wie zwei ausgelassene Teenager.

Wenn ich mich nicht gewaltig täuschte, hatten meine Großeltern soeben eine Andeutung auf Kondome fallen lassen. Ich brauchte einen kurzen Moment, bis ich das geschnallt hatte.

»Wie fandet ihr es, als mein Dad Sexualtherapeut werden wollte?«, fragte ich. »War das nicht irgendwie merkwürdig für euch?«

»Er hat einen guten Job gemacht«, meinte Estelle. »Der Apfel fällt nicht weit vom Stamm«, ergänzte sie mit einem vielsagenden Blick zu mir. Als wäre ich irgendeine Apfelsorte.

»Wir sind stolz auf deinen Vater«, konstatierte Grandpa.

»Wir waren mal in einer seiner Vorlesungen«, begann Grannie. »Ich dachte, die Studenten in den Sechzigern wären viel freier und aufgeklärter als unsere Generation. Und dass sie wesentlich mehr über Sex und so wüssten, aber sie wussten überhaupt nichts! Sie stellten grottendämliche Fragen, als wäre das völliges Neuland für sie!«

Mein Grandpa erzählte mir, wie sie sich kennen gelernt hatten. Nach nur dreißig Dates hatte er meiner Oma einen Heiratsantrag gemacht. Er hatte ihr erklärt, dass sie, sollte er an der Front fallen – es war während des Zweiten Weltkriegs – zehntausend Dollar vom Staat bekäme, ohne jemals mit ihm zusammenleben zu müssen.

»Das war damals kein Pappenstiel«, lachte er.

Meine Oma erhörte ihn; sie ging jungfräulich in die Ehe und kaufte sich in den Flitterwochen in Miami von ihren gesamten Ersparnissen einen Pelzmantel. In ihrer Jugend, erklärte sie, gab es eine simple Regel: Das Einzige, was man über Sex zu wissen hatte, war, dass man keinen haben durfte. Onanieren und masturbieren war ebenfalls tabu. »Wir waren naiv und unerfahren«, sagte sie. Man brauchte auch keine Erwartungen zu erfüllen, weil niemand wusste, was er zu erwarten hatte.

»Ich hätte da noch ein paar ganz persönliche Fragen«, sagte ich betont leichthin. »Wenn ihr nicht wollt, braucht ihr mir natürlich nicht zu antworten. Woher wusstet ihr eigentlich, dass Frauen Orgasmen bekommen?«

»Woher ich das wusste?«, gab Estelle zurück. »Weil ich welche hatte!«

»Bekamst du vorher entsprechende Tipps oder so?«

»Nein«, antwortete sie. »Na ja, vor meiner Hochzeit sagte mein Gynäkologe diesen einen Satz zu mir: ›Im Schlafzimmer ist alles erlaubt.‹ Das hab ich immer im Hinterkopf behalten.«

»Und? Hat es geholfen?«

»Ja«, bekräftigte sie. »Es war ein guter Tipp. Damit bekam Hal die Erlaubnis, alles zu tun, was er wollte.«

»Moment mal«, versetzte Grandpa. »Alles zu tun, was *du* wolltest. Du hast gerade gesagt, ›was *er* wollte‹. Das beruhte bei uns zweifellos auf Gegenseitigkeit, oder?«

»Mmh, du weißt genau, wie es gemeint war«, konterte sie. »Zwischen einem Paar geht alles.«

»Du hast aber gesagt, ›was *er* wollte‹«, wiederholte ihr Mann.

»Ich hab mich eben ein bisschen ungenau ausgedrückt«, sagte sie.

»Hast du gleich beim ersten Mal einen Orgasmus gehabt?«, hakte ich nach.

»Ja«, sagte Großmutter.

»Ja«, sagte Großvater.

»Ja«, wiederholte sie.

»Oh ja«, bekräftigte er.

»In der ersten Nacht?«, fragte ich verdutzt. »Echt?«

»Nein, nicht in der ersten Nacht«, gab er zurück. »In der ersten Nacht hatten wir ein Problem. Sie war immerhin noch Jungfrau.«

»Ja, und das Ding war verdammt intakt.« Grandma nickte.

»Okay, also dann in der zweiten Nacht? Wie war das?«

Meine Grannie errötete und rieb sich mit den Handflächen über die Schenkel. Ihre weißen Reeboks tippten nervös auf den Boden. »Es war gut«, meinte sie. »Ich hab es genossen.«

»Und? Was weiter?«

Hal schaltete sich ein. »Für gewöhnlich sind wir zusammen gekommen. Das fanden wir am besten.«

Okay, hmm, schätze mal, das mit den Orgasmen geht wenigstens zwei Generationen zurück. Darüber brauchten wir nicht weiter zu diskutieren. Sie hatten freimütig geplaudert. Sie hatten mich geleimt. Sie hatten bloß verklemmt getan, um mich mit Essen vollstopfen zu können.

Meine Oma räusperte sich. »Wieso schreibst du nicht so was in der Art wie *Vom Winde verweht?* Also ich fände das toll.«

»Unser Sexleben ist vom Winde verweht«, giggelte Opa. Sie lachten beide.

Er wurde plötzlich ernst. Dann erzählte er mir von seinen Erektionsstörungen. »Tja, so ist das. Ich wünschte, es wäre anders, aber ich hab sie nun mal.«

Hal räumte ein, dass sie seit fünfzehn Jahren keinen Sex mehr hätten.

»Schatz, nein, zehn Jahre«, korrigierte Estelle ihn. »Ich weiß es ganz genau.«

Vielleicht wanderten die unbefriedigten sexuellen Energien meines Großvaters in die Statuen, die überall herumstanden.

Er stand auf, um sich etwas zu trinken zu holen. Als er weg war, neigte ich mich zu meiner Grannie.

»Hast du denn noch Orgasmen?«

»Wenn ich wollte, schon«, meinte sie, »aber ich mag nicht mehr.«

»Wieso nicht?«, bohrte ich.

»Weil ich gern mit deinem Großvater geschlafen habe. Wir sind nun mal so«, führte sie aus und schmiegte die Handflächen aneinander. »Ist vielleicht verkehrt, aber …«

Mein Großvater, der ins Zimmer zurückschlurfte, unterbrach unser Gespräch. Er reichte ihr ein Glas Diäteistee. »Hier, Liebes. Trink was.«

Sie trank ein paar Schlucke und reichte ihm das Glas zurück. Er nahm es und setzte sich.

»Sex ist nicht alles«, begann Großvater.

»Es gibt Wichtigeres als einen Orgasmus. Er ist bloß eine Facette«, bekräftigte Grannie.

Ich war ein wenig baff. Wollten sie mir damit zu verstehen geben, dass ich mit meinem Ansinnen komplett falschlag?

»Mit zunehmendem Alter ändern sich der Körper und seine Bedürfnisse.« Beide nickten. »Er verändert sich. Wir kuscheln viel.«

»Was ist denn für euch das Wichtigste?«, wollte ich wissen.

»Liebe und Achtung«, antwortete Oma.

»Die Bedürfnisse des anderen zu respektieren und darauf einzugehen«, schob Opa nach.

»Ich reibe ihm den Rücken mit Rheumatinktur ein«, sagte sie.

»Und ich helfe ihr beim BH-Anziehen.« Er schaute sie verliebt an.

»Ich bekomme den Verschluss allein nicht mehr zu.« Sie erwiderte seinen Blick.

Mein Granddad beugte sich vor, das Sonnenlicht, das durch das Fenster fiel, huschte über sein altersweises Gesicht. Er sagte trocken: »Ich nenne das: Eine Hand wäscht die andere.«

FROSTED FLAKES

Bei meiner Ankunft in San Diego waren Keena nicht zu Hause. Sie arbeiteten noch in ihrer Baumschule. Auf der Suche nach interessantem Lesestoff ging ich ihre Bücherregale durch, die ich mir bestimmt schon hunderte Male angeschaut hatte. Und entdeckte Bücher, die mir vorher nie aufgefallen waren. Titel, die ich mir kürzlich auch gekauft und bei mir ins Regal gestellt hatte. Neben Dads Doktorarbeit, *The Study of Sexual Attitude Reassessment,* in die ich noch nie hineingeschaut hatte, stapelten sich *Kinsey Reports,* Bücher von Masters und Johnson, der *Hite Report* und sogar *Joy of Sex*. In meinen Regalen sah es verdammt ähnlich aus.

In der Woche, in der ich zu Hause war, wollte ich meinen Eltern ein bisschen zur Hand gehen. Immerhin erwarteten sie dreiundvierzig Gäste zum Thanksgiving-Essen. Zudem hatte ich mir fest vorgenommen, sie mit Fragen zu ihrem Erziehungsstil zu löchern. Wieso war ich prüde, gehemmt, verklemmt? Warum kam ich da unten nicht in die Gänge? Wie hatten sie es geschafft, einen ängstlichen Sexmuffel heranzuzüchten? Ich wollte endlich Antworten auf diese Fragen.

Zumindest hatte ich zwischenzeitlich erfahren, dass das mit den Orgasmen in meinen Genen angelegt sein musste. Damit war mir eine komplette Grölllawine vom Herzen geplumpst. Es bedeutete doch letztlich: Sobald ich es schaffte, die Blockade in meinem Hirn auszuschalten, würde ich kommen, langsam, aber gewaltig: Es lag in meiner DNA verankert.

Nach der Rückkehr meiner Eltern gingen wir zum Chinesen. Ich berichtete ihnen die Story mit Dr. Matlock, den ich flapsig als Muschimurkser bezeichnete, von meinen Hotelübernachtungen mit Ray Noonan, und zum guten Schluss rückte ich mit der ungeschminkten Wahrheit über die Altman-Großeltern heraus.

»Sie sind superorgasmisch«, sagte ich. »Simultan war ihre Norm!«

Meinen Eltern klappten die Kiefer auf. Meinem Dad klapperten die Essstäbchen zu Boden. Er hatte bisher vermutlich geglaubt, ein Sexrebell zu sein, und jetzt stellte sich mit einem Mal heraus, dass er im buchstäblichen Sinne das Kind seiner Eltern war.

»Ich glaub's einfach nicht«, stöhnte meine Mom. »Das hätte ich nie vermutet.«

»Und wieso haben die beiden nie darüber gesprochen?«, wollte Dad wissen.

»Weil sie nach der Prämisse handeln: Wer nicht fragt, bekommt auch keine Antwort«, gab ich zurück.

Mein Dad stocherte kopfschüttelnd in seinen Shrimps süßsauer herum.

»Sie meinten, das Thema hätte sich nie ergeben«, fuhr ich schulterzuckend fort.

Mein Vater zog ein Gesicht, als hätte er in eine Zitrone gebissen. »Da hätte man bei Estelle und Hal auch verdammt lange warten können!«

Wenn ich ihre Eltern interviewt hätte, als die beiden noch lebten, schaltete meine Mom sich ein, wären sie meinen Fragen bestimmt genauso ausgewichen, wie sie es ihr gegenüber damals getan hatten. Ihre Eltern hatten pikiert geschwiegen und ins Nebenzimmer gestarrt, wo ihr Dobermannpärchen sich wie wild umkreiste und besprang.

Als ich mit meiner Schilderung endete, kratzten wir gerade die letzten Reste von unseren Tellern. Weil meine Eltern sonst so offen waren, nahm ich an, dass sie mir bereitwillig ihre Story auf meinen Digitalrekorder sprechen würden. Leider falsch getippt. Meine Eltern machten keineswegs den Eindruck, als wären sie kooperationsbereit. Anders als meine Großeltern, die sich als die besseren Interviewpartner entpuppt hatten. Meine Eltern fragten stattdessen vorsichtig an, ob ich schon mal daran gedacht hätte, unter Pseudonym zu veröffentlichen.

Zwei Tage später nahm Mom sich einen Tag frei für mich, weil sie genau wusste, dass wir vor Thanksgiving sonst keine ruhige Minute mehr finden würden. Hinter dem Haus meiner Eltern erstreckt sich ein Landschaftsschutzgebiet mit knorrigen Eichen, Flechten, Moosen und riesigen Granitblöcken, die nicht mal ein Bulldozer von der Stelle bewegen könnte. Dort gingen wir spazieren. Die Sonne knallte uns auf den Rücken, während wir die steilen Hügel hochkraxelten; der Atem meiner Mutter ging zunehmend schwerer. Das angestrengte Schnaufen und Keuchen ist kein schönes Geräusch – es ist ein Indiz dafür, dass man älter wird, dass man nicht ewig lebt. Sie ist auch bloß ein Mensch wie Dad und ich oder Norman Mailer, der in der Woche zuvor verstorben war.

Am Morgen hatte ich schon einmal bei meinen Eltern vorgefühlt. Sie saßen beim Frühstück in der für sie typischen Sitzordnung. (Es ist ein runder Tisch, trotzdem macht es den Eindruck, als säße mein Dad immer am Kopf der Tafel.) Mein Bruder Logan wurde erst am Abend aus Boulder zurückerwartet, wo er zur Schule geht, und ich wollte meine Fragen loswerden, bevor das Haus voller Leute war.

Nachher fühlten sich unsere Gäste noch brüskiert. Ich hatte schon meinen anderen Bruder, Matt, geschockt, als er anrief. Weil ich zur Begrüßung in den Hörer brüllte: »Mattilingus!«

Schweigen schloss sich an.

»Mara, nenn mich nie wieder so!«, knirschte er dann.

»Wieso?«

Ich brauchte eine Sekunde, bis ich es geschnallt hatte: Er fühlte sich auf den Schlips getreten. Auweia. Es gab nämlich nur eine Sache, die mir spontan einfiel und die mit ... *lingus* endete, und das war bestimmt nicht mein Bruder. Anscheinend war ich dermaßen fixiert auf diesen Mist, dass mir so was unbewusst herausrutschte.

»Entschuldige.«

Mein Dad war in die Tageszeitung vertieft, als ich ihn ansprach. »Dad«, sagte ich, um seine Aufmerksamkeit auf mich zu lenken.

Die beiden sind ein routiniertes Frühstücksteam. Mein Dad stellt morgens zwei Müslischalen auf den Tisch – die gelbe ist für ihn und die grünweiße für meine Mom –, dazu zwei Löffel und acht verschiedene Cerealien zum Mischen. Es ist jeden Tag das Gleiche – ich weiß es aus langer Erfahrung, ätzend langweilig, nicht? –, Keena beteuern jedoch, dass es ihnen nie langweilig wird. Cerealien stehen an der Spitze von Dads Nahrungspyramide, vor allem Frosted Flakes. Ich musste lachen, als ich las, dass der konservative Dr. John Harvey Kellogg, Erfinder der gleichnamigen Cornflakes im neunzehnten Jahrhundert, ursprünglich davon ausgegangen war, dass diese faden, denaturierten Frühstücksflocken »unangemessene« Leidenschaften und sexuelle Triebe – vor allem bei Frauen – dämpfen würden. Wenn Mr. Kellogg sehen könnte, mit wie viel Zucker seine Flakes heutzutage umhüllt sind und dass ein freizügiges, sexuell aktives Paar wie meine Eltern diese Dinger in sich hineinschaufelt, würde er sich vermutlich im Grab umdrehen.

Mein Dad mischte sein Müsli, meine Mutter tunkte nervös ihren Teebeutel in die Tasse. Ich war da. Sie waren da. Ich hatte meinen Rekorder dabei. Ich konnte sie das Blaue vom Himmel fragen.

»Wieso hast du mir erzählt, es wäre Schwärze?«, fragte ich.

Hilfe, was sollte das jetzt werden? Die Frage war mir eben eingefallen und spontan herausgerutscht.

»Was wäre Schwärze?«, wollte mein Dad wissen.

»Schwärze und sonst nichts«, antwortete ich. »Du weißt schon, wenn ich tot bin.«

Er faltete seine Zeitung und spielte mit seinem Löffel herum.

»Und was war daran schlimm?«, hakte er nach.

»Ich glaube, es hat mich erschreckt«, sagte ich.

»Du kommst natürlich in den Himmel«, sagte er grinsend. »Klingt das besser?«

Ich verdrehte die Augen.

»Zu spät. Du hast mein Weltbild ruiniert.«

»Ich konnte dir doch nicht irgendwas erzählen, woran ich selbst nicht glaube«, versetzte er. »Wir müssen uns damit abfinden, dass wir irgendwann sterben, oder den Tod verleugnen. Das liegt bei dir.«

Sie merkten zwar, dass mich die Antwort nicht zufriedenstellte, andererseits wusste ich selbst nicht recht, was ich eigentlich hatte hören wollen.

Er lachte. »Witzig, woran die Leute sich erinnern«, sagte er zwischen zwei Löffeln Frosted Flakes mit gesüßter Milch.

Meine Mom und ich liefen im Zickzackkurs den Trampelpfad entlang. Ich fühlte mich zu Hause wie gelähmt. Ich fand mich kein bisschen produktiv. Meine Mom beteuert, ein bisschen Muße sei hin und wieder entspannend, aber diese Muße ging mir tierisch auf den Geist. Ich wollte Action, Fortschritte sehen. Woher weiß man sonst, dass man lebt?

Wir plauderten, dabei bog ich Brombeerranken beiseite. Ich brachte das Orgasmusthema zur Sprache.

»Wie sind deine?«, wollte ich wissen.

Sie nahm einen Schluck Wasser aus der Flasche und erzählte mir, dass Orgasmen etwas sehr Intimes seien. Und dass sie die Frage für sich erst mal reflektieren müsse.

»Es ist eine Sache, sexuellen Dingen gegenüber aufgeschlossen zu sein«, erklärte sie. »Das persönliche Sexualleben ist eine völlig andere. Es fällt auch mir manchmal schwer, darüber zu reden. Ich kann nicht einfach so über meinen Schatten springen.«

Eigenartig. Ich hatte keinen Schimmer, worauf sie hinauswollte. Wer waren diese Leute – meine Eltern? Falls sie vorhatten, mit mir das Ich-hab-keine-Ahnung-von-nichts-Spiel zu spielen, hätten sie damit schon viel früher anfangen müssen. Innerhalb einer Minute schaffte meine Mutter es, das Bild zu zerstören, das ich mir in den vergangenen 13 665 600 Minuten meines Lebens aufgebaut hatte.

Wir blieben an einem Felsvorsprung stehen und genossen die Aussicht über das Tal.

»Weißt du, Mara«, meinte meine Mom, den Blick auf den Horizont fixiert, »als du ein kleines Mädchen warst, hast du dich da unten gestreichelt. Ich möchte bloß, dass du das weißt.«

»Oh«, antwortete ich. Eine heiße Röte schoss in meine Wangen. »Echt?« Ich drehte den Kopf weg. »Schau dir das an.« Ich deutete auf das Bergpanorama. »Da wird ganz schön viel gebaut, was?«

»Wir sind, wer wir sind, bevor wir wissen, wer wir sind«, sagte sie.

Ich drehte mich abermals zu ihr um. Starrte sie sekundenlang an. Sie ist ein gutes Stück kleiner als ich. Merkwürdig, dass ich einmal in ihr drin war – vielleicht kannte ich mich besser, als ich ein Teil von ihr war.

Wovon zum Teufel redete sie da? Aber ganz egal, es klang ganz spannend. Trotzdem war ich froh, als das Thema in Richtung Truthahn umschwenkte. Mir war unbehaglich zumute, dass sie Dinge über mich wusste, die ich nicht mehr wusste. *Merkwürdig, woran die Leute sich erinnern,* schoss es mir durch den Kopf. Den Satz hatte mein Vater beim Frühstück fallen lassen. Die Gretchenfrage war bloß, was hatte ich alles vergessen?

Auf dem Rückweg zum Haus machte ich mir so meine Gedanken. Wenn es stimmte, dass ich mich als kleines Mädchen da unten gestreichelt hatte, wann hatte ich damit aufgehört? Entwickeln wir gewisse Berührungsängste, wenn wir älter werden? Zu Hause überlegte ich, was ich noch alles vergessen haben mochte. Ich kramte meine alten Tagebücher hervor, die ich neulich auf dem Speicher ausgegraben hatte, und vertiefte mich in den Inhalt. Dabei versuchte ich, mich anhand von alten Briefen, Fotos und Dingen selbst wiederzuentdecken.

Nach meinem Fortgang von New York hatte ich noch ein paarmal mit Rori telefoniert. Bei unseren Telefonsitzungen erzählte ich ihr, was ich in meinen Tagebüchern gelesen hatte, vor allem die Dinge, die mich irritierten. Wie beispielsweise emotionale Befindlichkeiten, an die ich mich nicht mehr erinnern konnte, und Momente, die ich komplett ausgeblendet hatte, gleichwohl hatte sich das meiste, was dort stand, bewahrheitet, teilweise sogar schmerzlich.

Nachdem es mit Evan und mir aus war, hatte ich einen

Vorsatz gefasst und in mein Tagebuch geschrieben. Als ich ihn wieder las, wurde mir grottenschlecht. Mann, hatte ich das damals zu einem Drama hochstilisiert. Ich las ihn Rori vor:

Ich bin jetzt vorsichtig geworden und werde nicht zulassen, dass mir meine Liebe weggezerrt wird wie ein Segeldrachen in den Wind. Ich werde die Leine festhalten, ganz, ganz fest. Der Schmerz ist unerträglich. Ich werde es nicht wieder tun.

Ich lachte im Nachhinein über meine geschraubte Ausdrucksweise, gleichzeitig stimmte es mich traurig. Ich hatte mich exakt an meinen Vorsatz gehalten. Und die Leine nicht nur festgehalten, sondern unter meinen sämtlichen Büchern, meinen beruflichen Zielen, unter allem, was schwer und gewichtig genug war, verbuddelt und festgezurrt, damit ich nie in Verlegenheit käme loszulassen.

Auf Rori machte es den Eindruck, dass ich die Geschichte mit dem Orgasmus viel zu kopfmäßig ambitioniert anging. »Sie gönnen sich kein bisschen Lockerheit. Statt zu genießen und sich fallen zu lassen haben Sie ein festes Ziel vor Augen, das Sie auf Biegen und Brechen erreichen wollen«, kritisierte sie. »Können Sie nicht einfach mal so Spaß haben? Was wollen Sie eigentlich?«

Keine Ahnung. Ich war inzwischen einsame Spitze darin, meine körperlichen Bedürfnisse zu sublimieren. Ich entschied rein rational und nicht nach Gefühl. Die einfachsten Entscheidungen zu treffen fiel mir schwer. Bisweilen dauerte es ewig, bis ich mich dazu durchgerungen hatte, ob ich lieber ein Chocolate Chip oder ein Peanut Butter Cookie wollte – ich zählte mental die Kalorien und wählte dann aus.

Ich legte mich auf mein Bett und dachte nach. Die Sonne versank am Horizont, das Abendrot fiel ins Schlafzimmer, hüllte alles in weiche Rosatöne. Ich spähte zu dem lila Vibrator, der eigentlich grün war. Ich sollte ihn endlich mal benutzen, dachte ich, ihn einfach ausprobieren. Um *diesen* Teil von mir zu entdecken. Er war da; er musste da sein. Aber nicht hier. Und nicht jetzt. Nicht in meinem alten Zimmer. Alles war rosa wie in einem Babyzimmer. Ich fühlte mich plötzlich um Jahre zurückversetzt, als hätte man einen Film mit mir zurückgespult. Alles auf Anfang.

ANDERS VERMURKST

Am Abend vor Thanksgiving saß ich mit meinem Bruder Logan draußen im Patio, Keena nahmen ihre abendliche Dusche. Wir hatten den Großeinkauf hinter uns. Die Fressorgie konnte beginnen. Wir würden uns kollektiv mit dem vollstopfen, was Mutter Erde hervorgebracht hatte. Je mehr Territorium du eroberst, desto besser, ist es nicht so? Ich betrachtete meine Gewichtszunahme quasi als eine Art Landgewinnung.

Logan ist nur ein Jahr älter als ich. Und einer meiner engsten Freunde. Ich hab ihm sogar verziehen, dass er mir an der Highschool eine Freundin ausgespannt hat. Ich wachte morgens auf, und sie war verschwunden, spurlos weggebeamt wie in *Startrek* – und in Logans Bett gestrandet. Ich entkorkte eine Flasche Wein. Er gluck-gluck-gluckerte in sein Glas. Wir prosteten uns zu. »Auf unsere Gesundheit«, sagten wir beide.

Seitdem er Judaismus studierte, erklärte mir Logan, liege sein besonderes Augenmerk auf der Zahl 13. In der Kabbalalehre hätten die hebräischen Begriffe für »Liebe« (*ahava*) und »der Eine« (echad) beide den Wert 13. Beides seien Aspekte von Gott. Ich entgegnete, dass ich überall doppelte Einsen sähe und mir deswegen unschlüssig sei. Bedeutete das, dass ich zweimal täglich Zähneputzen müsse? Oder war 1 und 1 gleich 2 der berühmte Wink mit dem Zaunpfahl?

Logan hatte Israel vor zwei Jahren im Rahmen des Birthright-Programms besucht. Er kam jüdisch zurück, aber anders jüdisch, als ich es bin. Nach seiner Rückkehr war er ein praktizierender Jude – er aß weder Schellfisch noch Schweinefleisch, hielt den Sabbat ein, jede nichtjüdische Muschi war tabu. Er bequatschte mich dauernd, ich sollte nach Israel fahren. Dort würde ich begreifen, wo meine Wurzeln lägen. Und realisieren: *Das ist mein Volk*. So war es jedenfalls bei ihm gewesen. Ich tat ihm den Gefallen und buchte einen Flug. Um auf Spurensuche zu gehen, um dort die orgasmischen Wurzeln meiner Vorfahren zu lokalisieren. Im Januar, also in knapp zwei Monaten, sollte es losgehen. Wir beschlossen, das Thema erst nach meiner Reise wieder aufzugreifen, wenn ich mich selbst schlau gemacht hätte. Stattdessen diskutierten wir darüber, wie unsere Eltern uns vermurkst hatten.

Ich goss Logan den letzten Schluck Wein ein, und er schilderte mir, wie er unsere Erziehung empfunden hatte. Angesichts des dauernden Sexgefasels war er abgestumpft und hatte so ziemlich alles gevögelt, was nicht bei drei auf den Bäumen war. Er wechselte die Freundinnen wie seine Hosen, weil sie nicht dem ultimativen Altman-Beziehungsmodell entsprachen. Als ich die nächste Flasche entkorkte, hatten wir beide eine Erleuchtung: Wir realisierten, dass sie uns *unterschiedlich* vermurkst hatten.

»Ich hatte noch nie eine richtige Beziehung«, sagte ich.

»Ich hatte zu viele Beziehungen«, sagte er.

»Ich bin unbefriedigt«, gestand ich. »Ich vögle nicht genug.«

»Ich vögle zu viel«, sagte er. »Ich bin überbefriedigt.«

»Was für eine Sauerei«, giggelte ich.

Wir waren total unterschiedlich versaut.

Konnte es sein, dass wir den Faktor Erziehung letztlich

überbewerteten? Immerhin lagen unsere Defizite völlig konträr. Was versaut einen? Die Umwelt, unsere Mitmenschen? Ich fragte Logan, warum Gott nicht mehr mit uns kommuniziert. Vor tausenden von Jahren gab es brennende Dornbüsche, sich teilende Meere, Steintafeln mit seinen Geboten, die allen vermittelten, was sie zu wissen hatten.

»Gott kommunizierte sogar durch Steintafeln, verrückt, nicht?«, bemerkte ich. »Er schrieb irgendwelche abstrusen Regeln auf Steine. Da müsste man doch annehmen, dass er heutzutage mal den Hörer aufnimmt und telefoniert oder so.«

Wieso war Gott mit einem Mal verstummt? Wir könnten den einen oder anderen konstruktiven Hinweis gut gebrauchen, seufzte ich, einen kleinen Wink in die richtige Richtung, bitte. Logan starrte brütend auf die Weinflasche. Anscheinend übersetzte er im Geiste den Alkoholgehalt in die Symbolik der Kabbalalehre. Ich schielte auf das Etikett. Dreizehn Prozent.

»Mein Gott, warst du das?«, meinte ich mit einem Blick auf die Flasche. »Hast du uns versaut?«

Es war höchste Zeit für eine Mütze Schlaf.

ÄPFEL MIT BIRNEN VERGLEICHEN

Am nächsten Morgen war ich topfit und total in der Stimmung für das alljährliche Gemantsche mit der Truthahnfüllung. Mein Dad und ich provozieren uns jedes Mal gegenseitig, indem wir davon so viel wie möglich in die ausgenommenen Vögel stopfen – wir mögen nämlich beide keine halben Sachen.

Wir hatten zwei Truthähne gekauft. Mein Dad übernahm den aus Bioaufzucht, ich das Käfigexemplar. Wir holten die Innereien heraus. Dann ist der lange Truthahnhals dran. Ich steckte bis zum Ellbogen in dem toten Tier. Ich ertastete den Hals – lang, sehnig, kalt und fest. Und zog ihn heraus. Er sah ganz anders aus als sonst: Ich hätte schwören mögen, es war der Truthahnpenis. Truthähne sind irgendwie wie Kerle, stellte ich fest, als ich das Ding rauszog. Es war obszön, glitschig, unsensibel und extrem hart. Grrr, die vielen unbeantworteten Fragen vernebelten mir definitiv das Hirn. Sie machten mich krank, pervers. Damit meine Eltern nichts davon mitbekamen, warf ich den Truthahnschwanz schleunigst in den Müll. Dann zog mein Vater bei seinem den Hals raus. Er glitschte auf die Arbeitsplatte. Er schob ihn beiseite und begann, den ausgenommenen Flattermann zu waschen. Ich konnte mich nicht bremsen. »Muss ein hartes Jahr gewesen sein, was?«, rutschte es mir heraus. Ich deutete auf das verschrumpelte Etwas. Meine Güte, war ich jetzt völlig plemplem?

Meine Mom, die mit uns in der Küche war, lachte. Mein Dad lachte ebenfalls. Natürlich lachten sie; sie hatten es mir immerhin beigebracht, mich derart locker-flockig-frivol auszudrücken.

Wir waren gleichzeitig fertig und schoben beide Truthähne triumphierend grinsend in den Backofen.

Dann startete ich meinen skurrilen Mitmachaufruf. Ich klebte überall im Haus Flyer an die Wände. Über dem Vorspeisenbüfett, dem Esstisch, dem Verandatisch, in der Küche und im Wohnzimmer.

Die Flyer informierten die Gäste über mein aktuelles Anliegen, mit der Bitte, ihre Orgasmuserfahrungen – selbstverständlich auch gern anonym – auf die ausliegenden Karteikarten zu schreiben und in die Kleenexbox zu werfen, auf die ich mit Leuchtmarkern ORGASMUSBOX geschrieben hatte.

Das Essen war ein voller Erfolg. Der Truthahnbürzel, Grannies Favorit – sie behauptet, er schmecke am besten –, wurde ihr feierlich serviert. Sonst denkt sie, jemand isst ihn ihr weg.

Grandma, wenn du bei uns bist, sorgen wir schon dafür, dass du nicht zu kurz kommst.

Als die Party vorbei war, leerte ich meine Orgasmusbox. Drei Karten fielen heraus. Ich schüttelte die Box, klopfte energisch auf den Boden, aber nichts passierte. Bloß drei Karten? Nur einer von 14,3 Amerikanern weiß irgendetwas zum Thema Orgasmus beizutragen?

Das war eine Enttäuschung. Ich führte die geringe Resonanz auf den Eiweißschock der Truthahnmahlzeit zurück.

Am nächsten Tag, nach einer groß angelegten Aufräumaktion, wurde es höchste Zeit, mit meinen Eltern zu reden. Es musste sein; ich fuhr tags darauf weiter nach San Francisco. Keiner von uns schien besonders versessen auf dieses Gespräch. Es hatte irgendwie Methode; sobald ich versuchte, mehr zu erfahren, machten sie dicht. In meiner Jugend, als mich ihre Offenheit eher verschreckt hatte, waren die Informationen dagegen aus ihnen herausgesprudelt wie aus einem defekten Wasserhahn.

Sie saßen beide auf dem Wohnzimmersofa. Meine Mom hatte die Beine angewinkelt und die Arme um die Knie geschlungen. Dad, der sich ein Kissen in den Rücken geschoben hatte, rieb sich seinen kahlen Schädel. Wenn er sich dabei Carnubawachs auf die Glatze geschmiert hätte, hätten sich meine hochgezogenen Brauen in der polierten Oberfläche gespiegelt. Ich setzte mich ihnen gegenüber. Als ich zu ihm spähte, blickte ich unwillkürlich durch das an den Schläfen überstehende Glas von Dads dicker Brille. Die Tapete hinter ihm verwischte zu einem bunten Mischmasch. Wie ein Ölfilm auf einer Wasserpfütze – eben so wie immer.

»Okay, schieß los«, meinte er.

Folglich begann ich – unschlüssig.

»Wie stellt ihr euch das eigentlich vor? Im Grunde genommen erwartet ihr doch von uns – ich spreche auch für meine beiden Brüder –, dass wir nach den Standards leben, die ihr mit eurer Beziehung vorgebt, oder sehe ich das falsch?«, hob ich an. »Ihr habt die Latte verdammt hoch gelegt.«

»Stell uns jetzt bitte nicht auf irgendein Podest«, entgegnete mein Dad. »Für unsere Entscheidung gibt es Gründe.«

»Ja«, bekräftigte Mom. »Wir haben unsere Gründe.«

»Wir haben unsere Gründe«, wiederholten Keena.

Das führte zu nichts.

Folglich ging ich zu Punkt zwei über: Ich fragte sie, warum sie so offen mit uns gewesen seien. Wieso hatten wir in einer Nudistenkolonie gelebt? Wieso hatte das Thema Sexualität uns von klein auf begleitet?

»Uns war daran gelegen, dass ihr ganz natürlich mit eurem Körper umgeht«, sagte Mom, »und dass ihr wisst, woher die Babys kommen.«

»Ihr solltet Liebe und Sex als etwas ganz Natürliches kennen lernen«, setzte Dad hinzu. »Als Teil eures Lebens und nicht tabuisiert oder gar stigmatisiert.«

»Wie kamst du eigentlich auf die Idee, so was zu studieren, obwohl Sex bei euch zu Hause ein Tabuthema war? Du meintest doch mal, Grandma und Granddad hätten nie darüber gesprochen.«

»Kannst du mir irgendein Thema nennen, das interessanter ist als Sex?«, antwortete mein Dad mit einer Gegenfrage. »Vor allem, wenn man so wie ich ein bisschen gehemmt war. Folglich arbeitest du gezielt an dem, was dir am schwersten fällt, und hoffst, dass deine Bemühungen Erfolg haben.«

Er sagte, sein Thema sei nur deshalb Sexualität gewesen, um sich selbst zu desensibilisieren.

»Du warst gehemmt?«, entfuhr es mir. »Echt?«

Ich blickte Bestätigung suchend zu meiner Mom. »Im Ernst jetzt?«

Irgendwo war da Kuddelmuddel in meinem Kopf. Dass mein Vater Sexualwissenschaften studiert hatte, wusste ich. Ich hatte seine Berufswahl allerdings darauf geschoben, dass er sexuell gut drauf war und jeder Menge frigider und verklemmter Zeitgenossen positive Vibrations vermitteln konnte. Aber nicht darauf, dass er das Studium gebraucht hatte, um seine eigenen Defizite zu verarbeiten.

Mom nickte. »Du tust mehr oder weniger das Gleiche wie Ken damals«, sagte sie. Sie lächelten sich wissend zu, dann sahen sie mich an, und ich kam mir mal wieder wie der sprichwörtliche Apfel vor – Sie wissen schon.

Ich hatte mir fest vorgenommen, die Orgasmusfähigkeit in meinem Erbgut zu erforschen; stattdessen hatte ich die Herkunft meiner DNA-Rezeptoren entschlüsselt, die an Hemmungen und Verklemmtheit andockten. Ich hatte geglaubt, ich wäre rebellisch in meiner Unsexyness, und jetzt stellte sich heraus, dass ich bloß das Kind meiner Eltern war.

Was wäre diese Enthüllung ohne meine ganz spezielle Lebenshymne?

»Du bist eben ein Spätentwickler«, meinte mein Dad prompt. »Genau wie ich.«

Er grinste breit, mein Dad. Wie der Vater, so die Tochter. Ich fühlte mich etwas orientierungslos. Mit diesem typischen Altman-Einwurf nahm er mir mal wieder sämtlichen Wind aus den Segeln. Mir blieb die Spucke weg. Mein Hirn war plötzlich wie leergefegt. Ich hatte nicht eine weitere Frage auf Lager. Mein Dad erklärte mir, dass ich, falls es mich interessiere, seine Dissertation mitnehmen und mich über seine Selbstfindungsreise schlau machen könne.

»Aber verlier sie nicht«, sagte er. »Es gibt bloß das eine Exemplar.«

Ich entschuldigte mich unter dem Vorwand, dass ich meine Sachen packen müsse, weil ich morgens den ersten Flug gebucht hatte. Dann zog ich Vaters Doktorarbeit aus dem Regal, weil ich im Bett darin lesen wollte. Ich hatte geglaubt, sie wäre voller interessanter und prickelnder Fakten – so prickelnd, dass ich stets einen großen Bogen um dieses Œuvre gemacht hatte –, ich schlief jedoch nach etwa einer Minute über Dads Desensibilisierungsthesen ein.

AUSGEGRENZT VON DER KLITORIS VON KALIFORNIEN (UND DEM BRENNENDEN DORNBUSCH)

Nach drei Tagen Aufenthalt bei meiner Cousine in San Francisco war ich fertig mit der Welt und mit den Nerven. Meine Cousine hat eine einjährige Tochter. Wahrhaft mutig, die Entscheidung, sich fortzupflanzen. Die Kleine brüllt wie eine Alarmsirene von morgens zwei bis vier – jeden Morgen. Kleine Schaumstoffohrstöpsel in der Farbe Lila halfen mir schließlich, halbwegs durchzuschlafen.

Davon mal abgesehen war dieses Kind ein interessantes kleines Wesen. Sie könnte die Mara sein, wie meine Mom mich in dem Alter beschrieben hatte. Mit ihrem dicken Windelpo rubbelte sie auf irgendwelchen Gegenständen rum, sie zog sich bei jeder sich bietenden Gelegenheit splitternackt aus, trieb vor allen Leuten obszöne Spielchen mit ihren Puppen und popelte mit wachsender Begeisterung an ihrer Vulva herum. Als Erwachsene wäre sie wegen so was umgehend eingebuchtet worden. Kittchen. Knast. Wegen Erregung öffentlichen Ärgernisses. Ich bewunderte sie deshalb; sie kannte keine Scham. Die Kleine wusste, was sie wollte. Die Kleine hatte den Durchblick.

Der fehlte mir nach ein paar Tagen San Francisco ganz erheblich. Zumal es bisher nicht besonders gut gelaufen war. Zu allem Überfluss hatte ich erfahren, dass Rafiq eine arrangierte Heirat plante (nachdem ihm eine weitere Anwärterin von der Fahne gegangen war), und das dusslige Facebook versuchte weiterhin, mir Dates aufs Auge zu drücken. Mit irgendwelchen Highschooltypen, die auf Fotos mit ihren Freunden posierten oder irgendwelches Frischfleisch im Arm hielten. Sogar mein Nutten liebender, Go-go-Bars frequentierender Freund in Bangkok änderte seinen Status in »in Beziehung«. Ich fühlte mich besch... eiden. Und fragte mich, ob die Zeiger meiner biologischen Uhr mit meiner Orgasmusfähigkeit verdrahtet waren. Tipp einen an, und wie beim Dominoeffekt ziehen alle anderen mit?

Meine Tante, die ebenfalls in San Francisco wohnte, rettete mir den Tag. Sie bot an, ich könnte bei ihr wohnen, bis sie mich satt hätte. Sie liebte ihr Apartment und ihre Ruhe. Ich hatte kapiert: Ich liebte mein Apartment ebenfalls. Aber endlich fand ich bei ihr ein bisschen Ruhe.

Sie lebt allein in einem großen Zweizimmerapartment. Sie ist eine Ob-gyn; als Kind wollte ich auch Ob-gyn werden, weil ich dachte, dann bekäme ich auch so ein riesiges Apartment. Von Telegraph Hill hat sie einen Panoramablick auf die Bay Bridge, Alcatraz, Treasure Island und auf Scharen von Menschen; aus dieser Perspektive winzig klein, pilgern sie da unten wie eine dunkle wuselige Ameisenstraße zur Fähre. Mit zehn nahm meine Tante mich mit in den Kreißsaal. Sie ist nämlich Geburtshelferin. Dort erfuhr ich, was Ob-gyn bedeutet. Etwas von der Größe einer Wassermelone muss durch die Mitte eines Bagels. Mal ehrlich: Wie finden Sie das?

Danach wollte ich zwar nicht mehr Ob-gyn werden, aber das hinderte mich nicht daran, meine Tante zu bewundern. Sie hat zweimal geheiratet und sich beide Male wieder scheiden lassen. Sie steht mit beiden Beinen fest im Leben, ist kein bisschen verhärmt und braucht keinen Ehering als

Beweis dafür, dass sie ganz Frau ist. Sie liebt meine Eltern, empfindet ihre gegenseitige Abhängigkeit aber als irgendwie krank. »Ich möchte nicht so leben«, beteuert sie. Ich verstehe sie, ich weiß, wie sie das meint, und obwohl ich ihr zustimme, bin ich mir keineswegs sicher, ob da nicht ein Hauch Neid mitspielt (Rori würde jetzt sagen, ich projiziere).

Dummerweise verstand meine Tante *mich* nicht ganz – zumindest hatte sie Schwierigkeiten mit meinem aktuellen Projekt.

»Ich begreif nicht, wieso du das machst, Mara«, sagte sie. »Du hättest mir das mit den Orgasmen ruhig anvertrauen können; es hätte mir wirklich nichts ausgemacht, dich in einen Laden zu begleiten, wo wir für dich einen Vibrator ausgesucht hätten. Das wär's doch gewesen, oder?«

In gewisser Weise stimmte ich meiner Tante zu. Ich begriff, warum sie milde gereizt war; ich war selbst ein bisschen sauer auf mich und nicht zuletzt sexuell frustriert. Ich quälte mich selbst, spannte mich förmlich auf die Folter, obwohl ich total fickrig war zu erfahren, wovon die Leute dauernd schwärmten. Dazu brauchte es vermutlich nichts weiter als einen Vibrator samt einer Ladung Batterien. Ich war mir nicht recht schlüssig, was mich davon abhielt. Womöglich war ich dermaßen auf meine Orgasmuserfahrung fixiert, dass ich fast durchdrehte. Was, wenn der Akt nicht alle Fragen beantwortete, wie ich es mir erhoffte? Wenn ich die Finger davonließ, konnte ich auch nicht enttäuscht werden.

»Grübel nicht so viel darüber nach«, riet sie mir an der Tür, bevor sie zur Arbeit ging. »Das ist bloß ätzend.«

Ich hatte große Hoffnungen in die Klitoris von Kalifornien gesetzt, aber es tat sich verdammt wenig. Ich hatte bereits Joseph Kramer kontaktiert, einen renommierten sexologischen Bodyworker auf dem Gebiet. Sexologische Bodyworker sind Erotiklehrer; in ihren Unterweisungsstunden legen sie oft selbst mit Hand an. Ein Interview mit mir lehnte er mit der Begründung ab, dass Sexautoren die sexuelle Kreativität der Leute ausbremsen würden. Er verabschiedete sich mit einem Zitat von Wilhelm Reich: »›Diejenigen, die psychisch krank sind, brauchen bloß eins – vollständige und wiederholte körperliche Befriedigung.‹«

Folglich rief ich Satya an, Zolas *dakini*-Freundin. Ich wusste zwar, dass ihr Job irgendwas mit … äh … tja … Genitalienstimulation zu tun hatte, hätte aber gern erfahren, was genau. Deshalb war ich gespannt darauf, sie kennen zu lernen. Wäre es so abseitig, wenn eine fremde Frau mir meinen ersten Orgasmus besorgen würde? Hatte das irgendwen zu jucken? Sie sprach langsam und gedehnt mit sinnlich weichem Timbre. Ich unterbrach sie dauernd, nicht mit Absicht, sondern weil mir die Zeitachse, auf der ich lebte, dreimal schneller vorkam als ihre. Ich fühlte mich ungefähr so wie die automatische Toilettenspülfunktion, die losgeht, bevor das eigentliche Geschäft erledigt ist. Schließlich einigten wir uns auf einen Termin, einen Tag vor meiner Abreise.

Mit Dorrie Lane, der Erfinderin der Vulvapuppen, wollte ich mich ebenfalls treffen. Sie sollte mir mal genauer erklären, wie ich die weich gepolsterten Labia minora bedienen musste, denn Picchu, mein Pseudomaskottchen, war mir bislang keine große Hilfe gewesen.

Dann war da noch das Telefonat mit Dr. Annie Sprinkle, dem früheren Pornostar. Schwer zu sagen, was sie heute ist. Sie bezeichnet sich selber als Postpornomodernistin. Sie hat einen Doktortitel in Sexualwissenschaften, macht Performancekunst, schreibt, lehrt und dreht ihre eigenen Videos. Ich war irre gespannt darauf, sie persönlich zu treffen. Das ist die Frau, die in zehn Jahren Sex mit über dreitausend Männern gehabt hat. Ich schätze, dass sie in puncto Orgasmushäufigkeit kaum zu toppen ist. Wir hatten in den vergangenen Monaten den Kontakt aufgenommen und beschlossen, uns zu treffen. Als ich jedoch bei ihr anrief, ließ sich das Gespräch irgendwie merkwürdig an:

Ich: Hallo, hier ist Mara. Wie geht's denn so?

Annie: Mia!

Ich: Nein, ich bin Mara.

Annie: Wer?

Ich: Mara, die Schriftstellerin.

Annie: Sie sind also nicht Mia?

Ich: Ich bin Mara. Das Nullorgasmusmädchen, wissen Sie noch?

Annie: Ah ja, sicher… Ich dachte, Sie wären jemand anders.

Das sagte sie in dem Tonfall, den Vegetarier anschlagen, wenn man ihnen verklickert, dass man Fleisch isst.

Sie hatte keine Zeit für ein Interview. Weil am kommenden Samstag ihre Ausstellung in einer Galerie eröffnet wurde. »Kommen Sie doch am Freitagabend mal vorbei, wenn wir alles aufbauen«, schlug sie vor. Es klang nicht besonders vielversprechend.

Da erst Mittwoch war, machte ich einen Abstecher in die OneTaste-Zentrale in der Hoffnung, dort dem Gasmus zu begegnen, von wegen Einsichten in die BEDEUTUNG DES ORGASMUS und so.

Sobald ich das OneTaste-Foyer betrat, wurde mir ganz anders und nicht zum ersten Mal. Ich war in New York ein paarmal bei OneTaste gewesen, hatte aber nie dafür gelöhnt, endlich die Hosen runterlassen zu dürfen. Ich fühlte mich ausgegrenzt, als würde ich mir einen 3-D-Film ohne die passende Brille anschauen und als Einzige unscharfe

Bilder auf der Leinwand wahrnehmen. Vielleicht würde ich klarer sehen, wenn ich meinen Orgasmus bekäme. Das redete ich mir jedenfalls pausenlos ein.

Sie leben alle zusammen, ihre Betten stehen in einem Raum. Sie treiben es vor den Augen der anderen. Und erfahren dabei neue Erregungszustände, sagen sie. So, wie es ein Freund von mir und seine Freundin voreinander mit anderen treiben, um ihre Eifersuchtsschwelle zu erforschen. Sie bezeichnen sich als Forschungspartner und betreiben Feldforschung. Ich bin ein Anhänger der Wissenschaft, aber diese Methode will mir nicht in den Kopf.

Dann entdeckte ich Nicole Daedone, den *Gasmus* persönlich, im Lobby-Café. Bislang hatte ich sie bloß auf YouTube gesehen. In natura wirkte sie größer. Sie hatte lange braune Haare, trug schwarze Highheels und knallenge Spandexleggings.

Die gesamte Aufmerksamkeit war auf sie gerichtet. Die Leute warteten mit einem höflichen Sicherheitsabstand, bis sie das Wort an sie richtete. Sie unterhielt sich eben mit einer jungen Frau an einem Tisch; das Mädchen hatte blonde Haare und verräterisch feucht schimmernde Augen. *Der Gasmus* tippte ihr auf die Brust, und das Mädel heulte wie auf Knopfdruck los. Nicole lächelte milde, während der Körper des Mädchens unkontrolliert zu zucken begann.

Ich beobachtete sie ebenfalls, wagte mich aber nicht näher ran. Ich war bloß eine Muschi unter vielen. Wie viele Schwänze mochte *der Gasmus* schon in den Fingern gehabt haben? Ob die Dinger aneinandergelegt längenmäßig wohl bis nach Nevada reichten? Wow, das ist echt stark, ein Interstate Penispfad. Mein persönlicher Penispfad reichte höchstens für die kurze Distanz bis zu ihrer Assistentin Alisha.

Da ich mich nicht traute, *den Gasmus* um ein Interview

zu bitten, schlich ich mich über meinen Penispfad zu Alisha und bat sie um einen Termin. »Oh, sorry, da kann ich absolut nichts für Sie tun. Nicoles Kalender ist gespickt voll mit Terminen«, antwortete sie.

Schätze, mein Unterbewusstsein machte *den Gasmus* für ein Interview verfügbar, denn in der Nacht träumte ich, wir hätten uns getroffen. Ich brauchte sie nichts zu fragen. In meinem Traum berührte sie mein Sternum, wie sie es bei der weinenden jungen Frau am Tisch gemacht hatte. Sie sagte: »Du weißt, warum Gott schon so lange nicht mehr zu uns spricht? Das liegt daran, dass wir alle den falschen brennenden Dornbusch suchen. Es hat nämlich nichts mit Büschen zu tun«, fuhr sie fort und deutete auf ihren Schritt. »Schätzchen, Gott spricht durch diesen brennenden Busch.«

Ich wachte von einem leisen Klappern auf und mutmaßte schon, in meinem Hirn hätten sich ein paar Schrauben gelockert, stellte dann jedoch fest, dass ich meine langen klimpernden Ohrgehänge vor dem Schlafengehen nicht abgenommen hatte.

Ich blickte zu meinem Busch – weder brannte es da unten, noch gab das Ding einen Muckser von sich. Ob mein Bruder deshalb ein Faible für Rothaarige hatte? Ich fasste mir an den Kopf. Drei Tage San Francisco und ich war scheinbar reif für die Klapse.

Wenn ich verrückt – damit meine ich *wirklich* verrückt – oder den Verstand einbüßen würde so wie bei Alzheimer, überlegte ich, wer würde mit mir Spaziergänge unternehmen oder, noch dringender, wer würde die ekligen Härchen von meinen Brüsten entfernen? Vielleicht sind Ehemänner doch zu etwas nütze.

Nachdem ich mich im Gästezimmer meiner Tante häuslich eingerichtet hatte, setzte ich mich an den Computer.

Ich wollte wissen, ob sich jemand gemeldet hatte. Keine E-Mails, nicht eine einzige, nicht mal von meiner Mutter. Vielleicht war das Internet defekt? Ich schrieb mir selbst eine E-Mail und drückte auf Senden. Und fühlte mich einsam mit meiner einsamen E-Mail in der Eingangspost.

Als meine Tante heimkehrte, machte sie Abendessen. Sie rieb frischen Lachs mit Lavendelsalz ein und gab frische Kräuter, Zitronensaft und Olivenöl in die Pfanne. Eigentlich hatte ich keinen Hunger, aber dann verputzte ich meine komplette Portion. Ich berichtete ihr, dass ich morgen ein Interview mit der Gasmus-Assistentin hätte. Dann erzählte ich ihr von OneTaste: »Alles spielt sich in einem Lagerhaus ab, sie haben Sex und …«

Sie unterbrach mich. »Das interessiert mich nicht wirklich. Diese Typen sind irgendwo in den Sechzigern hängen geblieben. Sie machen noch genau das, was sie damals auch gemacht haben. Total langweilig.«

Sie meinte, ich solle endlich einen Orgasmus kriegen, schließlich gebe es interessantere Themen als Orgasmen. »Fixier dich nicht zu sehr«, sagte sie. »Das ist ätzend.«

Die hatte gut reden. Ich konnte mich des Eindrucks nicht erwehren, dass die Klitoris von Kalifornien mich zurückwies. Meine Tante zog sich in ihr Schlafzimmer zurück; sie musste am nächsten Tag früh aufstehen. Ich war nicht müde, folglich schlug ich Dads Thesen auf. Seine Doktorarbeit wirkte besser als jede Schlafpille.

TUT-TUT-TUT

Am nächsten Morgen sprang ich unter die Dusche. Vom Badezimmerfenster aus schaut man über die Bucht. Während ich den vorbeifliegenden Vögeln nachsah, fiel mein Blick auf den Duschkopf. Ich wog ihn unschlüssig in der Hand. Was hatte Fiona noch gemeint? *Es gibt nichts Effizienteres für die Klitoris als einen gezielten Duschstrahl.* Ich war zu allem bereit. Ob die anderen mich zurückriefen oder nicht, war mir mit einem Mal herzlich egal, denn das hier war die ideale Gelegenheit, meinen ersten Orgasmus zu bekommen, in einem unglaublich schicken Singleapartment mit atemberaubendem Blick. Ich war AUTARK. Ich legte mich flach auf den Boden der Porzellanwanne. Und hielt den Strahl volle Kanne zwischen meine Schenkel. Ich würde es mir besorgen. Ich atmete tief durch. Und hielt die Luft an, obwohl Barbara Carrellas, die Frau mit dem Atem-Energie-Orgasmus (der sich zumindest bei mir als ein Fall von Hyperventilation entpuppt hatte), das strikt verboten hatte. *Schön tief durchatmen,* redete ich mir daher zu. Aber Mist, es ging nicht: Der Wasserstrahl flutete meine Vulva und spritzte mir in die Augen. Meine Kontaktlinsen trockneten aus. Und klebten unangenehm auf der Iris, während ich hektisch blinzelte. Sekundenlang hing ich buchstäblich da wie ein Schluck Wasser in der Kurve. Es fühlte sich an, als würden eisige Metallquirle durch meine Oberschenkel jagen, die sich an meinen Zehen wieder herausschraubten.

Aus irgendeinem unerfindlichen Grund musste ich plötzlich an die vielen Menschen auf diesem Globus denken, die keinen Zugang zu frischem Wasser haben. Beispielsweise die Menschen in Indien, die manchmal stundenlang warten, bis sie sich an einem Tanklaster einen kleinen Kanister Wasser abfüllen können. Ich hatte irgendwo gelesen, dass Frauen zwischen zehn und zwanzig Minuten brauchen, um zu kommen; in der Zeit hätte ein mittleres Dorf seine Wasserversorgung mit dem decken können, was ich da eben verplemperte. Das war zwar nicht okay, aber momentan nicht zu ändern. Der Moment war schnell vorbei. Der starke Druck war wie eine Dosis Novocain für meine Klitoris, denn schon nach einer Minute war Clitty Rose total taub.

Ich stand auf und trocknete mich ab. Während ich mich anzog, erholte sich meine Klitoris langsam wieder – es prickelte unangenehm seltsam da unten, und ich bekam eine Gänsehaut. Ob das die Vorstufe zu einem Orgasmus gewesen war?, überlegte ich. Jedenfalls wünschte ich mir mental beim nächsten Mal mehr Erfolg.

Bevor ich zu meinem OneTaste-Interview losmarschierte, schloss ich den Adapter von meinem lila Vibrator an eine Steckdose an, damit der Junge neuen Saft bekam. *Blinkblinkblink* signalisierte er wie ein Handy, das sich auflädt.

Als ich mich bei OneTaste auf einen Stuhl schob, spürte ich, dass meine Muschi noch immer die Nachwirkungen des Schocks verarbeitete. Bei dem Interview mit Alisha war ich ziemlich unkonzentriert. Ich sprach in dem Rhythmus meiner Vulvazuckungen: *Tut-tut-tut*. Egal was ich von mir gab, das Silbenmaß musste passen.

»Obwohl wir mehr oder weniger alle auf das *Eine* fixiert sind«, sagte sie, »sind wir total vor den Kopf geschlagen, wenn es passiert.«

Ja. Ja. Ja.

»Niemand spricht über Sex, und jeder spielt ihn herunter«, setzte sie hinzu. »Daran krankt unsere Gesellschaft.«

Ja. Ja. Ja.

Ich fragte nicht, was die BEDEUTUNG VON ORGASMUS war (das wollte ich den Gasmus irgendwann persönlich fragen), ich entnahm unserem Interview jedoch, dass der Orgasmus der Frau das Potenzial hat, die Welt von ihren sämtlichen Gebrechen zu heilen.

Ein Grund mehr, endlich mal zu kommen.

SIE WEISS EINE MENGE ÜBER DEN WEIBLICHEN ORGASMUS

Am nächsten Tag marschierte die Heilsarmee zum Center for Sex and Culture, wo ich mit Carol Queen verabredet war. Als Weihnachtsmänner verkleidet machten sie derart elanvoll Musik, dass ich fast annehmen musste, ihr Getrommel und Getröte wäre auch eine Form von sexueller Befriedigung.

Tief in meine Weihnachtshypothese versunken, trottete ich hinter ihnen her. Irgendwann merkte ich, dass ich mich verspäten würde. Mist, ich hatte Carols Nummer nicht. Deswegen rief ich Annie Sprinkle an – diese Sexleute schienen einander alle zu kennen –, da ich Annie sowieso später noch in der Galerie treffen wollte. Und nach unserem chaotischen Telefonat schien es mir sinnvoll, mich vorsichtshalber nochmal in Erinnerung zu bringen.

»Hier ist Mara«, begann ich.

»Mia!«, rief sie. »Wie geht's?«

Nicht schon wieder – war ich wirklich so schlimm? Ich erklärte ihr noch einmal, dass ich die anorgasmische Mara sei.

»Oh«, sagte sie. »Ich dachte, Sie wären jemand anders.«

Es täte ihr wahnsinnig leid, entschuldigte sie sich, aber sie hätte an dem Tag wirklich keine freie Minute, um mir ein Interview zu geben. Anscheinend war sie schwer im Stress und spät dran mit ihrer Installation, einer Hommage an Marcel Duchamp. Sie plante eine Séance für den morgigen Eröffnungsabend und ein Channeling, durch das sie mit Marcel Duchamp Kontakt aufnehmen und einen energetischen Liebesakt zelebrieren wollte.

»Wir werden einen Energieorgasmus haben«, sagte sie.

Wenn ich Lust hätte, könnte ich am Nachmittag vorbeikommen und ihr ein bisschen helfen. Und ob ich ihr das mit dem geplatzten Termin noch einmal verzeihen könnte?

Carol Queen, eine profilierte Sexautorin und -dozentin, leitete das Center for Sex and Culture. Sie sah so aus, wie man sich eine Bibliothekarin vorstellt: mausbraune Haare, die von einem Stretchhaarband straff aus dem Gesicht gehalten wurden, eine dicke Brille auf der Nase, schwarze Hose, flache Schuhe und ein T-Shirt mit der Aufschrift I LOVE FEMALE ORGASM (okay, zugegeben, eine sehr spezielle Bibliothekarin). Wir setzten uns auf die beiden gelben, violett abgesetzten Sofas, weich und samtig, als versinke man in Knetwachs. Mein Hintern würde bestimmt einen Abdruck hinterlassen.

Carol hatte mit fünfzehn angefangen, mit dem Vibrator ihres Vaters zu masturbieren (er war Friseur und massierte seinen Kunden damit die Schultern). Sie meinte, das Ding sei so laut gewesen wie ein Hubschrauber im Landeanflug und habe auf dem Fernsehbildschirm elektrostatisches Flimmern erzeugt. »Ich konnte es nur machen, wenn ich allein im Haus war«, räumte sie ein.

Ich wuchs wieder einmal über mich selbst hinaus. Zumal wir sämtliche Stellungen diskutierten, in denen man kommen kann. Carol konnte in nahezu jeder Stellung kommen, selbst im Stehen. Sie hatte es sich beigebracht und meinte, ich müsse mich mit Propriozeption beschäftigen, also der Wahrnehmung der Stellung und Bewegung des eigenen Körpers mit geschlossenen Augen – im Sitzen wie im Stehen. »Propriozeption hat eine erotische Komponente«, fuhr sie fort. »Wenn Sie sich dazu stimulieren können, in Rückenlage einen Orgasmus zu bekommen, und Sie sich dann umdrehen, fällt es Ihnen womöglich erst mal schwer, einen Orgasmus zu kriegen. Aber das ist bloß eine Frage der Übung.« Es brauche zwar eine Menge Praxis und Erfahrung, ansonsten könne man jedoch in jeder Stellung kommen.

Ich war mir unschlüssig, ob ich das von ihr hören wollte, trotzdem fühlte ich mich nach unserem Meeting hoch inspiriert zu einigen aussichtsreichen Orgasmusstellungen: im Handstand, beim Hulahoop, im Sitzen während einer öden Lektüre oder gar in der Halblotus-Yogaposition. Störend war jedoch, dass mein Hintern einen breiteren Abdruck auf der Couch hinterlassen hatte, als mir lieb war.

Danach ging ich direkt zur Femina Potens Galerie. Keine Spur von Annie Sprinkle. Lediglich eine Praktikantin pinselte die Wände weiß. Sie kannte Annie nicht mal. Überall standen Koffer, Schaufensterpuppen, Spiegel und Rahmen, Federn und Pailletten lagen ringsum verstreut. Riesige gerahmte Fotos lehnten an den Wänden. Auf einem war Annie; in frivole Dessous gehüllt saß sie breitbeinig auf einer Harley und sang in einen Hitachi Magic Wand, als wäre der Vibrator ein Mikrofon. Ein anderes zeigte Annies Partnerin Beth, ihr Nippel von einem zehn Zentimeter hohen Stiletto durchbohrt. Ich spürte den Schmerz, als wäre es mein eigener Nippel. Vielleicht war das ein Zeichen, dass ich dranbleiben sollte.

Ich kam mir irgendwie dämlich vor – Annie hatte definitiv keine Zeit für mich –, aber jetzt war ich einmal da und mochte nicht kneifen. Eine Weile später schleppte Beth einen riesigen Flachbildschirm an, kurz dahinter kam Annie mit zwei Tüten Lebensmitteln angewackelt. Sie war älter, als ich vermutet hatte. Ihre im Internet eingestellten Fotos (und die in der Galerie) waren mit Sicherheit schon vor zig Jahren gemacht worden. Alter schien für sie nicht wirklich eine Rolle zu spielen. Sie hatte ein blaues Federflauschkäppchen auf ihren kurzen roten Haaren und stöckelte tapfer auf schwarzen Highheels, die zu ihrem knielangen Rock passten. Hab ich schon ihre Brüste erwähnt? Sie sind wahrhaft gigantisch.

»Sind Sie ...?« Sie musterte mich fragend.

»Mara«, sagte ich wie auf Knopfdruck. »Ja.«

»Ach ja, richtig«, murmelte sie. »Mara. Mara und der weibliche Orgasmus, hmm?«

Tina, die Inhaberin der Galerie, betrat hinter Annie den Raum. Sie hatte erdbeerrosa getönte Haare und Augen wie die in den Mangacomics – groß und feucht schimmernd in einem pudrig blassen Gesicht. Sie trug einen sahneweißen Pullover und war vorn flach wie ein Bügelbrett. Sie setzte sich an ihren Schreibtisch und ging Unterlagen durch.

Annie knallte ihre Taschen auf einen vollbeladenen Tisch. Ob ich mich um die Häppchen kümmern könnte?, fragte sie. Während ich die Sachen auspackte, zeigte Annie mit dem Finger von einem zum anderen.

»Sie weiß eine Menge über den weiblichen Orgasmus«, sagte sie. »Und sie weiß eine Menge über den weiblichen Orgasmus.«

Sie lief durch den Raum, bis sie das von jedem gesagt hatte. »Sie weiß EINE MENGE über den weiblichen Orgasmus.« Dabei deutete sie auf Tina. »Tina ist im Filmgeschäft tätig.«

Annie hatte noch jede Menge zu tun und wuselte geschäftig umher, um den energetischen Liebesakt mit Duchamp vorzubereiten. Sie packte Hitachi Magic Wands aus, eine Federboa und eine aufwendige Collage, die sie aus ihren Mammogrammen zusammengeklebt hatte. Bei Annie war vor einigen Jahren Brustkrebs diagnostiziert worden, aber inzwischen war sie wieder okay.

»Ah, Sie arbeiten also im Filmgeschäft«, sagte ich zu Tina.

»Ich bin ein Pornostar.« Tina legte ihre Hände auf die Hüften. Ihr Filmname war Madison Young.

Mir war alles klar.

Wir begannen über ihre Pornokarriere zu plaudern. War ich ein Idiot, dass ich das mit den Pornos nicht eher gerafft hatte! Ich geb's zu, ich war geplättet. Tina kam ursprünglich aus Ohio. Sie jobbte im Rainforest Café, und als man ihr dort kündigte, fing sie irgendwann im Lusty Lady an, einem gewerkschaftlich organisierten Peepshowschuppen. Von da an ging alles ganz schnell. Erotische Hausbesuche. Masturbationsshows. Modeljobs für Kink.com. Dann kamen die Filme. Mittlerweile hatte sie ihre eigenen Webseiten, die sie selber sensationell fand. Ich fragte sie, womit sie ihre Galerie finanziere.

»Sie wollen also im Klartext wissen«, meinte sie gedehnt, »wie oft ich den Arsch für mein feministisches Kunstprojekt hinhalten muss?«

»Das haben Sie gesagt«, konterte ich milde betreten.

»Zehn Analszenen für die Kaution und drei für die Monatsmiete«, klärte sie mich auf. »Analszenen werden besser bezahlt, deshalb mach ich eben beides.«

Da ich erst mal sprachlos war, langte ich bei den Häppchen zu. Ich tauchte ein paar Karotten in Kichererbsenmus und nahm mir ein aufgeschlitztes Brötchen. Tina blickte zu Annie.

»Meiner ist ja so was von lädiert«, erzählte sie Annie. Ich dachte mir meinen Teil.

»Oh«, versetzte Annie mitfühlend, »sie gehen oft ziemlich brutal ran.«

Annie fing meinen Blick auf. »Diese Typen sind nicht so gebaut«, erklärte sie, während sie mit Daumen und Zeigefinger eine bleistiftrunde Öffnung formte. »Sondern so. Verdammt groß. Dieses Mädchen ist verblüffend: Sie nimmt es mit solchen Kolben auf.« Sie deutete mit den Fingern eine Rundung an, durch die spielend eine Apfelsine gepasst hätte.

»Ja, ich brauch mal 'ne rektale Auszeit«, seufzte Tina. Aha, so vornehm umschrieben »die Mädchen« das.

»Haben Sie echte Orgasmen, wenn Sie die Szenen drehen?«, wollte ich von ihr wissen.

»Klar«, beteuerte sie. »Wieso sollte ich da was faken? Jeder Orgasmus ist ein revolutionärer Moment.«

Anscheinend war das eine blöde Frage gewesen, denn sie schickten mich postwendend zu Starbucks zum Kaffeeholen. Ob ich auch einen Latte wolle, fragte Tina. Sie gab einen aus. Ich lehnte dankend ab. Ich mochte ihr schwer verdientes Geld nicht sinnlos verplempern. Ich hätte es einfach nicht gut gefunden.

Als ich zurückkehrte, brüllte Annie wütend herum. »Wo sind die Tittendrucke von mir?«

Keiner antwortete ihr. Sie wälzte sich durch Staffeleien und Leinwände, bis sie sie endlich entdeckte. Sie hatte ihre Brüste in Farbe getaucht und dann auf Büttenpapier gedrückt. Es gab auch Bauchabdrücke von ihr und von Beth. »Wir feiern unsere neuen Körper«, grinste sie und tätschelte ihren voluminösen Vorbau.

Ich packte ihre Tittendrucke und ein paar von den Bauchskizzen in Rahmen. Sie bedankte sich für meine Hilfe und entschuldigte sich nochmals, weil sie keine Zeit für ein Interview hatte. Stattdessen schenkte sie mir zwei ihrer

DVDs für zu Hause: *Amazing O* und *Sluts and Goddesses*.

Tina musste weg; im Porn Palace fand eine Christmasparty statt. Der Porn Palace war die Kink.com-Zentrale, wo Tina und ihr Freund arbeiteten; sie drehten dort einen Haufen Bondagefilme. Sie stakste mit irgendeinem goldenen Glitzerfummel in Richtung Toilette, weil sie sich noch umziehen wollte.

»Nimm doch Mara mit«, rief Annie.

Die arme Tina. Ihr fiel buchstäblich die Kinnlade runter.

»Mara bleibt besser da und hilft dir«, gab sie zurück. »Du hast noch verdammt viel zu tun.«

»Halb so wild«, sagte Annie. »Ich bin schuld, dass sie kein Interview bekommt. Da sollte sie wenigstens mal was Anregendes zu sehen bekommen.«

»Was sie sagt, stimmt, Annie«, lenkte ich ein. »Schauen Sie sich doch hier mal um.«

»Ist schon okay«, wiegelte Annie ab. »Nimm sie ruhig mit.«

»Nein, du brauchst sie«, meinte Tina.

»Nein, du nimmst sie mit.«

»Ich finde, sie sollte dir in der Galerie unter die Arme greifen.«

»Ich finde, sie sollte gehen.«

»Sie sollte bleiben.«

»Gehen.«

»Bleiben.«

Logo, dass jeder seinen eigenen Standpunkt vertrat. Ich hatte jedoch fast den Eindruck, dass beide mich loswerden wollten. Folglich tat ich so, als ginge mich das Ganze nichts an.

Tina, die sich inzwischen umgezogen hatte, kam in einem schimmernden Tanktop und einem knallengen schwarzen Mini zurück, der gefährlich über den Pobacken spannte. Die glatten Haare umschmeichelten glänzend ihre Schultern. Und sie strahlte wie ein Model in einer Werbekampagne. Keine Ahnung, wofür sie Werbung machte, ist ja auch egal, Hauptsache Sex sells. Ich war den ganzen Tag in Baggyjeans und Boots durch die Stadt gelaufen. Ich müffelte, trotzdem war ich fest entschlossen, sie zu begleiten. Sie schoss zum Ausgang und winkte uns kurz zu.

»Danke für die Einladung«, sagte ich, als ich mich hinter ihr durch die Tür schob.

Tina und ich standen vor dem Porn Palace. Ich war nicht auf der Liste der geladenen Gäste, folglich musste sie ihren Pornostarfreund James herausbitten. Er und der Türsteher löcherten mich mit Fragen, worüber ich in meinem Buch schreiben würde. Ich war mir mit meinem Thema noch nie so sicher gewesen wie in diesem Augenblick.

Ich räumte also freimütig ein, worum es ging: um das Anorgasmiephänomen.

Im Porn Palace sieht man etliche Filmsets: einen Kerker, eine Folterkammer, eine Gefängniszelle, einen halbmondförmigen Wasser-Bondage-Tank, ein kleines Farmhaus. Mein Favorit war »die Mauer der Inspiration«, genauer gesagt eine Wand mit allen möglichen Sextoys – angefangen mit Peitschen bis hin zu Gasmasken. Dagegen war der Klistierkrempel von Sir B in Jersey City kalter Kaffee, er hätte sich vermutlich die Hose nass gemacht bei dem grandiosen Angebot. Sie hatten wirklich alles. James erzählte mir, dass sie mit ihren Filmen zwei Millionen Dollar pro Monat machten.

Da draußen laufen jede Menge Perverse rum.

Tina stellte mich Adrienne vor, einem weiteren Pornostar. Sie hatte lange blutrote Fingernägel, dunkle Augenbrauen, aber knallblonde Haare. Und trug rattenscharfe

Hotpants. Sie stand mit einem Typen zusammen – er war der Star der Webseite Hogtied.com, die sich auf Bondagefilme spezialisiert hat.

»Ich verpass den Weibern Orgasmen und verdien noch Geld dabei«, grölte er. »Das ist echt der Superjob!«

Woraufhin Tina meinte, dass sie einige ihrer besten Höhepunkte mit ihm gehabt habe. Ihr Freund kam vorbei und kniff ihr in den Hintern. Ihr Po war so muckimäßig straff, dass sie damit vermutlich Nüsse hätte knacken können.

Tina sagte, ich solle eine Woche da bleiben, jede Wette, dass ich in der Woche bestimmt einen Orgasmus haben würde. Der Hogtied-Typ ergänzte, sie würden es mir auf nette Art besorgen.

»Ich mag's mit einem Magic Wand, einer Faust und ein paar Fesseln«, bekannte Tina.

»Und bei mir würdet ihr es auch so machen?«, wollte ich wissen.

»Ist doch 'ne nette Art, oder?«, meinte er.

»Nette Art«, wiederholte ich. Vielleicht hielt er mich jetzt für bescheuert und verkrümelte sich.

Wir posierten mit einer Real Doll, einer lebensgroßen Silikonpuppe, mit der man Sex haben kann. Zur Feier des Abends war sie wie die Frau vom Weihnachtsmann angehübscht und hatte eine Bierflasche in der Vagina stecken. Ein Typ machte ein Polaroid von uns und steckte es in einen Papprahmen.

Nachher versammelten wir uns in der Folterkammer und schauten uns Ausschnitte aus ihren Pornos an. Es wurden Preise verliehen für die besten Drehbücher und Filmszenen. Tina stand rechts neben mir, ihr Freund hinter ihr. Als die Präsentation begann, rieb er ihre Nippel, bis sie wie zwei Indianertipis unter ihrem Top hervorstanden. Dann kam ein kurzer Filmclip von ihr, in dem sie zu Unterwürfigkeit erzogen wurde. In dem Moment, als ich sie aus einer Toilettenschüsselperspektive sah – die Kamera schien echt aus der Toilette heraus zu filmen –, nackt und würgend, wusste ich, dass es richtig gewesen war, mich nicht auf Sir B einzulassen.

Ich schlenderte ein bisschen umher, ehe ich mich wieder zu Tina und Adrienne gesellte. Sie standen in einer Ecke und tranken Wodka mit Cranberrysaft. Sie unterhielten sich darüber, wie Mark, einer ihrer Filmpartner, bei irgendeinem Dreh Tinas Klitorisring verschluckt hatte. Dann kamen sie auf die Feinheiten des Analverkehrs zu sprechen; beide fanden, dass er ihren G-Punkt am besten stimuliere. Adrienne erwähnte beiläufig, dass sie Dr. Matlock, den Muschimurkser, konsultiert habe, nachdem ihre Vagina an ein besonders gigantisches Monsterexemplar geraten war.

»So klein ist die Welt«, murmelte ich.

Woraufhin sie mich anschaute, als wollte sie sagen: *Ist Ihre Vagina etwa auch an ein besonders gigantisches Monsterexemplar geraten?*

»Oh, ich weiß zufällig, wer Dr. Matlock ist«, erklärte ich hastig. »Ich meine, ich hab ihn mal kurz kennen gelernt.«

Sie erzählte, dass die Operation nichts genutzt habe. Sie hatte weiterhin Schmerzen und zog die A-tergo-Stellung vor. Der monstermäßig bestückte Typ hatte sich nicht mal bei ihr entschuldigt.

»Aber was soll's«, seufzte sie. »Immerhin hab ich noch meine Klitoris und das ganze Drum und Dran. Was will ich da großartig meckern?«

Ich fühlte mich allmählich wie eine Stalkerin, weil ich sie permanent verfolgte. Wenn ich einen Penis gehabt hätte, hätte der bestimmt schon Tuchfühlung aufgenommen. Sie zogen sich immer weiter zurück. Und ich ließ mich nicht abschütteln. Obwohl ich mir in der Rolle der Sexspionin verdammt mies vorkam. Inzwischen hatte ich sie in die hinterste Ecke gedrängt. Sie standen hinter einer Säule, von zwei riesigen Lautsprechern verschattet. Wollten sie sich vor mir verstecken? Weil eine Klimaxantipodin ein schlechtes Omen für ihre Pornokaschemme war? Ich fühlte mich wie der Antiporno schlechthin. Ich verrate Ihnen was: Ich hab mich selbst rausgeworfen – nach einem phallusartigen Stückchen Schokokuchen und ein paar Wodka-Cranberry hab ich die Mücke gemacht. Ich mochte mich dem geilen Völkchen nicht länger zumuten.

Ich ging zu Bett. Eine Straßenlaterne schien orange fluoriszierend durch die Jalousien auf meine Bettdecke. Und dann registrierte ich das *Blinkblinkblink* in der Ecke.

TEIL DREI

PERPLEX

Als ich am nächsten Morgen aufstand, war meine Tante schon weg. Ich schlenderte mit einem Becher Kaffee auf den Balkon ihres Apartments. Über der Bucht hing dicker Nebel von der Farbe meines Milchkaffees. Ähnlich vernebelt war wohl auch mein Hirn. Irgendwie brachte ich keinen vernünftigen Gedanken auf die Reihe; bei mir spulten sich gleichzeitig zwei innere Monologe ab, und ich verfolgte das Ganze quasi als unbeteiligter Beobachter. Was war mit mir los? Keine Ahnung. Zumal meine mentalen Interviews wie ein einziges Durcheinander anmuteten.

Erst zwei Tage später, als ich mit Fiona telefonierte, dämmerte es mir. Ich scrollte dabei durch die Webseiten, stoppte plötzlich und starrte auf den Teppich. Ich betrachtete das Muster. Es klickte. Als sie »Shit« sagte, klickte es. Sie sagte: »Shit, es ist nicht, was ich dachte.«

Aber immer der Reihe nach. Am Tag vorher hatte ich ein paar Stunden auf die Kleine von meiner Cousine aufgepasst. Sie wollte unbedingt Superman spielen. Sie sprang glucksend von der Couch, und als ich sie auffing, dachte ich spontan: Wenn es tatsächlich passiert wäre – wenn es bei mir so richtig gefunkt hätte –, würde ich mich dann danach sehnen, so einen eigenen kleinen Lachsack zu haben? *Grrr*, nein, ich sehnte mich überhaupt nicht danach. Nicht die Spur. Eigentlich hoffte ich bloß, dass dieser kleine Lachsack kein Ei in die Windeln legte, bevor seine Eltern heimkämen.

Was ich für die Kleine empfand, mochte *ein* Phänomen sein, trotzdem war es nicht *das* Phänomen. Hätte es sein können. War es aber nicht. Wenn das Orgasmusphänomen passiert wäre, wäre ich vermutlich auf den Geschmack gekommen. Wahrscheinlich hätte ich mich mittlerweile irgendwo häuslich eingerichtet und Zeitschriften wie *Consumer Reports* oder *Sunset* abonniert. Was war schon groß passiert? Eine kleine Gefühlsaufwallung, mehr nicht. Trotzdem war es eine ganz neue Empfindung für mich.

Kurz darauf stand ich am Bahnhof Oakland Bart, wo ich auf meine Interviewpartnerin wartete. Ein schwarzer Jetta schoss um die Kurve. Die Fahrerin hielt eine Zigarette in den Fingern und pustete Rauch aus dem Fenster. Auf ihrem kupferbraunen Igelschnitt saß eine grüne Flauschkappe. Sie war groß und überschlank, und als sie ihre Sonnenbrille abnahm, schwante mir, dass sie eine anstrengende Nacht hinter sich hatte. Tränensäcke wölbten sich unter ihren Augen. Wahrscheinlich jeder stopft seinen überflüssigen Ballast irgendwohin, meiner vermüllte derzeit mein Hirn. Deswegen war ich ziemlich mies drauf.

Es war Dorrie Lane. Die Erfinderin der fröhlich bunten Labienpuppen machte auf mich einen genervten Eindruck. Aber ich konnte mich täuschen. Ich schwang mich auf den Beifahrersitz und schnallte mich an. Puh, was wollte ich sie eigentlich Spannendes fragen? Dabei hatte ich sie sooo lange bekniet, bis sie ihr Okay zu dem Interview gegeben hatte. Sie fädelte sich in den fließenden Verkehr ein. »Oh Göttin!«, rief sie, als ein Auto haarscharf an uns vorbeibretterte. Sie sagte allen Ernstes Göttin statt Gott.

Wir fuhren zu einem beliebten kleinen Lesbencafé in der Nähe von Berkeley. Im Hintergrund spielte leise psychedelische Musik. Ich tippte stakkatomäßig mit dem Fuß auf dem Boden auf, bis ich merkte, dass ich völlig aus dem Takt war. Ich fühlte mich unbehaglich; das weiß ich, weil ich mein Gesicht in einem der Wandspiegel beobachtete. Meine Nasenflügel zuckten missmutig, mit meinen skeptisch zusammengezogenen Brauen hätte ich Frida Kahlo Modell stehen können.

Als die Interviewerin keine Anstalten machte anzufangen, plapperte Dorrie munter drauflos: Wieso können wir die Frauen eigentlich nicht als die wahren Schöpferinnen anerkennen? Weshalb wird Mädchen so was nicht in der Schule vermittelt? Wenn wir die Vulva respektieren würden, gäbe es keine Vergewaltigungen. Es ist ein Affront gegen die Frauen, von denen wir schließlich geboren werden.

»Oh, meine Göttin«, sagte Dorrie, während sie die Speisekarte überflog. »Hab ich einen Mordshunger.« Ich trank Kaffee. Sie aß. Sie flirtete mit unserer tätowierten Kellnerin, während ich die einzige Frage, die mir durch den Kopf ging – Woran merken Sie eigentlich, dass Sie einen Orgasmus hatten? –, zu banal fand, um sie zu äußern. Nicht zuletzt gegenüber einer Frau mit einem silbernen Vulvaring am Finger. Es ist nicht fair. Typen haben diesen überaus praktischen Indikator, wenn sie einen Orgasmus haben: ihr Sperma. Frauen scheinen da auf einer abstrakten Ebene zu arbeiten.

Auf der Fahrt zu ihr nach Hause starrte ich auf den besagten Vulvaring, den ich vor Monaten auf ihrer Webseite gesehen hatte. Damals hätte ich meinen Hintern darauf verwettet, dass ich so etwas nie, nie, niemals tragen würde. Inzwischen fand ich so ein Ding ziemlich klasse. Ich fing an, meine Vulva, dieses kleine Biest, zu mögen. So sind sie, die Vulvas; manche Leute, so wie Dorrie, mögen einfach alles, was damit zu tun hat.

Sie wohnte in einem Loft. Überall standen Muschis rum: Vulvamousepads, Vulvaschmuck, Körbe mit bunten Vulvapuppen. Sie zeigte mir ihr neuestes Modell, eine Minivulva. Dabei erzählte sie mir von Eve Ensler, der Verfasserin der *Vagina-Monologe*, und dass der Titel grottenfalsch sei. Die Vagina sei der Kanal. »Sie ermöglicht Sex mit einem Penis«, erklärte Dorrie, »die heterosexuelle Nullachtfuffzehnvariante.«

»Klitorisgeflüster!«, ereiferte sie sich. »So müsste es korrekt heißen.«

Dorrie zog an ihrer Zigarette und blies den Rauch ins Zimmer. Ich nahm auch eine statt der angebotenen Kekse. Jetzt mutmaßen Sie, ich hätte meine Angst vor dem Tod verdrängt, weil ich rauchte, stimmt's? Sie glauben, ich hätte mich selbst vergessen? Während ich ihren Vaginaschmuck durchstöberte, wurde mir himmlisch schwummrig im Kopf – von dem Nikotinschub. Ich kaufte zwei Vulvaringe, einen für mich und einen für Fiona. Ich steckte meinen an den linken Ringfinger.

Dorrie fuhr mich zum Bahnhof. Irgendwie war das alles nicht mehr normal. Ich würde mich bei Annies Energie-Orgasmusséance verspäten. Ich hatte momentan nicht die geringste Lust, mit einem Toten energetische Liebe zu praktizieren, trotzdem ging ich hin, weil ich mir fest vorgenommen hatte hinzugehen. Außerdem wollte ich mehr erfahren. Keine Ahnung, was dieses »Mehr« sein sollte.

Und am nächsten Tag klickte es – die widerstreitenden Gefühle machten »Klick« –, als Fiona anrief und sagte: »Shit, es ist nicht, was ich dachte.«

Aber immer der Reihe nach, erst mal das mit der Séance. Sie hatten die Galerie in der Nacht völlig umgekrempelt, Fotos und Tittendrucke an den frisch gestrichenen Wänden arrangiert. Ich schob mich von einer Installation zur nächsten. Ich entdeckte Tina. Und blieb weg, von wegen Stalkerin und so. In Anlehnung an Duchamps Objektkunst – wie das umgedrehte Urinal, dem er den Titel *Fountain* gegeben und es mit R. Mutt signiert hatte – stellte Annie einen Hitachi aus und signierte ihn mit R. Muff. Ein gerahmtes Bild von Duchamp hing unter einem bronzierten Höschen, das Rose Selavy gehört hatte, sein Pseudonym, wenn er sich als Frau verkleidete. Die Hauptinstallation der Show war ein Film, der auf einem Flachbildschirm gezeigt wurde. Er hieß *Big Nudes Descending a Stairway* und war von Duchamps *Nude Descending a Staircase* inspiriert. Er zeigte Annie und Beth, beide in ihrer ganzen nackten Fülle, wie sie langsam eine Wendeltreppe hinuntersteigen. Der Film wiederholte sich ständig. Das einzige Geräusch war das Tappen ihrer Fußsohlen.

Schlag acht Uhr war die kleine Galerie gerammelt voll. Annie beschwichtigte die Massen: Keine Panik, die Séance würde gleich losgehen. Alles drängte sich um eine Massageliege, die mitten im Zimmer stand. Sie war mit einem dicken Orientteppich bedeckt, darauf lag Ted, das Medium. Eine junge, vintagemäßig aufgebrezelte Frau begann operettenhaft zu trällern, um Duchamps Geist in ihn zu channeln.

»Marceeeeeeeeel«, sang sie. »Maaaaaaaaarcelllll Duuuuuuchaaaaaaamp.«

Wir anderen hielten uns bei den Händen. Plötzlich sprang eine Katze zwischen die Schenkel des Mediums. Sie setzte sich mit ihrem Flauschpopo auf sein Skrotum und strich mit ihrem orange getigerten Schwanz über seine Genitalien. Alles lachte; jeder bildete sich ein, dass Duchamps Geist in Teds Körper geschlüpft wäre.

Annie begann heftig zu atmen, und alle folgten ihrem Beispiel. Sie hechelten und prusteten. Ich hielt mich da geflissentlich raus. Im Raum wurde es dampfig feucht, die Fenster beschlugen. Der Dunst bildete Tropfen, die von dem Glas herunterperlten. Die Hand, die meine festhielt, war mit einem Mal unangenehm klamm. Die Leute fächerten sich Luft zu, ihre Gesichter gefährlich rot.

Dann war es vorbei. Annie erklärte, es sei geschafft. Wir hatten es mit Marcel Duchamp getrieben.

Das war die leichteste Nummer, die ich je geschoben hatte. Ich sollte so was öfter machen.

Als ihre Gäste nacheinander aufbrachen, fand Annie endlich die Zeit, sich um mich zu kümmern. Sie war süß. Sie wollte Mia oder Mara oder wie sie auch immer hieß, helfen, einen Orgasmus zu bekommen.

Ich folgte ihr zu der Massageliege. Sie legte sich darauf und begann, Grunzlaute von sich zu geben. Dabei atmete sie tief durch und ließ die Arme in Kopfhöhe kreisen, als wollte sie gleich abheben.

Dann war ich dran, es mit dem befeuerten Atem-Energie-Orgasmus zu versuchen. Beim Sex mit einem Partner, erklärte Annie, würde ich mithilfe dieser Atemtechnik jedes Mal meine Befriedigung finden. Ich schwang mich auf die Liege. Sämtliche Blicke schossen zu mir. Ich fühlte mich unbehaglich – mein Selbstbewusstsein sank plötzlich gegen null – und wäre am liebsten schleunigst getürmt.

Genauso war es auch, wenn ich mit einem Typen intim wurde. Wir lagen im Bett, er turnte mich an, spielte da unten an mir herum und so. Sobald ich dann ein warmes Prickeln im Unterleib spürte, das womöglich ausbaufähig gewesen wäre, klemmte ich die Schenkel zusammen oder rückte weg, so dass er unweigerlich aufhören musste – ich mochte die Kontrolle weder verlieren noch sie an meinen Partner abgeben. Wenn ich mich verlieren würde, so befürchtete ich, würde mein Körper bestimmt in wilde Zuckungen verfallen. Dann war es aus mit der weiblichen Anmut, bildete ich mir ein. Ich machte mir also mehr Sorgen um die Ästhetik als um meine Empfindungen.

Und jetzt starrten sämtliche Leute zu mir auf dieser Liege. Ich sollte ganz locker bleiben, während Annie mich vor aller Augen zum Grunzen und Stöhnen brachte? Grundgütiger, ich würde so was von besch…eiden aussehen, eine aufgelöste Schreckschraube bei ihrem intimen Coming-out.

Gestern, nach der Party im Porn Palace, war ich allein gewesen. Mir war egal, wie ich aussah. Ich wollte bloß etwas Richtiges fühlen. Und mir beweisen, dass ich ein total autarkes Mädchen war. Ich mochte von niemandem abhängig sein, der mich anturnte. In diesem Moment bemerkte ich das *Blinkblinkblink* in der Ecke.

Ich konnte mich noch nie sonderlich gut mitteilen. Das war dieses Mal nicht anders. Mir schlotterten die Knie. Ich hatte die ungeteilte Aufmerksamkeit dieser hyperorgasmischen Frau, die mir mit ihrer Energie zu meiner ersten Klimax verhelfen wollte, und meine Synapsen signalisierten: Weg, bloß weg hier. Ich schwang mich von der Massageliege.

»Jeder hat Orgasmen, schon als kleines Kind«, rief Annie mir nach, während ich dem Ausgang zustrebte. »Mia, Ihr Problem ist, dass Sie versuchen, sie zu kontrollieren.«

Ich verdünnisierte mich schleunigst.

Als ich tags darauf an meinem Computer saß, kam also der besagte Anruf von Fiona. Sie war in Wisconsin. Ich war im Apartment meiner Cousine und praktizierte Beckenbodenübungen. Eric, meine heilige Hure, hatte mir eben eine E-Mail geschickt und war schon wieder off.

Eric, geh wieder on!!!

Was zum Teufel hatte das zu bedeuten? Fiona sprudelte über vor Aufregung. Sie quasselte, ohne Luft zu holen. Und begann, mir Passagen aus *The Fountainhead* vorzulesen. Ich stand auf und tigerte durchs Haus. Sie erging sich in Schmähreden auf den Kapitalismus und übertraf sich selbst, indem sie ihr Halbwissen aus *Eat, Pray, Love* vorführte. Mir mit Selbstfindungsweisheiten kam, die so alt waren wie Methusalem.

»Fi«, unterbrach ich sie. »Was willst du damit bezwecken?«

Sie sagte, sie habe eine Erleuchtung gehabt. »Shit«, sagte sie, »es ist absolut nicht das, was ich dachte.«

Ich schwieg sekundenlang.

»Bist du noch dran?«, wollte sie wissen.

An diesem Punkt realisierte ich, dass ich in den letzten beiden Tagen mal wieder Orgasmusverschleierung betrieben hatte. Einer meiner beiden inneren Monologe suggerierte mir, ich sei gekommen, wohingegen der andere beteuerte, ich solle das Vulvakribbeln ignorieren und weiter Leute mit Fragen löchern, bis ich den Orgasmus hätte, wie ich ihn mir *vorstellte* – also die sagenhafte Nummer, die wie ein Silvesterfeuerwerk in meinem Dingsda explodieren würde.

»Ich denke auch, dass es nicht das ist, was ich dachte«, sagte ich zu Fiona.

Dann erklärte ich ihr, was mir mit meinem lila Vibrator, der eigentlich grün ist, passiert war. Dass ich nachts, nach der Porn Palace Party, das *Blinkblinkblink* gesehen hatte. Und mir albern vorgekommen war, weil es angeblich alle taten, bloß ich nicht. Ich war mit einem Mal desensibilisiert gewesen: Orgasmen waren die Norm. Und Pornografie keine ansteckende Krankheit. Folglich zog ich den Stecker raus und bewaffnete mich mit dem Vibrator. Ich fasste mir ein Herz und fummelte mit meiner Pfote da unten rum, wie Betty es mir geschildert hatte. Ich bohrte und popelte, streichelte und quetschte, rieb und rubbelte und hielt den Atem an, bis … bis … tja, bis meine Muschi irgendwie zuckte. Mein Hauptindikator, dass es das war, was ich dachte, wenn auch nicht das, was ich erwartet hatte. Ich spürte winzige Kontraktionen – unbeabsichtigte Minikegel – zusammen mit einem warmen prickelnden Gefühl in der Vaginalregion von Clitty Rose.

»Herzlichen Glückwunsch!«, posaunte Fiona. Sie war echt begeistert.

»War es das schon?«, hakte ich nach. »Ist das ein Orgasmus?«

Sie erzählte mir, bei ihr sei es jedes Mal anders. Manchmal fühlen sich ihre Orgasmen so an, als würde warmes Wachs langsam ihren Unterleib fluten, ein anderes Mal wiederum reagierte ihr Körper wie elektrisiert, als hätte sie den Finger in eine Steckdose gesteckt. Jeder Orgasmus sei anders, meinte sie. Ihre Ausführungen erinnerten mich daran, wie sie über jeden neuen Lover berichtet: Ich hab mich noch nie so gefühlt, beteuert sie jedes Mal. Vielleicht ist jeder Orgasmus für sich betrachtet eine kleine Liebesaffäre.

Ich konnte mir nicht helfen, aber mein Orgasmus ähnelte eher einem Fall von akuter Verstopfung. Ein kleiner Pups und weiter nichts – da brauchte es so was wie Metamucil, um in Schwung zu kommen. Der Orgasmus war nicht bloß unterdurchschnittlich gewesen, mein Aufwand für das bisschen Kribbeln noch dazu erheblich. Ich wollte endlich so was wie eine Erleuchtung haben, verdammt. Ich hatte nach meiner ersten halbwegs erfolgreichen Masturbation morgens draußen auf Tantchens Balkon gestanden und auf den totalen Durchblick gehofft. Stattdessen mutete mein Hirn so milchig trübe an wie der Kaffee in meinem Becher. Ich schloss die Augen. Die vorüberziehenden Wolken verschatteten die Sonne, veränderten die Rottöne, die hinter meinen Lidern entstanden. Plötzlich realisierte ich, dass ich mehr Fragen hatte als zu Beginn dieser Reise. Vielleicht reichte es nicht, einen Orgasmus zu bekommen – orgasmisch zu werden.

Als ich auflegte, wusste ich, dass das, was ich vorher als Finale betrachtet hatte, bloß Schritt eins war.

ICH WEISS, WIR SIND IN DER MITTE, ABER DAS HIER IST IN WIRKLICHKEIT BLOSS DER ANFANG

Jetzt zu Satya, der *dakini*. Ich wusste nicht wirklich, worauf ich mich einließ. Ich hatte zwar ihre Webseite gelesen, wusste aber trotzdem nicht, was sie mit mir anstellen würde. Nur, dass ihr Name in Sanskrit Wahrheit bedeutet. Folglich erschien ich um fünf Uhr nachmittags in ihrem Tempel. Für den nächsten Abend hatte ich meine Weiterreise geplant. Sie war noch nicht bereit, mich zu empfangen, also wartete ich. Ich saß draußen, in Erwartung des nächsten Traumas. Ich beobachtete, wie die Sonne hinter einem dreistöckigen Haus unterging. Und überlegte halblaut. »Ich hätte nie gedacht, dass ich mal bei irgendwem vor der Tür hocke, um für einen sexuellen Kontakt Kohle hinzublättern.« Hmmm, die Dinge lagen eben nicht immer so, wie ich dachte. Sie ließ mich herein. Sie trug ein seidenes Flattergewand und reichte mir eine Tasse heißen Tee. Wir setzten uns. Und plauderten. Ich wich unschlüssig ihrem Blick aus. Ich giggelte im falschen Moment. Ich kratzte mir den kleinen Pickel an meinem Haaransatz. Wenn ich nervös bin, mache ich das automatisch. Blöderweise wird er dadurch immer größer. Ich kratzte, wir plauderten, und ich nippte an meinem Tee. Ich kam mir vor, als säße ich im falschen Film. Wie *sollte* ich mich verhalten? Hatte ich etwa irgendeine Sitcom verpasst, die mir vermittelt hätte, wie man sich in einer Tantrasitzung verhält? Es war dämmrig. Sie hatte Kerzen angezündet. Im Hintergrund spielte leise Trancemusik. Satya stellte mir Fragen und war verblüfft über meine Argumentation. Ich erzählte ihr, ich hätte meinen ersten Orgasmus gehabt. »Man gibt einer Pflanze nicht nur einmal Wasser«, sagte sie. »Margo Anand, eine meiner Lehrerinnen, meint, es gebe so viele unterschiedliche Orgasmen wie Sterne am Himmel.« Demnach hatte ich noch jede Menge Entwicklungsarbeit zu leisten. Es war bloß der Anfang gewesen. Ich nickte zaghaft. Sie hatte vor längerer Zeit eine ähnliche Reise unternommen. Sie war jetzt zweiunddreißig.

Ihr Tempel war weiß gestrichen. Mit Gemälden an den Wänden. Und Orientteppichen auf dem Boden. Und einer Massageliege, die mit einem Badetuch bedeckt war. Davor stand ein Paravent als Sichtschutz. Es gab einen kleinen Altar und ein niedriges Sofa. Und Kissen, jede Menge Kissen. Meine *dakini* hatte lange braune Locken und wirkte walkürenhaft in ihrem Wallewallefummel. Ihren scharfsichtigen Augen entging nichts. Wenn ich sie richtig verstanden habe, versuchen die meisten Leute, den Bereich unterhalb der Gürtellinie von dem oberhalb der Gürtellinie zu trennen. Tantra ist die Praktik, die ein Portal zwischen beiden öffnet und sie miteinander verbindet.

Dann fragte sie, ob ich mich ausziehen wolle. Ob das normal sei?, fragte ich zurück. Sie antwortete, die Menschen seien nun mal bisweilen nackt, aber das überlasse sie mir. »Es gibt kein *normal*«, sagte sie. Die Antwort half mir nicht wirklich weiter. Ich hätte viel lieber gehört, was normal war, dann hätte ich mich darauf einstellen können.

Die Sitzung begann. Sie bat mich, den Geldbetrag in die Schale neben der Kerze zu legen und mir etwas zu wünschen. Ich zückte das vereinbarte Honorar, dreihundert Dollar (das klingt hoch, aber Männer zahlen das Doppelte). Ich legte das Geld in die Schale und überlegte, was ich mir wünschen sollte. Ich fand, ich hatte reichlich Moos hingeblättert, da musste ich rausholen, was rauszuholen war, auch wenn es etwas Abstraktes war. Mein Wunsch ließ sich nicht in Worte fassen; es war mehr ein Gefühl.

Wir standen uns gegenüber und atmeten. Sie fragte, ob ich von ihr umarmt werden wolle. War das normal? Okay. Kein Problem. Es war eine nette Umarmung. Wir machten ein paar Yogaübungen. Ich beugte mich vornüber und berührte meine Zehen. Dann hockte ich mich auf den Boden. Ich sollte meinen Atem fühlen. Damit habe ich jedes Mal Probleme. Sie fragte, ob ich lesbisch oder bi sei. Was wollte sie von mir hören? Eine Rechtfertigung, warum ich mich mit einer Frau traf, obwohl ich nicht lesbisch war? »Sie wurden mir empfohlen, und ich dachte, es wäre angenehmer so.« Und das war es irgendwie auch. Mal abgesehen von dem Umstand, dass ich nicht in diese scharfen glasklaren Augen schauen mochte. Dann atmeten wir beide. Meine Hand lag auf ihrer Brust und ihre auf meiner.

»Möchten Sie sich ausziehen?«, wiederholte sie ihre Frage von vorhin.

»Hmmm, tja, mal überlegen«, antwortete ich. War das noch normal?

Sie verließ den Raum, und ich überlegte, dass dreihundert Dollar eine Menge Holz waren. Für so viel Kohle durfte sie sich ruhig mal die Körperteile vorknöpfen, vor denen ich Skrupel hatte. Meinen verpickelten Hintern und so. Folglich zog ich mich aus und legte mich auf den Bauch. Sie begann, meinen Rücken mit Öl zu massieren. Bei ihrer Mitbewohnerin im Stockwerk über uns war wohl Waschtag angesagt, denn ich vernahm das Vibrieren ihres Trockners. Meine *dakini* bat mich, konzentriert zu atmen. Ihretwegen könne ich ruhig laut sein und rauslassen, was ich fühlte. Mit dem Lautsein hab ich's nicht so. Sie lobte mich, dass ich noch nie einen Orgasmus vorgetäuscht hatte. Gefakte Orgasmen, meinte sie, würden mich bloß weiter von meinem Ziel abbringen. Rori beteuert, Ziele seien beileibe nicht alles, dachte ich unwillkürlich. Und dass ich es angenehm fand, wie Satya mich massierte. Dann zog sie sich aus. »Ich mag es ganz natürlich«, sagte sie. Und natürlich hieß, dass sie bloß noch einen Stringtanga anbehielt und ihr Arschgeweih. Oh, und große baumelnde Kreolen an den Ohren. Es fühlte sich gut an, wie ihre Brüste meinen Kopf umschmiegten. Ihr Haar kitzelte meinen Rücken. Ich stemmte meinen Po in die Luft. Sie fing an, meine Vulva zu streicheln. Und es war echt schön. Es war wie bei jedem Körperteil, der massiert wird. Wie die Stelle zwischen den Schulterblättern, die oft schmerzt und entspannt, wenn sie massiert wird.

Sie bat mich, die Quelle der Amrita zu visualisieren, das ist eine Umschreibung für das weibliche Ejakulat, woraufhin ich ihr einen panischen Blick über meine Schulter zuwarf. Ich könne mir aber auch gern andere Dinge vorstellen – prima, das lag mir mehr. Ich dachte spontan an eine sprudelnde, megastark gechlorte Quelle, die über mich hinwegströmte. Und dann drehte sie mich um. Meine Muschi zwinkerte ihr zu. Ich hatte Skrupel, angeturnt zu werden. Immerhin hatte sie mich da unten gestreichelt, und es war ganz angenehm gewesen. Trotzdem, sie ist ein Mädchen, und ich bin schließlich nicht vom anderen Ufer, oder? Sie massierte fröhlich weiter und bot mir an, sie ebenfalls zu streicheln. Tat ich aber nicht. Ich blieb ganz still liegen. Sie hatte faszinierende Brüste. Wow, ich hätte diese Brummer gern mal angefasst … Aber war das normal? Was ist normal? Ich kann nicht funktionieren ohne gesellschaftliche Normen.

Nach weiterer Stimulation meiner Klitoris fragte sie, ob ich eine G-Punkt-Massage wolle. Das war Desensibilisierung vom Feinsten; mein Dad wäre mächtig stolz auf mich gewesen. Folglich sagte ich, ich müsse erst mal für kleine Königstigerinnen. Als ich mich von der Liege schwang, schien mein Kopf vor mir her zu schweben wie ein Luftballon. Es rauschte in meinen Ohren (ich hatte das mit den Q-Tips aufgegeben, daran konnte es folglich nicht liegen). Als ich zurückkehrte, hörte ich ein Echo in meinem Kopf, und meine *dakini* klang, als wäre zwischen ihrem Mund und meinen Ohren eine Flüstertüte mit Spatzen, die wie wild herumflatterten. Als ich die Augen schloss, sah ich Sterne. Kaum lag ich wieder, klatschte sie mir literweise Öl auf den Pelz, und ich versuchte, ihr mein diesbezügliches Feeling mitzuteilen, indem ich geräuschvoll ausatmete. Eeeeh ehhhh aahhhaa. Es hörte sich an wie ein geplatzter Reifen, dem die Luft entweicht. Währenddessen massierte sie mich mit Öl und streichelte mein drittes Auge. Sie streichelte fantastisch. Es ging tief. Sie wusste, was sie tat. Dann versuchte sie, ihren Finger reinzustecken, aber ich war so in Panik, dass ich alles zusammenklemmte, als sie am Eingang herumspielte. Ich ballte die Fäuste, und mein Allerwertester war vermutlich so klein wie ein Tennisball … Und sie versuchte reinzukommen, und ich versuchte auf Teufel komm raus zu entspannen. Sie schaffte es, einen Finger in mich zu schieben. Ich wollte wissen, ob sie meinen G-Punkt fühlen könne, und sie sagte: »Noch nicht.« Dazu brauche sie zwei Finger. Sie versuchte, den anderen nachzuschieben, aber es ging nicht. Verdammt, ich fühlte mich wie eine bescheuerte Anfängerin. Ich dachte an meine neuen Pornostarbekanntschaften – sie wären enttäuscht von mir. Die schafften es bequem mit der Faust. Satya betrachtete meine Vulva und ihren Finger. Vermutlich war sie die Einzige außer mir, Noam und meinem Frauenarzt, die Miss Clitty Rose je von Nahem zu sehen bekommen hatten. Ich glaubte, mich zu öffnen; ich ließ endlich mal jemanden ran. Vielleicht schaffte ich es ja doch noch, über meinen Schatten zu springen. Ich fragte mich, wieso dieser Körperteil anders war als andere. Er sollte sich ruhig öfter zu erkennen geben, öffnen und Spaß haben, oder? Ich meine, wieso ist diese Region, die am meisten nach Befriedigung lechzt und dem Körper himmlische Ekstase schenken kann, derart vielen Restriktionen ausgesetzt? Und dann begann sie, meinen G-Punkt zu reiben. Sie meinte jedenfalls, es wäre mein G-Punkt. Ich bin immer noch skeptisch, weil meine Tante meinte, das mit den G-Punkten sei reiner Mumpitz. Etliche Leute sehen das genauso. Und ich meinte, schon wieder aufs Klo rennen zu müssen. Irgendwie sorgte das G-Punkt-Gerubbel dafür, dass das angenehme Gefühl in der Klitoris nachließ. Laut Zola löst der G-Punkt Traumata und Erinnerungen aus, folglich wartete ich auf meinen Zusammenbruch inklusive Heulkrampf oder auf einen ordentlichen Schuss aus der Amrita-Quelle oder irgendeine verrückte Erleuchtung. Es kam jedoch nichts. Stattdessen presste ich meine Lippen – meine richtigen Lippen, also die im Gesicht – so fest zusammen, dass ich nicht mehr durch den Mund atmen konnte. Meine Oberlippe kräuselte sich und zuckte. Ich fühlte einen eigenartigen Druck auf dem linken Rippenbogen. Alles kribbelte, aber es war nicht dieses Kribbeln, das man empfindet, wenn irgendwelche Körperteile eingeschlafen sind, nein, es war anders. Ich war mir meines Körpers mit einem Mal bewusster als sonst. Ihre Finger fühlten sich in dem Moment an, als wären sie ein Teil von mir. Die Empfindung war zwar nicht orgastisch, aber erregender und sinnlicher als meine erste Klimax. Ich hyperventiliere mal wieder, dachte ich. Ich habe meinen Körper mit diesen wahnwitzigen Atemübungen hochgeschaukelt. Weil ich schön brav auf meine *dakini* gehört habe. Plötzlich stellte ich das mit dem tiefen Durchatmen ein, aber das Gefühl blieb mir erhalten. Und sie machte wie wild da unten rum, aber der zweite Finger passte partout nicht mit rein. Sie meinte, mein Gehirn würde das Feeling speichern. Ich würde bald leichter und heftiger kommen, turbomäßig. Dies sei bloß der Anfang. Sie machte mir Hoffnung. Und dann zog sie ihren Finger raus und neigte sich über mich. Ich nahm ihr Gesicht wahr, das über meinem schwebte, ihre zu einem Pferdeschwanz zusammengebundenen Haare und die Kreolen, die an ihren Ohrläppchen schaukelten. Ihre Brüste schmiegten sich an meinen Brustkorb. Und es war angenehm und intim und kein bisschen anzüglich. Irgendwie wünschte ich mir, ich hätte ihr Wissen und ihre Erfahrung. Weil ich meinen Freunden gern auch so einen schönen Abend gemacht hätte, aber so läuft das nicht. Vermutlich wären sie ausgeflippt. Genau wie ich. Satya wollte, dass ich ihr meine Empfindungen beschrieb. Sie schien kein bisschen erstaunt über meine Enthüllungen. Wenn ich konsequent an mir arbeiten würde, meinte sie, könnte ich meine sexuelle Energie, mein *kundalini*, künftig besser nutzen. Es sei momentan so stark wie ein Vulkan, der mit Macht auszubrechen drohte. Weil ich nichts rausließe. Ich würde weder schreien noch keuchen oder mich hin und her wälzen. Etliche Leute würden sich auf der Liege aufbäumen und ekstatisch stöhnen, wenn sie das mit ihnen mache, was sie eben mit mir gemacht habe. Aha, jetzt, nachdem es vorbei ist, erzählt sie mir, was normal ist.

Wirkt Sex wie eine Droge?, überlegte ich hinterher. Ich

hatte es nie besonders mit Drogen gehabt – meine wenigen Drogenerfahrungen waren nämlich verdammt heftig gewesen. Vielleicht empfand ich auch den Sex als zu heavy? Womöglich war das der Grund, weshalb ich innerlich zumachte. Weil ich Angst hatte, auf sexuelle Reize abzufahren und mich zu verlieren. Ich mochte mich nicht verlieren. Bei Satya klang es jedoch so, als müsste man sich verlieren, um sich selbst zu finden.

Sie umrundete die Liege, streichelte mich sanft, um mich wieder auf den Teppich zu holen. Ich sei wie eine Rosenknospe, meinte sie. Sie fühlte meinen einsetzenden Energiefluss. »Sie sind definitiv auf einer Reise.« Obwohl mir das schon länger einleuchtete, ging mir ihre Bestätigung runter wie Öl. Bestätigung kann nie schaden. Und dann beugte sie sich über mich, ihr Gesicht vom Kerzenschein erhellt. Sie lächelte, ihre Augen strahlten, und ihr Make-up schimmerte. Sie sagte, sie sei stolz auf mich; ich hätte gut mitgemacht. Ich wusste, dass ich Fortschritte gemacht hatte. Zwar hatte ich keinen Orgasmus gehabt, trotzdem war etwas Merkwürdiges mit mir passiert. Sie hatte in mir einen Hunger, eine Energie geweckt, nennen Sie es meinetwegen auch Lust, zweifellos etwas, was lange in mir geschlummert hatte. Dann wickelte sie mich in das Badetuch. Ich war kein bisschen traumatisiert.

GUT UND GÜNSTIG

Ich nahm den Greyhound-Nachtbus in Richtung Norden, um ins Orgasm Camp zu kommen. Ich war wahnsinnig gespannt auf die Orgasm People.

Sie wohnen irgendwo in der Pampa, wo sie ihr orgastisches Kommunardendasein ausleben, ohne sich um gesellschaftliche Konventionen scheren zu müssen. Weil sie anonym bleiben wollen, habe ich ihre Namen geändert. Um ihre Privatsphäre zu schützen, nenne ich ihre Ranch im Weiteren einfach Pussy Willow Ranch.

Auf der Suche nach einem Sitzplatz lief ich ein paarmal im Bus auf und ab. Angesichts meiner diversen Buskumpels fand ich mich himmlisch NORMAL. Greyhound ist berühmt-berüchtigt für die schrägen Typen, die da mitfahren. Eine Frau funkelte mich böse an, als ich sie dabei beobachtete, wie sie irgendein weißes Zeug aus einem prall gefüllten Latexfinger löffelte. Ganz ohne Scheiß.

»Bist du ein Hippie?«, fragte mich irgendein bescheuerter Typ zwischen zwei Bissen Doritos; Käsekrümel rieselten aus seinem bleistiftdünnen Dschingis-Khan-Bärtchen.

»Nein«, erwiderte ich.

»Schade, sonst hättest du dich zu mir setzen können«, versetzte er. »Aber mach dir nichts draus.«

Nichts für ungut, aber in diesem Moment war ich verdammt froh, dass ich kein Hippie war.

Ich setzte mich neben den Erstbesten, der die Klappe

hielt, ein Mann, der mit einer angebrochenen Rolle Feigenplätzchen auf seinem Schoß eingeschlafen war. Der Bus fuhr los.

An meinem letzten Tag in San Francisco hatte ich mich mit Tallulah Sulis getroffen. Sie ist die Chefin der Videoproduktionsgesellschaft Juicy Mama Productions. Von ihr stammte auch der Film *Divine Nectar,* also der mit der weiblichen Ejakulation, wo einem kotzübel wird und den mir Zola in New York wärmstens ans Herz gelegt hatte. Tallulahs Klitorisurteil über Betty war zwar ganz nett – sie beteuerte, sie habe gehört, Bettys Klitoris sei so lang wie ein kleiner Finger –, ihre Vulvaergüsse interessierten mich jedoch mehr (bei den Indianern bedeutet ihr Name wohl »springendes Wasser«). Nach unserem Gespräch war ich fast überzeugt, dass es so was wie weibliche Ejakulation gibt.

»Den Frauen wird jede Fähigkeit zur Ejakulation abgesprochen«, erklärte sie. »So was ist beschämend und bestürzend, dabei ist es eine wissenschaftlich belegte Tatsache: Frauen ejakulieren! Jede Frau hat ein Recht auf ihren Erguss!«

Jede Frau sei anatomisch so angelegt, dass sie ejakulieren könne, fuhr sie fort. Jeder nasse Fleck beim Sex oder Orgasmus deute auf einen Erguss hin; natürlich komme es nicht immer so herausgeschossen wie bei den Männern. Die weibliche Ejakulation sei keine Kunst, sondern eine erlernbare Technik, um mehr Liebesnektar zu produzieren. Das brauche natürlich Übung und die Bereitschaft, sich im Zustand höchster Erregung gehen zu lassen. »Außerdem müssen Sie Ihren G-Punkt massieren«, setzte sie hinzu. »Vergessen Sie nie, sich darauf zu konzentrieren.«

»Bei mir fing es mit einem klitzekleinen Klecks an«, fuhr sie fort, »heute produziere ich riesige Mengen. Ich begann,

Fontänen und Flüsse zu ejakulieren. Ich hab ganze Betten nass gemacht, mein Saft war überall. Aber Achtung: Es geht nicht um die Menge, es geht um das befreiende Element. Ich sehe es als die Genesis eines Orgasmus.«

Wäre ich sentimentaler drauf gewesen, hätte ich bestimmt losgeheult. Stattdessen fragte ich sie: »Woher wollen Sie wissen, dass weibliches Ejakulat nicht schlicht und einfach Urin ist?«

Antwort: Darüber gebe es Studien, und überdies habe sie es im Selbsttest erprobt. »Es schmeckt überhaupt nicht nach Pipi«, schloss sie.

Sie hatte mich überzeugt.

Bevor sie ging, erzählte sie mir aufgeregt von einer neuen erotischen Revolution. Die weiblichen Wasser würden diese auslösen. Ich wünschte ihr insgeheim viel Glück mit ihrer Theorie.

Im Bus wurde es still, und ich fühlte mich mit einem Mal ziemlich groggy. Ich zog die Schuhe aus und klemmte meine Füße auf den Sitz. Ich massierte sie. Mit einem Finger strich ich über die Narben meiner Ballenoperation. Und dachte daran, wie Fred sie geleckt hatte. Was erhob den Sex über dieses Lecken, über Streicheln und Zärtlichkeiten, über einen Barfußlauf im taunassen Gras? Waren es nicht alles Vibrations, Feelings – Zellen, die mit anderen Zellen reagierten, Moleküle, die an anderen Molekülen andockten oder so in der Art? Schätze, Tabullahs Argumentation regte mich zum Nachdenken an. »Je weiter Sie den Begriff Orgasmus fassen«, hatte sie gesagt, »desto eher haben Sie einen.«

Auf Satyas Massageliege hatte ich angestrengt überlegt: Was ist normal? Ich wollte unbedingt normal sein, bestimmt war ich deshalb beim Sex nie authentisch. Ich konzentrierte mich dauernd darauf, was »richtig« war: auf die richtigen Geräusche, Bewegungen, Reaktionen und Emotionen. Obwohl ich große Lust hatte zu schreien, zu stöhnen, mich zu wälzen und zu winden, verstieg ich mich auf das, was ich für »sexy« hielt. Ich distanzierte mich mental von dem Akt, um wie die »bösen« Mädchen ungezügelten Sex haben zu können. Das Gegenteil trat ein: Statt Spaß zu haben, schottete ich mich innerlich ab.

Ich hatte fast ein schlechtes Gewissen, weil ich Rori das mit meinem Orgasmus verschwiegen hatte. Ich rief sie von unterwegs mit meinem Handy an und schilderte ihr meine enttäuschende Klimax, die sie jedoch kein bisschen deprimierend fand. »Lassen Sie sich von Ihrem Vulvazucken motivieren. Hören Sie auf Ihre inneren Signale. Sie vermitteln Ihnen, worauf Sie Lust haben und was Ihrem Körper Spaß macht. Vertrauen Sie Ihren Empfindungen, dem, was Sie anturnt. Dann merken Sie ganz automatisch, was Sie mögen und was nicht.« Mit anderen Worten: Wenn ich die Süßigkeitenregale abklappere, weiß ich ja auch, was mir am besten schmeckt.

Mein Sitznachbar schnarchte fröhlich weiter, sein Kopf lag fast auf meiner Schulter. Da ich mich vor fremdem Sabber ekle, zog ich meine Schulter weg. Woraufhin sein Kopf hinuntersackte, wieder hochschnellte und er sich grummelnd auf seine Seite drehte. *Uff!*

Ich nickte ein.

Als ich die Lider aufklappte, kroch die Sonne eben über den Gipfel von Mount Shasta. Ich war von dem Geraschel der Kekspackung aufgewacht, die mein Nachbar auf dem Schoß liegen hatte. Ich hatte Hunger – und war scharf auf eins von diesen Dingern –, folglich fing ich ein Gespräch an. Santos war zweiunddreißig und kam aus Guatemala. Er sprach nur Spanisch. Er erzählte mir, dass er ein Auto von Portland nach Guatemala überführen werde. Nicht lange und unsere Unterhaltung drehte sich um das Thema Heirat. Ob ich nicht zufällig einen Mann suchte?, streute er beiläufig ein. Er sei von den Missionaren über die Schrecken der Apokalypse aufgeklärt worden. Ich antwortete, dass ich nicht besonders gläubig und in puncto Ehe noch unschlüssig sei. Seiner Meinung nach war es nie zu spät für eine Läuterung. Er hielt mir seine Kekspackung hin als kleines Trostpflaster für das ewige Fegefeuer, das mir bevorstand. Ich nahm mir eins von den Feigenplätzchen und brach es in zwei Hälften, an denen ich genüsslich – *japs, stöhn, seufz* – herumknabberte, bevor ich sie – *ächz, keuch, glucks* – hinunterschluckte.

Es gebe auch für mich noch Hoffnung, meinte er. Gott würde mich nicht fallen lassen. Mein Nicken löste einen wahren Krümelhagel aus. Santos starrte mich fassungslos an. Seinem Gesichtsausdruck nach zu urteilen, stempelte er mich soeben zur Miss Greyhound des Monats: eine superschräge, ausgeflippte Type, die perfekt in das Image der Busgesellschaft passte. Konnte ich ihm das verdenken? Nööö, wer beim Essen laut schmatzt und stöhnt und von der Norm abweicht, ist eben ausgeflippt.

Trotzdem Leute, ihr habt mehr Optionen, als ihr denkt.

ORGASMUSCAMP

Pussy Willow Ranch, 9. Dezember, 22.00 Uhr PWCT (Pussy Willow Creek Time)

Ich soll masturbieren. Masturbieren ist heute Abend meine Hausaufgabe, und ich hab noch nicht damit angefangen. Ich muss mich echt dazu aufraffen. Ich kann die Lehrer unmöglich morgen anschwindeln, der Hund hätte meine Hausaufgaben gefressen. *Der* Hund müsste nämlich noch geboren werden.

Ich sitze auf meinem Bett im Camper's Cottage, drei Minuten Fußweg von dem Backsteinhaus entfernt, wo vorhin Abendessenfassen mit allen Orgasm People, kurz OP, angesagt war. Die anderen schlafen auch dort.

Ich muss mich zum DO, also zum »Deliberate Orgasm«, aufraffen. So nennen sie ihre Methode eines bewusst gesteuerten Orgasmus, was sich neckischerweise als Metamorphose des englischen Verbs entpuppt: DO, DONE, DOing. DOdeln fokussiert sich aufs Klitorisstreicheln, so ähnlich wie das OMing der OneTaste-Bewegung. Dazu bedient man sich raffinierter Fingerspielchen, die eine Frau orgastisch in Fahrt bringen – mit Rubbeln, Rammeln und Reiben zum Zenith der Glückseligkeit. Alles ist machbar, solange der Finger schön klitoriszentriert bleibt.

Die Orgasm People – drei Männer und neun Frauen – konzentrieren sich voll aufs DOdeln. Sie haben keine Jobs. Offenbar machen sie ihre Knete mit DOs; sie vermarkten den DO auf DVDs und verkaufen die Dinger als Sexaufklärungsvideos. Alles dreht sich um den weiblichen Orgasmus, und wenn die DOer mal ein bisschen Zeit übrig haben, machen sie in der Küche rum und zaubern fantastische Menüs. Klingt gar nicht so übel, oder?

Trotzdem ist es irgendwie befremdlich. Diese Leute beschäftigen sich pausenlos mit sich und ihrem Körper, dass sie meinen besser zu kennen scheinen als ich selbst. Als wir vorhin vor unseren Tellern mit gefüllter Kalbsbrust hockten, fühlte ich mich total durchschaut. Sie spüren intuitiv alles. Sie behaupten sogar, dass sie jeden Orgasmus, der in ihrer Gruppe abgeht, auf spiritueller Ebene miterleben.

Die natürlichen Gesetzmäßigkeiten, wie wir sie gewohnt sind, sind hier ausgehebelt. Die Orgasm People haben unter anderem ihre Zeitzone geändert. Sie nennen sie PWCT – Pussy Willow Creek Time –, nach dem kleinen Bach, der durch ihr Areal fließt. Bei ihnen ist es eine Stunde früher hell als im übrigen Kalifornien, damit sie mehr Tageslicht für ihre Aktivitäten haben, und weil die nächste Enklave der Zivilisation eine Stunde entfernt liegt, stehen sie, wenn sie einkaufen müssen, morgens pünktlich auf der Matte, um die Sonderangebote in den Supermärkten abzugrasen. Das ist aber längst nicht das Einzige, was bei ihnen anders ist: Sie glauben beispielsweise nicht, was 99,99 Prozent der Bevölkerung glaubt, nämlich dass der Orgasmus das ist, was er ist. Klingt nicht wirklich einleuchtend, aber dazu später mehr.

Ich komme noch mal zurück auf das Abendessen. Ich sitze vor meinem Teller und habe im höchsten Maße Paranoia. Zumal ich das Gefühl nicht loswerde, dass sie mich mit Blicken lasern und wissen, was ich denke. Das Leben in der Sexkommune hat ihr Bewusstsein erweitert oder erleuchtet oder sonst was.

Die Orgasm People kennen meine Antworten bestimmt schon im Voraus. Als sie mich fragen, wie ich geschlafen habe, zermürbe ich mir halb panisch das Hirn, ob sie gleich mit mir DOdeln werden. Als sie wissen wollen, wie mir der Kalbsbraten schmeckt, signalisiert mir mein Oberstübchen, *wow,* wie kommt man eigentlich an solche Wahnsinnsbrüste? So wie die Community-Frauen ihre Oberweite mit irgendwelchen aufreizenden Fummeln betonen, meint man, ihre Titten wären nicht bloß Körperteile, sondern ihr kostbarster Schmuck. Als mich eine von ihnen fragt, ob ich einen Kaffee möchte, überlege ich, wie oft sie wohl heute gekommen ist. Wäre ich nach etlichen Orgasmen genauso anmutig sanft und aufmerksam, selbstbewusst und ausgeglichen wie diese junge Frau?

»Ja, mit Zucker und Milch«, antworte ich.

Sie fragen mich, ob ich nicht Lust auf einen Spaziergang hätte. Was mögen sie schon alles erlebt haben?, huscht es durch meine Gehirnwindungen. Wo schlafen sie? Mit wem schlafen sie? Was verstehen sie unter Romantik, haben sie so was wie feste Beziehungen? Auf dem Kaminsockel stehen keine Hochzeitsfotos; haben sie überhaupt einen Kamin? Oder steht der in einem anderen Zimmer?

»Ja, gern.«

Sie wissen, was ich denke, und sie werden später, in der Gruppe, darüber diskutieren. *Wisst ihr, was Mara gedacht hat? Sie war gestern beim Abendessen ziemlich verdreht. Als sie ihre Orange schälte, dachte sie: Ich möchte, dass Collin DO mit mir macht.* So umschreiben sie es, wenn ein Mann Sex mit einer Frau will – das klappt aber nur dann, wenn die Frau auch will; sonst kann er sich die Idee aus dem Kopf schlagen. Die Frauen werden initiativ, die Männer reagieren bloß. Folglich denke ich, dass die anderen bestimmt denken, dass ich Sex oder einen DO mit einem von ihnen haben will. Ich hoffe, dass sie das nicht denken, denn es stimmt nicht, und dann realisiere ich allmählich, dass es doch stimmt. Ich denke nämlich die ganze Zeit an dieses DO-Dings. Ich versuche, den Gedanken auszublenden. Ich denke an eingemachtes Obst. Hmmm, lecker, dieses Aprikosenkompott. Ja, konzentrier dich. Werden sie den DO an mir ausprobieren? Nein, halt. Kompott. Gemüse. Radicchio. Spargelspitzen.

Das Essen ist spitzenmäßig. Sie halten eigenes Vieh und bauen Obst und Gemüse in ihrer Pampa an. Ich hab mich noch nie so fickrig auf ein heißes knuspriges Baguette gestürzt wie hier. Dagegen war alles andere Müll, Junkfood. Jeder Bissen ist Geschmack pur, und meine Sinne lieben das Essen in seiner reinen Form.

Ein Teil von mir probte vermutlich den kulinarischen Koitus, weil ich mich ausgegrenzt fühlte. Demnach war ich einfach scharf darauf, *irgendetwas* zu lieben, sei es Kompott oder Kalbsbrust.

Sie müssten diese Orgasm People mal erleben. Sie lachen über jeden Mist, wobei ich ihre Witze echt ätzend finde. Ich vermute, sie sind vollgedröhnt mit einer Überdosis Orgasmus. Es fällt schwer, Leuten zu vertrauen, die permanent gut drauf sind; weil man pausenlos das Gefühl hat, dass sie nicht sauber ticken. Ich fasste mir an den kleinen Pickel, den ich auf der Stirn habe. Und überlegte. Der kleine Pickel war tröstlich, er war immer da. Ich beobachtete ihre geröteten Wangen.

Oh nein, sie tragen kein Make-up. Künstliche Pigmente sind tabu, sie mögen es ganz natürlich. Ich trage Make-up in der ACE Bar; alle Cocktailkellnerinnen tun das. Wir machen unsere Knete, indem wir unsere Defizite kaschieren.

In den Zimmern nebenan wohnen zwei ältere Männer, beide über sechzig. Das sind meine Orgasmusmitcamper, und sie sind vermutlich genauso zum Masturbieren verdonnert worden wie ich. Zumal ich höre, wie sich einer der beiden abrackert. Es freut mich zwar für ihn, dass es bei ihm zu klappen scheint, aber ehrlich gesagt hätte ich lieber einen von den Orgasmusheinis bei mir im Bett, der mir einen ins Ohr stöhnt, als mir das Geächze von dem wildfremden Opi antun zu müssen. Ich hab's nicht so mit den orgastischen Arien anderer Leute. Da krieg ich – Minimum – Gänsehaut, wenn nicht gar Beklemmungen. Weghören war bei den dünnen Wänden auch nicht drin.

Ich habe eine Tube Gleitgel und ein paar Tautücher vor mir liegen (sie nennen Waschlappen Tautücher). Dolly, in ihrer französischen Dienstmädchenuniform, hat mir die Masturbationsutensilien nach dem Essen mitgegeben. Als ich sie gestern vor dem Unterricht das erste Mal in der Uniform sah, fielen mir fast die Augen aus dem Kopf. Bei meiner Ankunft sahen die Orgasm Ladys – alle zwischen dreißig und Mitte fünfzig – nämlich eher aus wie Soccermoms. Sie wissen schon, der Typ, der lautstark mit anfeuert und an der Kuchentheke aushilft.

Noch mal zu Dolly: Sie trug ein schwarzes Faltenröckchen, das eben den Po bedeckte, dazu Netzstrümpfe und Highheels. Ihr Busen wölbte sich über dem tiefen Ausschnitt wie ein aus der Form drängender Guglhupf. Ich wartete, bis unsere Lehrer im Raum waren, dann fragte ich, warum Dolly wie die Halloweenversion einer französischen Zofe aufgestylt sei. Neil, anscheinend der Orgasmusoberguru, warf mir einen Blick zu, als hätte ich nicht mehr alle Latten am Zaun.

»Sieht doch geil aus, oder?«, konterte er. Er zog ein Taschenmesser aus der Hose. Es sprang klickend auf. Die Klinge sah höllisch scharf aus, und ich sah mich im Geiste schon in niedliche kleine Sushihäppchen zerstückelt.

»Jaahaa«, sagte ich mit einem entschuldigenden Lächeln gedehnt. »Echt g...geeeil.«

Bei diesen People steht wahrscheinlich der Spaßfaktor im Vordergrund. Ganz egal was sie machen. Das war mir in dem Moment noch nicht klar. Ich mache Dinge, weil ich sie machen muss, ob sie mir Spaß machen, ist dabei erst mal nebensächlich.

Neil ließ sich in einen dicken Polstersessel plumpsen und begann, mit der Messerspitze seine Fingernägel zu säubern. Er und drei der Frauen – die Instruktoren – saßen vis à vis von mir und meinen Mitcampern und streichelten die Felle ihrer selbst aufgezogenen Ziegen, die ihr jenseitiges Leben als Lehnenschoner fristeten. Dann lasen sie uns ihre gesammelten Forschungsergebnisse aus einem Ringbuchordner vor. Staubtrockener Mist. Nix Genitalien. Vollbekleidet. Bloß Wörter. Jede Menge Blabla. An dem fraglichen Wochenende wurde ich sechzehn Stunden lang verbal traktiert. Zwischendurch, wenn mal was mit Unterwerfung dran war, robbte Dolly auf Knien herein und servierte Tee.

»Jeder ist sexuell gehandicapt«, begann Neil. »Und jeder denkt, er müsste vögeln.«

Ich war echt erleichtert, als er das klargestellt hatte.

Neil schüttelte jede Menge frappierender Weisheiten aus dem Ärmel. Hier noch eine: »Ein Typ, der nicht bereit ist, mit seinen Zähnen einen benutzten Tampon aus der Muschi einer Frau zu ziehen, hat es nicht verdient, dass man seinen Schwanz lutscht.«

Das klang zwar sensationell cool und emanzipiert, trotzdem hätte ich es nie gebilligt, dass ein Kerl so was bei mir macht.

Aber zurück zur Masturbation. 'tschuldigung, dass ich zwischendurch immer mal wieder abschweife. Es ist schon spät, und mein Zimmernachbar schnauft offenbar in den letzten Spasmen. Ich bin jetzt dran und finde es überhaupt nicht mehr schlimm, und wissen Sie auch, warum? Weil diese Orgasm People, die ja dauernd kommen, und das sogar eine Stunde lang – was ich morgen während der OIC (Observation of Intense Coming) hautnah miterleben werde –, die Klimax anders definiert haben, so dass Frau mit Möschen jederzeit kommen kann. Sie argumentieren nämlich, dass der Orgasmus in dem Moment eintritt, in dem die Genitalien sich angenehmer bemerkbar machen als der übrige Körper.

In den siebziger Jahren erklärten Masters und Johnson, dass der Orgasmus der Frau durch Kontraktionen des Uterus ausgelöst werde, je nach Intensität zwischen drei und fünfzehn Kontraktionen, die im 0,08-Sekunden-Rhythmus aufeinanderfolgen. Für die Orgasm People ist das ein alter Hut. Sie argumentieren, dass Masters/Johnson den Frauen das männliche Ejakulationsmuster aufgedrückt hätten. Dabei sind Frauen ihrer Ansicht nach in der Lage, multiple Varianten und orgastische Erregungszustände zu erfahren, um die Männer sie beneiden würden – diese wüssten es bloß noch nicht. Die Orgasm People haben es sich auf die Fahne geschrieben, Aufklärungsarbeit zu leisten und der Menschheit beizubiegen, wie viel eruptives Potenzial in ihr schlummert. »Öffnet euer Bewusstsein! Erweitert das Spektrum eurer Erregungsspielräume. Wisst ihr, wie viel Lustgewinn das bedeutet?«, will Messias Neil von uns wissen.

Wenn ich also an Clitty Rose herumexperimentiere und sie kiekst *au fein, au fein,* habe ich einen Orgasmus. Hört sich pupseinfach an. Irgendwie zu einfach, finde ich. Ich probier's trotzdem mal aus.

9. Dezember, 23.15 Uhr PWCT

Es ging nichts, absolut null. Ich war abgelenkt. Als ich

anfing zu masturbieren, vernahm ich plötzlich merkwürdige Geräusche aus der Küche und lief hin. Mein Mitcamper stand da, schweißgebadet, eine Zweiliterflasche Wein in der Hand. Er bot mir ein Glas an; da konnte ich schlecht Nein sagen. Wir kamen ins Plaudern. Was er erzählte, klang frustrierend. Grundgütiger, der Typ hatte echt die Arschkarte gezogen. Er glaubte allen Ernstes, dass man vom Masturbieren erblinden kann. Schlimmstenfalls fallen einem die Hände ab. So sei er nun mal erzogen worden, und dieses Trauma habe er nie richtig überwinden können, argumentierte er. Sex war ein Problem in seinem Leben. Es beschäftigte ihn mehr als der Tod.

Ich vermute, dass seine Frau genauso verklemmt ist wie er. »Wenn ich sehe, wie glücklich die Frauen hier sind«, seufzte er, »dann …« Er fuhr sich mit den Fingern durch die ergrauten Haare und starrte ins Leere. Unsere Unterhaltung endete damit, dass er sein Gesicht in den Händen vergrub und stöhnte: »Ich vermisse den Sex mit meiner Frau.«

Es war eine Gänsehauterfahrung für mich: ein erwachsener Mann, hilflos und verzweifelt. Ich sollte so was nicht sagen, ich hab's ihm auch nicht gesagt, sondern schreibe es jetzt: Er machte mir Angst.

Ich will nicht, dass es mit mir so endet wie mit ihm.

Das wünsche ich keinem Menschen auf dieser Welt.

10. Dezember, 17.00 Uhr PWCT

Ich beobachtete, wie Samantha, mein erster Kontakt mit dem Camp, einen einstündigen Dauerorgasmus hatte. Die Orgasm People haben eine Art Orgasmustheater in ihrem Keller eingerichtet. Der Hintergrund der Bühne ist elektrisierend blau, an den Seiten schaukeln lange weiße, IKEA-förmige Reispapierlampen. Samantha lag auf einem Tisch, die gesamte Family saß um sie herum, während Neil ihre Klitoris stimulierte. Wendy versorgte Samantha durch einen abgeknickten Strohhalm mit Wasser. Mein Mitcamper sah hingerissen zu. Seine Finger zuckten. Wahrscheinlich stimmte er sehnsuchtsvoll eine imaginäre Klitoris im Rhythmus mit Neil.

Als mein Mitcamper hinter verschlossenen Türen gestöhnt hatte, schien mir das abartig. Bei Samantha dagegen fand ich es ganz natürlich. Wenn ich stöhnen könnte, würde ich glatt Samantha imitieren. Der Sound ihres Orgasmus gehörte urheberrechtlich geschützt. Mit Neil als Komponist.

Ich räusperte mich. »Und was hat ein Kerl von dieser Klitorisrubbelei?«, warf ich ein. Alle Kerle rubbeln schließlich an der Klitoris rum. Ich meine, was ist mit dem Zeugs, das man in heißen Pornos sieht oder so?

Ich rechnete schon fast damit, dass Neil mal wieder sein Messer zücken würde. Stattdessen runzelte er die Stirn.

»Er bekommt eine glückliche Frau«, sagte er mit Nachdruck. »Einer Frau einen Wahnsinnsorgasmus zu besorgen ist das Mindeste, was ein Typ tun kann«, grinste er. »Eine glückliche Frau macht einen Mann glücklich.«

Im Moment sah es so aus, als machte eine glückliche Frau ihre Umgebung glücklich. Sämtliche Ladys auf der Bühne spannten ihre Körper an, ihre Wangen frisch gerötet, als hätten sie sich ihre hausgemachte Erdbeermarmelade draufgeschmiert. Samantha kam für uns alle, wir fühlten es alle. »Das war gut, Samantha«, schwärmte Eloisa mit geschlossenen Augen. »Ganz toll«, murmelte Wendy. »Ein geiler Höhepunkt«, stöhnte Collin.

Sie waren eine homogene Einheit – und kamen zusammen. Auf einer transzendenten Ebene, losgelöst von ihren Körpern. Vielleicht hatten die Craigslist-Fuzzis, die ich vor ein paar Monaten interviewt hatte, doch mehr drauf, als ich dachte. Anscheinend kann man einen Orgasmus tatsächlich nicht für sich allein haben, denn hier gehörte er auch niemandem so ganz: Alle hatten etwas davon.

»Leute, ihr habt zwei gesunde Hände. Das mit der Selbstbefriedigung klappt, bis der Deckel über euch zuschnappt«, tönte Neil. Und setzte hinzu, dass man den DO ein Leben lang praktizieren könne.

Dasselbe behaupten meine Eltern vom Tennis. Ich fürchte, Mom und Dad wären hier völlig aufgeschmissen.

11. Dezember, 11.00 Uhr PWCT

Ich war spät dran. Ich musste zum Flughafen. Die Orgasm People hatten mir das geplante Interview noch nicht gegeben, und ich wurde zunehmend hektisch. Als ich im Flur mit Collin zusammenstieß, versuchte ich, nicht an den DO zu denken. Er sollte nicht meinen, dass ich mit ihm DOdeln wollte, obwohl ich vermutlich genau das wollte.

»Vielleicht sehen wir uns irgendwann nochmal«, sagte Collin.

Ich denke, er wusste es. Er wusste, was ich dachte.

»Ja, vielleicht«, sirrte ich in Flirtlaune und schob mir eine Strähne hinters Ohr.

Dann sagte er: »Vielleicht auch nicht.«

Er drehte sich auf dem Absatz um und ging weg. Ich verzog das Gesicht, als hätte ich in eine Zitrone gebissen. Dann schob ich mir eine Banane zwischen die Kiemen.

Höchste Zeit für das Interview. Neil, in einen langen blauen Frotteebademantel gehüllt, fläzte sich auf dem Sofa und schlürfte Kaffee. Die Frauen hatten sich inzwischen angezogen und scharten sich um ihren Messias.

Ich hatte es verdammt eilig – Flugzeuge warten nun mal nicht. Statt mir jedoch das verabredete Interview zu geben, wollten sie die Zeit lieber nutzen, indem sie mir ein paar elementare Dinge aufdröselten. Sie bezeichneten sexuelle Energie oder ganz allgemein körperliche Energie als Tumeszenz, eine Schwellung der besonderen Art. Man kann seine Tumeszenz individuell nutzen, aber die effektivste Art, sie zum Einsatz zu bringen, ist durch den Orgasmus.

Im Übrigen, erklärten sie, sei ich unverantwortlich mit meiner Tumeszenz umgegangen, weil sie das ganze Wochenende von meinem Körper in ihre geströmt sei. Sie hätten den Überschuss irgendwie kanalisieren müssen und deshalb dreimal so viel DOs gehabt wie sonst. Deshalb kamen sie so spät zu dem Interview! (Dann dämmerte es mir; sie waren das ganze Wochenende zu spät zu den Workshops aufgetaucht.)

»Hey, Leute, ihr glaubt wohl, ich hätte euch eine multiple Tumeszenz verpasst?«, konterte ich geistesgegenwärtig. Sie lachten. Ich biss mir auf die Zunge. Mann, war mir das peinlich.

Von dem Ekel, den ich empfand, ganz zu schweigen. Wahrscheinlich hatten sie auf meine Kosten fröhlich masturbiert. Dabei müssten sie mittlerweile wissen, wie zugeknöpft und verklemmt ich bin. In dieser Hinsicht verstehe ich keinen Spaß.

»Mara, Sie haben gelernt, wie man damit umgeht«, begütigte Neil. »Es strömt aus, verstehen Sie? Bisweilen sprudeln Sie über, aber im Großen und Ganzen gehen Sie ziemlich zivilisiert damit um.«

Ich versuchte, mich mit fadenscheinigen Entschuldigungen herauszureden, warum ich sexuell dermaßen unterbelichtet war. Ich ratterte die Liste der Schuldigen herunter, alles, was mir spontan einfiel: Bangkok, Keena, der perverse Baskin-Robbins-Typ, die Gesellschaft …

Neil unterbrach mich kopfschüttelnd. »Merken Sie was, Mara? Sie schieben andere vor und schlüpfen in die Rolle des armen, bedauernswerten Opfers, weil Sie es scheuen, Verantwortung zu übernehmen.«

Mein Blick schweifte über die Frauen, die zustimmend nickten.

»Sie brauchen vermutlich noch Jahre, um diesen ganzen Schlamassel auf die Reihe zu kriegen«, resümierte Neil. »Tun Sie doch einfach mal was, was Ihnen Spaß macht.«

Höchste Zeit, wieder nach New York zu jetten.

TEIL VIER

DIE SACHE MIT DEN FEHLENDEN MEMOS

New York im Dezember war wie üblich kalt und trist, aber ich hatte mich verändert. Das beteuerten jedenfalls alle. Meine Mom meinte, ich wirke erholter. Leigh meinte, irgendetwas sei anders an mir – meine Wangen seien rosiger und mein Lachen befreiter. Als ich Atman an seinem Stand auf dem Greenmarket besuchte, fasste er meine Hand, dabei fixierte er mich eindringlich. »Die Reise hat dir gutgetan. Irgendetwas sehr Positives ist mit dir passiert. Jede Menge Positives.« Er sah weg, bevor er mein strahlendes Lächeln auffing.

Und das sollte mein kleines Vulvawackeln bewirkt haben? Kaum zu fassen. Zumal ich mich nicht viel anders fühlte als sonst. Immerhin kam ich mit den Katzen besser klar. Ich spielte mit ihnen, was natürlich kein Kunststück ist bei einem Tier mit dem Grips einer Thunfischdose. Wichtiger aber: Ich hatte die Dissertation meines Vaters verkramt. Es fiel mir eines Nachts auf, als ich danach suchte, weil ich nicht einschlafen konnte. Vielleicht bedeutete das, dass ich mich in dem Monat, in dem ich unterwegs gewesen war, ein Stück weit von meinen Eltern und ihrer Erziehung abgenabelt hatte (sorry, Dad).

Ich solle nach vorn schauen und Verantwortung übernehmen, hatten die Orgasm People mir erklärt, stattdessen wühlte ich permanent in der Vergangenheit. Ich kramte in meinen Regalen, schob Stapel alter Briefe und Zeitschriften hin und her auf der Suche nach der Schlafmaske, die Joe vor Monaten dagelassen hatte. Ich schnüffelte daran. Sein Geruch war weg; sie roch jetzt wie mein Zimmer. Es war vorbei.

Ich hatte lange nachgedacht über Joe und über Beziehungen im Allgemeinen. Und über meine Arbeit an der Bar, wo die Gäste meistens im Doppelpack herumhingen – eine Verschmelzung aus vier Beinen, zwei Körpern und zwei Mündern. Es sah so einfach aus, als wäre die Anmache das Natürlichste auf der Welt.

Als ich meine Großeltern anrief, wollten sie wissen, ob ich in meinem Buch schon zu dem *Vom-Winde-verweht*-Teil vorgedrungen sei, soll heißen, ob es irgendeine ausbaufähige Romanze gab. Von wegen Urenkeln und so. Sie erkundigten sich nicht mal nach meinem Orgasmusproblem.

Leigh, meine Mitbewohnerin, war verzweifelt, weil sie auf die fünfunddreißig zuging und noch immer Single war. »Ich wäre so gern verliebt«, seufzte sie. »Ich möchte eine Beziehung haben, jemanden, der mich zum Essen einlädt und immer für mich da ist.« Es versetzte mir einen milden Stich in den Unterleib, als sie das sagte, aber das behielt ich für mich.

Joes Schlafmaske hätte ich am liebsten zu dem Müll geworfen, den mein Messie fleißig gesammelt hatte. Nach meiner Rückkehr türmten sich in seinem Patio mal wieder wahre Berge. Tat ich aber nicht. Ich stopfte sie ins Regal, hinter ein paar Bücher. Ein Souvenir ist ein Souvenir – so was darf man nicht wegwerfen.

Ich hatte meinen ersten Termin mit Rori. Ob sie fürchtete, dass ich nach meinem Trip geheilt wäre? Jedenfalls hatte sie eine *Cosmopolitan*-Ausgabe in ihrem Wartezimmer liegen. Damit ich ihr als Patientin erhalten blieb, weil die Lektüre garantiert meine Psyche niederbügeln würde?

Als ich die Zeitschrift durchgeblättert hatte, wusste ich, dass mit mir nichts okay war. Diese Ar...mleuchter.

Rori war weiterhin auf dem Diätpfirsichteetrip. Wo man bei einem solchen Sauwetter doch eigentlich auf heißen Tee oder auf irgendein anderes winterliches Gesöff umsteigt!

Ich war seit Wochen auf diesen Termin gespannt und kein bisschen nervös. Ich kaute nicht mal an der Innenseite meiner Wange, zumal die nach dem vergangenen Monat derart malträtiert war, dass meine Zähne an der dicken harten Schwiele in meiner Backentasche festen Halt hatten.

»Ich glaube, ich hab die Memos nicht bekommen«, begann ich.

Rori neigte sich vor und legte die Hände zusammen. »Welche Memos?«, wollte sie wissen.

»Na ja, alle Memos, die einem suggerieren, was man so draufhaben muss.«

»Zum Beispiel?«

»Ehrlich gesagt hab ich das Orgasmusmemo nicht bekommen.«

»Welches noch?«

Ich erzählte ihr von den Leuten in der Bar, der Pärchenbildung.

»Ich hab das Wie-habe-ich-eine-Beziehung-Memo oder das Zusammen-ist-man-weniger-allein-Memo nicht bekommen.«

»Und weiter?«

»Ich hab gar kein Memo bekommen. Ich glaube, jemand blockiert meine Memos.«

Sie warf ihre Haare nach hinten. Und trank einen Schluck von ihrer Snapple-Diätbrühe.

»Woher wissen Sie überhaupt von diesen Memos?«, fragte sie, »wenn Sie keins bekommen haben?«

Der Punkt ging eindeutig an Rori. Sie meinte, ich hätte die Memos weggeworfen oder gelöscht.

»Wieso kneifen Sie eigentlich vor diesen Memos?«

Ich zuckte stumm mit den Achseln.

»Kommen Sie, was vermuten Sie?«

Ich zog abermals die Schultern hoch und ließ sie wieder sinken.

»Vielleicht ist das Ihre Art, Regeln zu umgehen.« Dann brachte sie mich auf einen früheren Diskussionspunkt zurück. Ich hatte ihr irgendwann erzählt, dass ich ein bisschen neidisch auf die Katzen sei oder besser gesagt auf Menschen, die ein wenig unterbelichtet waren, weil sie ihre Emotionalität ungebremst ausleben durften, ohne Restriktionen fürchten zu müssen. Bestimmt vermutete Rori jetzt, dass ich die Memos absichtlich verdrängte, um mich dumm stellen zu können.

Ich schüttelte den Kopf. Ich hatte null Bock auf diesen Psychokram. Warum quatschte sie eigentlich so viel? Ich dachte immer, Therapeuten heucheln Interesse und tun so, als hörten sie zu? Und wieso trank sie immer noch dieses Diet Snapple? Snapple war so was von neunzigerjahremäßig. Wieso ging ich zu einer Seelenklempnerin, die Snapple trank? Glaubte ich etwa ernsthaft, sie wäre mir für das 21. Jahrhundert eine große Hilfe?

Auf dem Weg nach draußen versuchte ich, Zugang zu meinen Memos zu finden. Gut möglich, dass ich meine sämtlichen Memos in den Spamspeicher meines Gehirns verbannt hatte.

WENN DAS UNKOMPLIZIERTE KOMPLIZIERT WIRD

Kneifen? Ich doch nicht! Stattdessen fuhr ich zu OneTaste. Und zahlte zweihundertfünfzig Dollar für einen OMing-(Orgasmische Meditation-)Einführungskurs. Ich hatte fest vor, meine Hosen runterzulassen.

Nach einer Menge New-Age-Gefasel über Orgasmen, die einem angeblich die wahre Bestimmung nahebringen, sollten wir schließlich OMing probieren. Es war eine freiwillige Übung, aber nachdem die Orgasm People mich darin bestärkt hatten, das zu tun, worauf ich Lust hätte, hatte ich Lust auf den OneTaste-Lifestyle bekommen. Sie waren locker drauf. Sie erkundeten. Und stellten Bedeutungszusammenhänge her. Sie waren Forscher. Sie hinterfragten gesellschaftliche Konventionen. Und hey, sie hatten jeden Tag Orgasmen. Ich wollte auch so sein. Folglich legte ich mich flach.

Ich hatte leider keinen Orgasmus – nicht mal nach OP-Standards. Meine Klitoris war wieder wie betäubt. Sie hatte Lampenfieber – unter den gegebenen Umständen kein Wunder.

Mir war nicht wohl bei der Geschichte. Wir rollten unsere Yogamatten auf dem Parkettboden aus. Zwanzig Teilnehmer lagen mit höchstens zwanzig Zentimetern Abstand nebeneinander. Von einer Wand zur anderen wie die Sardinen in der Büchse, das Apartment war rappelvoll mit Menschen. Hosen wurden ausgezogen. Beine breit gemacht.

Während ich mit wachsender Skepsis meiner ersten OM harrte, betrachtete ich mein Ameisentattoo. Es half nichts, ich wurde nur noch kribbliger. Ich betastete nervös meinen Pickel und grübelte: Womöglich ist es Krebs.

»Es ist bloß Sex«, sagte irgendjemand. Es sollte wohl beruhigend klingen.

Bloß Sex. Bloß Sex. Bloß SEX. Bloß SEX.

Ich hatte meinen Partner vorher noch nie gesehen. Er sollte mit seinem Zeigefinger fünfzehn Minuten lang den oberen linken Quadranten meiner Klitoris streicheln. Und die »statische« Energie wegreiben, die sich angeblich in den Genitalien staut, wenn man seine Libido vernachlässigt.

Hören Sie, ich konnte mir nicht mal einen hinter die Binde kippen, um meine Sinne zu betäuben. Das hier war Anschauungsunterricht pur. Ich war nackt. Zusammen mit zig anderen Nackten, die darauf fieberten, dass endlich die Post abging. Ich vermisste den feierlichen Ernst der Orgasm People auf ihrer Ranch.

Der Lehrer, ein kahl rasierter Charakterkopf von Mitte zwanzig, drillte uns, als wären wir auf einem Exerzierplatz. Die Atmosphäre war total steril und nicht die Spur romantisch. Der Orgasmus wurde zur Gymnastikübung. Er drückte auf seine Stoppuhr. »Streicheln«, kommandierte er.

Er stapfte durch die Reihen.

»Los, ich will was hören, Ladys!«, blökte El Commandante.

Um mich herum erhob sich kollektives Gestöhne. Ich drehte den Kopf zur Seite und blickte in lauter entrückte Gesichter – Ladys wie Gentlemen.

»Hier ist Ihre Klitoris«, sagte mein Partner und wackelte mit dem Zeigefinger.

Schön für ihn, dass er sie gefunden hatte, ich lachte nämlich dermaßen hysterisch, dass ich überhaupt nichts fühlte.

»Lachen ist ein Abwehrmechanismus, um das Lustempfinden zu blockieren«, erklärte unser Ausbildungsheini.

Und wenn ich es mir inzwischen anders überlegt hatte? Ich wollte ja, aber vielleicht nicht doll genug. Vielleicht stimmt es und Frauen sind in puncto sinnlicher Wahrnehmung vernachlässigt, wie OneTaste pausenlos predigt – damit könnte ich jedoch gut leben, statt mich von einem Fremden befummeln und betatschen zu lassen.

»Fühlen Sie es?«, brüllte der Lehrer. Er stapfte durch den Übungsraum und starrte dabei diabolisch auf seine Stoppuhr. »Geben Sie mal ein bisschen Gas. Streicheln Sie schneller, *zack, zack*.«

Der Begriff »Orgasmusfaschist« schwirrte mir durch den Kopf, als der Lehrer sich neben meinen Partner hockte. Er schaute mir prüfend zwischen die Beine und schüttelte missbilligend den Kopf. »Streicheln«, polterte er. »Langsam – schnell, langsam – schnell, langsam – schnell, in dem Tempo, kapiert?«

Kaum hatte er auf seine Stoppuhr gedrückt und »Ende« gebrüllt, sprang ich in meine Hose. Bevor ich die Flatter machte, umarmte ich die Leute und beteuerte, es sei großartig gewesen und habe mir spitzenmäßig gefallen. Das war glatt gelogen. Ich war eine Heuchlerin. »Ich bin demnächst bestimmt wieder dabei«, sirrte ich. Eine billige Ausrede. Ich konnte ja schlecht zugeben, dass ich es scheiße gefunden hatte, oder? Bei der Übung drehte sich schließlich alles um den Orgasmus – genau wie bei mir. Um nicht unglaubwürdig rüberzukommen, hatte ich demnach den Schein zu wahren. Außerdem war ich weiterhin brennend an einem Interview mit der Gasmus-Obertussi interessiert. Sie sollte mir endlich die BEDEUTUNG DES ORGASMUS definieren. Auf dem Weg zur Tür grübelte ich, ob ich womöglich ein leichtes PTSD, ein Pussy Traumatic Stress Disorder hatte. Ein traumatisches Stresssyndrom in der Muschiregion hätte mir zu meinem Glück noch gefehlt.

Als ich rauskam, stand mein Streichelpartner schon draußen und drehte sich eine Zigarette. Er machte ein Scheiße-was-war-das-da-eben-Gesicht, ich reagierte mit einem wegwerfenden Schulterzucken. Wir gingen in die nächstbeste Bar, ins O'Neil's.

»Ich kapier das nicht«, begann er. »Liebe und Sex trennen? Wieso eigentlich?«

Exakt diese Frage beschäftigte mich seit einer halben Ewigkeit. Ich traute mich bloß nicht mehr, sie zu stellen.

Greg war um die dreißig. Mittelgroß, mit strahlenden Augen und gepflegtem Schnäuzer. Er nippte an seinem Cabernet. Für ihn war es das erste Mal bei OneTaste gewesen. Er kapierte nicht, wieso sich dort alles um die Genitalien und den Orgasmus der Frau drehte.

»Frauen sind auf dem Sektor sinnliche Wahrnehmung vernachlässigt«, wiederholte ich das OneTaste-Mantra.

»Stimmt nicht«, widersprach er. »Frauen tragen Makeup und Highheels. Sie dürfen weinen. Und sich Schaumbad in die Wanne kippen. Wenn ein Typ so was tut, wirkt er gleich unmännlich.«

Er beichtete mir ein traumatisches Erlebnis aus seiner Jugend. Seine Mutter erwischte ihn dabei, wie er auf einem *Hustler*-Magazin onanierte. Sie hatte seine Schwestern hinzugeholt, um ihnen zu zeigen, wie pervers ihr Bruder war und dass Männer im Allgemeinen pervers waren.

»Jungen wachsen mit einem schlimmen Komplex auf«, bekannte er. »Wir sind auf harten, unsensiblen Kerl programmiert, andererseits sollen wir uns dafür schämen, dass wir so sind, wie wir sind. Man erzieht und ermuntert uns dazu, Frauen anzumachen, gleichzeitig werden wir als dominante, perverse Egoisten dargestellt.«

Greg fand, Männer dürften ihre feminine Seite nicht ausblenden, feminin habe jedoch nichts mit weibisch zu tun. Einmal hatte er sich beim Sex in die Rolle der Frau versetzt. »Es mag komisch klingen«, meinte er, »dass ich meine Muschi an ihrer Muschi, meine Brust an ihren Brüsten rieb, aber es war viel sinnlicher und reizvoller als sonst. Es war der beste Sex, den ich je hatte. Weil es endlich mal nicht darum ging, dass ich einen Steifen bekomme oder so.«

Er wollte wissen, wieso ich in dem Kurs war. »Keine Ahnung«, antwortete ich schulterzuckend. Mittlerweile war mir das selbst schleierhaft.

Abends jobbte ich wieder in der Bar. Ich mixte hektoliterweise Gin Tonic, genug, um einen Elefanten flachzulegen. Ich brachte Cocktails an einen Tisch, wo sich zwei Typen unterhielten. »Männer sind total unkompliziert«, schnappte ich von einem der beiden auf. »Sie brauchen bloß irgendwas, wo sie ihr Dings reinstecken können, und schon sind sie happy.« Das Gespräch mit Greg beschäftigte mich. *Jeder Mensch ist kompliziert,* schoss es mir durch den Kopf, *alles andere wäre glatt gelogen.* »Alle Männer brauchen Sex«, tönte der Typ. »Und davon jede Menge, dann sind wir happy.« *Steck dir deine Unkompliziertheit sonst wohin, du Arsch,* dachte ich, *und streng gefälligst mal deine grauen Zellen an: Jeder Jeck ist anders.* Es war mein letzter Arbeitstag in der Bar. In drei Wochen wollte ich ohnehin nach Israel fliegen.

NEBENFLÜSSE

»Orgasmuskekse«, sagte Dr. Komisaruk, der Orgasmusforscher. »Hab ich selbst gebacken.« Er reichte mir eine knallbunt schillernde Geschenktüte über den Tisch, die bis zum Rand mit Schokoladenplätzchen gefüllt war. Wir saßen in der Sportbar, wo wir uns zu einem Weihnachtsessen verabredet hatten. Ich biss in eins. Er verblüffte mich immer wieder – Neurobiologen können backen! Da wir uns seit dem Sexkongress nicht mehr getroffen hatten, brachte ich ihn erst mal auf den neuesten Stand der Dinge, was meinen Orgasmus betraf. Ich erzählte ihm, dass ich einen bekommen hatte. Hoffentlich bleibe das kein einmaliges Erfolgserlebnis, schob ich kichernd nach. Das mit meinen Ohrgasmen funktioniere weiterhin exakt wie ein Uhrwerk.

»Ich schieb ein Q-Tip rein«, sagte ich, »und weiß, dass mir gleich ein wohliger Schauer über den Rücken laufen wird. Wieso klappt das bei meiner Vagina nicht genauso?«

Statt sich totzulachen, wurde der Doc ernst und holte zu einem Vortrag über den Vagus, also den zehnten Gehirnnerv, aus, den er und seine Kollegin Beverly Whipple gründlich erforscht hätten. Im Rahmen ihrer Forschungstätigkeit eruierten sie, dass Frauen mit geschädigtem Rückenmark (also der Teil, der laut traditioneller Medizin die libidinösen Erregungsinformationen ans Gehirn signalisiert) Orgasmen haben können. Der Doc schreibt das dem Nervus vagus zu, der mit seinen parasympathischen Bestandteilen einen großen Teil der inneren Organe versorgt. Der Vagusnerv verlaufe von der Halswirbelsäule durch die Viszera direkt ins Gehirn, wo er in die Medulla oblongata mündet. Haben Sie von seinen Ausführungen irgendwas verstanden? Ich nicht wirklich.

»Und was hat das mit meinen Ohrgasmen zu tun?«

»Warten Sie, dazu komme ich noch«, sagte er.

Mist, ich quatschte dauernd dazwischen. Nicht bloß bei ihm.

Er führte aus, der Vagus habe Verästelungen, wie Nebenflüsse, die in das Zentralnervensystem fließen. Ein solcher Nebenfluss ist für das Ohr zuständig. Ohrgasmusstudien lagen Dr. Komisaruk zwar noch keine vor, trotzdem ist es durchaus möglich, dass mein Ohrgasmus ein echter Orgasmus ist, ausgelöst von der Q-Tip-Stimulation auf die Nervenbahnen, die zervikale Orgasmen steuern. Meine Ohrklimax war demnach ein völlig legitimer Vagusorgasmus-Bringer!

Dr. Komisaruk grinste breit und stopfte sich ein Stück Backkartoffel in den Mund. Während er kaute, blitzten seine Augen auf. Ich sah förmlich, wie es hinter seiner Stirn arbeitete. Orgasmen, vor allem neue und ungewöhnliche Orgasmusideen faszinierten ihn. Hab ich schon erzählt, dass er aus Kostenersparnisgründen seine eigenen Dildos entworfen hat, die seine Probanden während der Experimente benutzen? Die Dinger sind aus poliertem Plexiglas und an der Spitze mit einem modifizierten Tampon versehen, der dank eines speziellen Dentalklebers bombenfest hält. Statt 60 Dollar für einen Dildo im Sexshop hinzublättern, kosten sie ihn pro Stück bloß einen Dollar. Nachdem er den Bissen hinuntergeschluckt hatte, schlug er vor, das Q-Tip-Experiment in seinem Labor zu wiederholen. Ihn interessierte, ob mein Ohrgasmus dieselben Zentren im

Gehirn ansprach wie ein vaginaler Orgasmus. Damit könnten wir die weltweit erste Ohrgasmusstudie durchführen und seine Existenz glaubhaft belegen! Unvermittelt verdunkelte sich seine Miene. Es gebe da ein Problem. Leider sei für das Wattestäbchen kein Platz in der Forschungsröhre vorgesehen. Sobald der Kopf drin ist, geht nichts mehr. Ich war dennoch euphorisch, denn Dr. Komisaruk nahm meinen Ohrgasmus offenbar genauso wichtig wie jeden anderen Gasmus. Er machte da keinen Unterschied.

Ob seine Forschungen Fortschritte gemacht hätten?, erkundigte ich mich höflich, und wann ich an der Studie teilnehmen könne? Immerhin hatte ich so was wie einen Orgasmus gehabt. Er hob bedauernd die Schultern und ließ sie wieder sinken. Vermutlich wartete er weiterhin händeringend auf entsprechende Fördergelder.

Das Lustempfinden hat in unserer Gesellschaft eben keinen hohen Stellenwert.

Das Lustempfinden war allerdings nicht sein Hauptanliegen. Der Doc hat festgestellt, dass der Orgasmus unter anderem grundlegende Erkenntnisse für sein ehrgeiziges Lebensziel liefert, nämlich wie das Bewusstsein von Neuronen beeinflusst wird. Nach seiner Theorie steckt des Rätsels Lösung nicht zuletzt in der Klimax. Mithilfe seiner Scans kann er sehen, wie Neuronen interagieren. »Die Aktivität dieser Neuronen generiert gewissermaßen das bewusste Erfahren«, erklärte er. »Ich werde es beweisen. Verlassen Sie sich drauf!« Mir schlackerten die Ohren.

Wir schwiegen und stopften fettige Countryfritten in uns rein, bis er sich räusperte. Er versuchte das Footballspiel zu übertönen, das soeben laut plärrend im Fernsehen ausgestrahlt wurde. »Ich schreibe an einem Kapitel über das Bewusstsein für mein nächstes Buch. Ich nenne das Kapital ›Wo ist Ich?‹«

»Wo ist Ich?«, wiederholte ich. »Klingt vielversprechend.«

»Wo ist Ich?«, rief er stolz.

»Und? Wo ist Ich?«, wollte ich wissen.

»Wir wissen bislang nicht, wo das ›Ich‹ ist«, erklärte er.

Blieb bloß zu hoffen, dass das mit den Forschungsgeldern bald klappte. Dann wollte er meine Neuronen für die Suche nach den Ursprüngen der ersten Person Singular verwenden. Ehrlich gesagt kenne ich eine Menge Leute, die Tausende Dollar für ihre Selbstfindung hinblättern – für ihr »Ich« –, in Selbsthilfegruppen, auf Selbsterfahrungstrips und was es da alles Schönes gibt. Ich versicherte ihm, er werde auf immenses Interesse stoßen, sobald er lokalisiert habe, dass dieses »Ich« so was Ähnliches wie ein Heimspiel beim Football sei.

DER MUSCHIFLÜSTERER HAT SEINEN ZWEITEN AUFTRITT

Wenn ich durch den Prospect Park jogge, denke ich für gewöhnlich an Sex: guten Sex, schlechten Sex, Safer Sex, One-Night-Stand-Sex und sogar an fröhlichen Selbstbefriedigungssex. Diesmal dachte ich angestrengt darüber nach, wieso Rori mir zwei Therapiesitzungen pro Woche vorgeschlagen hatte.

Ich hatte ihr lediglich von dem spinnwebartigen Netz erzählt, von dem Geflimmer vor meinen Augen, wenn ich zu lange in den Himmel schaue. Ich hatte ihr beschrieben, dass die kleinen Verästelungen wie zuckende Lichtblitze anmuten. »Manchmal seh ich alles verschwommen«, gab ich zu. Bestimmt war mit meiner Tränenflüssigkeit irgendwas nicht in Ordnung.

»Vielleicht sind das Tränen, die Sie mühsam zurückhalten«, meinte sie. »Mmmh, was halten Sie davon, wenn Sie zweimal die Woche kommen?«, schob sie hinterher, ihre Miene derart bestürzt, dass ich meine Therapeutin am liebsten in die Arme genommen und getröstet hätte.

War ich so verkorkst?

Nach der Sitzung keimte in mir ein leiser Verdacht auf: Womöglich war Rori lesbisch und wollte mich daten. Die Extrastunde bot sich bestimmt ideal zum Flirten an, aber vielleicht war *ich* ja die Lesbe und scharf auf *sie*. Ich hatte schon mal was von Projektion gehört, diesem Phänomen, dass man unterbewusst Gefühle und Wünsche auf eine andere Person überträgt. Nein, das war es bestimmt nicht, denn ich hatte diesbezüglich doch gar keine Gefühle und Wünsche, oder? Ob ich sie mal zu einem Kaffee oder einem Snapple einlade?, überlegte ich. Wenn es sein muss, krieg ich das Zeug bestimmt runter. Vielleicht entwickelt sich daraus eine heiße, verrückte Liebesgeschichte. In Filmen passiert so was dauernd: Therapeut und Patient. Bei uns beiden wäre es weder inszeniert noch kultig, sondern das wahre pralle Leben. Allerdings konnte unsere Lovestory nicht lange gut gehen, wir würden uns streiten, anöden und trennen. Und dann hätte ich niemanden mehr, der mir sagte, dass ich nicht genug weinte.

Ich hatte ihr erklärt, dass ich es bei einer Sitzung pro Woche belassen wollte.

Fakt war: Ich musste mich auf das Wesentliche konzentrieren. Diese ganze Suche drehte sich um den Orgasmus, und nach meinem Achtungserfolg in San Francisco war da nicht mehr viel gewesen.

Ich fuhr nach Hause und schnappte mir meinen Vibrator. Bunkerte mich die nächsten Tage in meinem Zimmer ein. Und hatte jede Menge Vulvakribbeln. Diese Orgasmen waren zwar ganz nett, aber nicht wirklich weltbewegend. Okay, warum lügen? Eigentlich waren sie jämmerlich. Nach Meinung führender Sexologen geht es darum, die entsprechenden Neuropassagen zu bahnen. Für diese Passagen braucht es jede Menge Feedback – das heißt, ich brauchte jede Menge Orgasmen. Ich war spät dran bei diesem Spiel, folglich musste ich mich selbst umso härter rannehmen. Ich gönnte mir nicht mal die Muße, zu relaxen und tief durchzuatmen. Ich kostete es nicht mal richtig aus, wenn ich kam, sondern machte verbissen weiter, mein Gesicht verkniffen, als hätte ich Verstopfung – bloß an einer anderen Stelle.

Eric, meine heilige Hure, schickte mir dauernd Kurzmitteilungen. Das sah dann häufig so aus:

Eric: /los!/streicheln!/massieren!/kommen!/entspannen!

Sollte ich ihm überhaupt antworten? Ich war mir nicht sicher. Zumal mir ein bisschen unbehaglich zumute war, weil ich eine heilige Hure hatte. Andererseits wäre er vermutlich genau der Richtige, um meinen Orgasmus auf eine höhere Ebene zu transponieren. Nix von wegen Abhängigkeiten, sondern bloß eine praktikable, ehrliche Masturbationsanleitung. Ich tat, was alle Mädchen tun, wenn sie Fragen haben: Ich besuchte meinen Vulvaguru. Den ganzen Weg zum Markt krittelte ich mental an mir herum, weil ich es nicht lassen konnte, mir dauernd Antworten von anderen zu holen.

Das Gemüse sah Ende Dezember müde aus. Die Möhren fingen an zu schrumpeln, die letzten Zucchini gammelten traurig vor sich hin. Der Wind pfiff um die Stände, aber Atman grinste selig wie üblich.

»Ein schöner Tag«, sagte er. Ich beobachtete die leeren Pappkaffeebecher und Zeitungsseiten, die wild über den Asphalt fegten. Fußgänger hielten sich schützend die behandschuhten Finger vors Gesicht.

»Hmmm«, meinte ich. »Wie man's nimmt.«

»Was ist, Kleines?«, fragte er. Dabei fasste er meine Hände und küsste sie. »Was macht dein Baby?«

Seine Aushilfen scharten sich neugierig um ihn, also keine Chance auf ein bisschen Privatsphäre. Ich raunte ihm zu, dass ich eine Menge über Intimität und Beziehungen nachgedacht hätte.

»Wenn die Zeit reif ist«, sagte er, »wird jemand kommen, der mit dir harmoniert.«

»Wann?«, ereiferte ich mich. »Wann werde ich diesen Jemand finden?« Ich vergaß ständig, dass Atman kein

Wahrsager war und dass ich sowieso niemanden suchte. Ich war auf Autopilot eingestellt.

»Du weißt um die Seele in dir.« Er tippte auf mein Herz. »Und um die Lust deines Körpers.« Er schüttelte mich sanft an den Schultern. »Das ist der Motor des Lebens, mach dir den Augenblick zum Freund. Wirf dir nichts vor, wenn du sexuell aktiv bist, wenn er nicht auf dieser geistigen Ebene wandelt, auf der du agierst und atmest.«

Seine Redeweise war bisweilen obskur und fast ein bisschen poetisch. Vermutlich wollte er mir damit suggerieren, ich sollte aktiv werden und meine heilige Hure anrufen. Jedenfalls interpretierte ich es so.

»Ich glaube, du vertraust ihr nicht«, sagte er. »Du diskutierst mit Freunden, du holst dir Material aus der Bibliothek, dabei hat sie das Sagen.«

Er deutete auf Clitty Rose, auf meine Blüte.

Ich angelte verlegen nach zwei Rosinenschnecken und drückte ihm das Geld in die Hand.

»Pass auf, dass du nicht krank wirst.« Er zeigte mit dem Finger weiterhin auf meinen Schritt. »Das hat sie nicht verdient, in der Hinsicht ist sie sehr empfindlich.«

»Red keinen Scheiß«, brummte ich.

»In dieser Hinsicht ist sie sehr empfindlich«, wiederholte er. »Es steht ein bisschen kritisch um deine Psyche.«

Atman umarmte mich, und als ich davonschlenderte, rief er mir noch einen letzten guten Rat hinterher, so laut, dass es nicht zu überhören war.

»Denk dran«, rief er, begleitet von einem bekräftigenden Kopfnicken, »Bauchnabel, Titten, Ohrläppchen – bei diesen Energien wird sich die Blüte weit öffnen.« Er öffnete seine Handfläche gen Himmel. »Waaah!«

Ich lag auf einer bunten indianisch bedruckten Decke, eingehüllt in milden Kerzenschein. Ich hatte eine CD eingelegt, ein afrikanischer Frauenchor sang leise im Hintergrund. Meinen Stoffelefanten Earl hatte ich vorher in die Verbannung geschickt. Ich lehnte vor einem Stapel aufgeschichteter Kissen und betrachtete entspannt meine Zehen. Zwischen meinen gespreizten Beinen kniete Eric, meine heilige Hure.

»Wir werden jetzt lesbischen Sex haben«, sagte er. »Wir treiben es, wie Lesbierinnen es jede Nacht machen; so machen sie es überall auf der Welt!«

Er hielt einen großen lila Vibrator – er bezeichnete ihn als den »Säbel« – in der einen Hand und in der anderen einen täuschend naturgetreuen knallpinken Dildo. »Den nehm ich gern, um mich rektal zu erforschen.« Er wog den Phallus grinsend in der Hand.

Eric fiel absolut nicht mit der Tür ins Haus, nöö, er war schon seit drei Stunden mit mir zusammen. Wir hatten irgendwo zusammen gegessen. Es war das erste Mal, dass ich ihn außerhalb von Bettys Tempel sah. Er schien sich unbehaglich zu fühlen. Im Restaurant wirkte er ähnlich deplatziert wie ein Cowboy im Ritz Carlton. Kaum entdeckte er nach unserer Rückkehr jedoch das Bett in meinem Zimmer, besann er sich im buchstäblichen Sinne auf seine Reitkünste. Mir war die Sache nicht geheuer.

Eric zog sein Hemd aus – darunter trug er dasselbe sexy Spandexshirt wie beim letzten Mal –, behielt aber seine Jeans an. Er betrachtete sich in meinem hohen Spiegel. »Wenn ich schwul wäre«, tönte er mit lautem Nachdruck, »würde ich mich vögeln.« Ich wand mich innerlich. Meine Zimmernachbarin Leigh, die eine gemeinsame Wand mit mir hat, bekam das bestimmt mit. Wenn er ein Date gewesen wäre und nicht meine heilige Hure – heiligen Huren sieht man vieles nach –, hätte ich ihn achtkantig rausgeworfen. Bei ihm klang es richtig süß, und außerdem stand er zu dem, was er sagte. Wenn er schwul *wäre*, würde er glatt einen Weg finden, um sich selbst zu penetrieren. Davon bin ich überzeugt.

»Ein bisschen leiser, bitte.« Ich presste meinen Zeigefinger auf die Lippen, er war jedoch nicht zu bremsen. Anscheinend war das eines seiner Lieblingsthemen. Es sei immer sein Wunsch gewesen, körperlich so fit zu werden, dass er sich selbst vögeln wollte; er hatte lange gebraucht, um dorthin zu kommen. Das Buch *The Orgasmic Diet* von Marrena Lindberg hatte ihn dabei unterstützt. Die Autorin sei mollig, folglich habe es nichts mit Abnehmen und so zu tun, sondern eher mit einer Welcher-Typ-bin-ich-Analyse. Omega-3-Pillen, vier Stück am Tag, sagte Eric. Jede Menge gedünstetes Gemüse. Kein Weißbrot. Keine Zigaretten. Die seien Gift für den Körper, meinte er. Und null Soja. »Ich liebe Soja«, sagte ich. »Null Soja!«, wiederholte er. Das Gedächtnis werde besser, und wenn Körper und Gehirn optimal funktionierten, könnten sie besser auf Stimuli reagieren. »Je besser dein Orgasmus ist, umso gesünder bist du.

Und nachdem du deinen Orgasmus hattest«, fuhr er fort, »müssen wir uns Gedanken machen, wie wir ihn intensivieren können. Unser Ziel ist, dass du selig die Augen verdrehst und den Kopf auf dem Laken wälzt, weil es sich sooo geil anfühlt.« Er wand sich vor dem Spiegel, rollte sehnsuchtsvoll die Augen, dass ich das Weiße seiner Augäpfel sah.

Er begann, mich zu massieren. Und zog mich ganz langsam aus. Dabei erzählte er mir von einer Streichelmethode, die »The Taking Touch« heißt. Es geht darum, dass man den anderen so streichelt, wie man es bei sich selbst gern hätte, und weil man total engagiert und euphorisiert ist, sollte es für den anderen mithin besonders schön sein.

Wenn er die fragliche Technik gerade bei mir einsetzte, dann stimmt es: Es war traumhaft.

Ich war ein Motor. Und er ein Mechaniker. Er wusste alles über meine Schrauben und Muttern. Er versuchte, mich zu reparieren, mich wieder richtig in Gang zu bringen, indem er meine Funktionen testete.

»Kann ich zu ihr?«

Er meinte meine Brustknospe.

Als ich begann, unauffällig von ihm wegzurücken, sagte er: »Lustverweigerung.« Das sagte er an dem Abend noch häufiger. Er meinte, das sei nichts Unnatürliches und dass ich mich auf meine Atmung konzentrieren solle.

Er schnappte sich meinen Fuß und schob jede Zehe in seinen Mund. Ich überbrüllte die Musik. Torpedierte ihn mit Warnungen.

»Lustverweigerung«, sagte er.

»Nein, Unsinn«, sagte ich. »Ich hab bloß Käsemauken.«

Bei Fred, dem Fußfetischisten, hatte ich sie vorher gewaschen.

»Keine Sorge, ich tue nur, was mir Spaß macht«, sagte er.

Schön wär's, wenn alle so denken würden; dann wäre das Leben viel einfacher. Trotzdem war es hirnrissig; was er da machte, war unappetitlich. Ich schaute fassungslos zu, wie er mit seiner Zunge jeden Zehenzwischenraum, jede Schwiele abschleckte. Außerdem geh ich nie zur Pediküre. *Brrr*, ich hätte meinen Fuß nicht für Geld und gute Worte in den Mund genommen – ich wusste schließlich, wo ich überall damit rumgelaufen war, Eric hingegen sah zufriedener aus als nach den Sushi im Restaurant.

Ich fühlte einen riesigen Brocken Lustverweigerung in mir aufsteigen und hätte mich am liebsten im Bad verkrochen. Ich probierte es mit konzentrierter Atmung. Das ist das Schlimme an Sitzungen mit heiligen Huren im eigenen

Apartment; man kann nicht weglaufen. Man wohnt da. Man ist da. Vielleicht hat es auch sein Gutes, sonst wäre ich bestimmt nicht dageblieben.

Schließlich waren seine Hände überall.

»Deine Titten sträuben sich echt süß«, sagte er. Er wog sie in seinen Händen. »Sie sind schwer.« Das hatte noch nie jemand zu mir gesagt, bei Eric klang es jedoch wie ein Kompliment.

Er streichelte mich, dabei bellte er leise kehlig wie ein Seelöwenbaby. Der Mann müsse sein *Grrr* mit Sinnlichkeit bekämpfen, raunte er. »Die meisten Männer wollen bloß stoßen, rammeln und kommen.« Mit seiner Fingerkuppe umkreiste er meine Spitze. »Das ist nicht gut.« Momentaufnahmen aus meiner Vergangenheit zogen an meinem geistigen Auge vorüber, bisweilen hatte ich ernsthaft gedacht, die Typen wollten mich aufspießen. Erics Gesicht hellte sich auf, er begann, sanft meine Brust zu kneten. »Es fühlt sich gut an, so als würde ich mit meinen Fingern über das weiche Gras eines gepflegten Gartens streicheln. Die Wege sind spiralförmig angelegt, und oben auf einem Hügel ist ein hübscher kleiner Nugget.«

Ich grinste und dachte unweigerlich an die Baumschule meiner Eltern. Hätten sie das gehört, wären sie bestimmt stolz gewesen, dass in mir die Anlagen zu einem guten Gärtner schlummerten.

Eine kurze Weile später brachte Eric eine Geschenktüte aus fuchsiarotem Glanzpapier zum Vorschein. »Ein paar Sachen zum Ausprobieren«, erklärte er. »Natürlich nur, wenn du magst.«

Der Inhalt – ein Dildo, ein Vibrator und eine Tube Gleitgel – lag jetzt vor ihm. Diese Utensilien schienen wirklich für Anfänger geeignet. Meine Muschi war eben nichts Gutes gewöhnt. Der Vibrator war ein Baby. Ob er neidisch sei wegen der vielen Spielzeuge, die Frauen benutzen könnten?, wollte ich wissen. Er antwortete, er sei vielleicht ein bisschen neidisch, weil sie mehr Öffnungen hätten, um Spielzeuge reinzustecken. Andererseits habe er seinen Penis, um ihn irgendwo reinzustecken. Nein, er sei nicht wirklich neidisch. Es sei alles gerecht verteilt, meinte er. Er bezeichnete seinen Penis als eine große Klitoris. Etliche Lesben seien neidisch auf seine große Klitoris; sie würden eben gern die Vagina ihrer Partnerin mit ihrer kleinen Klitoris fühlen. Folglich sei er froh, dass er das bei seinen Partnerinnen problemlos machen könne.

Er reichte mir den Säbel mit der Aufforderung, ich sei für die *Klitstim* zuständig (»Klitorisstimulation« ist vermutlich ein zu langes Wort, wenn man es x-mal am Tag herunterbeten muss). Zu Beginn wollte er die Dildopenetration bei unserem lesbischen Sex steuern.

Ich blickte zwischen meine Beine, wo er wie hingegossen saß, der fluoreszierende Phallus lehnte an seiner Hüfte. Ich stützte mich auf den Ellbogen auf und machte instinktiv einen Satz nach hinten.

»Lustverweigerung«, wiederholte er zum x-ten Mal.

Ich sank seufzend vor die Kissen.

Sein Blick zielte direkt in meine Vulva. Wie ein Mechaniker – ein Mechaniker, der meine Orgasmusgangschaltung inspiziert. Für ihn war dieser Sexkram Routine. Ich brauchte gar nicht nervös zu werden. Oder mir Gedanken zu machen, wie er mich anschaute oder ob er auch an anderen Muschis herummachte – hätte ich romantische Gefühle für ihn gehegt, wäre es bestimmt anders gewesen. Nein, mir war sonnenklar, dass er an zig Muschis rumgemacht hatte. Muschi war sein Beruf, seine Berufung.

Er schob seinen Daumen in mich und wies mich an, Kegelübungen zu machen – Beckenboden anspannen und entspannen. Er bereitete mich auf das dicke rosa Teil vor. Es dauerte eine Weile, und ich konzentrierte mich intensiv auf meine Beckenbodenübungen, während sein Daumen mich penetrierte. Es war kein wirklich angenehmes Gefühl. »Und jetzt Klitstim«, befahl er. Er riss mir den Säbel weg, schaltete daran herum, bis er richtig gut vibrierte, und reichte ihn mir wie einen Lutscher. Ich schob ihn an meine Klitorisspitze. »Nicht still halten«, meinte er weich. »Beweg ihn vor und zurück.«

Er schob den Dildo behutsam rein und zog ihn wieder raus. Echt gut. Echt oft. Im Dreisekundenrhythmus. Wie ein Klempner, der einen Abfluss reinigt. Ich glaubte an ihn: Ich wusste, er würde die Rohrverstopfung beseitigen.

»Warum hast du aufgehört?«, fragte er.

Gute Frage. Wissen Sie, ein Spielzeug da unten ist eine ganze Menge. Meine Muschi war bestimmt verblüfft; sie hatte noch nie so viel Kunststoff – und definitiv nicht in Knallpink – gespürt.

»Lustverweigerung«, konstatierte er, also atmete ich tief durch.

Dann wies er mich an, es mit beiden gleichzeitig zu probieren. »Ich bin schließlich nicht jeden Tag da, um Dildoübungen mit dir zu machen. Du kommst schneller und besser auf Touren, Baby, wenn du die Klitoris von beiden Seiten stimulierst. Aber das braucht Übung.« Ich dirigierte den Dildo mit der rechten Hand und hatte den Säbel in der linken. Und fühlte mich, als würde ich mir mit beiden Händen den Kopf kratzen und dabei versuchen, mir den Bauch zu reiben. Ich versuchte, mit dem Vibrator zu stoßen und mit dem Dildo zu kitzeln. Eric hatte Mitleid mit mir und übernahm wieder den Dildo. Es sei womöglich noch ein bisschen zu früh, meinte er.

Schließlich fanden wir zu einem gemeinsamen Rhythmus, unser Teamwork schien zu klappen. Wir orgelten beide mit den Plastikteilen rum. Er sagte, er liebe sein Leben. »Liebst du deins auch?«, wollte er wissen.

Ich schaute zu Clitty Rose, gespickt mit Utensilien, und überlegte kurz. »Ja … ja, sicher«, antwortete ich. Und dann passierte es. Das Zucken, Kribbeln, Kitzeln wurde intensiver … ich konnte es bloß nicht eindeutig lokalisieren. Es war ein einziges Chaos. Es zuckte in meiner Klitoris und auch sonst überall. Überall. Ich versuchte, den »richtigen« Gasmus zu bekommen – dass sich die Energie ganz natürlich aufbaute, nicht wie bei meinen vulkanischen Vulvaniesern vorher –, und lief plötzlich heiß wie eine überbeanspruchte Maschine. Wir ackerten bestimmt schon zwanzig Minuten lang rum. Mir war heiß, total heiß, und ich schwitzte aus sämtlichen Poren. Ob ich mich scheintot stellen sollte?, dachte ich. Ich krampfte meine Vaginalmuskeln zusammen, um eins von den Dingern rauszupressen, aber es ging nicht. Zudem mochte ich nicht wie eine Leiche vor meiner heiligen Hure liegen, nachdem ich eben beteuert hatte, wie sehr ich am Leben hing. Ich stellte den Säbel aus; ich konnte nicht mehr. Ich spürte meine Fußsohlen, heiß prickelnd, und fragte mich, was für eigenartige Nervenbahnen ich momentan aktivierte. Wollte ich das überhaupt?

Eric hörte auf und zog behutsam den Dildo raus. »Ich liebe dieses schmatzende Geräusch«, bekannte er. Ich fand, es klang genauso unangenehm wie schabende Fingernägel auf einer Tafel. Ich war irgendwie enttäuscht; ich hatte fest damit gerechnet, es würde passieren.

»Und, war es gut?«, fragte er. Er kuschelte sich an mich.

»Ich bin nicht gekommen«, sagte ich.

»Aber es war gut?«, hakte er nach.

»Ziemlich gut.«

»Ist doch perfekt, oder?«

Er legte mir dar, dass ich seit dem vorigen Mal ein gutes Stück weitergekommen sei. »Das wird schon noch«, meinte er gedehnt. Es klang wie eine Warnung.

Während er duschte, stellte ich mich an das geöffnete Fenster. Ich atmete die kalte Luft in tiefen Zügen ein und ließ mich (und meine Fußsohlen) abkühlen. Eric war rücksichtsvoll und einfühlsam – bei Typen wie ihm war ich fast überzeugt, dass alle Leute einander lieben und die sexuellen Befindlichkeiten ihrer Mitmenschen respektieren müssten.

Er kam aus dem Bad. »Ich hab's!«, rief ich. »Ich bin mir hundertprozentig sicher: Männer lieben Frauen, ganz bestimmt.«

Ich rechnete halbwegs damit, dass er sich abermals die Kleider vom Leib reißen würde, um meine Enthüllung hautnah zu bestätigen, aber nichts da. Auf seiner Miene zeigte sich Betroffenheit.

»*Einige* Männer lieben Frauen wirklich«, sagte er. »Aber nicht alle. Sei vorsichtig.«

Ich brachte ihn zur Tür. Er ließ die Spielsachen für mich da, zum Herumexperimentieren. Als er die Stufen hinunterlief, war ich verblüfft, dass mir jede Romantik abging. Eric war beides, Geschäft und Vergnügen, wie gut, dass ich das immer im Hinterkopf behielt. Demnach hatte ich mich irgendwie super im Griff, denn ich war wegen der ganzen Geschichte kein bisschen sentimental oder gefühlsduselig.

Ich schloss mich in meinem Zimmer ein, um Erics Werk zu vollenden. Mein Orgasmus hatte sich angesichts der dünnen Wände und meiner Mitbewohnerinnen bestimmt geziert, die Bedenken nahm ich ihm jedoch schnell.

Als ich fertig war, rief ich Fiona an. Sie war über die Festtage in San Diego bei ihrer Familie. Sie bedankte sich für den Vulvaring, den ich ihr als Weihnachtsgeschenk geschickt hatte. Er lag unter dem Christbaum, erzählte sie, wo er erst mal für betretenes Schweigen gesorgt hatte. Bis ihr Dad das Eis brach, indem er sich zu dem Schmuckstück äußerte.

»Jetzt hast du zwei«, hatte er gesagt.

Ich fand das witzig.

Dann vertraute ich ihr meine heimlichen Bedenken an: dass ich mein Apartment künftig mit Dildos & Co. dekorieren könnte wie etliche von den Sexleuten, die ich inzwischen kannte. »Du kannst mir ruhig feste eine knallen, wenn ich bei deinem nächsten Besuch ein Dildomobile im Zimmer hängen habe.«

Ich erzählte ihr, was Eric und ich an jenem Abend gemacht hatten. Weil ich dachte, ich wäre ihr endlich mal einen Schritt voraus. So hatte sie es bestimmt noch nie getrieben.

»Wir haben einen auf lesbischen Sex gemacht«, führte ich aus. »Zwei Spielzeuge auf einmal. Ist das nicht kraaass?«

»Findest du, Mara?«, meinte sie. »Ich denke, alle machen es so ähnlich. Ich im Übrigen auch.«

»Oh Scheiße«, seufzte ich. »Wer hat es dir beigebracht?«

Sie giggelte bloß. »Es ist geil, nicht?«

ZWANGSLÄUFIGE MASTURBATIONSPAUSE

DER SEXTE SINN

Keine Ahnung, was es genau ist, ich vermute jedoch schwer, dass die Orgasm People eine außersinnliche Orgasmuswahrnehmung haben. Sie fühlten meinen orgastischen Erregungszustand, obwohl ich eindeutig auf der anderen Seite des Kontinents war. Samantha rief nämlich einen Tag nachdem ich Eric getroffen hatte bei mir an. Ich war baff.

»Sie haben anscheinend schon Trainingspartner gefunden?«, erkundigte sie sich.

Ich schilderte ihr, was mir mit Eric passiert war. »Er brachte diese verrückten Spielsachen mit und …«

»Auch einen Vibrator?«, unterbrach sie mich mit einer gewissen Schärfe in der Stimme.

»Ja«, japste ich. »Was ist daran so schlimm?«

»Ein Vibrator ist ein ziemlicher Schuss in den Ofen«, schimpfte sie. »Machen Sie sich da nichts vor. Durch die Vibration und den Druck werden Frauen zunehmend unsensibler. Sie müssen immer wilder rummachen, um einen Orgasmus zu bekommen, und schließlich kommen sie, weil der Körper danach lechzt, aber die Genitalien werden gefühlloser.«

»Also keine Vibratoren?«, fragte ich verdutzt. Ich konnte mir nicht vorstellen, dass die Orgasm People Sexspielzeuge ablehnten.

»Wenn man mit einem Partner zusammen ist, schaden diese Dinger mit Sicherheit mehr, als dass sie nutzen. Ohne ist es viel intimer und aufregender. Das ist jedenfalls meine Meinung. Sie müssen es letztlich selbst wissen. Aber Sie haben bestimmt mehr davon, wenn Sie sich anders stimulieren und Ihre Lust voll auskosten.«

Ein Sexfuzzi erzählt mir, ich soll einen Vibrator benutzen, der nächste erzählt mir, ich soll die Finger davon lassen. Hab ich BLÖD auf der Stirn stehen? Was soll ich machen?

In ein paar Tagen wollte ich ohnehin nach Israel fliegen. Ursula arbeitete an ihrer Dokumentation, und Leigh trank Tee mit Sojamilch, ein Orgasmuskiller, wie ich seit gestern wusste. Ich behielt mein Wissen für mich, stattdessen wedelte ich mit meinen zwei neuen Sexspielzeugen dicht vor ihren Gesichtern rum. »Na, wie findet ihr die?«

Es stellte sich heraus, dass ich die Einzige von uns dreien war, die das mit der Lesbennummer kannte. Darüber war ich verdammt erleichtert, gleichzeitig fand ich es schade, dass Leigh ihren Tee in hohem Bogen ausspuckte. War aber vermutlich besser für ihre Orgasmusfähigkeit.

Später gingen Leigh und ich zusammen essen. Unterwegs sagte sie etwas, das mich fürchterlich aufregte. »Du brauchst keine Expertin zu werden«, sagte sie. »Noch vor wenigen Monaten war das alles Neuland für dich, und jetzt treibst du es mit Professionellen. Findest du nicht, das geht ein bisschen zu weit?«

»Es macht mir Spaß. Und ich lerne eine ganze Menge dabei.«

»Bist du mit dem Herzen dabei?«, fragte sie. »Ich mach mir nämlich Sorgen um dein Herz.«

Prompt machte ich mir ebenfalls Sorgen um mein Herz. Ich bin ein präventiver Hypochonder, verstehen Sie? Ich mach mich verrückt, bevor sich irgendein Symptom zeigt – ich brauch nicht mal Schmerzen zu haben. Sie machte mir klar, dass die Symptome in diesem Fall bereits erkennbar waren: Ich wirkte dermaßen abgebrüht, dass ich nichts mehr fühlte.

Im Moment mochte ich mir deswegen aber keine grauen Haare wachsen lassen. Israel war angesagt, und ich hatte noch nichts vorbereitet. Ich musste schleunigst in die Gänge kommen. Ich also mit meinem aufgekratzten Pickel zum Hautarzt, weil ich befürchtete, es könnte Krebs sein. Das Heilige Land ist zwar seit jeher ein populärer Ort zum Sterben, aber so weit war ich noch nicht.

Der Krebs war letztlich eine Warze, die der Arzt wegätzte.

Fazit: Ich bin ätzend.

Post-Fazit: Woran soll ich jetzt rumpopeln?

Ich erzählte Atman von meiner Reise. »Es ist die richtige Zeit«, sagte er. »Du musst erwachsen werden, und das ist die beste Gelegenheit.«

»Bin ich für dich etwa auch ein Spätentwickler?«

»Nein, eine Blume«, sagte er. »Eine Blume, Kleines. Es ist deine Blüte.«

Am Tag vor meiner Abreise kam Leigh aus ihrem Zimmer gelaufen, sie fuchtelte mit einem schmalen, metallisch glänzenden Päckchen herum. Dabei lachte sie hysterisch wie eine Irre. »Meine Kondome sind alle!« Sie ließ die gefalzte Folie aufspringen wie eine Ziehharmonika. »Meine Kondome sind alle!«

Prompt fragte ich mich, wann ich das letzte Mal Sex gehabt hatte – keinen tantrischen Sex, keinen lesbischen Sex, keinen Heilige-Hure-Sex, keinen Selbstbefriedigungssex, sondern Sex mit einem Mann? Ich zählte es an den Fingern ab und kam bis zu meinem linken Zeigefinger: Es war geschlagene sieben Monate her.

Eigentlich hätte mir schon viel früher ein Licht aufgehen

müssen. So wie ich drauf war. Für die Kostümparty an Silvester hatte ich mich beispielsweise als Hotdog im Brötchen verkleidet. Die Leute hatten vielleicht blöd geguckt. Und dann die Sache mit meinem Plüschelefanten Earl und seinem Rüssel … Na, Sie wissen schon.

Am Abend vor meiner Abreise lud Zola mich ins Casa Mono ein, eine Tapasbar, wo es ausschließlich unkoschere Spezialitäten gibt. In Israel müsse ich noch oft genug koscher essen, meinte sie. »Das ist Ihre vielleicht letzte Chance auf ein leckeres Stück Schweinefleisch!«, giggelte sie. Sie bestellte irgendwas mit Schweineschmalz und Fisch. Wir verprassten das Honorar ihrer letzten Tantrasitzung – ihr Kunde, ein Banker, hatte sich in Damendessous von ihr auspeitschen lassen, mit anschließender Natursektnummer. »Ich würde das NIE trinken«, imitierte sie ihn und reckte den Kopf wie ein Vögelchen, das von Mama Vogel einen Wurm bekommt, »aber dein Pipi ist – mmmh – irgendwie was Besonderes.«

»Na toll«, konstatierte ich.

»Ich find's voll krass.« Sie schob eine Muschel in ihren Mund und kaute genüsslich. »Jeder probiert doch, irgendwie auf seine Kosten zu kommen«, sagte sie, bevor sie genießerisch seufzend den Bissen hinunterschluckte. »Der Glückliche hat immerhin geschnallt, was ihn anmacht.«

SPIRITUELLE GONORRHÖ

Mein Flugzeug landete um fünf Uhr morgens auf dem Ben Gurion International. Ein massiger glatzköpfiger Typ namens Shlomo »Momo« Lifshitz, der Organisator der Reise, brüllte in einem kehligen Bariton: »Willkommen zu Hause! Willkommen zu Hause!« Ich schleppte mich wie zig andere Juden aus der Diaspora mit schläfrig verquollenen Augen zum Gepäckband.

Seit dem Jahr 2000 laden jüdische Philanthropen junge, im Ausland lebende Juden nach Israel ein. Einhundertneunzigtausend Juden zwischen achtzehn und sechsundzwanzig Jahren haben das Land bisher im Rahmen dieses Birthrights-Projekts zum ersten Mal besucht. Die Initiatoren erhoffen sich von der eindrucksvollen Reise, dass sie unsere jüdische Identität stärkt und wir eine Beziehung zu dem Land entwickeln. Kritische Stimmen sprechen von gezielter Werbung, für mich war es die ideale Gelegenheit, das Land meiner orgasmischen Vorfahren zu entdecken, und es kostete mich keinen Cent.

Reiseführer verteilten uns auf Busse – mit mir waren es achtundzwanzig Leute. Vor uns lag ein eintägiges Sightseeing, und ich war sterbensmüde. Unser Tourguide hieß Omer, er war fünfunddreißig und schnappte sich elanvoll das Busmikro. Mist, ich hätte lieber meine Ruhe gehabt und ein bisschen gedöst. Er hatte eine Brille und eine gewöhnungsbedürftige Frisur: eigentlich einen stinknormalen Kurzhaarschnitt, allerdings fielen ihm zwei lange fransige Strähnen in die Stirn. »Auf der linken Seite seht ihr ein arabisches Dorf«, tönte er. »Und rechts den typischen Kalkstein, wie er in Jerusalem verwendet wird.« Er quatschte nonstop; Schlafen war nicht drin.

Wir hielten in der Jerusalemer Altstadt. Leicht benommen von der Zeitverschiebung und dem eisigen Wind, der durch die Straßen fegte, konzentrierte ich mich vermutlich zu schnell und zu sehr auf mein Orgasmusthema. Ich erzählte Omer von meinen Buchplänen und fragte, ob er mir während der Reise irgendwas Orgasmisches in der Natur zeigen könne oder, wenn es seine Zeit erlaubte, auch ein paar historische Hurentempel. Er reagierte ziemlich geschockt.

»Es gibt keine Hurentempel«, wiegelte er ab.

»Okay, ich weiß, dass sie heutzutage nicht mehr genutzt werden«, versetzte ich. »Ich hab aber gelesen, dass es vor ein paar tausend Jahren Tempel gegeben hat, in denen Huren lebten. Die heiligen Huren, davon hast du doch sicher schon mal gehört, oder?«

Er hatte uns erzählt, dass er einen Magister in Geschichte hatte. Folglich musste er sich in dem Metier doch auskennen, oder? Vielleicht stellte er sich auch bloß dumm. Er wechselte das Thema und ermunterte uns, Zettel zu schreiben, die wir in die Klagemauer stecken sollten, das ist ein Teil der westlichen Mauer des Tempelplatzes und damit eine der heiligen jüdischen Stätten.

»Formuliert eine Fürbitte, dass ihr eure andere Hälfte finden möchtet. Nach jüdischer Auffassung und Lehre sind wir nämlich kein Ganzes.«

Die Westwand ist unterteilt – eine Seite für Männer und die andere für Frauen. Frauen haben ungefähr ein Drittel der Fläche zur Verfügung; implizierte das, dass wir unsere anderen zwei Drittel zu finden hatten? Ob das geringere Platzangebot damit zusammenhängt, dass Frauen kleiner und zierlicher sind? Die Logik überzeugte mich nicht besonders, zumal die Männer auch ganz anders behandelt wurden. Die Chassidim mit ihren langen Bärten, Schläfenlocken und schwarzen Hüten drängten die Männer in unserer Reisegruppe, Lederstreifen, sogenannte *tefillin*, um Arme und Kopf zu binden, bevor sie beteten. Es mutete wie eine interessante Bondagetechnik an. Für Frauen war das tabu. Ich hatte damals große Lust, mich fesseln zu lassen, eben weil es für uns tabu war.

Ich riss eine Seite aus meinem Notizbuch. Und begann, meine Fürbitte zu formulieren. Ich gab mein Bestes – kurz und knackig – angesichts meines Schlafdefizits und meiner kurzen Bekanntschaft mit dem Judaismus.

Liebe Klagemauer,
*bitte verschaff mir während dieser Reise ein paar zündende Muschi-Erleuchtungen und hilf mir herauszufinden, was zum *$%! meine Muschi will. Und, wenn noch Zeit bleibt, kümmer dich mal um mein Herz.*
Mit freundlichen Grüßen
Mara Altman

(Ich wollte an einer heiligen Stätte nicht fluchen.)

Ich zerknüllte das Blatt zu einer kleinen Kugel – wie die Kügelchen, die wir als Kinder durch Bambusrohre gepustet hatten – und stopfte sie in eine der Spalten zwischen die hohen Steinquader. Die Frauen um mich herum rezitierten aus der Thora, dabei schaukelten sie rhythmisch vor und zurück. Die Männer auf der anderen Seite machten es genauso. Logan meinte, ich würde mich nach meiner Ankunft gleich wie zu Hause fühlen, was ich ihm zunächst nicht abnahm. Jetzt glaubte ich ihm. Obwohl dieses Geschaukel und Gewackel auf den ersten Blick skurril anmutete, erkannte ich plötzlich, dass das mein Volk war: Sie waren intim mit Gott!

Hoffentlich war es kein Sakrileg, an dieser frommen Stätte für meine Muschi zu beten, überlegte ich. Nach allem, was ich in New York über das Judentum erfahren hatte, war es bestimmt halb so wild. Zumal ich mich intensiv mit Rabbi Ronald Levine ausgetauscht hatte, einem Sexualwissenschaftler aus Los Angeles, dessen Spezialgebiet die Kabbalalehre war.

Ich wusste bereits, dass Juden eine genetische Disposition für Erbkrankheiten wie Tay-Sachs und Morbus Crohn haben, wollte mich aber schlaumachen, ob sie auch irgendetwas Positives zu vermelden hätten wie zum Beispiel ein Faible für Orgasmen. Nicht umsonst lautet die wichtigste Vorschrift für Juden: Seid fruchtbar und mehret euch. Rabbi Levine erzählte mir, der Orgasmus der Frau sei für jüdische Ehemänner obligatorisch. Bekommt eine Frau keinen Orgasmus, hat sie einen triftigen Scheidungsgrund. Nicht nur das, die Kabbalisten, also die jüdischen Mystiker, glauben, dass die sexuelle Befriedigung, die Männer Frauen geben, den Schöpfer gnädig stimmt und die universelle Harmonie erhalten hilft. Spiel mit der Klitoris und nicht mit der Kalaschnikow. »In der Kabbala«, bemerkte Levine, »sorgt der Sex dafür, dass die Welt im Lot bleibt – Gottes Welt, deine Welt. Wir sprechen hier vom reinen Vergnügen – nicht vom Kindermachen, sondern vom puren Lustempfinden.«

Rabbi Levine war ein gelehrter Mann, der mich darauf hinwies, dass die Thora unterschiedlich interpretiert werde. »Je nach Ära und Quelle, die man hinzuzieht, kommt die Sexualität im Judaismus nicht besonders gut weg.« Grundsätzlich sei das Orgasmuspotenzial im Gelobten Land auf Empfängnis fixiert. In den nächsten Tagen, nahm ich mir vor, würde ich bestimmt Gelegenheit finden, mein Mara-Gasmusprofil auszuleuchten.

Nach einigen weiteren Zwischenstopps – und Omers nervtötendem Gelaber – fuhren wir endlich zum Hotel. Bevor wir Zuflucht in unseren Betten nehmen durften, hatten wir noch eine letzte Diskussion mit Momo Lifshitz über den weiteren Reiseverlauf. Er ermunterte uns dazu, auf Teufel komm raus zu vögeln, aber nur mit Juden. Da blieb mir glatt die Spucke weg. Die Bevölkerungszahlen würden sinken, führte er aus, es gebe schätzungsweise noch dreizehn Millionen Juden, und wir könnten kräftig mithelfen, diese Zahl zu erhöhen. Das war eine völlig andere Botschaft als im Christentum oder Buddhismus, wo Mönche, Priester oder Nonnen den Zölibat vorleben.

»Seht Birthright ruhig als eine Art Partnerbörse«, sagte er. »Die Zukunft des jüdischen Volkes liegt bei euch. Haltet Ausschau nach einer guten Partie. Ihr seid heute Morgen angekommen, und ihr seht alle gut aus. Öffnet eure Herzen, breitet die Arme aus, und ihr findet in Israel die große Liebe.« Er ging sogar so weit, es mit Bestechung zu probieren: Sollten wir uns verlieben und einen Juden heiraten, würde er uns die Flitterwochen spendieren.

Ich war zwar hundemüde, aber ich war nicht blöd. Folglich hatte ich mein Umfeld bereits genauestens inspiziert. Und die weiblichen Mitreisenden in puncto Konkurrenzfaktor gecheckt. Ich hatte mental ein Beutebewertungsschema entworfen: große Augen, gepflegtes Äußeres, Locken, Knackarsch und Astralkörper bekamen eine Eins plus. Als ich die Typen abcheckte, begriff ich, dass ich mir mein Schema getrost abschminken durfte. Die Jungs waren absolut nicht mein Fall. Natürlich hielt ich mir jede Option offen. Vielleicht fand sich ja doch noch jemand, der gemeinsam mit mir an meinem Orgasmuspotenzial arbeiten wollte. Außerdem war erst Tag eins.

Ich kam mit Rebecca ins Gespräch. Sie war dreiundzwanzig und rümpfte die Nase über Momos Vortrag. Das mit dem »Seid fruchtbar und mehret euch« war nicht ihr Ding. Sie suchte eine Frau. »Frauen verstehen sich auf Frauen«, sagte sie. »Die Seelenverwandtschaft ist tiefer.« Sie war eine jüdische Lesbe.

In Israel leben alle möglichen Typen von Juden, nicht wie in den USA, wo sich das immer gleiche Muster wiederholt: Anwälte, Ärzte und Hollywoodgrößen. Es gab jüdische Handwerker, jüdische Bettler, schlechte Juden, große Juden, hässliche Juden, Etepetete-Juden, sogar stupsnasige Juden und nicht zuletzt jüdische Busfahrer, die uns durch die Gegend karrten. In den folgenden Tagen besuchten wir Haifa, Caesarea, Akko und Safed, eine alte kabbalistische Stadt. Dort fragte ich Abraham, einen Künstlerkabbalisten, ob Kabbala ein Synonym für Sex sei, denn so hatte ich Rabbi Levine verstanden.

»Ich weiß nicht, wovon Sie sprechen«, wiegelte er ab. Wieso taten hier eigentlich alle so, als hätten sie null Ahnung? Er wog seine Kreditkartenmaschine in der Hand, als überlegte er, mir damit eine zu verpassen. Das Ding war im Dauereinsatz, weil unsere gesamte Reisegruppe seine Bilder als Souvenirs kaufen wollte.

»Kabbala ist Leben«, meinte er stirnrunzelnd. Dann wandte er sich wieder seinen Kunden zu.

»Ist Leben nicht in gewisser Weise auch Sex?«, hakte ich nach. Er ging nicht darauf ein, weil ich vermutlich zu leise gesprochen hatte. Ich hatte echt Muffe, Bekanntschaft mit seiner Ritschratsch-Maschine zu machen. Auf den Stirnabdruck einer Mastercard als bleibendes Souvenir konnte ich gut verzichten. Wenigstens war er nicht so dreist, mir ein Fläschchen Spezialwasser für zwei Dollar fünfzig anzudrehen wie die im Kabbala Center in Manhattan. Stattdessen kaufte ich für einhundert Schekel einen Druck. Damit wollte ich meine Lieben zu Hause beeindrucken: »He, schaut mal, ich war in Safed!«

Meine Aussichten auf einen Traummann schwanden täglich. Meine Mom hatte mir dauernd verklickert, ich würde mit jüdischen Typen besser klarkommen, weil wir von Natur aus harmonierten. Meine Großeltern tuteten ins selbe Horn. »Wir Juden werden alle mit Räucherlachs und Rahmkäse groß«, grinste Grandpa.

Ungeachtet der Lebensweisheiten meiner Familie erkannte ich in Israel, dass junge Juden kein bisschen anders sind als andere junge Männer. Unsere Gruppe mutierte stark zu einer feuchtfröhlichen Highschoolexkursion. Die Jungs soffen bis spät in die Nacht und erzählten sich perverses Zeugs. Wo sie überall ihre Finger reinsteckten und was sie sonst so Ekliges veranstalteten. Nein danke, nicht mit mir!

Omer nahm seinen Job ernst; er schwang das Mikro stolz wie Poseidon seinen Dreizack. Wenn ich Fragen stellte, sagte er häufiger: »Mara, das ist nicht relevant«, dann brabbelte er ohne Luft zu holen weiter und ließ mich wie eine dumme Tussi irgendwo mitten in den Ruinen stehen. Die Typen in unserer Gruppe nannten Omer heimlich den Antipopper. Weil sie meinten, er bekäme keine Muschi ab. Für die Jungs war es Dauerthema, wer eine Muschi abbekäme und wer nicht. Diese Hirnis! Je mehr sie darüber vor uns Muschiträgerinnen diskutierten, desto kleiner wurde ihre Chance, eine abzubekommen.

Dann verschwand meine Brieftasche – ich hatte sie nicht verloren; sie verschwand einfach so. Wir besuchten Tiberias in Galiläa, wo Jesus über den See Genezareth gewandelt war; offenbar passierten dort merkwürdige Dinge. Alle beteiligten sich an der Suche nach meinem Geld. Es tauchte nie wieder auf. Ich beschloss, Omer zu bitten, für mich bei der Bank anzurufen. Als ich an die Tür von seinem Hotelzimmer klopfte und vorsichtig hineinlinste, hockte er vor dem Fernseher und zog sich ein Basketballspiel rein. Er war mein Judas, ein absoluter Scheißtyp, der ungerührt weiter in die Glotze starrte. Ich hab mich lange nachher noch gefragt, ob das, was dann passierte, damit zu tun hatte, dass die Heimatstadt von Maria Magdalena bloß ein paar Kilometer weit weg war. Oder damit, dass so wenig Typen in der Reisegruppe waren? Oder hatte es mit dem Zettel zu tun, den ich in die Klagemauer gesteckt hatte? Als er mir die Tür vor der Nase zuschlug, lief nämlich ein verheißungsvoller Schauer durch meine Vulva. Es war, als säße ich schlagartig in einem Kübel Trockeneis – gleichzeitig eiskalt und glutheiß.

War Omer der Auserwählte? Der Jude, der mit Clitty Rose an einem Orgasmus kooperieren sollte?

Nachdem ich eine geschlagene Stunde lang mit der Bank telefoniert hatte und noch eine Stunde lang dabei zuschaute, wie die Leute sich die Kante gaben, zog ich mich in mein Zimmer zurück. Ich stellte mir vor, ich wäre in Omers Zimmer und machte während der Werbepausen mit ihm rum. Rebecca und ich hatten ein Doppelzimmer; sie kam spät. Sie weckte mich auf. Sie hatte geweint.

»Schau dir das an!« Sie deutete auf ihr Kinn. »Schau dir das bloß mal an!«

Ihr Kinn war zerkratzt. Anscheinend war die Lesbierin die einzige Frau in der Gruppe, für die die Männer sich interessierten. Sie versuchte brav, ihre jüdische Mission zu erfüllen, war aber nicht an kratzige Bartstoppeln gewöhnt.

»Ich schwör dir, ich bleib mein weiteres Leben lesbisch«, sagte sie. Es ist wahrscheinlich eine gute Möglichkeit, eine makellose Haut zu behalten.

Wir fuhren nach Norden zu den Golanhöhen und kehrten dann nach Tel Aviv zurück. Omers Vorträge waren streckenweise grottenlangweilig, trotzdem hing ich an seinen Lippen. Selbst wenn er einschläfernd dozierte, war ich einfach hingerissen davon, ihm zuzuschauen, wie er auf eine Landkarte deutete und uns Israels Grenzen zeigte.

Er war ein arrogantes, aufgeblasenes Arschloch und trug jeden Tag dasselbe Fleece. Wir wurden nie miteinander klarkommen.

War ich deshalb scharf auf ihn?

Auf der Hälfte der Reise schlossen sich uns acht junge israelische Soldaten an. Hier kam unsere große Chance, mit unseren israelischen Landsleuten auf Tuchfühlung zu gehen. Wie mochte das Sexualleben israelischer Soldaten sein? Ich schnappte ein paar Gesprächsfetzen auf. Fazit: sehr orgastisch, mit einer Ausnahme. Einer der Militärfuzzis war in den letzten sechs Monaten nicht gekommen, obwohl er Sex gehabt hatte, weil das Leben scheinbar sinnlos war, nichts bedeutete ihm mehr etwas. »Jetzt weiß ich, wie Frauen empfinden«, sagte er.

Hmmmm.

In der Negevwüste schliefen wir in Beduinenzelten. Wir blieben eine Nacht bei ihnen. Dort konnten wir uns ein Bild davon machen, wie nett Muslime und Juden miteinander umgehen. Eigenartigerweise waren die Westbank und Gaza nicht auf unserem Besichtigungsprogramm. Aber ich schweife ab.

Kamele schaukelten vor den Zelten auf und ab. Wir durften sie reiten. Während ich meine Hose hochkrempelte und mir eines der dusseligen Wüstenkamele schmerzhaft auf den Fuß trat, löcherte ich meine jüdische Reitpartnerin mit Fragen über Sex. Sie sagte, sie liebe Orgasmen, aber da sei noch mehr – der Sex mit einem Partner gebe ihr ein Gefühl der Selbstbestätigung.

Die Beduinen demonstrierten eine traditionelle Kaffeezeremonie, hinterher durften wir Fragen stellen, die einer unserer Begleiter übersetzte. Meine Frage, warum junge Mädchen beschnitten würden, wurde geflissentlich übergangen. »So was gehört sich nicht«, fauchte Omer mich an.

Für den Abend war ein traditionelles Beduinenfestmahl angesetzt, wo wir mit den Händen essen durften. Omer unterhielt sich mit mir, Rebecca und einem anderen Mädchen. Als er aufstand, fixierte er mich.

»Deine Augen sind eine Illusion«, sagte er. »Sie sind gar nicht so groß, wie sie scheinen.«

»Eine Illusion?«, fragte ich perplex.

»Es ist nicht so, dass sie nicht groß wären«, meinte er. »Sie sind einfach das, was ich sehe, wenn ich dich anschaue.«

»Wie?«

»Die Farbe, keine Ahnung.«

Ich öffnete das Fenster zu meiner Seele und ließ ihn hineinblicken. »Vielleicht hab ich Probleme mit meiner Schilddrüse«, sagte ich in Flirtlaune.

Er grinste. Ihm ging tatsächlich ein Lacher ab.

Er ging vor mir her. Er hatte olivfarbene Haut und breite Schultern, die ungefähr dreißig Zentimeter über meinen schwebten. Er rauchte. Ich ging durch den Rauch, den Omer ausblies. Er formte Rauchringe, die wie Os anmuteten, große Os, überlegte ich. Und dankte der Klagemauer, dass sie mir eine Muschierleuchtung lieferte, die vor mir herging und sich eben zum Essen setzte.

Rebecca fing meinen sehnsuchtsvollen Blick auf. »Lass

nichts anbrennen«, raunte sie mir zu. Auf der wunden Stelle an ihrem Kinn hatte sich eine kleine Kruste gebildet.

Am nächsten Tag besuchten wir Massada, eine Festung, die König Herodes erbauen ließ. Nachdem ich hunderte von Stufen hochgelaufen war, stellte ich mich neben Omer auf ein Aussichtsplateau. Wir konnten kilometerweit sehen. Der karstige graubraune Boden traf am Horizont auf den knallblauen Himmel. Omer erzählte uns von einem jüdischen Massenmord im ersten Jahrhundert nach Christus. »Sie wollten lieber sterben, als unter römische Herrschaft zu kommen«, erklärte er. Ich betrachtete ihn aus den Augenwinkeln heraus. Inzwischen hatte ich mich an seine eigenwillige Frisur gewöhnt. Ich registrierte seine vollen Lippen. An einem Mundwinkel klebte ein winziger Krümel; ich hätte ihn gern mit meiner Zunge weggewischt. Auf dem Rückweg meinte er zu mir, ich bräuchte einen hebräischen Namen. Er nannte mich Noa. Noa bedeutet Bewegung. Ein heißes Prickeln breitete sich in meiner Bauchhöhle aus.

Ich fixierte mich mittlerweile so stark auf Omer, dass ich dabei das Wesentliche vergaß, nämlich meine orgasmischen Wurzeln aufzuspüren. Ehud, ein Schmuckhändler, bediente Touristen in seinem Geschäft, als ich mich auf meine Mission besann. Ich begann ein Gespräch.

»Nur zehn Prozent der Damen haben einen Orgasmus, nicht wahr?«, wollte er wissen.

»Nein, es sind bedeutend mehr«, antwortete ich, »aber nicht unbedingt beim Sex.«

»Wie machen sie es dann?«, hakte er nach. »Wie auf einem Motorradsitz?«

»Nein, mit Masturbation.«

»Oh ja, Masturbation.«

»Sie halten den Orgasmus für wichtig?«

»Fünfzig Prozent der Weltbevölkerung ist weiblich«, gab er zu bedenken. »Wenn alle Orgasmen hätten, wären sie zufriedener. Mehr Glück macht auch das Universum glücklicher.«

Ich mochte seinen positiven Ansatz, folglich kaufte ich ihm ein Paar Ohrringe ab. Zu Hause konnte ich auf diese Ohrringe deuten und verkünden: »Die hab ich in der Nähe von Massada gekauft, wo die Juden sich damals alle umbrachten.«

Dann ging es weiter nach Elat, einem bekannten Badeort an der ägyptischen Grenze. Wir brezelten uns für den Abend auf, erst Dinner, dann Dancing. Wir gingen ins Caldo Brazil, ein brasilianisches Steakhouse. Ich hatte zwar keinen Hunger, dafür aber einen Mordsdurst. Vor mir stand ein Glas Rotwein.

Und *schwupps* war es weg.

Nachher schlenderten wir zu einer Bar, die Unplugged hieß, und mein Herz hämmerte wie blöd. Omer ging neben mir her. »Israel ist das Kostbarste, was wir Juden haben«, hob er an. »Dafür lohnt es sich zu kämpfen.« Mit Gewalt ließe sich rein gar nichts bewirken, versetzte ich zynisch. Obwohl ich wenig Hoffnung hatte, dass die Kampfhandlungen jemals eingestellt würden. Friede auf Erden gebe es bestimmt erst an dem Tag, wo wir uns mit Aliens, einem gemeinsamen Feind, konfrontiert sähen, räsonierte ich. Denn dann werde der Kampf im Weltraum losgehen.

Eigentlich lag mir etwas ganz anderes auf der Zunge. Nämlich dass er der Welt einen Bärendienst erweisen konnte, indem er den Nahkampf auf meine Vulva startete.

Sonst würde das Prickeln da unten buchstäblich im Sande verlaufen. Wir hatten bloß noch zwei Tage, zwei Tage, in denen irgendwas passieren musste, denn ich wollte diese Orgasmusgeschichte endlich mal auf die leidenschaftliche Tour erleben.

»Ich möchte dir noch etwas sagen. Versteh mich bitte nicht falsch und sei nicht gleich pikiert, aber …«

Er sah mich an. »Okay, leg los.«

»Ähm …«, stammelte ich. »Ich mag dich sehr. Echt, ohne Scheiß.«

Himmel, war ich eine dämliche Kuh! Er war ein echter Jude. Und ich zweite Wahl aus der Diaspora. Er war beim Militär gewesen. Er hatte auf Menschen geschossen. Ich hatte Spielfilme gesehen mit Soldaten, die auf Menschen schossen.

Mein Herzschlag setzte aus.

»Ich bin im Dienst«, sagte er. »Ich nehme meinen Job ernst.«

Shit. Fuck. Mist. Er gab mir einen Korb. Ich bewunderte ihn für seine Selbstbeherrschung. Und Clitty Rose kribbelte noch mehr als sonst.

»Ich finde, du bist etwas Besonderes«, sagte er.

Ich wollte gar nicht wissen, was das Besondere an mir war, und sparte mir die Nachfrage.

»Nach der Tour hab ich frei«, fuhr er fort. »Kann ich dich dann mal zum Essen einladen?«

»Äh-hmmmmh.«

Das war alles, bis wir zurückschlenderten. Ich stellte mich neben ihn, gemeinsam beobachteten wir, wie die anderen im Hotel verschwanden.

Dann standen wir allein draußen. »Liebe Noa«, seufzte er. »Ich brauche meinen Schlaf.«

Er betrat das Hotel, und ich konnte ihm nicht mal einen Kuss auf die Wange hauchen. *Wenn er sich nochmal zu mir umdreht, will er mich ganz doll.*

Er drehte sich nicht um. Shit.

Am nächsten Morgen hatte ich ein schlechtes Gewissen und einen mittelschweren Kater. Als ich den Frühstückslachs sah, musste ich würgen. Als ich Omer sah, sagte ich »Hi!«. Er sagte auch »Hi!«. Als einziges Zugeständnis an unsere nächtliche Unterhaltung zog er kaum merklich die Mundwinkel hoch – oder kam das vom Kauen?

Womöglich bildete ich mir das bloß ein.

Als ich wieder in meinem Zimmer war und meine Sachen gepackt hatte – für die beiden letzten Tage war Jerusalem eingeplant –, rief ich die Airline an und verlängerte meinen Aufenthalt um vier weitere Tage. Ich hatte nichts zu verlieren, außer vielleicht meinen Glauben an Muschierleuchtung und meine Würde als Frau.

Jede Minute war wie ein Countdown. Ich hatte jedes Mal Schmetterlinge im Bauch, wenn Omer zum Mikrofon griff. Vielleicht erwärmte sich sogar mein Herz für ihn. Ich fieberte dem Augenblick entgegen, da die anderen mich im Heiligen Land zurückließen und ich mich an seiner Halbinsel verlustieren könnte. Zweifellos musste irgendetwas passieren. Irgendetwas würde passieren.

Dann passierte es. Wir saßen im Bus. Es war still – alles schlief nach den Strapazen der letzten Nacht –, bis ich das Rascheln einer Plastiktüte vernahm, irgendwo im vorderen Teil des Busses. Da vorn saß Omer. Dann hörte ich ein Würgen. Würg. Keuch. Ächz. Da wusste ich Bescheid.

Omer war schlecht geworden.

Omer hatte sich übergeben.

Omer war sterbenskrank.

Wer hatte das angeleiert? Meine Freundin und Vertraute, die Klagemauer?

An unserem letzten Tag besuchten wir Yad Vashem, das Holocaust Memorial. Mich überkamen totale Schuldgefühle, als uns ein Überlebender einen Vortrag hielt: dass er, um zu überleben, den Urin eines anderen Mannes getrunken habe, dass er von seiner Familie getrennt und ausgepeitscht worden sei, bloß weil er eine Steckrübe wollte. Bei diesem Stichwort kamen mir gewisse Assoziationen. Ob Omer wohl auf Fellatio abfuhr? Ob er sich mit der weiblichen Anatomie auskannte? Puh, das hoffte ich doch schwer. Momentan sah es jedenfalls nicht gut aus – Omer schlurfte mit aufeinandergepressten Lippen und zusammengekniffenen Pobacken vor mir her. Sobald er sich ein Grinsen abquälte, traten ihm Schweißperlen auf die Stirn. Meine Muschi war noch geknickter als sonst. Sie hatte endlich etwas gefunden, was sie wollte, und jetzt klappte es wieder nicht? Mir blieben immerhin noch vier Tage. Ich war mir sicher, dass es ihm bald besser ginge.

Es musste ihm wieder besser gehen.

Nein, ganz ohne Scheiß. Es musste einfach.

»Wie geht es dir?«, fragte ich, als ich ihn in der Hotelhalle traf. Er bat mich, die letzten vier Tage in Tel Aviv zu bleiben. »Ich lad dich morgen zum Essen ein«, sagte er atemlos, als hätte er einen Bauchschuss.

Ich malte es mir mental bereits aus: Wir würden vier geschlagene Nächte lang unzertrennlich sein. Ich stellte mir die Schuhe vor, mit denen er am Hochzeitsabend das Glas zertreten müsste. Jüdische Liebe! Und wir würden die Flitterwochen spendiert bekommen!

Auf der Fahrt zum Flughafen machten wir noch einen letzten kurzen Zwischenstopp an der Klagemauer. Eine Frau hielt ein Fotohandy an die Mauer, damit irgendjemand ein Ferngebet sprechen konnte. Ich dachte, die spinnt. Ich riss ein weiteres Blatt aus meinem Notizbuch. Und war wesentlich konzentrierter als beim ersten Mal.

Ich tätschelte den Stein. Ich fühlte mich, als wären wir – ich und die Klagemauer – inzwischen gute Freundinnen.

Wir hatten in den vergangenen zehn Tagen eine Menge erlebt, und ich wollte nicht undankbar sein.

Liebe Klagemauer,
ich danke dir sehr, dass du meine Muschi kribbeln lässt – sofern du das überhaupt warst –, aber ich bin milde überrascht. Ich meine, die Signale sind nicht ganz eindeutig, weil der Auslöser meiner Kribbelattacken derzeit die Kotzeritis und sonst was hat. Ich weiß, du bist bestimmt schwer im Stress, aber können wir das trotzdem bitte klären? Nochmals vielen Dank.
Mit freundlichen Grüßen
Mara Altman

Ich zerknüllte das Blatt. Ich steckte es nicht in eine der Mauerritzen, sondern wieder in die Tasche. Dann schaukelte ich kaum merklich vor und zurück – ich fühlte mich ein wenig gehemmt und unbehaglich neben den anderen Frauen – außerdem mochte ich nicht zu auffällig und im Beisein von anderen vor unserem Schöpfer herummachen.

Am Flughafen dann die dramatischen Abschiedsszenen mit Küsschen, Umarmen und jüdischem Wir-treffen-uns-natürlich-weiterhin-wenn-wir-wieder-zu-Hause-sind-Solidaritätsgequatsche. Rebecca klopfte mir auf den Rücken und wünschte mir Glück mit unserem Tourguide. Dann war ich allein. Ich suchte mir ein Hotelzimmer in Tel Aviv, ich hatte lediglich mein Handgepäck und Omers Telefonnummer dabei.

Ich quartierte mich die erste Nacht im Mugraby Hostel ein – und hoffte, es würde bei einer Nacht bleiben. Das Zimmer kostete vierzig Dollar pro Nacht, ohne Klo, ohne Heizung, auf dem Bett lag ein zerschlissener, schmuddeliger Überwurf mit Leopardendruck. Ich brezelte mich auf.

Ich duschte und enthaarte mich. Ich hübschte mich auf, so gut es ging. Es würde demnächst passieren – die Unbefriedigte würde befriedigt. Ich ging zu Bett.

Am nächsten Morgen rief ich Omer aus einer Telefonzelle an. Omer meinte, er fühle sich noch zu schwach. Ich glaube, ich hörte im Hintergrund ein Basketballspiel. Er meinte, ich solle ihn später nochmal anrufen. Aus lauter Frust aß ich Hummus mit Weißbrot. Zwar wusste ich, dass es Gift war für meinen Körper, doch das war mir in dem Moment egal.

Ich wollte nicht in Selbstmitleid zerfließen, also probierte ich es mit der oft bewährten Shoppingtherapie. Eric hatte Recht: Es konnte die sexuelle Energie für eine Weile ausblenden, aber nicht lange genug. Ich rief noch ein paarmal bei Omer an. Er muffelte irgendwelchen Unsinn von wegen hohes Fieber und Schmerzen.

Folglich setzte ich meine orgasmische Vorfahrensuche fort. Was war mit Momo Lifshitz, dem Organisator unserer Reise? Er schien mir in Liebesangelegenheiten versiert; zudem hatte er allen Birthright-Teilnehmern erklärt, wir könnten ihn jederzeit auf seinem Handy erreichen, wenn wir Probleme hätten. Ich rief bei ihm an und bat um ein Orgasmusinterview.

»Es ist Sabbat!«, rief er. Momo konnte ganz schön wütend werden. »Hast du denn keinen Funken Respekt im Leib?«

»Entschuldige«, sagte ich, aber da hatte er schon aufgelegt. Ich verkrümelte mich in mein Zimmer und warf mich auf den Leopardenüberwurf. Knallte meinen Kopf auf das Kissen. Es war zum Heulen. Ich wollte weinen, aber es ging nicht. Ich brauchte Rori, um weinen zu können.

Mein potenzieller Orgasmuskooperator versetzte mich!

Tags darauf war ich mit der Sexologin Orit Armond verabredet. Einer der israelischen Soldaten hatte mir von ihr erzählt. Wir trafen uns bei strömendem Regen in ihrem Wagen, weil sie es eilig hatte. Sie musste schnell weiter zu einer Dildopräsentation auf einer Junggeselleninnenabschiedsparty. Die Junggesellin mochte mich nicht dabeihaben. Sie erklärte mir in fünf Minuten die Masturbation im jüdischen Sinne. »Nach der jüdischen Vorschrift sollen Frauen masturbieren«, sagte sie. »Sie sagt nicht, dass sie es nicht tun sollen, folglich sollen sie!«

Erics Spielzeuge waren auch nicht der Bringer; mein Sehnen ging viel tiefer, als dass irgendein Plastikutensil es hätte erfüllen können. Ich konnte bloß ungläubig den Kopf schütteln. Wie bescheuert war ich eigentlich? Ich könnte längst in New York sein und mir in meiner Fantasie ausmalen, was alles hätte passieren können, wenn ich in Tel Aviv geblieben wäre.

Orit führte aus, der Sex mit dem Ehemann sei eine Mizwa, eine gute, gottgefällige Tat, und wenn die Leute in den USA das kapieren würden, gäbe es viel mehr Eheschließungen. »In Amerika tun sie es einmal im Jahr«, sagte sie. »Das reicht nicht.« Das erinnerte mich an meine Diskussionen mit Rabbi Levine. Er erklärte, der Haken bei der ganzen Juden-sind-offen-und-orgasmisch-Geschichte sei der, dass es sich dabei immer um Verheiratete handeln würde. »Jeder klassische jüdische Text lehrt und propagiert, dass Sex in die Ehe gehört«, konstatierte der Rabbi. »Außerehelicher Sex wird nicht gern gesehen. Aber innerhalb der Ehe ist der Himmel der Limit! Es ist wundervoll.« Er meinte sogar, anal sei okay, solange man vorher gebetet habe.

Meine orgasmischen Wurzeln trockneten stündlich aus. Dagegen war die Wüste Gobi ein Feuchtbiotop.

Omer konnte mir gestohlen bleiben. Am letzten Tag rief ich nicht mehr an. Er auch nicht. Ich war eine blöde Kuh, weil ich so viel Hummus verdrückt hatte, dass meine Vulva auf stur schaltete; der Ring glitt von meinem verschwitzten Finger und kullerte die Ben Yehuda hinunter, eine breite, belebte Straße. Ich lief und hob ihn auf. Blickte zum Himmel. Spirituelle Gonorrhö – mich hatte es voll erwischt.

Ich packte. Mein Flieger ging am nächsten Morgen. Ich ging ins Mike's Place, eine bei Ausländern beliebte Bar in der Nähe der US-Botschaft. Ich kam mit Leigh, einer Kanadierin, ins Gespräch. Ich erzählte ihr von meiner Nichtaffäre. »Sei froh drum«, sagte sie. Sie sei mit einigen Israelis zusammen gewesen, und die Typen rammelten wie die Karnickel. »Ich sag ›langsamer, langsamer‹, aber die hören einem gar nicht zu. Sie machen das, was sie in Filmen sehen. Bam, bam, bam.«

Im Hebräischen seien alle Substantive entweder Femininum oder Maskulinum, und die Klitoris sei frappierenderweise männlichen Geschlechts. »Er fragte mich, wo *er* sei«, berichtete sie von einem Lover, der ihre Klitoris gesucht hatte. »Wie kann man tollen Sex haben, wenn die Jungs denken, *sie* ist ein *er?*«

Sie versuchte bestimmt, mich seelisch-moralisch aufzubauen. Ich fühlte mich auch ein bisschen besser – wenigstens kehrte ich in ein Land zurück, wo meine Anatomie genau wie ich weiblich sein durfte.

Im Flugzeug saß ein massiger Chassidim neben mir. *Hoffentlich gerate ich nicht an einen Schnarcher.* Natürlich schnarchte er. Er schnarchte durch seinen langen, strähnigen Bart – und das letzte wehmütige Kribbeln in meinem Schritt löste sich spontan in Wohlgefallen auf.

Vielleicht war es das Beste. Kopf hoch, Mara. Schade, dass Fiona nicht bei mir war. Sie hätte mir bestimmt verklickert, dass alles gut werden würde.

An Bord gab es Muffins. Ich holte mir einen und nahm

ihn mit an meinen Platz. Ich bot ihn meinem Sitznachbarn an, weil ich ein schlechtes Gewissen hatte. Er war mir unsympathisch. Dabei kannte ich ihn nicht mal. Das war nicht fair.

»Möchten Sie einen Muffin?«, fragte ich.

»Wieso haben Sie sich denn einen geholt, wenn Sie keinen wollen?«, grummelte er.

»Ich dachte, vielleicht möchten Sie einen«, verteidigte ich mich. »Reine Höflichkeit.«

»Sie haben keinen Hunger und holen sich einen Muffin? Wieso haben Sie sich einen Muffin geholt?«

»War ja bloß nett gemeint«, konterte ich. Mir schwoll der Kamm.

»Wenn ich einen Muffin will, hol ich mir selbst einen.«

Ich schob das zellophanverpackte Gebäckstück in die Sitztasche vor mir.

Und atmete tief durch.

Na super. Er schnarchte schon wieder.

ICH BIN SCHEISSGLÜCKLICH, VERDAMMT!

Ich starrte auf meine Beine. Auf die winzigen schwarzen Punkte an meinen Schienbeinen. Ich beobachtete sie seit Tagen. Sie bleiben nie lange glatt. Die kleinen Härchen reckten ihre schwarzen Spitzen wie zum Hohn, dass ich sie für Omer und damit ganz umsonst rasiert hatte. Kleine fiese Erinnerungen. Kleine miese Biester.

Ob ich Omer mal anrufen und ihn fragen soll, wie es ihm geht?, überlegte ich und verkniff es mir. Hätte man diese vier Tage verfilmt, wäre mir ein Oscar für die Rolle als Desperate Girl sicher gewesen.

Ich beschloss, zumindest mal nachzuforschen, ob er noch unter den Lebenden weilte.

Folglich googelte ich ihn. Wenn er gestorben war, dann jedenfalls nicht auf Englisch, und Hebräisch konnte ich nicht. Vermutlich zog er sich in diesem Moment ein Basketballspiel rein, hypnotisiert von den Bällen, die durch den Korb flogen. Bälle und Körbe … Bälle durch Körbe … Bälle penetrieren Körbe …

Stellen Sie sich mal vor, was dem armen Messie im Parterre passiert ist. Ursula erzählte mir, dass er von irgendeinem Arzt Pillen bekommen hat – und die Dinger haben gewirkt. Seine Sammelleidenschaft stagniert. Stagnation ist fast schlimmer als fleißiges Horten, denn der mickrige Müllhaufen verfaulte und verrottete. Es stank zum Himmel.

Fiona wiederum war mächtig aktiv. Sie war aus der Show ausgestiegen und wollte mich in einer Woche besuchen, vor ihrem Selbstfindungstrip nach Indien. Omer sei nichts für mich gewesen, betonte sie. Die Signale seien sonnenklar. Kotzen sei immer ein negatives Zeichen.

Dann kam der obligatorische Besuch bei Rori. Als ich mich auf ihr Sofa setzte, spürte ich, wie meine Beinborsten an meiner Jeans schabten. Ich berichtete ihr in epischer Breite das Omer-Debakel.

Ich schaute auf den Van-Gogh-Druck, meine Iris flackerte hektisch angesichts der wilden Pinselstriche. Mal im Ernst, so was war keine gute Wahl für das Behandlungszimmer einer Psychotherapeutin.

»Wie fühlten Sie sich angesichts der Tatsache, dass Sie Omer nicht wiedersahen?«

»Gut«, erwiderte ich. »Omer trifft absolut keine Schuld. Er war krank. Konnte ich ihm da böse sein? Ist eben Schicksal«, seufzte ich. »Es hat halt nicht sollen sein.«

»Wie meinen Sie das?«, hakte sie nach. »Sie tun ja so, als gäbe es eine höhere Macht in Ihrem Leben.«

Gute Frage, zumal ich nicht an Gott glaube. Ich glaube an die Macht des Willens und an eine Welt, in der Ameisen zu Unrecht zermatscht werden, trotzdem hatte ich in den zwei Wochen Briefe an die Klagemauer verfasst und versucht, mit Gott intim zu werden ...

»Sind Sie nicht sauer, dass es nicht geklappt hat?«, bohrte sie.

»Nein«, antwortete ich. »So war es bestimmt das Beste. Ich fühle mich super. Ich habe große Dopaminreserven. Und Nehmerqualitäten. Ich lass mich nicht unterkriegen. Ich bin glücklich.«

Ich schenkte ihr ein breites Zahnpastagrinsen. »Sehen Sie?«

Mit Dopamin habe das weniger zu tun, nörgelte sie, ich hätte verdammt gute Verdrängungsmechanismen entwickelt.

»Danke«, strahlte ich. Meine Verdrängungsmechanismen waren im Dauereinsatz und immer gut geschmiert. Ich kam mit allem klar. Ich bin medaillenverdächtig im Verdrängen.

Sie bat mich, meine Verdrängungsmechanismen auszuschalten und nicht dauernd einen auf keep smiling zu machen, sondern mich mit meinen sämtlichen Empfindungen auseinanderzusetzen. Diese ausgeprägten Mechanismen, meinte sie, sorgten dafür, dass ich bei mir keine negativen Emotionen zulassen würde. Traurigkeit, Deprimiertsein, Wut – die ließ ich auf andere Weise heraus, konstatierte sie. »Das spiegelt sich in Ihren Ängsten, Ihrer Furcht vor dem Tod«, sagte sie. »Diese Gefühle sind Ihnen vertraute Begleiter.«

»Ich will aber nicht wütend sein«, muffelte ich. »Ich möchte einfach glücklich sein und meinen Sex genießen.«

»Wut und Erregung liegen eng beieinander«, versetzte sie. »Wenn Sie das eine nicht zulassen mögen, können Sie das andere auch nicht richtig fühlen.«

Ich schrieb ihren monatlichen Scheck aus, dabei war mein Verdrängungsmechanismus total aktiv. Auf dem Weg nach draußen lächelte ich. Es war ein perfekter Tag. Der Himmel war grau verhangen; ein Lkw pustete mir Abgase ins Gesicht; meine Hände waren taub von der Kälte, und ein Mann trat mir beim Einsteigen in die U-Bahn empfindlich in die Hacken, woraufhin ich der Länge nach ins Abteil krachte. Ich strahlte bloß. Es ist ein scheißperfekter Tag, verdammt. Einfach scheißgenial.

NICHT AUFHÖREN, NICHT, AUFHÖREN.

Ich hatte einen Freund, der das Fiasko mit Omer sehr bedauerte. Ich sollte dem auserwählten Volk eine zweite Chance geben, fand er und meldete mich bei JDate an, einer Datingseite für Juden im Internet. Um ihm den Gefallen zu tun, stellte ich mein Profil ein. Vielleicht auch, um mir selbst ein bisschen zu beweisen, dass ich fähig war, Männer auf demselben Kontinent zu daten. Außerdem meinte Atman, dass jeder Topf einen Deckel brauche, selbst wenn man fest entschlossen sei, allein klarzukommen.

»Du bist Teil von etwas anderem, einer anderen Person«, hatte er gesagt. »Wir brauchen Freunde, einen Vertrauten, einen Seelengefährten, du weißt, was ich meine?«

»Und wieso?«, meinte ich.

»Wieso?«, wiederholte er. »Weil du sonst verrückt wirst. Mit dir allein. Im Übrigen braucht es viel Übung, es allein auszuhalten. Und viel Standing.«

Das hatte ich – sogar jede Menge, trotzdem musste ich irgendetwas tun. Das hier war schließlich eine Suche, und ich hatte mittlerweile geschnallt, dass Suchen nie richtig endet. Ich hatte es geschafft, mich selbst zu befriedigen, aber ich wollte mehr erreichen, und dieses Mehr war nicht bloß die Antwort des Gasmus auf die BEDEUTUNG DES ORGASMUS, die noch ausstand.

Nicht lange und ein Typ kontaktierte mich auf JDate. Er sah heiß aus, fast zu perfekt für meinen Geschmack.

Ich schickte Leigh eine Mail mit meiner Errungenschaft als Anlage. Sie war zwar hin und weg, warnte mich jedoch erneut vor komplizierten Datinggeschichten. Ich war froh über ihre Memos. Denk dran, heiße Typen und Typen mit Geld können jede daten, die sie haben wollen, ermahnte sie mich. Geh strategisch vor. Reagier erst mal nicht, und mach dich rar.

Leider war ich mal wieder zu schnell am Drücker. Ich hatte ihm schon geantwortet.

War eben dumm gelaufen. Was soll's? Wir verabredeten uns auf einen Drink. Wir gingen aus und amüsierten uns. Es war reichlich Wein im Spiel, und ich hatte einen Filmriss. Wir küssten uns auf der Straße. Er hatte beim Knutschen einen blöden Speichelfaden im Mundwinkel hängen. Ob ich es ihm wohl beibiegen kann, nicht so hektisch mit der Zunge zu schnalzen?, überlegte ich im Stillen.

Ich berichtete Leigh von meiner Eroberung. Sie sagte, ich sei anscheinend eine Datingexpertin. Und dass ich meine Talente perfektionieren und eine Restaurantnutte werden könnte, also mit Männern ausgehen und mich durchschnorren. Männer seien uns Esseneinladungen und kleine Extravaganzen schuldig, weil sie seit jeher mehr verdienten als Frauen. Demnach verfügte sie über ihre eigenen Methoden bezüglich Chancengleichheit und Gleichstellung von Mann und Frau.

Ich war verrückt nach dem Kerl – nicht bloß wegen der gemeinsamen Essen. Ich fieberte unserem nächsten Date in ein paar Tagen entgegen und hatte Schmetterlinge im Bauch. Vielleicht war Omer ja doch ein guter Auftakt gewesen.

Wir aßen in einem Restaurant zu Abend, und als wir auf die Straße traten, regnete es. Ich lud ihn zu mir nach Hause ein. Clitty Rose war schuld – sie kreischte nach Zuwendung. Wir waren in meinem Zimmer, und ich konnte nicht relaxen, als er zu fummeln anfing. Er war einer von den Typen, die meine Brüste mit Schraubverschlüssen verwechselten. Ich dachte an Eric, sanft und einfühlsam hatte er mir die Kontrolle überlassen. Diese Fummelei schien mir hingegen unkontrollierbar.

»Schon viele feste Freundinnen gehabt?«, fragte ich, während er an meinem Nacken rumknabberte. »Wie klappt es mit JDate? Bist du schon lange dabei?«

Ich konnte mich nicht bremsen. Jede neue Frage war dämlicher als die vorige. Ich war zwar aus der Übung, aber anscheinend immer noch topfit auf dem Sektor Selbstverteidigung. Ich schaffte mir Distanz. In meinem Doppelbett erzeugte ich die Illusion, dass wir auf verschiedenen Kontinenten lebten.

Er sagte, es sei schon spät, bevor er überhaupt auf die grün fluoreszierenden Ziffern meiner Digitaluhr geschaut hatte. Als er die Treppe hinunterlief und die Stufen leise unter seinem Gewicht ächzten, drängte sich mir der Eindruck auf, dass sich mein Leben wiederholte, quasi als hielte eine gespenstische Hand die Replaytaste gedrückt. Wieder ging ein braunhaariger, braunäugiger, mittelgroßer Typ die Treppe hinunter. Welchen Knopf hätte ich drücken können, dass er blieb? Keine Ahnung.

Er war sowieso zu heiß für mich.

Ich muss jemanden finden, der zu mir passt, seufzte ich.

DER KLEINE KNIRPS

Einen Tag später trudelte Fiona am späten Abend bei mir ein. Sie kam direkt aus Washington D. C., wo sie ihr letztes Engagement gehabt hatte. Ich hatte stundenlang meine Wunden geleckt und kämpfte mit meiner Fassung. Kaum sah ich Fiona, kapitulierten meine Verdrängungsmechanismen. Man kann sich auf nichts mehr richtig verlassen.

Fiona streichelte meine Haare, während ich in Selbstmitleid zerfloss. Ich fühlte mich beschissen. Hoffentlich war das bloß vorübergehend wie das Chaos im Kopf, das einen befällt, wenn man seinen knallvollen Kleiderschrank ausmisten will.

Es ist eine körperliche Reaktion – Lustempfinden –, und trotzdem ist das mit dem Orgasmus irgendwie stark an Emotionen geknüpft. Das eine gehört zum anderen. Liebe und Orgasmus. Logasmus. Orgiebe.

Ich … Ich … Ich«, schniefte ich, »werd nie … nie … nie einen finden.«

Das bezog sich auf meine Beziehungen. Anscheinend war mein Männermagnet in die falsche Richtung gepolt; er stieß jedes männliche Wesen ab. Alle liefen wie die Lemminge in die Gegenrichtung von mir fort.

Laut meinem Dad gehörte ich wie er zu den Typen, bei denen es angeblich Klick machte, wenn der Richtige erschien. Ich sei eben wählerisch, erklärte er. Aber mal ehrlich, woran erkennt man denn, dass Mr. Right vor einem steht? Bei Evan hatte ich das eine Zeit lang geglaubt, aber auch erst hinterher, nachdem zwischen uns die totale Funkstille eingetreten war. Damals war ich achtzehn gewesen.

»Das wird schon noch«, meinte Fiona in begütigendem Ton. »Du musst dich eben ins kalte Wasser stürzen und schwimmen.«

Und was, wenn »der Eine« meinen Vorstellungen nicht entsprechen würde? Wenn ich von der Liebe enttäuscht würde? So ähnlich wie von meinem ersten Orgasmus?

»Ich hab zwar viel Mist gebaut«, räumte Fiona ein, »aber trotzdem, Mara, Beziehungen sind eine wuuuundervolle Sache.«

Sie legte die Betonung auf »wundervoll« und machte eine ausgreifend theatralische Geste mit den Händen, als wollte sie es mir bildhaft darstellen.

»In einer Beziehung«, gab ich zu bedenken, »hat man doch irgendwie Stillstand. Wie geht es weiter? Du gibst dich selbst auf. Du trittst auf der Stelle oder landest in einer Sackgasse.«

Ich schob sie an mein Fenster und deutete auf die Müllhaufen des Messies. »Das ist Stagnation«, erklärte ich. »Das ist Stillstand.«

»Stagnation, Stillstand, Selbstaufgabe?« Sie schüttelte den Kopf. »Du gibst dich nicht selbst auf, Mara. Im Gegenteil. Du lernst eine ganz neue Seite an dir kennen. Dein Partner bringt sie dir näher. Alles, was du dafür tun musst, ist, dich jemandem zu öffnen.«

»Und wie mach ich das?«, wollte ich wissen.

»Mach dir keinen Kopf«, meinte sie. »Das klappt schon. Mit weiblicher Intuition und so.«

Da frag ich mich doch, woher sie das alles weiß? Ich dachte bislang, sie sei nie lange genug unbemannt gewesen, um sich selbst zu reflektieren.

»Nach den letzten fünf Monaten komm ich mir beschränkter vor als vorher«, seufzte ich. »Ich krieg nichts richtig auf die Reihe. Was, wenn ich irgendwann heiraten möchte?«

Sie umschloss meine Wangen und sah mich groß an. »Du willst heiraten?«

»Das ist mir bloß so rausgerutscht.«

Ich erklärte ihr, ich sei von den Dämonen unserer Gesellschaft besessen. Sie hätten aus mir gesprochen.

»Lass dir wegen deiner Akne keine grauen Haare wachsen. Die inneren Werte zählen«, fuhr sie fort.

»Hab ich was von Akne gesagt?«, fragte ich.

Am Morgen gab es bei Fiona und mir das übliche Ritual. Wir setzten uns in Joggingklamotten nach draußen und tranken Kaffee.

Dann hatte ich aus heiterem Himmel eine existenzielle Krise.

Zwei kleine Jungen, beide so um die sieben Jahre alt, liefen zu uns. Einer baute sich vor mir auf und starrte mich an. Er betrachtete mein Gesicht, dann meine Füße. Eine erwachsene Frau, vermutlich seine Mom, blieb auf dem Gehweg stehen. Sein Blick wanderte abermals zu meinem Gesicht.

»Hi«, sagte Fiona. Er würdigte sie keines Blickes, sondern fixierte weiterhin mich.

Litt er womöglich an irgendeiner Verhaltensauffälligkeit – ADHD oder so was?

Als er dann den Mund aufmachte, war die Krise bei mir vorprogrammiert.

»Bist du ein Kind oder ein Erwachsener?«, fragte er rotzfrech. Als könnte ich etwas dafür, dass er das nicht wusste.

Ich blickte forschend zu Fiona. Sie zuckte mit den Achseln. Ich runzelte die Brauen.

»Keine Ahnung«, antwortete ich. »Was meinst du denn?«

»Wie alt bist du?«, fragte er und hüpfte von einem Bein aufs andere.

Seine Mutter trat zu uns. »Damen fragt man nicht nach dem Alter, Schätzchen«, sagte sie. »Das ist unhöflich.«

»Kein Problem, lassen Sie ihn ruhig«, wiegelte ich ab. Ich brannte auf die Antwort. Ich brauchte die Antwort. Er hatte die Antwort. Woher hatte der Kleine die Antwort?

»Ich bin sechsundzwanzig«, sagte ich. »Bin ich dann noch Kind oder schon erwachsen?«

»Dann bist du erwachsen«, rief er. »Wie fandst du eigentlich deine Schule?«

»Wart mal kurz. Ich bin erwachsen?«, hakte ich nach. »Bist du sicher?«

Seine Mutter fasste ihn an der Hand und zog ihn weg. »Entschuldigung«, murmelte sie. »Tut mir leid, wenn der Kleine Sie gestört hat.«

»Nein«, sagte ich. »Er stört überhaupt nicht. Ich wollte ihn noch was fragen. Ab welchem Alter ist man denn erwachsen?«

Der Knirps lief jedoch unbekümmert weiter und hopste über die Löcher im Pflaster.

MEIN SENSIBLES HERZ AUS STEIN

Eigentlich wollte ich meine Mom anrufen, sie fragen, wie es ihr ging und warum sie mich nicht vernünftig aufgeklärt hatte. Ich ließ es bleiben. Stattdessen hatte ich mal wieder Angst zu sterben. Um mich abzulenken, surfte ich im Internet durch die JDate-Profile. Ich wollte mal was anderes ausprobieren – ein bisschen Freak, aber kein kaputter Typ. Mein sensibles Herz aus Stein hatte ein Problem damit, sich für knallheiße Casanovas zu erwärmen. Ich fand einen Typen, Hank, der interessant aussah und nicht zu perfekt. Auch nicht hässlich, sondern ganz passabel. Auf meinem Level. Wir sahen beide durchschnittlich aus.

Wer bloß durchschnittlich aussieht so wie ich, entwickelt innere Werte – uns bleibt auch nichts anderes übrig. Ein stinknormales Mädchen wie ich kommt mit Wimpernklimpern nicht weiter.

Aber ich schweife ab.

Hank und ich trafen uns ein paar Tage später auf ein Glas Wein. Ich betrat die Bar, schaute mich suchend um und erspähte ihn. Eigenartig, er hielt sein Ohr dicht an sein Wasserglas. Auf meine Frage hin erklärte er mir, dass er den Lärm in der Bar durch die Wölbung des Glases akustisch aufnehme. Und dass jedes Glas Lärm in eine ganz spezifische Klangfolge umsetze. »Ich bin Tontechniker«, räumte er ein. Na toll, hoffentlich war er noch ganz normal. Er hatte große graue Augen, mit denen er mich über den Rand seiner Brillengläser hinweg fixierte. Und viel Hüftgold, worauf ich nicht vorbereitet war; in seinem Internetprofil war bloß ein Passfoto eingestellt. Auf seinen Wangen rankte mausbrauner Wildwuchs, vermutlich, um die Hängebacken zu kaschieren. Das Gefransel hing ihm über die Oberlippe – igitt. Das Modell kuscheliger Höhlenbär war nicht wirklich mein Fall, und ich fühlte mich irgendwie verschaukelt. Wie in der Werbung, wo man die Katze im Sack kaufen soll.

Ob Männer nicht Muffensausen bekämen, wenn sie von meinem Buchthema erführen?, erkundigte er sich. Hastig setzte er hinzu, sein Penis sei so lang, dass man ihn irrtümlich schon für eine Beinprothese gehalten hätte.

Auf meinen Lippen klebte ein Dauergrinsen, so lange, dass meine Wangenmuskulatur krampfte, als das Date vorbei war. Und Clitty Rose, dieses Biest, gab keinen Mucks von sich. Da wusste ich, dass Küssen nicht drin war; er versuchte aber ohnehin nicht, mich zum Abschied zu küssen.

DILDOPARADIES

In derselben Woche traf ich mich mit Zola. Zola war gerade aus Dubai zurückgekehrt, sie hatte einen ihrer Kunden dorthin begleitet. Auf Geschäftsreisen mochte er auf seine Orgasmen nicht verzichten. Folglich nahm er Zola mit, brachte sie in sündhaft teuren Fünfsternehotels unter, während er sich ums Business kümmerte. Sie meinte, es sei alles ganz easy; sie schnallte sich öfter einen Dildo um und besorgte es ihm. Ansonsten stand er wohl auf Augentantrismus und Meditation.

Das Bild wollte mir nicht aus dem Kopf: Zola mit einem umgeschnallten Dildo. Bei ihr klang es so pupseinfach, als würde sie seine Anzüge in die Reinigung bringen oder so.

Ich erzählte ihr von meiner Hank-Erfahrung. Und dass da bislang nichts lief. Dass er zwar nett sei, aber nicht umwerfend. Und bestimmt nicht Mr. Perfect. Also nichts Weltbewegendes. Es war weder Liebe auf den ersten Blick noch sonst was, ich hatte keinen romantischen Kick und auch keine Schmetterlinge im Bauch. Trotzdem mochte ich aus irgendeinem unerfindlichen Grund diesmal nicht so schnell aufgeben.

»Wie ich diesen romantischen Scheiß hasse!«, meinte sie. Sie zuppelte an ihren Haarspitzen herum und verdrehte die Augen. »Es ist nie perfekt. Gott, diese romantische Kacke ist was für Idioten!«

Sie vertraute mir ein Geheimnis an: Selbst ihr Prince Charming habe seine negativen Seiten. Der Ärmste hatte Halitosis und war ein chronischer Fall von vorzeitiger Ejakulation.

»So sieht das wahre Leben aus und nicht wie in irgendwelchen Spielfilmen oder Märchenbüchern«, seufzte sie.

»Hast du dir schon mal einen Dildo umgeschnallt?«, fragte sie unvermittelt. Wir waren mittlerweile beim traulichen Du angelangt.

Ich schüttelte den Kopf.

»Noch nie?« Sie japste fassungslos nach Luft. »So'n Ding kann ich jeder Frau wärmstens empfehlen, inklusive meiner Großmutter.« Sie war überzeugt, dass es mir helfen könnte, Männer besser zu verstehen. Es würde den Penis entmystifizieren: »Ein Schniedel ist bloß ein Schniedel.«

(Am liebsten hätte sie jeder Braut so einen Umschnallriemen in die Hand gedrückt. »Damit sie in dieser Nacht beide ihre Unschuld verlieren«, sagte Zola mit Nachdruck.)

Ein paar Tage später besuchte ich sie in ihrem Tempel an der Upper East Side. Blassblaue Seide mit einem eingestickten Muster aus fliegenden Gänsen bauschte sich von der Decke. Zwei dicke Sitzkissen standen auf einem kuscheligen Flokati, dort machte sie auf Wunsch Irisdiagnose bei ihren Kunden. Ungeachtet der Rumbumserei mit dem Dildo seien die Augen der intimste Teil in ihren Tantrasitzungen, klärte sie mich auf. In einer Ecke stand eine Massagebank, die sie mit Stützen, an denen ein weißer Baldachin befestigt war, zu einer Art Himmelbett umfunktioniert hatte. Auf dem Fensterbrett standen Pflanzen, die Wände waren alle unterschiedlich gestrichen in sanften, beruhigenden Farbtönen.

Auf der Massagebank lagen eine Ledermappe und ein paar Dildos. »Leider kann ich dir momentan nicht mehr anbieten«, meinte sie. »Meine Freunde haben sich die meisten ausgeliehen.«

»Das ist aber ein Mordsteil«, staunte ich. Der Penis war pink und so lang wie mein Unterarm.

»Ja«, bekräftigte sie, »das ist Ferris, der Schwanz des Diamantenhändlers.«

Ferris war ein Kunde, der es sich am liebsten selbst besorgt hätte. Folglich trug sie dieses Double aus Silikon – alles andere erledigte seine Fantasie. »Wow«, schwärmte sie, »es war sehr narzisstisch und sehr heiß!«

Sie ging auf sämtliche Wünsche ihrer Kunden ein und fand nichts davon pervers oder schlimm.

»Die meisten Typen, die auf die Nummer mit dem umgeschnallten Dildo abfahren, machen es aber aus anderen Motiven als Ferris«, erklärte sie. »Ich denke, es ist häufig ein psychisches Demütigungsding. Sie assoziieren Blowjobs mit devot, Selbstunterwerfung und so. Das sind die Jungs, die auf Sadomasospielchen abfahren.«

Sie griff in die Ledertasche und zog etwas heraus, was wie ein dämonischer Schnuller ausssah. Es war durchsichtig blau und hatte rundum klitzekleine Spikes. Sie schaltete es ein, es summte, und sie streichelte damit ihre Nase. »Davon muss ich niesen. Die besten Nieser sind die mit einem Vibrator.«

Ich war drauf und dran, ihr das Teil abzunehmen und es selbst mal auszuprobieren, aber das war mir dann doch zu peinlich. »Es macht süchtig«, beteuerte sie. »Aber wenigstens ist es kein Crack.«

Sie fing an zu niesen. Zog mit dem Ding los, um sich ein Taschentuch zu holen. Sie zählte die Nieser. »Sieben Nieser sind so was wie ein Orgasmus«, beteuerte sie. »Ich brauch noch zwei.«

Sie brachte die Spitze an ihr rechtes Nasenloch, nieste

noch zweimal, um die sieben voll zu machen, und schaltete das Ding aus. Sie stöhnte, atmete tief durch und lief dann abermals zu dem Haufen mit dem erotischen Equipment.

»Also, es gibt unterschiedliche Umschnalldildos. Ich find's richtig spannend, dich in dieses Business der besonderen Art einführen zu dürfen. Das hier ist der G-String-Style. Und das ist mehr was für den sportlichen Typ.« Sie hielt eine dunkelrote Ledermontur hoch. »Dieses Baby braucht mal wieder ein bisschen Schuhcreme.« Sie hielt es mir hin, so dass ich mit meinen Beinen hineinsteigen konnte. Dann zog sie es über meine Jeans und bis zur Taille hoch.

»Oh, warte, sorry«, rief sie. »Ich bin wie eine überfürsorgliche Mami. Entschuldige, such dir ruhig selbst einen aus.«

»Als ich das erste Mal so eine Montur getragen hab«, fuhr sie fort, »hab ich mich wahnsinnig stark gefühlt, weil es einem unbegrenzte Möglichkeiten eröffnet. Ich fand mich viel tougher als sonst.«

Es ging ihr nicht darum, wie ein Mann zu sein. »Ich liebe meine Muschi! Ich liebe meine Muschi!«, versicherte sie mir, »aber damals hab ich begriffen, dass Schwanzträger keine heiligen Kühe sind.«

In einer von Männern dominierten Kultur sei es gut, sich einen Phallus umzuschnallen und zu tönen: »Du bist kein bisschen anders als ich.«

Ich schnappte mir einen Dildo, schwarz und an die zwanzig Zentimeter lang. Drückte die Brust raus und schwang ihn hin und her wie ein Florett: »Touché!«

»Ja«, grinste Zola. »Fühlt sich gut an, was? Probier ihn ruhig mal aus, Mann. Das Ding ist ein Mordsapparat.«

Ich warf einen skeptischen Blick in den Spiegel. Zola zückte ihre Kamera.

»Meinst du, der Dödel ist zu groß für mich?«, wollte ich wissen. Und hatte prompt eine Penisphobie. Ich war mir empfindlich bewusst, was man mit so einem Ding anstellt, und mir wurde zunehmend mulmig zumute.

»Also, für die meisten Leute ist das die ideale Größe. Ein bisschen groß für jemand Untrainierten, aber perfekt für uns Mädels.«

Ich fühlte mich sekundenlang besser, ehe ich das Teil ein weiteres Mal skeptisch beäugte und mich dabei im Spiegel betrachtete. »Findest du wirklich, dass die Größe okay ist?«

Wenn Zola sich diese Dinger umschnallt, ist es inzwischen meistens wegen ihrer Kunden. »Für die Typen ist das eine rein psychologische Kiste. Um das mit dem Weichei, Warmduscher oder Schattenparker kopfmäßig abzustellen. Wenn jemand anderes deine Scheiße sieht, dann weißt du buchstäblich, wo die Scheiße herkommt. ›Ach du lieber Himmel, sie können meine Kacke sehen … Ahhh.‹ Dann schämen sie sich, weil der andere irgendwas mitbekommt, was man lange Zeit versteckt und unterdrückt hat, und er weist dich trotzdem nicht zurück – das ist 'ne echt geile Erfahrung.«

»Dann siehst du also die Kacke deiner Kunden?« Ich musterte sie zweifelnd.

»Ja, gelegentlich schon«, räumte sie ein. »Die Typen sind halt unterschiedlich. Ältere Männer, Anwälte und so, leiden häufiger unter Verstopfung. Wenn man dann einen langen Schwanz trägt und sie vögelt und das Teil ein bisschen braun wird, sag ich: »Ich hab Kacke an der Schwanzspitze.«

Ich legte den schwarzen Dildo weg und nahm mir Ferris' gigantisches Teil. Es passte kaum durch den Stabilisierungsring des Umschnallgürtels. »Ich würde mich nicht daten, wenn ich so ein Mordsteil hätte«, räumte ich ein. »Dieses Ding sprengt jede Vulva.«

Ich rückte meine Montur zurecht. Das Gewicht zog den Gürtel nach unten. »Wenn ich es jemandem mit dieser Technik besorge«, sagte sie, »nimmt mir das nichts von meiner Weiblichkeit, im Gegenteil, ich empfinde mich als smarte Frau, die dadurch hinzugewinnt.«

Ich setzte mich auf die Massagebank. Mein Schwanz sank zwischen meine Beine, schlaff wie ein Elefantenrüssel.

»In unserer Kultur haben wir das merkwürdige Phänomen«, sagte Zola, »dass ein Schwanz hart wie Stahl zu sein hat, Männer wollen am liebsten immer einen Steifen haben. Dabei ist der Penis kein statisches, unbewegliches Körperteil. Er ist schön im weichen Zustand oder halb erigiert, er ist schön, wenn er hart ist und wenn er ejakuliert. Er ist in allen Erregungsphasen schön, genau wie wir Frauen.«

Ich entdeckte eine kleine Macke an der Spitze. »Wo ist die her?«

»Einer meiner Kunden …«

»Hat er da etwa reingebissen?«

»Ich hab ihn dazu aufgefordert«, antwortete sie. »Sex kann brutal und wild sein. Es war total super, als er hineinbiss, und wahnsinnig befriedigend, ihm dabei zuzusehen.«

Mein Dildo war ein verflucht potentes Teil: Für den einen bedeutete er Schmerzen und Demütigung, für andere Hingabe, Ekstase, Befriedigung.

Er war ein verflucht kompliziertes Teil.

Jeder Mensch trage feminine und maskuline Anlagen in sich, führte sie aus. »Ich denke, es ist wichtig, mal alles auszutesten. Wir Mädels sind nicht alle weich, feminin, empfindsam und bereit, jederzeit die Beine breitzumachen.

Wir können uns Riesenschwänze umschnallen und Riesenunternehmen führen, und Männer dagegen können weich, empfindsam und devot sein.«

Sie betrachtete meinen weichen Dildo, hingestreckt auf der Massagebank.

»Aber hallo«, giggelte sie. »Wie bist du denn drauf? Du hast ihn rausgedreht!«

Ich folgte ihrem Blick. War mir gar nicht aufgefallen. Ich hatte nervös an dem Ding rumgespielt und ihn dabei aus dem Stabilisierungsring gezogen.

UNKNUTSCHBAR?

Seit dem letzten Besuch bei Zola wachte ich morgens immer in meiner anderen Betthälfte auf – also der neben der Heizung statt neben meinem Nachttisch. War das ein Zeichen? War ich dabei, meine andere Hälfte – meine maskuline Seite – zu finden, oder war mir bloß kalt, und ich rutschte deswegen halb unterbewusst in Richtung Wärme?

Irgendwann rief Samantha von den Orgasm People bei mir an. Als hätte sie intuitiv die Vibration des Säbels gefühlt. Ich hatte meine Utensilien nämlich ein paarmal herausgekramt und damit herumgespielt.

Samantha hatte mit der »Family« Kriegsrat gehalten, und jetzt wollten sie mir ein Stipendium für ihren nächsten Kommunikationskurs in einer Woche anbieten. Ich brauchte mir bloß ein Flugticket zu kaufen. Ich hatte gemischte Gefühle bei der Sache. War das mit der Gratisaktion rein uneigennützig oder verfolgten die Leute damit irgendwelche Hintergedanken?

Da es sich um einen Kommunikationskurs handelte, rief ich zurück und fragte, ob ich eventuell noch einen Tag länger bleiben könne. »Ich hätte gern noch ein bisschen Orgasmusunterweisung«, sagte ich. Ich wollte meine Orgasmuskenntnisse erweitern, aufbauend auf dem, was ich bereits gelernt hatte. Ich fühlte mich bereit für Orgasmus Level zwei.

»Frag uns ruhig, was du wissen willst, wir helfen dir gern«, antwortete Samantha.

Vor meiner Abreise traf ich mich ein paarmal mit Hank.

Langsam begriff ich, wieso Hank mit dreiunddreißig Jahren noch Single war. Bei unserem zweiten Date kam er eine halbe Stunde zu spät zu unserem Sushi-Dinner, weil er das Weckerklingeln verschlafen hatte. Wohl um meine Laune aufzuhellen, erzählte er mir von einem Kaffee, der aus den eingesammelten Kötteln von Zibetkatzen aufgebrüht wird, weil die Viecher unheimlich gern Kaffeebohnen fressen. »Es nimmt dem Kaffee die Säure«, erzählte er von den bereits vorverdauten Bohnen. »Eine milde Mischung!« Ob er mir mal eine Tasse zum Probieren kochen solle? *Igitt, bloß nicht.* Er wolle auf jeden Fall Kinder, fuhr er fort, und sein Sperma auf irgendwelche Eier spritzen. Irgendwie fand ich es amüsant, wie er den Spagat zwischen platt und eklig, obszön und witzig hinbekam. Vermutlich fehlte ihm bloß der richtige Seelenklempner.

Bei unserem sechsten Date hatten wir uns immer noch nicht geküsst, was verrückt war, außerdem war es unser letztes Date vor meinem Abflug ins Orgasm Camp. Wir trafen uns bei mir um die Ecke. Holten uns Kaffee und verdrückten uns in mein Zimmer zum Quatschen. Wir saßen eine knappe Stunde lang auf meinem Bett, der Kaffee war fast aufgetrunken, und die untergehende Sonne hüllte die Skyline von Brooklyn in orangegoldenes Licht. Es wurde immer später, und er hatte mich noch nicht mal angerührt.

»Willst du mich küssen, oder soll ich den Anfang machen?«, fragte ich.

»Ich lass mir gern unheimlich lange Zeit, bis ich jemanden küsse«, räumte er ein.

Er machte beim Küssen null Geräusch. Nicht den kleinsten Schmatzer. Und er küsste auch nicht lange. Er drehte den Kopf weg und schaute genau wie vorher aus dem Fenster. Wieso stürzte er sich nicht auf mich und knutschte wild drauflos wie andere Männer auch? Ich hatte zwar nicht viel übrig für wilde Knutschereien, aber ich wollte wenigstens knutschwürdig sein. Bin ich etwa unknutschbar? Vielleicht aber hatte er sich nur besser im Griff als andere Typen. Oder war reifer. Er war offenbar reifer als ich; ich biss ihn, schmatzte Brummfliegen auf seinen Arm und sabberte versehentlich auf seiner Hand rum.

Er nahm es gelassen hin.

Als er gehen wollte, mochte ich ihn nicht nach unten bringen. Weil ich null Bock auf ächzende, stöhnende Treppenstufen hatte. Er ging aber verhältnismäßig leise. Und kicherte dabei dämlich, was sämtliche anderen Geräusche übertönte.

Ob wir kompatibel waren?, rätselte ich. Wollte ich ihn überhaupt? Vielleicht wusste ich nach meiner Rückkehr aus dem Orgasm Camp mehr. Ich hatte Zola eingeladen, und sie kam mit auf die Pussy Willow Ranch.

Fiona traf die letzten Vorbereitungen für Indien. Sie rief mich kurz vor meinem Abflug an und klang total gestresst. Weil es ihr erster Indientrip war, packte sie plötzlich Panik. In der Hinsicht sind wir grundverschieden; ich fühle mich in fremden Ländern so euphorisch wie sie vermutlich beim Orgasmus. Ich gab ihr ein paar gute Tipps mit auf die Reise, die sich verdächtig nach dem anhörten, was sie mir sonst in Beziehungen riet: »Immer schön cool bleiben. Sei offen gegenüber allem Neuen. Schraub deine Erwartungen nicht zu hoch. Vertrau dir selbst.«

IMMER SCHÖN FRÖHLICH BLEIBEN

Es war 14.03 Uhr PWCT (Pussy Willow Creek Time). Ich wartete in meiner Hütte auf Collin – wir waren um zwei verabredet. Mir brach der kalte Schweiß aus. Meine Hände waren klatschnass vor Angst. Charlotte versprach, bei mir zu bleiben, wenn es passierte. Eloisa und Neil auch; er trug seinen blauen Bademantel und hatte soeben einen ganzen Teller Pfannkuchen verputzt. Jeder Bissen schön dick mit Butter bestrichen. »Ich ess nun mal gern Butter«, tönte er. »Butter essen ist wie ein kleiner Orgasmus. Ich bin halt kein Anhänger der Das-Beste-zum-Schluss-Kacke.« Meine Wangen seien gerötet, setzte er hinzu, ein Zeichen, dass ich erregt sei.

»Ich bin bloß nervös«, japste ich. Neil knipste verblühte Blüten von einem Zweig, der in einer Vase stand. »Sei nicht so naiv«, krittelte er. »So naiv kannst du doch nicht mehr sein, oder?!« Wäre Collin in dem Moment nicht aufgetaucht, hätte ich Neil was anderes erzählt. Collin schleppte eine Großpackung Gummihandschuhe und eine Riesentube Gleitgel an. Er ist ein DOer. Das kann zwar jeder werden, aber ich denke, dass er ein begnadeter DO-Könner ist. In den letzten zwölf Jahren hat er bei ein bis acht Frauen pro Tag rumgeDOdelt. Das heißt grob überschlagen: Seit seinem Highschoolabschluss hat Collins Zeigefinger zwischen 4380 und 35 040 Orgasmen hingezaubert. Wären Orgasmen Sterne, wäre er für eine Minigalaxie verantwortlich. Ich hatte die Brauen so fest zusammengezogen, dass meine Ohren unangenehm in Richtung Nase drängten. »Los, rein, Leute. Amüsiert euch!, blökte Neil. »Ich will Spaß, ich will Spaß!«

Bevor wir ins Schlafzimmer gingen, umschlang ich Eloisa und presste meinen Kopf an ihre Schulter in der Hoffnung, etwas von ihrer unbekümmerten Lockerheit abzubekommen, so als strahlte diese durch ihre Haut auf mich ab.

Zola war am Morgen zurückgeflogen, nachdem wir den zweitägigen Kommunikationskurs mit den Orgasm People absolviert hatten.

Nach dem ersten Abend fand ich, dass sich in den letzten drei Monaten nicht viel bewegt hatte; ich glaube, Caleb trug noch denselben Pullover wie damals. Und sie lachten sich wie üblich halb schlapp. Lachen ist wahrscheinlich die greifbare Form des exzessiven Orgasmus; es waberte wie eine erotisierende Dunstglocke über ihrem Wohnzimmer. Sie warfen den Kopf zurück, dass ich in ihre Nasenlöcher schauen konnte, und lachten – besonders, wenn ich den Witz nicht kapierte. Wie bei meiner Frage von wegen Stipendium und so.

»Hab ich das Stipendium bekommen, weil ich eine gute Schülerin bin, oder hattet ihr den Eindruck, dass ich dringend Hilfe brauche?«

»Weder noch«, kicherte Samantha.

»Oh«, entfuhr es mir. »Dann bestimmt, weil ihr Typen mich mögt.«

Neil, der mit seinem Taschenmesser unter seinen Nägeln herumkratzte, stand auf und wandte sich zum Gehen. »Und wenn es so wäre?«, grunzte er. »Dann denkst du bestimmt, ich will dich bumsen.«

Mein Blick glitt von einem zum anderen; ihre Nasenlöcher waren picobello sauber.

Das Essen war wieder spitzenmäßig. Die Pussy Willow

Creek Ranch verdient einen Eintrag im Michelinführer. In der Küche, die nicht besser aussieht als in einem Schnellrestaurant, werden kulinarische Highlights komponiert – und sie haben null Skrupel vor Butter, Fett und Zucker (ihr Entenconfit mit goldgelben Gelatinewürfelchen ist ein Gedicht). Sie schienen den ganzen Tag zu futtern und waren trotzdem schlank. Neil meinte, das habe mit ihrer Dauerorgasmusbereitschaft zu tun. »Sie müssen nicht auf ihre Linie achten«, meinte er mit einem Kopfnicken zu den Frauen. »Andere essen und werden fett; das ist so 'ne Art Kompensation für irgendwelchen Frust. Den haben wir hier nicht.«

Am ersten Abend stöhnte Zola bei der Essensaufnahme noch lauter, als ich es von ihr kenne. Ich seufzte ebenfalls ganz munter, aber dann fiel mein Blick zufällig auf Collin und speziell auf seinen Zeigefinger. Er löffelte hingebungsvoll Rindfleischsuppe in seinen Mund. Dieser Finger … der Finger … *der* Finger …

Wieso lebten sie abgeschieden von der Außenwelt in einer Kommune, und der Orgasmus war Lebensinhalt, Job, Gesprächsstoff und Zusammenhalt für sie? Konnte man sein Leben konsequent auf den Spaßfaktor ausrichten? Musste da nicht zwangsläufig irgendwas schiefgehen? Wie war das noch gleich mit Murphys Gesetz?, überlegte ich im Stillen. Wenn ich mich unter diesen Finger begeben würde, würde ich dann meinen Heimflug canceln, um ein Mitglied der Orgasm People Community zu werden? Es hätte mich zwar brennend interessiert, die Probe aufs Exempel zu machen, aber wie sollte ich das möglichst unverfänglich formulieren? Ich beschloss, mein persönliches Interesse mit rein journalistischer Neugier zu verkleistern.

»DOdeln die Orgasm People eigentlich auch mit ihren Seminarteilnehmern?«

Ich bekam keine Antwort, stattdessen erhielt ich weitere Einblicke in ihre hygienisch einwandfreien Nasenlöcher.

In dem Kurs ging es darum, wie man mit Konzentration und Intention kommuniziert. Um eine Intention zu haben, muss man zunächst wissen, was man kommunizieren möchte. Unsere erste Hausaufgabe bestand darin, unsere Intention mental, also ohne Worte, auf etwas oder jemanden zu projizieren und die Reaktionen zu beobachten. In der Mittagspause gingen wir spazieren und besuchten ihre Schweine, Mountain Girl und Betty, mit ihren dreizehn Ferkeln. Während Collin darauf zeigte, konzentrierte ich mich intensiv auf seinen Nacken. Ich kniff die Augen zusammen und trällerte im Geiste vor mich hin: *DOdel mich, DOdel mich, DOdel mich.* Er drehte sich nicht mal um. Erst als er durch die Schweinegülle stapfte und ich ein paar ordentliche Spritzer von der stinkend braunen Brühe abbekam, meinte er »Sorry«. Dabei *grinste* er – ob ihn die Message wenigstens halb erreicht hatte?

Es war kein bisschen romantisch. Collin machte mir nichts vor wie seinerzeit Omer, signalisierte mir meine Vulva, zudem ist der DO für die Orgasm People sowieso eine freundliche Aktivität. Wenn sie T-Shirts verkaufen würden, dann bestimmt mit dem Aufdruck: »DOdeln macht Freunde.«

An dem Kurs nahmen noch fünf weitere Leute teil, drei davon aus der weiteren OP-Community. Sie lebten mit zwei OP-Frauen in San Francisco. Neil schien es ein Herzensanliegen, dass seine Community-Frauen gut geDOdelt wurden. Gutes und häufiges DOdeln sorge für Wellness und Ausgeglichenheit, meinte er im Brustton der Überzeugung. Außerdem führe regelmäßiges DOdeln dazu, dass die Pharmaindustrie längerfristig einen Großteil ihrer medikamentenabhängigen, depressiven weiblichen Klientel einbüßen würde.

»Und, wie klappt es mit dem DOdeln?«, wollte er in der Pause von einem Teilnehmer wissen. »Inzwischen hast du doch bestimmt ein paar Fragen, oder?«

Der Mann erwiderte, dass er beim DOdeln oft richtig high sei. »Heißt das, dass *sie* dann auch gut drauf ist?«

Die Family nickte bekräftigend. Wenn man sich voll auf die andere Person konzentriere, würden beide die gleichen Emotionen empfinden, so ihr einhelliger Kommentar.

»Natürlich ist sie high«, grinste Neil. »DOdeln, Mann, macht ihr Döschen an!«

Alle lachten. In diesem Moment kamen mir meine Eltern wie sexuelle Stümper vor.

Eigentlich fand ich den Kurs grottenlangweilig, aber das sagte ich natürlich nicht laut. Zumal sie diese Regel haben, die besagt, dass man, wenn einem langweilig ist, selbst langweilig ist, weil man ausschließlich auf sich selbst fixiert ist. Nööö, so was sollten sie nicht von mir denken. Den ganzen Tag saßen wir uns gegenüber und wiederholten denselben Satz: *schwimmen Fische, schwimmen Fische, schwimmen Fische* – monoton, ohne Mimik, ohne ein Wimpernzucken. Meine Augen wurden ganz trocken und dieses Mal nicht, weil ich angeturnt war.

Als der Kurs vorbei war und Zola und die anderen am frühen Morgen losfuhren, bekam ich endlich meine Chance, etwas Orgasmisches anzuleiern. Die Typen sprangen in den Wagen, und Zola blieb allein im Foyer zurück. »Ich glaub, an der Intentionsgeschichte hab ich noch eine Weile zu knabbern«, sagte sie und deutete auf ihr Gepäck, das die Jungs eiskalt hatten stehen lassen. »Oder – verflucht – ich muss die Kerle ein bisschen auf Trab bringen.« Sie lief zum Wagen und wurde rot, nicht vor Ärger, nein, ihr Gesicht reflektierte die aufleuchtenden Bremslichter, als sie die Typen aus dem Auto winkte, um ihr beim Einladen ihres

Koffers behilflich zu sein. Es funktionierte tatsächlich. Eine kurze Weile später kehrte ich in das Klinkerhaus zurück.

Jeder holte sich sein Frühstück selbst – Müsli, Jogurt, Speck, Eier, Porridge und Kaffee. Dann saßen sie in Bademänteln zusammen, blinzelten in die Sonne, die durch die Kiefernstämme in den Wohnraum schien. Ich hatte ihnen alle möglichen Signale gegeben – das bildete ich mir wenigstens ein –, ich hatte bloß nicht laut gesagt, dass ich geDOdelt werden wollte. Komisch, sie waren sonst so intuitiv, aber diesmal enttäuschten sie mich mächtig.

Sie ließen mich zappeln, oder? Sollte ich förmlich am ausgestreckten Arm verhungern? Puh, ich fühlte mich wie bestellt und nicht abgeholt. Ich dackelte ziellos durchs Haus. Julia und Kate brauten ein Riesenfass Bier. Ich stellte mich zu ihnen und jammerte über die viele Arbeit, die mich zu Hause erwartete. Julia sah mein Ameisentattoo und zeigte darauf. »Wenigstens bist du keine Ameise und wirst von niemandem zertreten.« Diese OP-Family sieht eben immer das Positive.

Ich schlenderte weiter.

Collin und Caleb renovierten die Küche, Dolly kochte irgendwas. Schätze, an einem ganz normalen Tag sind sie wie ganz normale Leute; sie liefen auch nicht halbnackt herum oder feierten im Garten Orgien, wie ich das dunkel vermutet hatte.

Nach einer Weile fragte Renda, ob ich nicht Lust auf einen Spaziergang hätte. Sie wollte zum Pussy Willow Creek runter, um ein bisschen Schilfrohr für die Vase abzuschneiden. Die ersten grünen Halme kitzelten unter unseren Füßen. Ihre Augen waren genauso himmelblau wie ihr Strickpullover. Während wir um Eispfützen und Schneeflecken herumliefen, versuchte ich, ihr irgendwie klarzumachen, dass ich geDOdelt werden wollte. Jedes Mal, wenn ich den Mund aufmachte, rutschte mir jedoch das Herz in die Hose, und die Worte blieben mir im Hals stecken.

Irgendwann unterbrach sie die Symphonie knackender Zweige und heulender Winde. »Du kannst alles bewirken, was du bewirken möchtest«, sagte sie, während unsere Füße im tiefen Mullematsch versanken. »Alles ist machbar.«

Wir passierten eine Ziege namens Dolce; Rena streichelte sie. Mit der Milch machten sie Ziegenmilch-Latte.

»Wie signalisiert man eigentlich, dass man geDOdelt werden will?«, fragte ich schließlich. »Oder um ein DO-Date zu bekommen? Oder …?

»Was willst du?«, unterbrach sie mich lächelnd. »Sag mir einfach, was du willst.«

»Ich will einen«, antwortete ich.

Da bräuchte ich doch bloß zu fragen, versetzte sie. »Das dachten wir uns sowieso schon.«

Als wir zum Haus zurückkamen, grinsten Julia und Kate, als wüssten sie schon, was Sache war. Rena und ich betraten den Flur, wo mich zwölf Paar ordentlich zusammengestellte Schuhe daran erinnerten, dass ich in einer Sexkommune gelandet war. Verrückt und aufregend, das Ganze. Die Orgasm People schienen alles fundamental Menschliche auszukosten – Essen, Vögeln, Emotionen, Beziehungen – und akzeptierten nur das Echte. Es machte Sinn; sie lebten – wie in früheren Zeiten – in einer Gemeinschaft zusammen und sorgten füreinander. Diese Lebensform hatte so lange Gültigkeit, bis wir alle in Apartments gepfercht wurden und unser Hauptanliegen das Geldverdienen wurde, um unsere Internetdating-Rechnungen bezahlen zu können. Früher trafen sich die Leute auf der Straße, heute trifft man sich im Cyberspace.

Sie hielten ihren Tagesablauf ziemlich flexibel, weil die Lust auf einen DO spontan aufkeimen konnte und dann

Priorität hatte. Collin war in der Küche und machte ein Burrito, als ich ihn anhaute. Dolly staunte mich an, während ich mit schriller Kleinmädchenstimme herumstammelte, dermaßen dämlich, dass ich mir am liebsten selbst eine gescheuert hätte.

»Okay«, antwortete er grinsend, nachdem er brav gekaut und geschluckt hatte. »Ich komm um zwei Uhr PWCT zur Hütte.«

Jetzt folgte er mir ins Schlafzimmer, hinter ihm Charlotte, die mich, ähnlich wie ein Lamazé-Anhänger während der Geburt, bei meiner ersten DO-Sitzung begleiten würde.

Charlotte und Collin einigten sich darauf, dass mein erstes DO-Date fünf Minuten dauern sollte. (Ein DO-Date kann laut OIC wohl Sekunden bis Tage dauern.) Charlotte saß auf der linken Bettkante und starrte auf meinen Reisewecker, während Collin sich aufs Streicheln konzentrierte.

»Ich würd auch gern 'nen kleinen Inspektionstrip machen«, hörte ich Neil, gefolgt von lautem Gegacker und Gepruste.

Ich zog meine Hose aus, mein T-Shirt ließ ich an. Ich zog es schamhaft herunter und dachte daran, was Neil gesagt hatte. Benahm ich mich tatsächlich naiv? Schließlich wollte ich unbedingt DOdeln, und jetzt passierte es endlich. Ich ließ automatisch mein Shirt los, woraufhin es bis zur Taille hochrutschte. Ich hopste auf die Matratze, sie nickten anerkennend und stopften Kissen um meinen Monsterbody. Ich winkelte die Knie an und stemmte sie auseinander. Collin setzte sich neben mich und schob ein Bein unter meine. »Das ist die Standard-DO-Position«, bemerkte Charlotte.

Collin zog Latexhandschuhe über, strich leise quietschend jeden Finger glatt – zehn Quietscher – und los ging's. Genau wie bei unseren Kommunikationsübungen kommentierte er alles mit monotoner Stimme und ohne jede Wertung.

Er sagte, mein Schamhaar sehe aus wie ein Irokese. Ich hätte eine Punkrockpussi. Er schob eine Hand unter meinen Hintern; mit der anderen verteilte er Gleitgel und begann zu streicheln.

Wenn ich es nicht anders gewusst hätte, hätte ich vermutet, dass er an einem Sudoku herumprobierte. Er war hoch konzentriert, seine Miene unbewegt.

»Deine Scheide ist verkrampft«, sagte er.

»Tief durchatmen«, riet Charlotte. »Leg dich mal ganz entspannt auf die Matratze.«

Sie kommentierten so ziemlich alles, was mit meinem Körper passierte. Das sollte mir helfen, mich auf meinen Genitalbereich zu konzentrieren, damit ich mental nicht abschweifte von wegen: *Scheiße, was mach ich bloß hier?* Ehrlich gesagt kam mir der Gedanke zwischendurch öfter.

»Ich streichle dich jetzt mal intensiver«, sagte er, »um dich auf den Höhepunkt zu bringen.«

»Dein Gesicht rötet sich«, meinte Charlotte.

»Deine Lippen schwellen an«, sagte er.

Charlotte beobachtete Collin, ihre Miene feierlich ernst. Das Streicheln war gar nicht so unangenehm. Von mir aus hätte er ruhig ein bisschen länger machen können. Es ist gar nicht so schlimm, wenn einer emotionslos deine Klitoris reibt, auch wenn ich es ehrlich gesagt lieber mit ein bisschen mehr Gefühl gehabt hätte. Ich fixierte Collins Gesicht, und es war kein Gesicht, das ich hätte küssen mögen. Ich fragte mich, was Hank zu einem DO sagen würde.

»Die Schwellung«, fuhr Collin fort, »ist jetzt ungefähr zwei bis drei Zentimeter dick. Fühlst du das Ploppen, wenn deine Klitoris durch meine Finger gleitet?«

Er schob seine Finger sanft vor und zurück; die Bewegung war so subtil, dass ich sie kaum registrierte. »Plopp«, meinte er. »Genau hier. Fühlst du es?«

Ich spürte, wie ein Nerv in meinem Bein zuckte. Meine Punkrockpussi spannte sich an, als versuchte sie sich in Lippensynchronisation. Für die OP ist der Orgasmus nicht notwendigerweise der Höhepunkt, sondern vielmehr das Auskosten und Verlängern der Erregung, also der Höhepunkt auf dem Höhepunkt. Ich surfte auf dem Höhepunkt.

»Plopp«, wiederholte er. »Genau hier.«

»Oh«, sagte Charlotte. »Sie mag es. Das war gut.«

»Ich positioniere mich jetzt mal anders an deiner Muschi«, sagte Collin. »Oh, sieht geil aus da unten. Dunkelrosa und schön saftig wie das Innere einer Wassermelone.«

Charlotte deutete auf meinen Wecker. Meine Zeit mit Collin war vorbei.

»Ich hol dich jetzt runter.« Er begann, mich fester und intensiver zu massieren. »Wird aber ’ne gute Landung.«

Ich schwitzte, als hätte ich eine halbe Stunde Sauna hinter mir. Mein Körper war zwar entspannt, aber meine Klitoris ähnelte einer Rhythmusrassel, in der masssenweise winzige Bohnen herumkullern.

Collin nahm ein Tautuch und presste es auf meine Scham.

Ich strahlte. Und sie mit mir.

Ich streckte meine Hand aus. Ich schätze, das war nicht üblich nach einem DO, denn die beiden klatschten halb widerstrebend, halb verdutzt ab.

»Und was machen wir jetzt?«, fragte ich Charlotte, während ich mich in meinem Kissennest fläzte.

»Was du möchtest«, sagte sie. »Genieß erst mal das gute Feeling in deinem Körper.«

Ich fühlte mich gut – das glutheiße Fluten in meinem Unterleib drang wohlig in meine Extremitäten vor.

»So machen wir das jeden Tag«, erklärte Charlotte. »Ich

hab Lust, und dann wird's Zeit für ein DO-Date. Wann immer ich will, krieg ich eins.«

»Und aus der Männerperspektive betrachtet«, warf Collin ein, »kann ich bestätigen, dass ich fühle, wenn eine Frau einen will. Es ist sagenhaft. Im Moment fühle ich es bei Rena.«

Collin und Charlotte zogen ab. Ich begann, das großzügig verteilte Gleitgel von meinem kleinen Irokesen zu entfernen, und zog meine Hose wieder an. Als ich fertig war, schlenderte ich zu den anderen ins Haupthaus, wo man mich schon erwartete.

»Und, wie war dein erstes DO-Date?«, wollte Rena wissen.

»War echt klasse.«

»Willst du nicht gleich noch eins?«

»Ich muss heute Abend los. Mein Flugzeug geht in ein paar Stunden.«

»Macht doch nichts«, meinte Rena. »Alles ist möglich. Du brauchst bloß danach zu fragen.«

Na dann. Ich tippte Collin auf die Schulter. »Fünf Uhr?« Ich zog fragend die Brauen hoch. Er war spontan einverstanden.

Diese Frauen hatten es gut; sie konnten den Jungs jederzeit auf die Schulter tippen und bekamen ihren DO.

»Nochmal fünf Minuten?«, wollte Charlotte wissen, als wir wieder im Cottage eintrudelten.

»Sechs«, antwortete ich. Collin streifte sich Handschuhe über.

Nach dem zweiten DO-Date ließen sie mich wieder allein. Ich verdrückte ein paar Scheiben köstlichen Cheddarkäse; den hatten sie bestimmt selbst hergestellt. Ich schaute auf das Papier: Trader Joe's. Vermutlich schmeckte nach einem Orgasmus einfach alles viel besser.

Ich musste packen; Eloisa und Charlotte wollten mich zum Flughafen fahren. Irgendwie fühlte ich mich bei den OP besser aufgehoben als bei OneTaste – vielleicht hing das mit der räumlichen Distanz zusammen. Wie die meisten Männer, die ich mochte, lebten die OP nicht in meiner Stadt. Ich konnte hinfliegen, wenn mir danach war, aber ein Zusammenleben konnte ich mir echt nicht vorstellen. Ich meine, mein genusssüchtiges Ich konnte sich natürlich vorstellen, ständig die Hosen runterzulassen – so wie Neil sich jeden Bissen dick mit Butter bestreicht. Andererseits – den lieben langen Tag Klitorisstreicheln? Das würde meine Ambitionen auf Dauer nicht zufriedenstellen. Ich malte mir im Geiste meine Grabinschrift aus:

RIP: SIE RUHT IN FRIEDEN. SIE HATTE GUTE ORGASMEN.

So wollte ich bestimmt nicht in der Erinnerung meiner Lieben zurückbleiben. Ich hatte noch eine ganze Menge vor. Außerdem passten mir gewisse Lebensprinzipien der Orgasm People nicht in den Kram. Ich teile nicht gern.

Nachdem ich gepackt hatte, machte ich meine Runde und verabschiedete mich von allen. Sie sagten nicht viel, aber ihre Umarmungen sprachen Bände. Bei ihnen lief eben alles über Körperkontakte. Sie drückten mich so fest, als wollten sie mit mir verschmelzen. Hätte ich eine ansteckende Krankheit gehabt, hätten sie die garantiert auch bekommen. Eine letzte Umarmung, dann ließen sie mich ziehen mit einer ganz neuen, umwerfenden Erfahrung. Neil stand an der Küchentür und blickte aus dem Fenster. Er schabte mal wieder mit dem Messer unter seinen Fingernägeln herum. Anscheinend wollte er auf Nummer sicher gehen, dass sein DOdel-Finger immer schön sauber war.

»Nochmal vielen Dank für die Einladung«, rief ich.

»Danke, dass du hergekommen bist«, sagte er und schaute weg in Richtung Pussy Willow Creek.

Der Wagen wartete mit laufendem Motor in der Auffahrt.

»Vielleicht machen wir beim nächsten Mal sieben Minuten«, sagte ich auf dem Weg zur Haustür zu Collin.

»Lass uns nichts überstürzen«, erwiderte er. »Sechseinhalb.«

Glauben Sie mir, sämtliche Nasenlöcher waren sauber.

Ich sprang ins Auto; Charlotte drückte aufs Gas, um mich wieder in meine Welt zu bringen, wo Murphys Gesetz gilt, zumindest für all diejenigen, die immer mit dem Schlimmsten rechnen. Ich mochte diese Welt. Ich vermisste sie. Schon deshalb, weil man nie sicher sein kann, ob man nicht im nächsten Augenblick zermatscht oder zertreten wird oder sonstwie unter die Räder kommt.

Als wir die Zivilisation erreichten und mein Handy endlich wieder Empfang hatte, bekam ich eine SMS. Von Hank; er freute sich auf unser Wiedersehen.

Charlotte ließ mich am Flughafen raus. Die beiden umarmten mich ein letztes Mal zum Abschied. Eloisas Haare müffelten süßlich und ein bisschen streng. Ich karrte meinen Koffer zum Terminal.

Da war Orgasmus im Duft. Irgendwas lag da in der Luft.

BARTFLECHTE

Hank und ich machten uns über den warmen Pilzsalat her, den wir beide bestellt hatten. Hmmm, lecker – mit cremiger Avocadosauce. Es schmeckte köstlich. Dabei erklärte ich ihm ausführlich die DO-Philosophie. Er lachte zwischendurch immer mal wieder belustigt auf und verdrehte die Augen. Er fand es grenzwertig, irgendwie steril und stereotyp, so ähnlich wie die künstliche Besamung des Viehs auf den Bauernhöfen. »Ist mir zu unpersönlich«, meinte er. »Ich geh da individueller mit den Wünschen meiner Mädels um.«

Er kapierte es nicht. Und ich offen gestanden auch nicht so richtig. Trotzdem nahm ich die Orgasm People in Schutz. Für mich war sein Unverständnis ein Affront gegen ihre orgasmische Überlegenheit. Vermutlich würde er auch nicht verstehen, dass ich mit dem Gedanken liebäugelte, mir das DOdeln anzugewöhnen. Ich konnte mir schlimmere Hobbys vorstellen.

Ich hatte mich echt darauf gefreut, Hank wiederzusehen – irgendwie mochte ich ihn –, aber jetzt störte mich wieder der Bart. *Ich glaub, mich knutscht ein Elch,* spukte es mir durch den Kopf. Denn daran erinnerte er mich entfernt: an einen Elch mit feuchter, kratziger Schnauze. Winzige weiße Partikel schimmerten in seinem Bart. Ich zupfte mit spitzen Fingern eines ab und hielt es ihm stirnrunzelnd hin.

»Bartflechte«, erklärte er.

Ich wischte mir angeekelt die Finger an meiner Jeans ab, lachte freudlos und vergaß für einen kurzen Augenblick, mit den Wimpern zu klimpern. Hinzu kam sein Geruch – unsere Körperdüfte passten bestimmt nicht zusammen. Das war kein vielversprechendes Omen. Ich hatte irgendwann in einem Zeitschriftenartikel gelesen, dass olfaktorische Diskrepanzen die genetische Kompatibilität überschatten können. Ich dachte automatisch langfristiger: Wenn ich mich irgendwann vermehren sollte, dann bitte ohne pheromonalen Super-GAU beim Zeugungsakt. Zumal es heutzutage massenhaft andere Probleme gibt, die gesunde Zellteilung verhindern.

»Bist du okay? Oder ist irgendwas?«, fragte er, dabei piekste er mit der Gabel eine rote Kartoffel auf; die Farbe erinnerte mich an menschliche Venen. Wie die auf Omers Händen. Ich stellte mir vor, mit meinen Fingerspitzen über seine Handvenen zu streicheln bis zu seinem …

»Du wirkst nämlich ein bisschen durch den Wind«, fuhr Hank fort. »Irgendwie zerstreut.«

Ein Elch mit Bartflechte: okay.

Ein Freund mit Bartflechte: auch okay.

Ein potenzieller Lover mit Bartflechte: absolut nicht okay!

Ein Partner, eine Reflektion des Selbst? So sah ich das zwangsläufig. Er kam mir zunehmend näher, drängte sich in meine bartflechtefreie Zone.

Ich war bestimmt überkritisch. Und musste dringend meine Hassliste ausmisten. Sonst würde ich mich demnächst wieder bei Rori ausheulen, weil es mit Hank nicht geklappt hatte.

Ich legte meine Gabel beiseite. Und schwenkte mein Glas. Wir hatten Sangria bestellt. Zur Feier des Tages. Unser erstes Date nach meiner Rückkehr von einem verlängerten Wochenende im Orgasm Camp. Wir waren wieder vereint. Nach etlichen Dates – inzwischen mindestens sieben –, dem Internet sei Dank. Das war schon was. Das war ein Grund zu feiern.

Ich fischte in meinem Glas nach einem Apfelschnitz.

Hank schlug die Beine übereinander. Wir saßen auf Barhockern. Die Situation war etwas angespannt; er sprach es aus. »Ich bin es gewohnt, der Star in meiner eigenen Story zu sein«, sagte er. Das war auf mein Buch gemünzt. »Ich weiß nicht, ob ich Bock hab, irgendwo anders eine Nebenrolle zu übernehmen.« Da war was dran. Manchmal war ich mir ja selbst nicht sicher, ob ich mein eigener Erzähler sein wollte. Verdammt, es ärgerte mich, dass ich nicht allwissend war. Ich wollte wissen, wie meine Mitmenschen tickten. Man kann nicht alles haben, es sei denn, du lebst in trauter Harmonie wie die Orgasm People. Nach meiner Rückkehr hatte ich einen Traum gehabt: Sie saßen alle in einem roten Cabrio. Mit Sonnenbrillen auf den Nasen. Und rudernden Armen. Ihre Zeigefinger muteten wie Dildos an, mit denen sie auf die Dinge am Straßenrand zeigten. Nickten einhellig und waren sich einig, auf diese Weise transformierten sie Substantive in Verben. Was immer sie wollten, passten sie ihrer Community-Realität an.

Um seine Identität zu schützen, schlug Hank vor, ich solle in meinem Buch so tun, als wäre er Koch bei McDonald's und hätte sagenhafte drei Eier in der Hose. »Ich will nicht, dass bekannt wird, wer ich wirklich bin«, erklärte er. Mal ganz ehrlich, meinen Sie, ich hätte irgendeinen Volltrottel daten mögen, der auf Teufel komm raus in meinem Buch erscheinen will? Mit vollem Namen und möglichst noch mit Adresse, Telefonnummer und allem? So einer ist ja krank im Kopf (wie ich streckenweise). Ich war einverstanden, ihm in meinem Buch das Pseudonym »Tri-Testikel-Burgerdreher« zu geben. Soweit ich feststellen konnte, hatte er jedoch keinen Extrahoden. Wir hatten zwar schon zig Dates gehabt, uns aber bisher nie die Kleider vom Leib gerissen.

»Ich bin es nicht gewöhnt, lauter abstraktes Zeug über Orgasmen zu quatschen«, räumte er ein. War das der Wink mit dem Zaunpfahl? Er schob einen weiteren Pilz zwischen seine bärtigen Lippen, und ich fixierte seinen Bauch. Der sah aus, als hätte er einen mittelgroßen Hüpfball verschluckt. Übergewicht, inzwischen eine Volkskrankheit in der City. Und wie schaut's da bei dir aus, Mara?

Wir schlenderten zu seinem Apartment. Und küssten uns an einer Straßenkreuzung, weil die Ampel auf Rot sprang. Ich fühlte ihn wieder, diesen Bart, rau und kratzig. »Willst du noch mit hochkommen?«, fragte er. Aus den Augenwinkeln heraus erspähte ich das Zeichen für die U-Bahn. »Ein anderes Mal«, wiegelte ich ab und umarmte ihn freundschaftlich. Er musste nicht wissen, was ich den Abend über gedacht hatte. Ich lief die Stufen hinunter, ohne noch einmal hochzusehen. Ein klarer Fall von Bindungsängsten, oder? Als Rori mich löcherte, wo da das Problem sei, schilderte ich ihr das Bild, das sich mir mental bot: Ich dachte an ein Lasso, das in Form einer großen Schlinge auf dem Boden lag, und ich stand etwa einen halben Meer daneben.

Ich hatte ewig keinen SEX mehr gehabt, das letzte Mal lag inzwischen fast ein Jahr zurück. (Als ich Hank das sagte, meinte er, er werde die PPA anrufen – die Pussy Protection Agency. Ob ich etwa unter das Pussischutzprogramm falle?) Ich wusste gar nicht mehr richtig, was Sex war.

Folglich besorgte ich es mir an jenem Abend selbst. Ich war diesbezüglich bequem geworden, in der trügerischen

Hoffnung, irgendwer würde sich meines Orgasmusproblems annehmen. Irgendein Lover wird es mir irgendwann schon noch besorgen, so meine Überzeugung, dann brauch ich nicht selbst aktiv zu werden. Ich schwenkte todesmutig den Säbel. Ich lag auf einem Handtuch, in meinem Bett. Die Tube Gleitgel, die Eric mir mitgegeben hatte, war noch halbvoll und kleckerte beim Ausdrücken. Ich hatte leichte Gewissensbisse, weil ich den Vibrator benutzte, nachdem ich von der OP-Community zurück war, die es ausschließlich mit den Fingern machte. Als ich mit Zola über Vibratorabhängigkeit und so diskutiert hatte, hatte sie lässig abgewinkt. Sie selbst verordnete sich eine zweiwöchige Vibratorabstinenz, sobald sie irgendeine lauernde Suchtgefahr witterte. »Mach dir da mal keinen Kopf«, lautete ihre Devise. »Das kriegst du locker in den Griff, Süße.«

Das mit der Klimaxgeschichte war gar nicht so einfach. Ich überlegte: Diese Story kam irgendwie nicht richtig rüber. Ich hab Sex mit irgendwelchen Sexleuten, ich hab Sex mit mir selbst, aber ich hab keinen Sex mit Leuten, wobei es mal richtig abgehen könnte. Irgendwas lief da verkehrt und nicht bloß der Säbel, der wie ein scheuendes Grubenpony über meine Clitty Rose galoppierte.

Da lag ich nun, nackt. Ich schnupperte an der Spitze des Vibrators. Fiona, die ihren Muschisaft probiert, beteuert, dass sie daran ihren Zyklusverlauf abliest. Ich mag meine Muschi mittlerweile ganz gern, ja, echt, ich kann sie auch ganz gut riechen, aber Schmecken ist tabu. Mein Geschmacksempfinden kennt nämlich Grenzen. Und das ist gut so. Ich finde, gewisse Hemmschwellen gehören einfach gewahrt.

HANK TRIFFT EARL

Meine Nabelgegend war für Eric und jeden meiner Lover verbotene Zone. Kein Nabel. An diesem Grundsatz hab ich bisher immer festgehalten. Fasst mich dort einer an, kommt mir prompt die Galle hoch. Eric, dem Tabuzonen ein Gräuel waren, empfahl mir eine Spezialistin für mein Problem. Er versprach, mich bald wieder zu treffen, um die unterdrückten Emotionen in dem kleinen Knoten zu erforschen, wahrscheinlich ein Ergebnis der bei uns praktizierten Nabelschnurschnitttechnik. Darauf tippte die Spezialistin übrigens auch. Außerdem wollte er sich über meine Masturbationsfortschritte informieren. Ich musste mich jedoch in Geduld üben, da der Mann, der Betty mithilfe eines Vibrators in die Geheimnisse des Sex eingeführt und damit eine Schlüsselrolle bei ihrer Entwicklung zur Sexphilosophin gespielt hatte, vor Kurzem verstorben war. Eric und Betty trauerten um ihn.

In der Zwischenzeit wünschte ich mir verzweifelt, ich würde auf Hank abfahren. Einerseits wünschte ich mir das, andererseits versuchte ich ihn zu vergraulen. Ich erzählte ihm die schlimmsten Sachen über mich. Dass ich an meinen Achselhöhlen schnüffeln würde, um mich in Fahrt zu bringen. Dass ich im Supermarkt klaute. Dass ich zu öffentlichen Anlässen gern Groucho-Marx-Brillen tragen würde (also diese Scherzartikel mit der dicken Nase und dem buschigen schwarzen Schnauzbart). Hank rief jedoch immer wieder an – keine Ahnung wieso. Ich selbst wäre längst mit mir fertig. Nach sechs Wochen Zuhörenmüssens bei meinen gesammelten Indiskretionen und Bettgeschichten hätte ich mir längst den Laufpass gegeben. Gnadenlos. Wir trafen uns jedoch weiterhin jeden zweiten Tag. Ich fühlte mich irgendwie von ihm angezogen. Und war jedes Mal überrascht, wenn er mich küsste und ich seinen Sabber schlabberte. Zusammen produzierten wir jede Menge Spucke. So ein Sabberfritze war mir bisher nicht untergekommen. Dafür musste es Gründe geben. Ich fragte Ursula.

»Halt einfach aus«, riet sie mir. »Das kann sich mit der Zeit ändern.«

»Ist dir das schon mal passiert?«, bohrte ich nach.

»Nein, nicht wirklich«, antwortete sie. »Aber ich hatte mal einen Typen, der sich nie die Füße wusch.«

»Und, wie war das?«

»Igiiitt, ekelhaft.« Sie schüttelte sich. »Nach ein paar Wochen hab ich ihn in die Wüste geschickt.«

»Oh.«

Ich war mal wieder in Hanks Apartment. »Ich mag meine Mädchen schön cremig wie ein Bananensplit«, sagte er. Dabei schob er meine Schenkel auseinander. Ich wusste nicht, was ich darauf antworten sollte. Stattdessen schluckte ich schwer und machte erst mal mit. Bestimmt legte er es ebenfalls darauf an, mich zu vergraulen, denn seine Bude hatte was von einem Krisengebiet im Ausnahmezustand. Auf dem Boden stapelten sich irgendwelche Sachen, dass ich immer erst fühlen musste, wo Teppich und wo Parkett war. Ich entdeckte ausgefallene Haare und Schuppen auf seinem Sofa. *Wü…rrrg.* Der Haufen mit Schmutzwäsche türmte sich wie eine Lavaeruption neben der unglaublich hohen Matratze.

Ich könnte bei ihm aufräumen und saubermachen, überlegte ich. Seinem Apartment fehlte bloß die helfende weibliche Hand, das war alles. Hilfe, war ich eigentlich nur bescheuert?

Ich rief meine Mom an. »Ich mag ihn, Mom, glaub ich wenigstens. Aber ich denke, wir haben ein Problem. Vielleicht sind wir körperlich nicht kompatibel.«

»Es macht mich halb wahnsinnig«, unterbrach meine Mom meine mentalen Ergüsse. »Wieso mögen Frauen keine netten Typen!? Willst du irgendeinen Bekloppten, einen Brutalo oder so? Ich kapier das nicht. Es ist dumm. Dumm. Strunzdumm.«

»Danke, Mom, du hast mir sehr geholfen«, sagte ich missmutig.

Sie war bestimmt gereizt, weil ihre biologische Uhr *tick-tick-tick* von wegen Enkel machte.

Zwei Tage darauf war Hank bei mir. Es war schon spät, wir waren in meinem Zimmer, und ich wollte nicht wirklich, dass er bei mir übernachtete. Damit würden wir zwangsläufig in den Lassobereich vordringen, mein Refugium, das ich nicht teilen mochte. Ich wollte allein aufwachen und nicht vom fröhlichen Gähnen eines Mitschläfers. Oder von seinem Geschnarche – so was hasse ich. Ich habe einen leichten Schlaf. Was, wenn Hank tatsächlich schnarchte? Ihm war bestimmt nicht klar, dass es sofort aus wäre, wenn er auch nur einen Mucks von sich gäbe.

Während ich mir das Hirn zermarterte, wie ich ihn freundlich, aber bestimmt vor die Tür setzen könnte, küsste er mich. Und dieses Mal feuriger. Seine Lippen pressten sich auf meine, dabei gruben sich seine Barthaare förmlich in meine Poren, dass ich nicht zu sagen gewusst hätte, wer von uns beiden nun den Schnäuzer hatte. Er fand, wir wären wie zwei Teenager. »Wieso?«, wollte ich wissen. Weil wir uns endlos lange küssten, meinte er.

»Wie machen es denn Erwachsene?«

»Na, jedenfalls nicht so lange.«

»Jammerschade«, seufzte ich.

Wir begannen uns auszuziehen. Es war nicht besonders anturnend, eher von unfreiwilliger Komik begleitet, wie wir uns da gegenseitig aus unseren schützenden Baumwollkokons schälten. Ich war nervös, ihn in natura zu sehen. Nervös, wie er auf meinen Körper reagieren würde und ich auf seinen Wohlstandsspeck. Sein Hüftgold war so weich wie ein Doughnut, und es juckte mich in den Fingern, ihn zu kitzeln. Ich tat es, was bei ihm einen Kicheranfall auslöste. Hank ist unglaublich kitzlig.

Er streichelte mich, und es war überhaupt nicht langweilig; ich fühlte mich kein bisschen wie eine Zuchtkuh. Er drang in meine Feuchtgebiete vor und wollte wissen, ob mir das gefiel. Ich zögerte mit meiner Antwort. Ich hatte verdrängt, wie normale Leute mit Vulvas umgehen. Er war der erste Amateurklitstreichler seit Langem, der dabei Gefühl zeigte. Zumal ich inzwischen ein nahezu anthropologisches Interesse für klitorale Stimulationstechniken entwickelt hatte.

Ich fühlte mich bemüßigt, ihn ebenfalls zu stimulieren. Zumindest hielt ich es für fair, den augenblicklichen Zustand durch eine Quidproquo-Genitalstimulation aufrechtzuerhalten, um es mal lateinisch zu umschreiben. Vielleicht war ich auch noch nicht bereit für seine ungeteilte Aufmerksamkeit. Wir schauten uns an, seine Finger lagen auf meiner Muschi und drehten da unten so was wie Achten oder vielleicht auch Pirouetten (die OP-Family wäre bestimmt ausgeflippt, weil er nicht klitoriszentriert streichelte), und meine Hand tastete sich *langsam! langsam!* zu seinen Hoden vor.

Puh, uff, es waren bloß zwei! Er war kein Mutant,

obwohl, Sie dürfen mir glauben, ich für so was offen wäre.

Er sah anders aus in der Horizontalen. Meine Fingerkuppen nahmen Kontakt auf. Kreisten, kraulten. Seine Testikel hüpften euphorisch unter der haarig weichen Haut. Ich schwamm in Weichheit. In Zärtlichkeit. Er wollte mich mit einbeziehen.

Dann ejakulierte er. Ich hatte mich unwillkürlich zurückgelehnt, schließlich bin ich keine lebende Spritzschutzwand.

Er verharrte in der Bewegung, seine Finger schwebten über meiner Vulva.

»Mehr?«, fragte er mich.

Was für ein aufmerksamer, gewissenhafter Typ.

»Nein, lass mal, alles okay«, antwortete ich.

Er schien zwar schwer inspiriert, dort weiterzumachen, wo er aufgehört hatte, trotzdem bedrängte er mich nicht. Ich konnte seine Enttäuschung nachvollziehen; auf der einen Seite quatsche ich pausenlos davon, dass ich unbedingt kommen will, auf der anderen Seite gibt er mir die Chance, Clitty Rose mal so richtig einzuheizen, und ich Idiotin sträube mich. Ich war mir jedoch zu neunundneunzig Prozent sicher, dass mein Orgasmus bei einem neuen Typen erst mal mordsmäßig in die Hose gehen würde. Von daher war ich schon froh, dass ich es geschafft hatte, meine Hose überhaupt auszuziehen.

Wir waren beide nackt. Ich schaute auf meinen Schritt. Wie gesagt, bin ich da unten behaart. Ich fragte Hank, wie er meinen Irokesen fand. »Ist das okay für dich?«

Statt einer Antwort erzählte er mir, mein Busch da unten hätte was von einer Schamhaarperücke. So was trügen Frauen, vor allem Prostituierte, für gewöhnlich, um irgendwelche Narben von Krampfaderoperationen zu kaschieren.

Er wusste immer exakt das Falsche zu sagen. Dafür liebte ich ihn.

Dann kuschelten wir.

Plötzlich starrte er mit schreckgeweiteten Augen auf meine linke Achselhöhle. Ich folgte seinem Blick, hellauf in Panik. Igitt, was war da? Hatte ich mich nicht rasiert? Müffelte ich? Für gewöhnlich ist meine rechte Achselhöhle ein echter Stinker. Dann sah ich, was er sah. Dreimal dürfen Sie raten: Earl, der Stoffelefant, kuschelte sich in meinen Arm. Wie kam der bloß dorthin? Ich klemmte wie Wurst in Brötchen zwischen Earl und Hank und umarmte beide. Ich wurde leicht rot.

»Das ist Earl«, stammelte ich. Er lachte.

Es war halb vier morgens.

»Du gehst jetzt besser«, sagte ich. »Ich meine, wenn du noch gehen willst. Ist das okay für dich?«

»Ich würde zwar lieber bleiben«, meinte er gedehnt, »aber klar ist das okay, kein Problem.«

Daraus schloss ich, dass er nicht bloß hinter der haarigen kleinen Nummer zwischen meinen Beinen her war; sonst wäre er bestimmt nicht so rücksichtsvoll gewesen.

Und er schien auch kein bisschen sauer über den frühmorgendlichen Rausschmiss. Ich dagegen dachte, *heilige Scheiße, was bist du für eine herzlose Zicke, Mara.* Ich wette, nicht mal der Messie wäre zu dieser unchristlichen Zeit auf die Schnapsidee verfallen, seinen Müll nach draußen zu werfen.

DER MUSCHIFLÜSTERER WÜRDE GERN ALLEN FRAUEN EIN STÜCK VON SEINEM SCHOKOLADENKUCHEN ABGEBEN

Hank und ich waren nicht monogam; wir waren ja nicht mal ein Paar. Genau genommen war das bisher nicht Thema gewesen. Mein Datingprofil stand weiterhin im Internet. Meine Mitgliedschaft galt noch ein paar Wochen. War ich zu bequem, es rauszunehmen? Oder einfach neugierig, wer sich noch alles melden würde?

Folglich hatte ich null Gewissensbisse, als Eric bei mir erschien. Wir waren in meinem Zimmer. Und er sah umwerfend aus im matt funkelnden Kerzenschein. Er hatte mir ein paar kleine Flakons mitgebracht, mit Sexölen, wie er sagte. Eins hieß Ylang-Ylang. Öle zum Anturnen. Es duftete moschusartig, erdig-süß, nahezu sündhaft frivol.

Wir hatten dieses Rendezvous schon länger geplant, noch bevor Hank und ich unseren Striptease hingelegt hatten. Folglich hatte ich kein schlechtes Gewissen. Bei Eric tat ich immerhin was für meine Bildung. Eric war ein Lehrer: Professor für alle Liebeslagen.

Er wirkte indes mehr wie ein Sexsuperheld, als er sein übliches Spandexshirt – KÖRPERWAFFE stand über der Brust – über den Kopf zog. Wir knallten uns aufs Bett. Er meinte, wir sollten mit Freestyleknuddeln anfangen, um neue Körpereindrücke zu gewinnen. Musik lief; er stand auf stimmungsvolle Untermalung. Auf Ambiente.

Mit ihm war es viel einfacher als mit Hank, weil ich weniger Hemmungen hatte. Eric legte den Kopf auf meine Brust und massierte mit seinen Händen meine Füße. »Das macht echt Spaß«, meinte er zu unserer neuen Stellung.

Wir waren zusammen essen gewesen. Thailändisch. Im Restaurant war mir wieder einmal aufgefallen, dass er ohne Schlafzimmer aufgeschmissen war. Wenn er kein Bett in der Nähe wusste, erinnerte er mich ein bisschen an einen Blinden ohne Stock.

Wir machten weiter. Vor drei Monaten hatte er mir den Säbel mitgegeben. Er erzählte mir von ein paar *sirupartig kristallinen* Steifen, die er gehabt hatte (er gebrauchte allen Ernstes diese Adjektive!). Ich erzählte ihm von Hank.

»Ich habe Dates mit einem Typen«, begann ich.

Er wollte wissen, ob Hank einen Bierkrugschwanz hätte.

»Ich kenne eine Menge Frauen, die auf das jüdische Bierkrugmodell stehen«, meinte er.

»Äh … häh? Bierkrug? Wie meinst du das?«

Er erklärte, jüdische Penisse wären angeblich nicht besonders lang, dafür aber dick.

Prompt stellte ich mir Hank mit einem Budweiserkrug als Schniedel vor und schüttelte, um das Bild loszuwerden, hastig den Kopf. Mit welcher Art Juden hatte Eric da bloß rumgehangen?

Nach dem Essen schlenderten wir Händchen haltend in mein Apartment zurück. Er neigte sich über mich; seine Hüfte schmiegte sich warm an meine.

Wir waren immer noch beim Thema Schwänze. Laut Eric haben Frauen ein Faible für große Schwänze, weil sie irgendwo auf der Zervix einen magischen Punkt haben, der bei Stimulation die Wahnsinnserleuchtung bekommt. »So als ob beim Christbaum die Festbeleuchtung aufleuchtet«, erklärte er. Das alles wusste er von Betty.

Ich murmelte, dass ich nichts dagegen hätte, wenn mir da unten mal ein Licht aufginge, doch da war er schon beim nächsten Punkt. Nämlich dass Frauen dauernd beteuerten, er habe einen schönen Schwanz. »Lernt ihr Mädchen das in der Schule?«, hakte er nach. »Dass man Typen erzählen soll, sie hätten den perfekten Schwanz?«

Was soll man darauf antworten, ohne sich dabei selbst als Lügnerin zu entlarven? Haben Sie in puncto Schwanz und Co. etwa noch nie geschwindelt?

»Mädchenschule«, bekräftigte ich. »Echt witzig.« Die bloße Wiederholung, das weiß jedes Kind, macht eine weitere Antwort überflüssig.

Nach unserer Kuschelrunde gab ich zwei Tropfen Ylang-Ylang auf meine Handflächen und massierte ihn. Er warnte mich, dass er seine Omega-3-Ration zu hoch dosiert habe und ihm deshalb jede Menge Haare auf dem Gluteus maximus sprießen würden. »Sechs am Tag ist definitiv zu viel«, klärte er mich auf. »Ich hab angefangen, mich zu rasieren, und überlege ernsthaft, ob ich sie nicht besser weglasern lasse.«

Demnach haben heilige Huren auch ihr Päckchen zu tragen. Das stimmte mich milde euphorisch; zumal ich vor ein paar Stunden fluchend an meinem Urwald rumgewachst hatte.

Eric machte so viele Workouts, dass sein Knackarsch definitiv Vorzeigecharakter hatte, anders gesagt: Prototyp knackiger Männerarsch. Dass ich derart frivol drauf war, lag bestimmt nicht an der Ylang-Ylang-Essenz. Sein Rückgrat schwingt sich in einer perfekten Rundung zu einem Wahnsinnspodex. Ehrlich gesagt könnte sein Körper auch der Prototyp für einen sexy Superbody sein. Sein Mund war so breit und weich, dass dort jede Menge reinpasste. Kurz zuvor hatte er meine ganze Brust – sie ist, wie gesagt, nicht besonders groß, trotzdem war es beeindruckend – in seinen Mund gesogen. »Spirituelles Lutschen«, hatte er schlürfend gemurmelt.

Er wolle seinen Namen ändern, erzählte Eric beiläufig. »In Amaranth!«, verkündete er. In seiner Stimme schwang Leidenschaftlichkeit. Dynamik. Es sei nicht bloß eine schöne Pflanze, sondern bedeute auch »immerwährend«. Ein symbolischer Name, der zu seinen Obsessionen passte: Eric Amaranth wünschte sich gute, gesunde Orgasmen, für immer und ewig, sein ganzes Leben lang. Damit hatten wir etwas gemeinsam: Wir wollten beide unsere Noch-nicht-tot-Zeit intensivieren. Ich zog es allerdings vor, mich mit regelmäßigem Weinkonsum zu konservieren, statt mich mit seiner Gemüse- und Proteinshakediät in einen lebenden Komposthaufen zu verwandeln.

Nackt. Er drehte mich auf den Rücken. Jetzt ging es ans Eingemachte, an den Orgasmuscheck. Wir arbeiteten mit Säbel und Dildo, im Tandem. »Press ihn direkt an die Klitoris«, korrigierte er meine Säbelführung, während er mit dem pinken Dildo rein- und rausflutschte. »Okay, alles paletti.«

Dann fragte er mich, ob er Clitty mal schmecken dürfe.

Ich überlegte scharf. »Nein.«

»Lustverweigerung?«, forschte er und wollte wissen, wie es zu meiner negativen Haltung gekommen sei.

Damit hatte er mich eiskalt erwischt. Der Kerl war verdammt gewieft. Was sollte ich jetzt antworten?

»Okay.« Ich gab mich geschlagen. »Dann probier sie halt mal.«

Als verantwortungsbewusster Lehrer und im Hinblick auf Safer Sex meinte er, müsse er dabei *streng genommen* einen Beißschutz tragen. Wieder was dazugelernt. Er rutschte mit dem Gesicht zwischen meine Schenkel, wobei sich sein angespannter Knackpopo an meinen Toilettentisch quetschte. Es war eben ziemlich vollgestellt bei mir im Zimmer, und ich hörte, wie irgendwelcher Nippes zu Bruch ging. Es war mir egal. Das hier war meine erste richtige orale Examination, Expedition, Exploration mit den möglichen Nebenwirkungen extremer Erregung. Meine Beine zitterten. Dann schaute ich nach unten und konnte mich nicht mehr konzentrieren. Ich sah bloß Erics Augen, der Rest von seinem Gesicht verschwand in meinem Irokesen. Aus meiner Perspektive erinnerte mich der wirre schwarze Zottelpelz unter Erics Nase an Hanks Gesichtsvorhang.

Irgendwie hatte ich ihm gegenüber ein schlechtes Gewissen; Hank arbeitete bestimmt an irgendwelchen kniffligen Aufnahmen in seinem Studio, während ich es mit einer heiligen Hure trieb. Und ich fühlte mich mies, dass ich es nicht bei dem guten altmodischen Mara-Masturbationsorgasmus beließ. Nach landläufiger Meinung war das, was Eric gerade mit Clitty veranstaltete, zweifelsfrei der Königsweg zum Kommen, bloß Clitty Rose wusste anscheinend nichts davon. Wenn ich nicht Hand anlegte, war der Höhepunkt für das arme Mädchen wohl weiterhin ein ewiges Geheimnis.

»Kein Orgasmus«, berichtete ich.

»Aber es fühlt sich trotzdem gut an, oder?« Eric hob kurz den Kopf.

Das tat es. Ehrlich gesagt fühlte es sich gewöhnungsbedürftig an.

»Ja«, japste ich. »Fantastisch.«

Amaranth legte wieder los. Und ging auf Tauchstation. Nach etwa einer halben Stunde kam er wieder hoch, um Luft zu holen. Er fixierte mich mit großen hungrigen Augen. Muschi war offenbar seine Droge. Sein Red Bull. Er blieb noch eine kurze Weile zwischen meinen Schenkeln liegen. Er schien zu überlegen, während seine Augen meine Zimmerdecke abtasteten.

»Vermutlich sollte ich die Frage nicht stellen«, hob er an.

Will er mich etwa an der Decke aufhängen?

»Ich kann bloß raten«, fuhr er fort, »aber ich schätze mal, du hast noch nie jemanden hinten rangelassen, oder?«

Ich klemmte automatisch die Beine zusammen. Stützte mich auf den Ellbogen auf. Und starrte ihn an, als wäre er ein Alien. »Nein«, antwortete ich. »Also wirklich, mein Arsch? Du willst in meinen Arsch?«

Mist, da hatte ich wohl das entsprechende Memo verpasst.

»Ja doch«, bekräftigte er. Er stützte sich lässig mit den Oberarmen am Fußende auf. »Mach hin, wasch dich, mit Seife und Wasser.«

Ich dachte an Q-Tips und meine orgastischen Ohren – und an schätzungsweise eine Million anderer unentdeckter Stellen meines Körpers, die gern ein bisschen Spaß gehabt hätten. Muschi ist zwar super, aber anscheinend nicht *alles*. Ich atmete tief durch. Okay, okay.

Ich wusch mich hastig und war froh, dass ich im Flur nicht mit Leigh oder Ursula zusammenprallte. Amaranth drehte mich auf den Bauch. Er erzählte mir, dass jener Teil der menschlichen Anatomie sträflich vernachlässigt würde. Weil Männer das oft mit Homoerotik in Verbindung brächten. »Dabei gibt es nichts Heißeres als einen Kerl, der mit einem Vorschnalldildo durchgefickt wird.

Ich atmete mehrmals tief durch. Vergrub mein Gesicht in meinem Kopfkissen. Und rollte mit den Augen. Ich drehte mich, um zu sehen, was da hinten vor sich ging, was diese bisher nie gekannte Empfindung hervorrief. Gefühlsblitze umflammten meinen Körper. Es kitzelte, schmerzte, kratze, ließ mich windend aufbäumen, dann zusammenbrechen.

Die sträflich vernachlässigte Körperregion fand Erleuchtung. War glücklich. War im Nirwana. War sauer, dass ich sie sechsundzwanzig Jahre lang schnöde übergangen hatte. Ich hatte große Lust, ein Memo auszusenden. Und sämtliche In-Boxen mit meinem Spam zuzumüllen. Alle sollten es erfahren. Die Welt sollte besser werden dadurch.

Dann klingelte mein Telefon. Während Eric an mir rummachte, schaute ich auf das Display. Es war Hank. Scheiße, Hank. Ich legte gleich wieder auf. Ich würgte Hank ab, weil eine heilige Hure an meinem Arsch herummachte.

Ich fühlte mich irgendwie schäbig.

Eric rutschte neben mich. Ich half ihm beim Kommen. Er machte mir Komplimente, während ich ihn beglückte. »Deine Hand sieht süß aus«, meinte er, »wie sie mich umschlingt.«

Und er war bestimmt verdammt gesund, denn sein Orgasmus, da war ich mir ziemlich sicher, dröhnte verbal bis nach Manhattan. Sein röhrender Bassbariton übertönte vermutlich sogar das Scheppern und Kreischen der U-Bahn. Ich rang kurzzeitig mit mir, ob ich ihm ein Kissen auf den Mund drücken oder seine Stöhnarie für die Nachwelt aufnehmen sollte. Am nächsten Morgen fragte Leigh mich erschrocken, ob alles okay sei.

»Was meinst du damit?«, fragte ich.

»Na hör mal, gestern Abend klang es so, als hättest du in deinem Zimmer ein Schwein abgestochen.«

»Nein.« Ich schüttelte lachend den Kopf. »Das war Amaranth beim Shoot-down.«

Eric drückte mir einen Kuss auf die Wange und grinste breit. Bei den Wahnsinnslippen musste man fast Angst haben, dass er einen mit Haut und Haaren verschlang, sobald er beim Küssen den Mund aufmachte. Seine Finger glitten durch meine Haare.

Ich wollte wissen, ob er schon mal daran gedacht hätte, monogam zu werden. Er antwortete, das sei nicht fair gegenüber allen anderen Ladys. Er sei so was wie ein Schokoladenkuchen, die meisten anderen Männer dagegen eher Schokotoffees. Ganz schön eingebildet, der Kerl. »Jede toughe Braut sollte ein Stück von mir abbekommen«, sagte er. »Das Problem dabei ist, dass es mich nur einmal gibt.«

Das brachte mich ins Grübeln. Wow, er denkt, er ist ein Gottesgeschenk für uns Frauen. Und wissen Sie was? Er hat vermutlich Recht. In seinem Metier ist er wirklich allererste Sahne.

Ich solle mir einen Typen suchen, der ähnlich gestrickt sei wie er, riet er mir. »Jemanden, der langsam rangeht«, erklärte er. »Frauen brauchen viel Zeit und Geduld. Und jede Menge Streicheleinheiten.«

Vielleicht hatte ich den sogar schon gefunden, überlegte ich.

Noch langsamer als bei Hank und mir war bestimmt unmöglich.

Ich nahm mir fest vor, mit Hank Klartext zu reden und ihm freimütig zu beichten, was ich mit Eric machte. Wie schon gesagt, mein Gewissen knabberte an mir. Außerdem war ich noch nie eine überzeugende Lügnerin gewesen. Am nächsten Morgen fand ich eine E-Mail in meinem Postfach – Erics Kritik an meiner Masturbationsnummer.

Eric »Amaranth« Wilkinson schrieb:

probier mal, mit dem vibrator über deine klitoris zu streicheln und gleichzeitig auch mit den fingern, das erregt sie bestimmt himmlisch gut. versuch es mal mit einer höheren geschwindigkeitsstufe und kreise behutsam um die labien. nach dem, was ich gestern abend gesehen habe, bringt es nichts, wenn du ihn an einer

stelle lässt und nicht genügend power draufgibst.
glaub mir, damit wird sie nicht wirklich stimuliert.
bussi! – eric

Weil ich wollte, dass Hank den bildungsmäßigen Aspekt dahinter begriff, lud ich ihn auf ein Glas Wein ein. Insgeheim hoffte ich, dem Problem damit die Brisanz zu nehmen.

»Ich muss dir was gestehen«, fing ich an. »Ich war letzten Dienstag mit einer heiligen Hure zusammen.«

Zwischen seine Brauen schob sich eine steile Falte. Er kniff die Augen zusammen.

»Aber es war kein bisschen romantisch«, wiegelte ich ab. »Du musst dir das eher wie eine sexuelle Weiterbildung vorstellen. Meine heilige Hure ist nämlich der Lebensabschnittsgefährte der Mutter der Masturbation. Du siehst also, es hat rein gar nichts zu bdeuten. Ganz ehrlich.«

»Was macht deine heilige Hure denn so Besonderes?«, wollte er wissen.

»Mmmh«, seufzte ich, »er bietet mir sexuelle Aktivitäten an, und ich wähle, was ich will.«

Er wirkte zwar nicht unbedingt begeistert, schien meine Ausführungen aber bis zu einem gewissen Grad zu schlucken.

»Ich kann ihn auch als Sexsurrogat bezeichnen«, schlug ich vor. »Klingt das besser für dich?«

»Das ist wie männliche Nutte, bloß verkleistert«, brummelte er. »Oder?«

»Hmmm, irgendwie schon.«

Damit käme er erst mal klar, meinte er, aber Monogamie sei ihm natürlich lieber (er faselte irgendwas von Bakterien und anderem Ekelkram, den er nicht in seinem Schlafzimmer haben wollte).

Wenn ich das Wort Monogamie bloß höre, stellen sich

mir die Nackenhaare auf. Ich gerate in Panik. Weil ich das Gefühl nicht loswerde, dass die Leute nicht zuletzt deswegen wie die Gestörten auf die Piste gehen und völlig beknackte Dinge tun.

Bisweilen drängt sich mir der Verdacht auf, dass die Monogamie bloß erfunden wurde, um die Menschheit zum Fremdgehen anzuhalten. Umgekehrt: Wenn es die Monogamie nicht gäbe, gäbe es kein Fremdgehen. Es ist ein Konstrukt: Des einen Frust ist des anderen Lust. Aus biologischer Sicht ist das völlig normal. Fremdvögeln liegt folglich in den Genen. Die Menschen rauchten lange Zeit und hielten sich für cool, bis die Ärzte entdeckten, dass Rauchen Krebserkrankungen fördert. Die Monogamie wird auch schon seit Längerem praktiziert, kann ich da bloß anmerken.

Hank beschäftigten offenbar andere Dinge. Mir machte es jedenfalls schwer den Eindruck, dass ihm irgendeine Laus über die Leber gelaufen war.

»Du schreibst das doch sicher alles in deinem Buch? Unsere Unterhaltung und so, nicht? Die Leute lesen das«, folgerte er. »Und bekommen spitz, dass du eine heilige Hure gedatet hast, obwohl wir beide was zusammen haben. Weißt du, was meine Freunde dann von mir denken? Dass ich nicht mehr ganz dicht sein kann. Ich treff mich mit einem Mädchen, das eine heilige Hure hat. Kapierst du? So was kommt bei den Leuten total bescheuert rüber.«

»Okaaay«, meinte ich gedehnt, »es ist ein bisschen abseitig, aber sag doch mal: Hast du dich jemals von hinten nehmen lassen?«

ANGINA GOFER MOMS – MEANING OF ORGASM

Etwa um die gleiche Zeit bekam ich einen Anruf von OneTaste wegen eines möglichen Interviews mit Nicole Daedone. Juchhuu, die Gasmus-Tante war endlich bereit für mich. Ich hatte in den letzten sechs Monaten hartnäckig nachgehakt und war immer wieder vertröstet worden. Zwar hatte ich jede Menge Einladungen zu irgendwelchen Events bekommen, trotzdem hatte ich mich seit Monaten nicht mehr in ihrem Zentrum blicken lassen. Am Telefon ratterten sie ihr sexuelles Entwicklungshilfeprogramm runter, wie Callcentermitarbeiter, die einem irgendwas andrehen wollen. Und genau wie beim Telemarketing erwischten sie mich jedes Mal beim Essen.

Ich war unschlüssig. Grundsätzlich sympathisierte ich mit der OneTaste-Philosophie – ich mochte ihre Offenheit und die Art, wie sie Leuten bei sexuellen Problemen mit praktischer Lebenshilfe unter die Arme greifen –, folglich fand ich es schwer nachvollziehbar, wieso sie mich bei Nicole Daedone dauernd abblitzen ließen. Sie wollten mich doch bestimmt als Mitglied gewinnen, oder? Vielleicht hatte das einen gegenläufigen Effekt, der bei mir eine Groucho-Marx-Reaktion auslöste: »Ich würde niemals einem Club beitreten, der jemanden wie mich als Mitglied aufnimmt.« (Ausgenommen meine Krankenkasse.)

Mag sein, dass ich sie unbewusst als kapitalistische Ausbeuter der Vulva einstufte – Orgasmus im Franchising. Immerhin haben sie mittlerweile zwei Niederlassungen und setzen stark auf Expansion. Was, wenn sie sich den Orgasmus weltweit patentieren ließen und wir Frauen müssten eine Schutzgebühr abdrücken für jedes Mal, wenn unser Uterus wackelt? Als ich das in San Francisco gegenüber einem hochrangigen Mitglied erwähnte, kam er mir mit folgender Vision: Er wünschte sich für die Zukunft, dass jeder Starbucks ein fünfzehnminütiges Vulvawackeln anböte, während man auf seinen Latte wartet. Außerdem sprach er von einer höchst bedenklichen Einstellung, die zunehmend weitere Verbreitung fände: Töte, was du nicht vögeln kannst. Folglich gäbe es weniger Tote, wenn man mehr vögelte. »Und weniger Kriege auf der Welt«, ergänzte er.

Ich muss zugeben, das klang plausibel. Vielleicht war ich bloß neidisch, dass ich aus der Orgasmuskiste nicht selbst Kapital schlug. Uuups, warten Sie, vielleicht doch. Aber nichts für ungut.

Ich diskutierte meine Ambivalenz gegenüber OneTaste mit Rori. Sie meinte, ich solle einfach auf mich selbst hören. Sex höre auf meine Wünsche. »Alles andere funktioniert nicht«, betonte sie. »Hören Sie nicht auf andere, hören Sie auf Ihr Gefühl.«

Ungeachtet meiner wie auch immer gearteten Gefühle brannte ich weiterhin darauf, die geheimnisvolle OneTaste-Gründerin endlich kennen zu lernen. Seit San Francisco hatte ich eine Menge Geschichten gehört. Der Gasmus war ein geschlagenes Jahr lang in zwei Zeitzonen stumm geblieben. Macht insgesamt gefühlte zwei Jahre vornehmes Schweigen. Dadurch wirken die Leute automatisch weiser (ich sollte mir das hinter die Ohren schreiben). Sie hatte zudem in knapp zwei Monaten zwei Bücher geschrieben –

indem sie die Wörter schlicht durch ihre Fingerspitzen gechannelt hatte. Selbst Zola, die für gewöhnlich über den Dingen steht, war neugierig geworden.

Seit Beginn meiner sexuellen Odyssee war ich von der Idee besessen, dass Ms. Daedone diejenige war, die mir die BEDEUTUNG DES ORGASMUS erklären könnte. Folglich war ich nach dem betreffenden Anruf total aus dem Häuschen. Ich bombardierte ihre Assistentin mit E-Mails – diese einmalige Chance wollte ich mir auf gar keinen Fall durch die Lappen gehen lassen. Schließlich einigten wir uns auf einen Termin.

Ich habe keine Angst, ich habe keine Angst, beschwor ich mich gebetsmühlenartig. Und wenn sie Gedanken lesen konnte? Wenn sie mein Unterbewusstsein mit ihren Ideen infiltrierte? Und meine Tränendrüsen in ihrem Beisein überfließen würden? Andere Leute blieben wie angewurzelt stehen, wenn sie einen Raum betrat, und schauten andächtig dabei zu, wie sie ihr Perrierfläschchen leerschlürfte. Ich nahm mir vor, schön cool und relaxed zu bleiben.

An dem Tag, als unser Interview stattfinden sollte, bekam ich drei E-Mails mit drei unterschiedlichen Locations. Als ich endlich, mit hängender Zunge, Location Nummer drei erreichte, erfuhr ich, dass sie eben weggefahren sei und mich im OneTaste-Center erwarte. Unhöfliche Zicke, ätzte ich im Stillen. Als ich ankam, machte ich jedoch die berühmte Faust in der Tasche. Ich schnappte mir hastig mein Notebook, wo ich mir Fragen notiert hatte, dann führte mich die Gasmus-Assistentin eine lange Treppe hinauf in einen weiteren, spartanisch eingerichteten Raum – Parkettboden, weiß gestrichene Wände und ein blaues Sofa, auf dem sich gelangweilt *der Gasmus* fläzte.

Die Assistentin zog die Tür hinter mir zu. Ms. Daedone und ich waren allein. Sie zeigte auf einen Sessel, und ich ließ mich unbehaglich hineinsinken. Das Herz klopfte mir bis zum Hals.

Ich dachte, ich komm ihr mit einem hammermäßigen Schocker. Sie steht bestimmt auf ungeschnörkelte Wahrheiten. Folglich eröffnete ich ihr schonungslos, dass ich das OneTaste-Konzept zwar begrüßen würde, mir der Laden aber trotzdem nicht geheuer sei.

Sie rutschte auf der Couch herum, schob einen Fuß unter ihren Allerwertesten. Breitete die Arme offensiv über den Sofarücken. Sie warf ihren Pferdeschwanz hin und her wie ein Pferd, das Fliegen abwehrt, und schob ihr Kinn vor, ehe sie loslegte.

»Wenn Sie das so empfinden, können Sie ja gehen. Gehen Sie ruhig. Ich zwinge Sie zu nichts. Wenn jemand nicht Mitglied bei uns werden möchte, ist das durchaus okay, keine Frage.«

So viel zu meiner hammerharten Schockerstrategie. Ich kippte fast aus den Latschen. War es möglich? Wieso kämpfte sie nicht um jedes potenzielle Mitglied?

Ich dachte krampfhaft über einen Themenwechsel nach.

»Das sind wunderschöne Granatäpfel.« Ich zeigte auf die Schale, die auf dem Couchtisch stand.

»Ja.« Sie nickte. »Ich finde sie auch sehr schön.«

In den nächsten siebenunddreißig Minuten drückte sie mir ihren Vortrag rein. Irgendwie schaffte ich es, ihr zuzuhören und nicht einzuschlafen. Ihre Handbewegungen hypnotisierten mich, zumal sie wie ein Hulatanz auf einem LSD-Trip anmuteten.

Ich verabschiedete mich, sobald ich fand, dass das Interview lang genug wäre für sechs Monate Wartezeit.

»Bloß keine Hektik. Ich hab Zeit«, versicherte sie mir.

Sie war nett. Sie war smart. Sie glaubte an den Orgasmus.

»Nein, nein, ich möchte Ihre kostbare Zeit nicht überstrapazieren«, versetzte ich und machte einen Satz zur Tür. Ich hechtete die Stufen hinunter, bloß raus an die frische Luft! Als ich auf die Straße wankte, schwirrte mir der Kopf. Es ärgerte mich maßlos, dass ich mich von den Geschichten und dem Geschwätz um ihre Person hatte beeindrucken lassen. Das Einzige, was bei mir haften geblieben war, war ihre These, dass der Orgasmus Menschen Erleuchtung brächte.

Die Erleuchtung war mir selbst schon gekommen. Demnach war dieses Interview ein klarer Fall für den Papierschredderer.

Unterwegs rief ich Zola an und lud sie auf einen Kaffee ein. Ich brauchte jemanden zum Quatschen. Ich hätte mich treten mögen, weil ich so dämlich gewesen war, die Gesprächsführung aus der Hand zu geben. Ich hatte es glatt versäumt, dem Gasmus die für mich wesentliche Frage zu stellen, nämlich die nach der BEDEUTUNG DES ORGASMUS.

Zola hatte einen Kunden und musste mich deswegen auf später vertrösten. »Mensch, Mädchen! Ich bin schwer im Stress«, kicherte sie. »Ich bin eine Sexworkerin, und die Kerle stehen bei mir Schlange.«

Niedergeschlagen schlenderte ich zum Greenmarket zu Atman. Vielleicht schaffte er es, mich moralisch aufzumöbeln. Dabei fiel mir Fiona ein. Sie glaubte, Antworten zu finden, indem sie Indien bereiste, den mystischen Subkontinent. Gurus schossen dort wie Pilze aus dem Boden. Das geheimnisvolle Land war auch die Geburtsstätte des Yoga. Siddharta saß unter einem Banyanbaum und verwandelte sich in Buddha. Erleuchtung. Nirwana. Und so weiter (und hoffentlich eine Menge guter Souvenirshops).

Sie hatte mir in den letzten zwei Wochen ein paar

E-Mails geschickt. Demnach hatte sie sich von Indien mehr versprochen. Es gefiel ihr überhaupt nicht. Sie wollte schleunigst wieder weg. Indien war schmutzig, überall lag Müll herum. Überall Chaos, nichts lief organisiert. Sie war desillusioniert. In ihrer Yogaklasse waren mehr Weiße als in ihrem New Yorker Kurs. (Sie ging wohl davon aus, dass Menschen mit dunkler Hautfarbe Erfahrungen authentischer machten – und ich? Besuchte ich deshalb regelmäßig meinen Vulvaguru?) Sie hatte ein Monatsgehalt für ein Flugticket hingeblättert, um Antworten zu finden, stattdessen quälte sie sich mit neuen Fragen.

Obwohl ich Lust auf ein Scone hatte, ging ich nicht zu Atman. Ich verkniff es mir, mein Dilemma wie üblich auf andere abzuwälzen.

Dann saß ich mit Zola im Café. Sie leckte sich Latteschaum von ihrem Zeigefinger. »Mmmmmmh«, stöhnte sie. Sie trug ein rotes Käppchen, passend zu ihrem knallroten Lippenstift. Irgendwie erinnerte sie mich an eine Geisha im Vintagelook. Ich erzählte ihr, dass ich das Interview vergeigt hätte.

»Für mich war der Gasmus ehrlich gesagt eine katastrophale Enttäuschung. Ich kapier echt nicht, was die Leute an der finden.«

»Sieh es mal ein bisschen positiver«, besänftigte Zola. »Immerhin kannst du deine Sextoys als Arbeitsmaterialien absetzen. Leiste dir ruhig noch einen Buttplug, einen kleinen, und reich die ganzen Quittungen nächstes Jahr mit deiner Steuererklärung beim Finanzamt ein«, riet sie mir. »Das öffnet das erste Chakra und baut Spannungen ab.«

Nachher, in meinem Zimmer, kämpfte ich mit den Folgen eines mittelschweren Koffeinschocks. Ich setzte mich vor meinen Computer und tippte THE MEANING OF ORGASM auf den weißen Bildschirm. *Was hatte der*

Orgasmus in Wahrheit zu bedeuten? Lag ich die ganze Zeit über falsch? Ich nahm erst mal das mit den Versalien raus: Caps lock – meaning of orgasm – und dann vertauschte ich die Buchstaben und machte Anagramme.

meaning of orgasm
enraging oaf moms
mafia monger song
managing some fro
angina gofer moms
mania gnome frogs
anemia from gongs
mama fingers goon
fireman gags moon
fame aging morons
safe man grooming
enigma farms goon
mega morning sofa

So betrachtet konnte the meaning of orgasm vieles bedeuten.

KARFREITAG

Hank lud mich zum Abendessen ein. Ich war mir fast sicher, dass es passieren würde. Ich duschte, ich wachste und duftete mich ein. Und steckte für den Fall der Fälle vorsichtshalber ein Paar frische Eintageslinsen in meine Handtasche.

Ich schaute ihn über den Tisch hinweg an. Ich mochte ihn, aber warum gerade Hank? Wieso ausgerechnet Hank?, fragte ich mich insgeheim. Eigenartig, aber ich war in ihn verknallt.

»Hast du Beziehungsängste?«, fragte ich ihn.

Wir machten Handkamasutra auf dem Tisch – hielten Händchen, streichelten, kneteten, kitzelten uns gegenseitig die Handflächen.

»Ich glaub schon«, antwortete er. »Und wie steht's mit dir?«

»Ich glaube, ich auch«, räumte ich ein.

»Jeder hat Beziehungsängste.«

»Wenn es keine Beziehungen gäbe, hätten die Leute weniger Angst«, schloss ich.

Anfang der Woche hatte ich einen Termin bei Rori. Sie trug nicht die üblichen langen Stiefel, sondern Riemchenpumps, die ihre schmalen Fesseln betonten. Frühling lag in der Luft. Sobald sich Mutter Erde erwärmt, fängt der Mensch automatisch an, sich zu entblättern.

»Ich hab ein Problem damit, Nähe zu Hank aufzubauen.«

»Hank ist ein netter Typ«, meinte Rori. »Er ist sympathisch. Allerdings finde ich ihn zu dick. Aber das ist natürlich Geschmacksache.«

Sie stützte die Ellbogen auf den Lehnen ab und verschränkte die Finger. Nickte mir zu. Jetzt war ich an der Reihe.

»Es geht mir nicht ums Aussehen«, entgegnete ich. »Es geht mir um die Ausdauer. Er könnte nie im Leben mit mir mithalten, wenn wir joggen gehen würden.«

Sie nickte abermals.

»Wir passen nicht zusammen«, konstatierte ich. »Sein Apartment ist ein wahrer Saustall.«

Ich starrte aus dem Fenster. Allmählich kam ich in Fahrt.

»Er ist kitzlig. Ich kann ihn nicht mal anfassen, ohne dass er wie ein Irrer loskichert.«

Ich schüttelte meine Haare zurück.

»Schon mal was von Bartflechte gehört?«

Sie kämmte sich mit den Fingern nachdenklich durchs Haar, das sie meistens offen trug. Auch Psychologen brauchen etwas, woran sie herumspielen können.

»Dass Sie sich auf die für Sie negativen Attribute stürzen, hilft Ihnen, sich von ihm zu distanzieren«, bemerkte sie. »Das gibt Ihnen ein Gefühl von Sicherheit, Mara. Weil Sie davon überzeugt sind, dass es mit Ihnen beiden niemals funktionieren wird. So wie bei den emotional unerreichbaren Männern in Ihrer Vergangenheit oder Ihren Auslandsbekanntschaften. Dabei finde ich es toll, wie es mit Ihnen beiden klappt.«

»Wie bitte? Wie meinen Sie das?«, hakte ich nach. »Ich glaube, Sie verstehen gar nichts. Ich hab damit Probleme; es funktioniert nicht.«

»Sie sind noch immer mit ihm zusammen«, stellte sie sachlich fest. »Konzentrieren Sie sich mal auf das, was funktioniert und weshalb Sie mit ihm zusammen sind. Möchten Sie darauf lieber verzichten?«

»Und was heißt das jetzt wieder?«, fauchte ich. »Wenn ich mit ihm zusammenbleibe, bring ich ihn irgendwann um.«

»Das analysieren wir später«, meinte Rori. »Ich bin erst mal froh, dass Sie jemanden haben, den Sie mögen und mit dem Sie intim werden.«

Ich bin schlimm, ich weiß. Bestimmt mochte ich Hank bloß deshalb, weil ich emotional auf einem Sadistentrip war. Was Rori sagte, stimmte: Ich war hartnäckig auf das Negative fixiert. Mittlerweile rief ich ihn jedoch jeden Abend vorm Zubettgehen an, um ihm eine gute Nacht zu wünschen. Ich sah irgendwelche Dinge beim Shoppen und überlegte, was ihm gefallen könnte. Ich backte ihm sogar einen Bananenkuchen, schön dick wie mein Quadrizeps. Er infiltrierte mein Bewusstsein, obwohl meine sämtlichen Selbstschutzmechanismen Alarm funkten.

Jetzt saß er mir gegenüber, und wir tippten spaßeshalber auf die sexuelle Orientierung unserer Tischnachbarn.

»Bi«, meinte er.

»Definitiv schwul«, konterte ich.

Wir gingen in sein Apartment und schauten uns *Michael Clayton* an. Zwischendurch küssten wir uns immer mal wieder. Und ich dachte dabei: George Clooney ist heiß. Hank ist nicht George Clooney. Aber das war mir egal, weil ich Hank mochte.

Es war zu viel für uns, als George mit Tilda Swinton rummachte. Es war so kathartisch, dass wir uns die Kleider vom Leib rissen – *sorry,* natürlich erst, nachdem Hank das Licht gedimmt hatte. Er zerrte mir das Shirt runter. Ich hakte den Verschluss meines BHs auf. Ich weiß nicht, wohin sein Shirt flog. Wir küssten uns. Ich hatte dauernd

Barthaare im Mund und popelte an meiner Zunge, um sie rauszufischen.

»Wo das herkommt, sind noch jede Menge andere«, grinste er, als ich es wegschnippte.

Wir gingen in sein Schlafzimmer. Ich kletterte über seinen Schmutzwäschehaufen in sein Bett. Wir knuddelten auf dem Laken. Ich rollte über ihn, auf seinen Bauch und auf der anderen Seite wieder runter. Zola datete seit Kurzem ebenfalls einen Bauchträger. Und fand, dass ein Bauch seine Vorteile hatte. »Der federt entschieden besser ab als ein Sixpack, wenn man eine Nummer schiebt.« Für sie war es kein Bauch, sondern eine Klitoriskomfortzone. »Dadurch hab ich beim Sex viel eher einen Orgasmus.«

Hanks Wärme fühlte sich gut an. Wir kuschelten. Und ich fühlte plötzlich dieses Vakuum zwischen meinen Schenkeln. Am liebsten hätte ich ihn in mich aufgesogen.

Ich löste mich aus unserer Umarmung und drückte seine Schultern ein wenig nach oben. Er nahm seine Brille ab. Ich wollte nichts Falsches sagen oder gar voreilige Schlüsse ziehen. Ich räusperte mich verlegen.

»Wenn wir Lust hätten, Sex zu haben«, begann ich, »hättest du zufällig ein Kondom dabei?«

»Wenn wir uns entschließen würden, Sex zu haben«, antwortete er, »ja, dann hätte ich zufällig ein Kondom dabei.«

Er rührte sich nicht. Der Kerl bequemte sich keinen Zentimeter aus dem Bett. Wieso machte er keinerlei Anstalten, eins zu holen?

»Okay, hol eins!«

Er schob es über die Spitze; ich half ihm, es runterzurollen. Auf meinen Wunsch hin begannen wir mit der Missionarsstellung. Ich hatte nämlich wenig Bock, den Rhythmus vorzugeben. Die Arme aufgestützt, lehnte er über mir – ich sah, wie es in ihm arbeitete. Mit Sport hatte er es anscheinend nicht so, oder? Und wie stand es bei ihm mit sinnlichem Bettaerobic? War er einer von diesen Typen, die man regelmäßig hart rannehmen muss? Ich hielt seinen Bauch wie eine Weltkugel in meinen Händen.

»Ich bin Atlas«, grinste ich.

Dann senkte er sich auf mich.

»Ich bin in dir«, sagte er.

»Nein, ich umschlinge dich«, widersprach ich.

Und dann kamen die Sexgeräusche. Das Keuchen und Stöhnen, das leise Quietschen des Kondoms, das satte Glucksen unserer Säfte, und ich dachte, das ist was für eine verfickte CD – eine verfickte CD übers Ficken –, ein Soundtrack über irgendwas ganz Spezielles, nämlich über *unseren* Abend.

Er hatte den Rhythmus drauf. Und Erfahrung. Hank war meine Nummer sechseinhalb. Nein, Quatsch, ich red Blödsinn: Ich erhöhte soeben auf die Nummer sieben.

Endlich wurde ich in die Konversation mit einbezogen, die da in meinem Untergeschoss stattfand. Ich hörte nicht mehr auf den nervigen Monolog, der sich in meinem Hirn abspulte. Ich stellte mir vor, meine Klitoris würde mir zu Kopf steigen und hinter meiner Stirn andocken, es war ein Bild der Symbiose – die Vulva-Hirn-Connection vom Feinsten. Ich war weder abgelenkt noch besorgt, ob es mit Hank klappen würde, weil ich meinen Körper inzwischen besser kannte. Immerhin hatte ich es mir selbst besorgt. Betty würde jetzt wahrscheinlich sagen, dass ich meine Basis gefunden hatte. Ich war mir selbst genug. Da ich nicht abhängig von ihm war und auch keinerlei Erwartungen an Hank stellte, war ich ihm sogar näher als sonst. Ich war voll dabei. Jede Sekunde. Ich genoss es wie noch nie.

Und ich lachte. Ich lachte lauter. Das Lachen tat mir gut. Wir sahen uns an. Er wollte wissen, wieso ich lachte.

»Hey, lass mich doch einfach mal lachen«, japste ich.

Und dann kam er. Sein Gestöhne hallte in meinem Gehörgang, pardon, in beiden gleichzeitig. Es fühlte sich an wie ein dicker, fetter, heißer Q-Tip, der sich gefährlich tief in mein Gehirn bohrte. Glutvolle Schauer gingen von meinen Ohrläppchen in meinen Unterleib und wieder zurück. Ich bin immer noch ohrgastisch! Es gibt eine Hierarchie der Erregung, und die Ohren sind beileibe nicht die Spitze – sie sind keine empirisch belegten Garanten für einen Orgasmus –, aber wenn Sie mich fragen, das war Lust pur. Meine Schultern zuckten unkontrolliert, und ich schloss die Augen, als Hank von mir rollte. Ich hatte meine Befriedigung bekommen; Befriedigung kommt in Myriaden von Formen daher.

Er kuschelte sich an mich, und mein Körper fühlte sich mit einem Mal seltsam feucht an. Ich lag in einer Pfütze. Prompt verdächtigte ich ihn. »Hast du was mit der Blase?«, meinte ich in scherzhaftem Ton.

»Nöö, du.«

»Ich?«

Dann fiel mir das schockierend anschauliche Video über die weibliche Ejakulation ein. Hatte ich … Nein. Oder etwa doch?

Vielleicht hatte ich ja doch.

Ich griente stumm in mich hinein.

Jedenfalls rutschte ich geistesgegenwärtig von der Pfütze weg, während wir knuddelten. Der Wind peitschte ums Haus; ich hörte, wie er durch die Fensterritzen pfiff. Unten hupten Autos. Und obwohl wir ineinander verknäult waren wie zwei Sumoringer, fühlte ich mich sündhaft gut. Ich war nicht plötzlich Mar oder Ra – ich war Mara, ganz Frau. Er hatte mich ganzheitlich geknuddelt. Er hatte mir gutgetan. Inzwischen waren die Leute da draußen auf der Straße bestimmt in Partylaune. Es war der Donnerstagabend vor Karfreitag. Und ich dachte, wie schrecklich, da haben sie diesen armen Mann ans Kreuz genagelt. Hank war eingeschlafen. Er fing an zu schnarchen. Ich trat nach ihm. Das Schnarchen stoppte. Das fand ich gut.

ENTHÜLLUNG

Zwei Monate später steckte ich in einem knielangen Baumwollnachthemd, hinten mit Bändern verschlossen und mit nichts darunter. Meine nackten Füße, die über der Bettkante baumelten, streiften sanft den Linoleumboden. Die Frau, die in einem Laborkittel vor mir stand, tastete mit einem knallorangefarbenen Magneten, dessen Form mich an einen kleinen Amboss erinnerte, meinen dunkelpinken, täuschend lebensecht nachempfundenen Dildo ab. Sie überprüfte ihn auf einen möglichen Metallkern. Dabei erklärte sie mir, dass Metalle in der fMRI-Röhre absolut tabu sind. Verständlich, von wegen Magnetismus und so. Ich hatte mal einen Artikel gelesen, in dem stand, dass jemand unwissentlich ein Sauerstoffgerät mit in die Röhre genommen hatte. Das Ding schoss blitzartig hervor, so dass es wie ein Projektil einen Mitarbeiter aufspießte. Der Mann war auf der Stelle tot. Plötzlich hatte ich Horrorvisionen von fliegenden Kamikazedildos vor Augen.

Ich hatte echt Bammel. Besser gesagt, meine Nerven waren zum Zerreißen gespannt. Bloß jetzt nicht nervös werden, Maralein, beruhigte ich mich. Vor ungefähr einem Monat hatte ich mich dazu durchgerungen, Clitty Rose fotografieren zu lassen. Zumal Fiona mir dauernd in den Ohren gelegen hatte, dass eine eigene erotische Fotoserie das Höchste sei. »Mara, glaub mir«, meinte sie, »du wirst deinen Körper lieben, wenn du ihn unter künstlerischen

Aspekten betrachtest.« Ich tat ihr den Gefallen, teilweise auch deshalb, weil ich endlich über mich selbst hinauswachsen wollte. Ganz wohl war mir bei der Geschichte nicht. Als Andrew Brucker, der Fotograf für unsere Fotosession, kam, legte ich beherzt einen Strip hin und riss mir sämtliche Klamotten vom Leib. Mir lagen die Nerven blank. Ich sollte den Oberkörper nach hinten biegen, die Rückenmuskulatur anspannen und die Brust extrem rausdrücken, weil Brucker unbedingt diese Silhouette einfangen wollte. Es war verflucht unangenehm, nicht weil ich nackt war, sondern weil ich einen Krampf bekam. Ich hielt sogar still, als er meine Fissuren, Furunkel und Co. mit Make-up kaschierte. »So können wir das nicht lassen«, argumentierte Brucker und kleisterte mich regelrecht zu. Ursula meinte nachher, mit jeder Menge Peeling ginge das weg, aber Peeling da unten tut weh.

Okay, okay, ich sehe es ein. Der Computer bringt es an den Tag, und Fotos verzeihen nun mal nicht den kleinsten Makel.

Nach Fionas Rückkehr aus Indien zeigte ich ihr die Fotos. Sie deutete auf den Bildschirm und schlug sich mit der anderen Hand vor den Mund. »Mar!«, rief sie. »Wie konntest du dich so von ihm fotografieren lassen?!«

»War ich etwa freizügiger als du?«, fragte ich verdutzt. Wir hatten mit unserem jeweiligen Rollenmodell gebrochen. Hätte sie mir auch vorher sagen können, dass sie sich nicht mit gespreizter Muschi vor dem Fotografen gefläzt hatte, oder? Aber wissen Sie was? Geschenkt. Nach allem, was sie durchgemacht hatte, verdiente Clitty Rose ihr Coming-out. Ich war nicht mal sauer (okay, ein bisschen schon), als Brucker meinte, einen Busch wie meinen hätte er seit Ewigkeiten nicht mehr gesehen. »Die Mädchen machen heutzutage alles weg«, klärte er mich auf.

»Androgyn ist heute hip.« Aha. Schätze, das Image des Spätentwicklers werde ich so schnell nicht los. Ich hab keinen Schimmer, welche Muschimode gerade angesagt ist.

Aber zurück zu der aktuellen Situation. Ich bemühte mich um Fassung. Vier Forscher, unter ihnen Dr. Komisaruk, beobachteten, wie die Laborkittelfrau an meinem Massagestab herumfummelte. Meine Stimulation war für jeden deutlich zu sehen. Ich hätte nicht mal im Traum gedacht, dass ich mich jemals in dieser Form exhibitionieren könnte. Hätte ich die Umstehenden auch noch gebeten, *mal ein Näschen zu nehmen* – Betty wäre bestimmt stolz auf mich gewesen!

Die Frau führte mich in den Raum mit der Röhre. Sie bat mich, mich mit dem Rücken auf die Rollbahre zu legen, und breitete ein dünnes Laken über meinen Körper. Über mein Gesicht kam ein gitterartiges Gestell. Ich saß in der Falle. Meine Füße stemmten sich gegen die Glasscheibe, die mich von Dr. Komisaruk und seinen drei Assistenten trennen würde. Sie beobachteten mich und bekamen alles mit, was ich machte.

Sie legte Gleitgel und Dildo griffbereit neben mich. Ich sinnierte, ob Dr. Komisaruk das »Ich« finden würde, das »mich« heute ausmachte. Ich hatte ihn vorher gefragt: »Haben Sie inzwischen erforscht, wo das ›Ich‹ ist?«

»Wir suchen noch«, antwortete er.

Das verblüffte mich nicht. Das »Ich« ist ein gerissener kleiner Stinkstiefel, schwerer fassbar als jeder Orgasmus.

Meine Selbstschutzmechanismen arbeiteten auf Hochtouren. Ich stand vor einem Wahnsinnsworkout. Und grinste wie ein Breitmaulfrosch. Ich sollte vor Wissenschaftlern masturbieren, verkabelt und verstöpselt mit irgendwelchen superschlauen Geräten – das war Exhibitionismus in seiner sterilsten Form, mit einem Hauch von Blinddate-Sadomaso.

In der Woche zuvor, bei einem gemeinsamen Essen, hatte Dr. Komisaruk mir das Wichtigste erklärt. Seitdem wusste ich, dass dieses Experiment die Vulvastruktur in meinem Hirn abbilden sollte. Das war sozusagen wissenschaftliches Neuland. Es gibt Pläne für die Hand, das Bein, das Gesicht und sogar für den Penis – Dr. Wilder Penfield hat sie in einem Diagramm dargestellt. Wenig erstaunlich, denn das medizinische Establishment hat unsere Muschis lange ignoriert. Ich war darauf gebrieft, meine Klitoris, den Vaginalkanal und die Zervix zu stimulieren. Daraufhin eruierten die Forscher dann, wo es in meinem Gehirn jeweils funkte. Ich hatte zehn Minuten, um zu kommen. Ich sollte die Hand heben, sobald ich einen Orgasmus hatte – *falls* ich überhaupt einen hätte.

Vorher hatte ich jedoch noch eine Session mit Rori.

»Machen Sie sich keinen Kopf wegen dem Orgasmus«, riet sie mir. »Denken Sie daran: Der Weg ist das Ziel.«

»Okay. Kommen Sie mir jetzt bloß nicht mit irgendwelchen abgegriffenen Klischees.«

»Das Leben ist voller Klischees«, fand sie.

»Aber es ist für die Wissenschaft«, gab ich zurück. »Ich komme für die Wissenschaft!«

Die Assistentin drückte auf irgendeinen Knopf an der Seite der Röhre, woraufhin ich langsam hineinglitt. Sie hatten mich vorher gewarnt, ich könnte dabei Platzangst bekommen. Nein, mit Klaustrophobie hätte ich nichts am Hut, beteuerte ich. Pustekuchen. Ich fühlte mich ungefähr so, als hätte man meinen Kopf in eine Klopapierrolle gezwängt. Und außerdem verdammt einsam. Aber dann ergriff Dr. Komisaruk das Wort: Ich hörte seine Stimme über Headphone. Es war schön, Gesellschaft zu haben. Er war der Zeremonienmeister. »Es geht gleich los mit den Aufzeichnungen.« Ich hatte eineinhalb Stunden Diagrammerstellung vor mir, bevor ich freestyle loslegen durfte.

Die Maschine startete. Das klang ungefähr wie die digitalisierte Version eines Presslufthammers. Aus irgendeinem Grund dachte ich in der Klopapierrolle an den Messie. Der Haufen war in letzter Zeit nicht größer geworden, durch den Stillstand jedoch kompostiert. Inzwischen wachsen dort Samen an – bei uns werden irgendwann Blumen auf dem Müllhaufen blühen. Und ich denke, es ist etwas ganz Besonderes, auch wenn es Wildkräuter sind, die zufällig aus aufgeplatzten bunten Plastiktüten keimen. Weil ich das gut nachvollziehen kann: Ich fühle, wie ich wachse, zwar nach einem wilden Zufallsprinzip und mit diversen Bauchlandungen, aber immerhin.

Daran lässt sich nicht wirklich etwas ändern. Das begreife ich jetzt. Folglich muss man eine gehörige Portion Nehmerqualitäten entwickeln, um mit dem Leben klarzukommen.

Diese Erkenntnis lass ich erst mal sacken.

Ich bin mir weiterhin in vielem unsicher, nicht zuletzt auch darin, welche Rolle Hank in meinem Leben spielt. Als ich meiner Mom davon erzählte, konterte sie schlagfertig: »Mara, er ist der Einzige, der es in einem vollen Jahr geschafft hat, dich zu vögeln. Das ist doch ein positives Omen für die Zukunft, oder?«

Ich war geplättet.

Ich glaube, ich bin eingedöst, denn als Dr. Komisaruk mich über Kopfhörer zum Freestyle animierte, fummelte meine Hand bereits an meiner Vulva herum, obwohl ich das eigentlich noch gar nicht durfte.

Ich hatte Angst, das Laken würde runterrutschen, aber

dann realisierte ich, dass ich nackter als nackt war: Diese Wissenschaftler konnten in mich hineinsehen. Intimer ging gar nicht mehr. Sie sahen meine Sterblichkeit, meine Fleischlichkeit, meine Sexualität, meine Menschlichkeit – mein lumpiges kleines Gehirn. Meine Vulva würde in meiner Hirnrinde funkeln – und das auf einem riesigen Bildschirm. Wenn alles nach Plan lief, würden der Doc und seine Assis mich dabei erleben, wie ich ihnen einen geilen Hirnporno hinlegte.

Nan Wise, einer von Dr. Komisaruks Forschungspartnern, half mir, den Dildo mit Gleitgel zu bestreichen, weil ich in meiner Klorolle null erkennen konnte. Ohne diese Wissenschaftsfuzzis war ich komplett aufgeschmissen. Jetzt hielt ich den flutschigen Freudenspender in der Hand. Der Countdown lief: zehn Minuten. Ich schob den Dildo in meine inneren Gefilde. Der Presslufthammer gab den Rhythmus vor. *Tschakatschaka tacktack.* Mist, das Laken verfing sich zwischen meinen Schenkeln, das störte erheblich. *Ich werde nicht kommen,* seufzte ich im Stillen. Ob sie dann die hundert Dollar zurückforderten, die ich für meinen freiwilligen Einsatz im Dienste der Wissenschaft bekommen hatte? Zola war begeistert gewesen. »Jetzt bist du eine Sexworkerin!«, rief sie, nachdem ich ihr freudestrahlend von der außerplanmäßigen Finanzspritze erzählt hatte. Die vier Wissenschaftler beobachteten mich. Ich sah sie ganz deutlich durch den Glasmantel der Röhre. Ich muss hier raus, signalisierten meine sämtlichen Synapsen, bloß raus und weg hier. Wir hatten diesen Fluchtinstinkt vorher diskutiert, Rori und ich.

»Wo wollen Sie denn dann hin?«, bohrte sie.

Ich zuckte mit den Schultern. Keine Ahnung.

»Wie würden Sie es empfinden, wenn Sie bleiben würden?«

Bin ich Hellseherin? Blöde Frage!, knirschte ich in mich hinein.

Ich war verspannt. Und dehnte folglich sämtliche Muskeln. Dr. Komisaruk hatte mir erklärt, dass das Gehirn – konträr zu dem, was andere Forscher festgestellt haben – in der Orgasmusphase entschieden mehr leistet als bei den meisten anderen Aktivitäten. Von wegen *kleiner Tod*. Ich liege in der Dunkelheit, und mein Hirn legt bestimmt eine Lightshow vom Feinsten hin, denn hinter meinen Augäpfeln zucken glühende Lichtblitze. Ich schraube und schiebe und streichle konzentriert nach der Orgasm-People-Methode und fiebre einem Vulvaniesen entgegen. Ich darf schließlich nicht zu viel erwarten. Kleinvieh macht auch Mist. Und dann hebt sich zeitlupenartig meine Hand. Sie schwebt in der Luft, um mein Kommen zu signalisieren. An meiner Stimulation muss irgendetwas Magnetisierendes sein, denn die Röhre scheint plötzlich unter Strom zu stehen. Ich bin wie elektrisiert. Meine Vagina umkrampft den Dildo hart, wieder und wieder. Diese Kontraktionen sind alles andere als ein leichtes Vulvawackeln. Mein Uterus zuckt vor lauter Begeisterung über den fleißigen megapinken Dildo. Clitty Rose scheint sich mächtig zu amüsieren. Ich gebe keinen Mucks von mir. Meine Hand in der Luft sagt alles, was zu sagen ist. Mag sein, dass es mir schwerfällt, mich beim Sex zu artikulieren. Aber auch das wäre eine Erleuchtung. Und dann sinkt meine Hand schlaff nach unten, ich fühle, wie mein Körper wohlig entspannt. Ich könnte mich glatt in diese Maschine verlieben. Wirklich ein irres Teil, diese Metallröhre.

Das Presslufthämmern verstummt. Die Assistentin drückt auf einen Knopf, und ich gleite aus der Röhre. Meine Haare stehen wild zerwühlt vom Kopf ab, das Laken hat sich um meine Beine verheddert. Meine Lider sind schwer;

ich reibe mir die Augen, als wäre ich gerade wach geworden. Ich würde gern auf Hanks Beinen herumrubbeln und mich in seinen Rücken krallen wie zu Hause die Katzen in unsere Eckbank. Dann setze ich mich auf, mir ist ein bisschen schwindlig. Durch die Trennscheibe sehe ich Dr. Komisaruk und sein Forschungsteam – alle applaudieren.

Ich schwinge meine Füße auf den Boden und tappe, den Dildo in der Hand, zu den anderen. Ich erkenne meine Birne, mein Gehirn, das *mich* zum *Ich* macht, in 3-D auf dem Computermonitor. Ich bin ein Hirnpornostar. Barry gleitet neben mich – nicht die Spur schockiert über das glitschige XXL-Teil, das meiner wackligen Hand zu entgleiten droht – und klopft mir anerkennend auf die Schulter. »Gut gemacht, Mädchen.« Er grinst.

Ich grinse zurück. Ich liebe Happyends.

DANKSAGUNG

Ein dickes fettes Dankeschön geht an alle Sexcoaches, Mentoren und Wissenschaftler, die mich bereitwillig bei meiner orgasmischen Mission unterstützt haben – Eric Amaranth, Barry Komisaruk, Nan Wise, Eleni Frangos, Betty Dodson, Tallulah Sulis, Dorrie Lane, Barbara Carrellas, Satya, Annie Sprinkle, Carol Queen, R. J. Noonan, Barry Goldman und natürlich an die Leute von OneTaste. Dank ihrer Erkenntnisse und Erfahrungen bin ich (wie alle, die sich mit ihren Problemen an sie wenden) sexuell erheblich besser drauf. Mein besonderer Dank gilt den Orgasm People für ihr großzügiges Stipendium und die mir nahegebrachten Konzepte, die ich künftig in meinen intimsten Momenten beherzigen werde. Ich bedanke mich bei Jim Abraham, Andrew Brucker, Will Baxter und Brian McDermott für ihr selbstloses Engagement. Larry Seiler zeigte mir, wie man tough ist. Danke an die Brooklyn Library für die Bücher (ich schwöre, ich bring sie bald zurück). Ich danke Vanessa Gould, Emma Span, Nora Weinberg, Denise Carson, Rori, Leigh, Judy Altman, Louise Rothman, Karen Kashkin Atman, Haresh Bhojwani und Rafiq für ihre Motivation und ihren Input. Und meinem Lektor Rakesh Satyal bei HarperCollins, dass er das Risiko auf sich genommen, mir vertraut, mich halb verrückt gemacht hat … Und dann hat er mein Buch lektoriert. Danke auch an Rob Crawford! Ich bin meinem Agenten Chris Parris-Lamb sehr dankbar für seine Anregungen, Ideen und seine Unterstützung, dass er an mich geglaubt und auf meine Hilfe-ich-drehe-durch-Anrufe reagiert hat (allerdings frage ich mich ernsthaft, wann ich endlich diese Cool-down-Pillen bekomme, die er mir versprochen hat). Danke an Prospekt Park, die Brooklyn Bridge, Indien, Cuzco, Bangkok, meine Fensterbank, die Eckbank und an unzählige Portionen cholesterinfreier, kalorienreduzierter Schlagsahne als unverzichtbare Nervennahrung. Danke auch an Hank, der meinte, ich solle nicht mit Buchterroristen verhandeln, obwohl er selbst einer war. Im Übrigen bin ich froh, dass er nach der Lektüre noch mit mir spricht. Ich bin dankbar, dass ich mich seit zwanzig Jahren hundertprozentig auf meine Freundin Fiona verlassen kann. Ohne ihre Vierundzwanzigstunden-Notfall-Hotline hätte ich das hier nicht geschafft. Tausend Dank auch an David Blum. Er war der Erste, der mich als Autorin ernst nahm, neben Trillionen von anderen Dingen. Und natürlich an meine Familie, dass sie mich nicht enterbt hat. Ich bin meinen Großeltern sehr dankbar, denn sie haben mein Buchprojekt vorbehaltlos unterstützt und mir in diesem Zusammenhang ihre eigene Story enthüllt. Ich rechne es meinen Brüdern Matt und Logan hoch an, dass sie sich *fast* nie über mich lustig gemacht haben (ihr musstet euch bestimmt schwer zusammenreißen). Danke, Jungs. Und zu guter Letzt danke ich meinen Eltern. Ohne ihre Liebe, Unterstützung und Akzeptanz (und ihre Kabbeleien) wäre dieses Buch nicht möglich gewesen.